LE PROCÈS DU Dr FORRESTER

DU MÊME AUTEUR
CHEZ POCKET

HÔPITAL DE LA MONTAGNE

L'ENFANT QUI VOULAIT MOURIR

LE CHOIX DU Dr DUNCAN

LA CLINIQUE DE L'ESPOIR

HENRY DENKER

LE PROCÈS DU Dr FORRESTER

PRESSES DE LA CITÉ

Titre original :

Doctor on Trial

Traduit de l'américain
par Eveline Charlès

ISBN 2-266-06370-7

A Edith, mon épouse.

1

Un appel impérieux fit vibrer les murs du service des Urgences :

— On demande le Dr Forrester ! Le Dr Forrester pour un blessé par balle ! C'est urgent.

Aussitôt, deux garçons de salle se ruèrent vers le service des soins intensifs, au bout du couloir.

— Docteur Forrester !

Dans l'un des boxes réservés aux examens, le Dr Kate Forrester auscultait un patient. Elle se redressa et se tourna vers l'infirmière.

— J'ai terminé. Portez les prélèvements de sang au labo, et prévenez-moi dès que vous aurez les résultats.

Kate Forrester se précipita hors de la pièce et courut le long du couloir. Ses cheveux blonds défaits, son absence de maquillage et sa blouse froissée témoignaient du travail ininterrompu qu'elle accomplissait depuis des heures aux Urgences. Dans ce grand hôpital new-yorkais, les nuits du samedi au dimanche étaient toujours épiques, et celle-ci le serait plus encore, parce que le médecin qui était de garde avec Kate avait dû s'aliter, terrassé par une mauvaise grippe. On avait promis à Kate de lui envoyer de l'aide, mais personne ne s'était encore présenté. Kate s'en sortait, comme tous ses jeunes confrères dans ces cas-là, en faisant de son mieux dans des conditions de travail absolument invraisemblables.

Comme elle passait en courant devant le box C, une infirmière l'apostropha :

— Docteur, quand vous aurez un moment...

Mais Kate ne s'arrêta pas et parvint bientôt aux Soins intensifs, où un jeune garçon de quatorze ans perdait son sang. Il avait reçu une balle dans le bras, un hasard malencontreux ayant voulu qu'il se trouvât pris entre deux dealers, dans une rue située non loin de l'hôpital de la Cité.

Comprenant que le Dr Forrester était demandée partout à la fois, l'infirmière, Adélaïde Cronin, retourna dans le box C pour poser à sa patiente quelques questions préliminaires. C'était une infirmière compétente, qui avait plus de seize ans d'expérience. Elle aurait préféré interroger sa jeune patiente en tête à tête, mais la mère de cette dernière veillait jalousement sur elle et refusait de la quitter.

Délibérément, Mme Cronin s'adressa à la malade, une jeune fille brune âgée de dix-neuf ans.

— Qu'est-ce qui vous amène ici, dites-moi ?

La mère intervint vivement :

— Je voudrais que vous fassiez venir un médecin. Ma fille est très malade, je veux qu'elle bénéficie des meilleurs soins.

— J'ai déjà prévenu le Dr Forrester.

— Je demande qu'elle soit examinée par le chef de service, insista la femme. Nous avons les moyens de payer, vous savez !

— Je doute que le patron se déplace à cette heure, un samedi soir, de surcroît, rétorqua Mme Cronin. Et maintenant, ajouta-t-elle à l'intention de la malade, dites-moi pourquoi vous êtes venue, mademoiselle.

— Elle a souffert de nausées et de vomissements, expliqua la mère.

Comprenant les affres de l'inquiétude maternelle, Mme Cronin tourna vers elle un visage bienveillant.

— Madame... commença-t-elle.

— Stuyvesant, compléta la femme. Madame *Claude* Stuyvesant.

Le nom était suffisamment célèbre pour que Mme Cronin le reconnût instantanément. Elle ne modifia pourtant pas son attitude, sachant parfaitement ce qu'elle avait à faire.

— Madame Stuyvesant, ces renseignements vont être

portés sur le dossier de votre fille. Tant qu'elle est capable de parler, il vaut mieux qu'elle nous les fournisse elle-même, avec ses propres mots. Ils n'en seront que plus précis. Le médecin en aura besoin pour établir son diagnostic, aussi je vous en prie...

— Excusez-moi.

La mère s'écarta de la table d'ausculation sur laquelle sa fille était étendue. Les cheveux noirs de la jeune fille collaient à son front humide, sa respiration était légèrement saccadée et son corps tendu. Tout en notant intérieurement ces signes de détresse physique et morale, Mme Cronin prit son pouls et sa tension.

— Et maintenant, demanda-t-elle pour la troisième fois, dites-moi ce qui vous amène ici.

D'une voix hésitante, la jeune fille expliqua :

— Cela a commencé vers 6 heures du matin.

— Qu'est-ce qui a commencé ? demanda l'infirmière.

— Les maux d'estomac. Ensuite... il y a eu ces nausées.

La jeune fille s'exprimait lentement, comme frappée de torpeur.

— Vous avez vomi ?

— Oui, mais pas beaucoup. Je me suis mise à transpirer.

— Claudia chérie, n'oublie pas de parler de ta diarrhée, intervint la mère.

— J'allais en parler, maman. Oui, j'ai eu la diarrhée.

— C'était douloureux ?

Claudia Stuyvesant parut fournir un effort de mémoire avant de répondre :

— Pas trop.

Elle ferma les yeux, comme si elle ne pouvait résister au sommeil.

Pendant ce bref échange, Mme Cronin avait effectué un premier examen. Le pouls de la jeune femme était de 110 pulsations à la minute. Tachycardie. Sueurs abondantes. Tension 10/6. L'infirmière enfila le thermomètre dans une enveloppe de plastique aseptique.

— Gardez-le sous la langue, s'il vous plaît.

Adélaïde Cronin ouvrit alors un placard, où elle prit le matériel nécessaire à une perfusion. La combinaison diarrhée et pouls rapide indiquait vraisemblablement une déshydratation.

La température de la jeune femme s'élevait à 38, ce qui confirma cette hypothèse. Dès que Mme Cronin eut préparé le cathéter, Mme Stuyvesant demanda :

— Vous ne lui donnez rien?

— Le médecin est seul habilité à prescrire un traitement, répliqua l'infirmière.

— En ce cas, quand sera-t-il là? Nous sommes ici depuis près d'une demi-heure. Il a d'abord fallu se présenter à l'accueil, ensuite nous vous avons attendue et...

— Écoutez, madame Stuyvesant, aux Urgences nous examinons les patients aussi rapidement que possible. Le Dr Forrester ne va pas tarder, rassurez-vous.

Sur ces mots, Mme Cronin quitta le box.

— Ça alors! Je n'aurais jamais cru... commença Mme Stuyvesant.

— Je t'en prie, maman, supplia sa fille, pas de scène. S'il te plaît.

— Crois-moi, poursuivit sa mère, toute à son indignation, si le Dr Eaves était en ville, il n'aurait pas mis plus d'un quart d'heure à arriver chez toi. Tomber malade un samedi soir... c'est vraiment jouer de malchance.

— Maman!

— Je n'aime pas te le rappeler, Claudia, mais qui a dit il y a un an : « Maman, j'ai dix-huit ans, je suis en âge de me prendre en charge moi-même. J'ai l'intention de quitter la maison pour vivre ma vie »? Dix-huit ans... répéta tristement Mme Stuyvesant. Dans notre milieu, quand j'avais ton âge, une fille qui quittait sa famille à dix-huit ans s'en allait mariée à un brave jeune homme de vingt ou vingt-deux ans. Mais par les temps qui courent... Par les temps qui courent...

Pendant ce temps, Kate avait ligaturé l'artère béante du jeune garçon, puis elle l'avait envoyé en Chirurgie. Elle rejoignit donc Mme Cronin, qui l'attendait au box C.

Un coup d'œil suffit à Kate pour saisir la situation. Une mère anxieuse, une jeune fille en plein désarroi. Il fallait d'abord les mettre à l'aise, établir avec elles une relation personnelle.

— Comment vous appelez-vous? demanda-t-elle à la malade.

— Ma fille a déjà été interrogée par l'infirmière, dit

aussitôt la mère. N
un médecin.

— Je suis médeci

La femme s'apprêta
mation quand son rega
blouse de Kate.

— « Dr Kate Forrester
que vous ferez de votre m

Mi-amusée, mi-irritée, Ka

— Comment vous appelez-

— Claudia Stuyvesant, répo ... de
pousser un petit cri de douleur

« Elle semble avoir du mal à fix ... tion », pensa Kate. Autant pour se donner le tem ... la réflexion que pour vérifier les informations fournies par Mme Cronin, Kate prit le pouls de la malade.

« Jeune femme de dix-neuf ou vingt ans, se dit-elle. Souffrance et léthargie associées. Léthargie, certainement, et pourtant tension émotionnelle intense. Cette tension est-elle causée par la présence de sa mère ou parce qu'elle craint d'être gravement malade? Il vaudrait mieux que la mère sorte, c'est clair. Comment vont-elles réagir si je décide de la garder cette nuit? »

Elle souhaitait mettre la jeune patiente à l'aise et, à l'aide de questions précises, parvenir à un diagnostic correct.

— Très bien. Maintenant, Claudia, dites-moi ce qui vous amène ici?

— C'est assez évident, vous ne croyez pas? intervint la mère.

— Je vous en prie, madame...

— Mme Stuyvesant, Mme Claude Stuyvesant.

Visiblement, elle s'attendait à ce que cette précision produisît un effet immédiat sur Kate. Mais Kate accordait nettement moins d'importance à la célébrité de ce nom qu'à l'état de sa malade.

— Madame Stuyvesant, suggéra-t-elle, il y a une salle réservée au public, tout près de l'accueil. Vous devriez vous y rendre pendant que j'examine votre fille.

Comme Mme Stuyvesant ne bougeait pas, Kate insista :

[illegible] importance, intervint la jeune [illegible]

[illegible] barrasser ou la culpabiliser davantage, [illegible] pas.

— [illegible] bien. Mais si vous devez rester, madame Stuy-[illegible], je vous en prie, laissez votre fille répondre à mes [illegible]stions. Maintenant, Claudia, reprit-elle à l'intention de cette dernière, dites-moi ce qui vous amène.

— Des maux d'estomac.

— Quand ont-ils commencé ?

— Tôt ce matin.

— Tu m'as dit qu'ils n'avaient débuté que ce soir ! s'étonna sa mère. — Kate la rappela à l'ordre du regard. — Excusez-moi, marmonna-t-elle.

— Claudia, avez-vous déjà souffert de maux d'estomac auparavant ?

— Non, pas comme cela. C'est différent.

— De quelle façon, différent ?

— La douleur est plus forte.

Ce fut tout ce que Claudia put préciser. Kate Forrester parcourut la feuille de soins, sur laquelle Mme Cronin avait reporté les informations dont elle disposait.

— Je vois que vous vous êtes plainte de vomissements. Combien de fois cela s'est-il produit ?

— Plusieurs fois depuis ce matin. En fait, c'était plutôt des nausées. J'avais l'impression que j'allais vomir, mais...

— Mais rien ne venait ? suggéra Kate.

— C'est cela. Pas beaucoup, en tout cas.

— Quand avez-vous mangé pour la dernière fois, Claudia ?

— Hier soir... Non, hier après-midi.

Le jeune médecin s'efforçait de trouver le lien entre ces symptômes vagues pour établir un début de diagnostic.

« La patiente est trop jeune pour qu'on puisse penser à une crise cardiaque, pensa-t-elle. Les symptômes présentés — fièvre légère, pouls rapide, nausées, diarrhées, douleur abdominale — pourraient indiquer un empoisonnement alimentaire ou un virus intestinal comme une appendicite ou une douzaine d'autres affections.

— Claudia, montrez-moi exactement où vous avez commencé à avoir mal.

— C'est... c'est difficile à préciser.

— Essayez.

La jeune femme traça sur son ventre un large cercle.

— Ce n'était pas plus particulièrement au centre? — Claudia secoua négativement la tête. — Et cela ne s'est pas étendu de ce côté-ci? demanda Kate en posant sa main sur le bas-ventre de la jeune femme, à droite.

De nouveau, Claudia fit signe que non. Cela excluait du moins l'hypothèse de l'appendicite.

Le pouls rapide de Claudia était un facteur troublant... sans compter cette fièvre légère, qui risquait de causer une déshydratation. Les deux symptômes associés pouvaient signifier une infection située quelque part dans le corps. Mais la déshydratation pouvait aussi résulter de la diarrhée et du manque de nourriture.

Kate manquait d'éléments pour établir un diagnostic. Elle se tourna vers Mme Cronin pour lui demander le matériel nécessaire à une prise de sang. L'infirmière avait devancé son désir. Kate noua le cordon de caoutchouc autour du bras de Claudia, juste au-dessus de son coude, de façon à faire saillir la veine. Elle y introduisit ensuite l'aiguille et remplit lentement la seringue d'un sang rouge qu'elle transvasa dans un tube de plastique. Elle donna alors le tube à Mme Cronin.

— Numération globulaire, vitesse de sédimentation, plus électrolytémie. Dites au labo qu'il me faut les résultats immédiatement. Apportez-leur aussi un échantillon d'urine. En attendant, nous allons la placer sous perfusion.

Dès que Mme Cronin fut partie, Kate se tourna de nouveau vers sa patiente.

— Claudia, j'aimerais vous poser encore quelques questions, et compléter mon examen. Otez votre chemisier, s'il vous plaît.

Claudia commençait à déboutonner son vêtement lorsque la voix affolée d'une infirmière retentit dans le couloir.

— Docteur Forrester! Docteur Forrester!

A l'urgence du ton, Kate comprit qu'il s'agissait d'une question de vie ou de mort.

— Je reviens! dit-elle très vite en se dirigeant vers la porte.

Mme Stuyvesant lui barra le passage.

— Docteur, vous n'allez tout de même pas abandonner mon enfant malade?

— On a besoin de moi, répondit Kate en la poussant légèrement de côté.

— Je n'ai jamais vu ça! Laisser tomber un patient en plein consultation...

— Je t'en prie, maman! dit faiblement Claudia.

Kate courut en direction de l'infirmière qui se tenait sur le seuil de l'un des boxes réservés aux examens. Un homme d'une trentaine d'années était étendu sur la table. Des électrodes avaient été fixées sur sa poitrine, ses bras et ses jambes. L'infirmière qui procédait à l'électrocardiogramme se tourna vers Kate.

— Douleur importante juste au-dessous du sternum, indiqua-t-elle brièvement. Transpiration abondante.

Le Dr Kate Forrester venait de se faire les mêmes réflexions en voyant la grimace de douleur qui tordait le visage mal rasé de l'inconnu, et son front ruisselant de sueur. « Crise cardiaque? » s'interrogea-t-elle immédiatement. Le regard de l'homme trahissait encore autre chose : la peur. La peur indiquait souvent l'infarctus, comme si le patient devinait qu'il était proche de la mort. Celui-ci était sur le point de céder à la panique.

Kate Forrester examina le premier graphique, qui témoignait de son activité cardiaque. Comme la bande de papier continuait de se dérouler, l'homme leva vers elle des yeux suppliants : « Vais-je mourir? » semblait-il lui demander.

— Votre cœur fonctionne bien, fut-elle soulagée de pouvoir lui dire. Ne vous inquiétez pas.

— J'ai si mal... haleta-t-il.

— Vous cesserez bientôt de souffrir, assura-t-elle. Démérol, dit-elle à l'infirmière. 100 milligrammes. Faites-moi une radio du thorax. — Elle ausculta le dos et la poitrine du patient avant de donner d'autres consignes. — Envoyez un échantillon de sang au labo. Je veux connaître son taux de bilirubine le plus vite possible. Si je ne me trompe pas, il s'agit d'un calcul biliaire. Peut-être s'est-il logé dans le canal biliaire. Emmenez-le tout de suite à la radio, et prévenez-moi dès que vous aurez les clichés.

Après avoir adressé un sourire au patient, elle s'en alla. Comme elle se dirigeait vers le box C, elle aperçut Mme Stuyvesant qui l'attendait sur le seuil.

— J'espère que maintenant, vous allez accorder à ma fille une attention exclusive, dit-elle.

Kate ne daigna même pas lui faire la faveur d'un regard et s'approcha de la table, où sa jeune patiente était toujours étendue.

— Eh bien, Claudia, où en étions-nous?

— Vous veniez de lui demander de retirer son chemisier, lui rappela la mère.

Kate se retint de la rabrouer.

— Merci, dit-elle seulement. Claudia, je vais vous examiner. Déshabillez-vous et asseyez-vous, je vous prie.

Claudia obéit, révélant ses épaules et sa poitrine nues. Lorsqu'il s'agissait d'une fille aussi jeune, Kate ne pouvait exclure la possibilité d'une grossesse.

— Avez-vous mangé quelque chose d'inhabituel, durant les dernières vingt-quatre heures?

Tout en posant cette question, elle tentait de déterminer si les seins de la jeune femme étaient gonflés, comme cela pouvait être le cas si elle attendait un enfant. Elle ne put rien conclure de son examen.

— Non, je ne me rappelle pas avoir mangé quoi que ce soit de particulier, dit Claudia.

— Vous êtes-vous sentie fiévreuse, aujourd'hui? demanda Kate en posant son stéthoscope sur la poitrine de la jeune femme.

Celle-ci se raidit au contact froid.

— Non.

— Chez vous, personne n'a présenté les mêmes symptômes?

— Il n'y a personne, chez moi. Je veux dire... je vis seule.

— Et tu peux constater où cela t'a menée, intervint la mère.

— Maman, je t'en prie...

— Vous est-il arrivé de souffrir de calculs biliaires, auparavant?

— Non.

Kate savait que les résultats fournis par le laboratoire confirmeraient ou infirmeraient ces réponses. D'une voix volontairement neutre, elle posa la question suivante, beaucoup plus délicate.

— Consommez-vous des drogues, quelles qu'elles soient, prescrites par un médecin, achetées légalement... ou non ?

La jeune femme hésita un instant.

— Non.

« Nie-t-elle qu'elle se drogue parce que sa mère est présente ? se demanda Kate. Ou bien est-ce la vérité ? Dans ce cas, pourquoi a-t-elle tardé à répondre ? A moins que cette hésitation ne soit due à son état léthargique ? »

Plutôt que de la pousser dans ses derniers retranchements, Kate poursuivit son examen. Elle ausculta les poumons de la patiente, cherchant des sons significatifs, comme les ronflements d'une bronchite. Elle n'en perçut aucun, pas plus qu'elle ne décela ces bruits rauques spécifiques de la pneumonie. Du bout des doigts, elle frappa la poitrine, puis le dos de la jeune femme. Elle obtint un son creux qui excluait toute possibilité de liquide dans les poumons.

Elle lui décocha de petits coups sur le bas des reins. Claudia ne manifesta pas la moindre souffrance, il ne s'agissait donc pas d'un problème rénal. En fait, elle réagissait à peine.

Kate examina alors le ventre de Claudia. Sa peau bronzée témoignait du dernier été passé au soleil. Sa respiration était régulière, ponctuée parfois d'un léger soubresaut causé par une souffrance modérée. Elle avait un bleu déjà ancien en haut de la cuisse. L'absence de cicatrices révélait qu'elle n'avait pas subi d'opérations chirurgicales. Il n'y avait donc aucune raison d'envisager une occlusion intestinale due aux adhérences qui auraient pu en résulter.

Kate remarqua en outre que la jeune fille bougeait la tête sans difficulté et ne se plaignait pas de migraine. Pour le moment, on pouvait donc écarter l'éventualité d'un problème au niveau du système nerveux.

Kate posa son stéthoscope sur l'abdomen de Claudia.

Les sons qu'elle perçut étaient normaux. Étant donné les circonstances, ils n'avaient que fort peu diminué. Elle palpa alors doucement le bas-ventre de sa patiente, du côté du côlon descendant. Une colite aurait provoqué ce type de symptômes. Mais en général, les colites étaient précédés de symptômes antérieurs et répétés. Or la patiente disait n'avoir jamais ressenti de douleurs de ce genre auparavant. Ce diagnostic paraissait donc à rejeter.

Il y avait aussi la diarrhée à prendre en compte. Elle pouvait avoir de nombreuses causes. Kate avait eu des cas de jeunes femmes qui, pour soulager leurs migraines ou des douleurs menstruelles, avaient abusé de drogues — prescrites par leur médecin — telles que l'Advil ou le Motrin. Cette automédication avait entraîné des douleurs d'estomac qu'elles avaient combattues à coups de Maalox ou de Mylanta — médicaments pouvant provoquer la diarrhée.

Cette jeune fille présentait des troubles si vagues que Kate ne pouvait se permettre d'écarter la moindre piste. Elle décida d'utiliser la suite de son examen comme prétexte pour se débarrasser de la mère anxieuse.

— Madame Stuyvesant, je vais procéder à un examen gynécologique de votre fille. Si vous aviez l'amabilité de sortir...

— Je suis sa mère. Entre nous, la pudeur n'est pas de mise.

Comme elle ne faisait pas mine de bouger, Kate enfila un gant de plastique transparent. Tout en examinant la jeune femme, elle posa la question qu'elle avait écartée jusque-là, à cause de la mère.

— Claudia, avez-vous eu des relations sexuelles, ces derniers temps?

— Non.

— Vos dernières règles... vous les avez eues à la date prévue?

— Oui.

— Utilisez-vous des tampons?

— Non, jamais.

Kate avait terminé son examen gynécologique. La patiente n'avait donné aucun signe de souffrance pelvienne, on pouvait donc écarter l'idée d'une infection vaginale. L'utérus de Claudia paraissait légèrement dilaté, mais pas suffisamment pour être un indice certain de grossesse. Par ailleurs, Kate n'avait noté aucune pigmentation particulière du col, aucun gonflement caractéristique des trompes de Fallope. Elle écarta donc cette zone comme origine possible des troubles.

Animée par le désir pressant de protéger l'intimité de sa fille, Mme Stuyvesant aidait celle-ci à enfiler son jean.

Une seule évidence s'imposait : Claudia Stuyvesant ne présentait aucun signe d'urgence chirurgicale. En attendant les résultats des analyses, le mieux était de la garder sous perfusion pour éviter la déshydratation, et d'attendre la suite des événements. Comme Kate reportait ses observations sur la feuille de soins, un appel retentit, provenant apparemment de l'accueil.

— Docteur Forrester! Docteur Forrester!

Kate cessa d'écrire pour se diriger vers la porte.

— Vous n'allez pas à nouveau quitter ma fille sans avoir rien fait pour la soigner! s'exclama Mme Stuyvesant.

— Madame Stuyvesant, tant que le laboratoire ne nous aura pas fait parvenir les résultats des prélèvements, nous ne pouvons rien décider.

La femme suivit Kate dans le couloir.

— Vous pourriez au moins lui administrer un antibiotique.

— Madame Stuyvesant, croyez bien que je comprends votre inquiétude, mais un antibiotique ne serait pas efficace contre un virus intestinal, si c'est bien ce dont souffre votre fille. Il risquerait en revanche d'avoir des effets secondaires aussi désagréables qu'inutiles.

Comme elle faisait mine de s'éloigner, Mme Stuyvesant la rappela :

— Docteur! Sachez que mon mari a des amis très proches parmi les administrateurs de cet hôpital et...

Cet avertissement, ou cette menace, n'arrêta pas le Dr Kate Forrester, qui n'avait qu'un seul souci en tête : le prochain patient.

2

Kate Forrester courut jusqu'à la pièce adjacente au bureau des admissions. Au ton impérieux de l'appel, elle avait deviné que le patient devait se trouver dans la salle équipée d'électrocardiographes, de prises à oxygène et de tout le matériel nécessaire pour donner les premiers soins aux victimes de crises cardiaques.

Son instinct ne l'avait pas trompée. Un homme d'une soixantaine d'années était étendu sur la table d'examen. Son visage était plus blême que pâle, sa large poitrine velue se soulevait de façon spasmodique. L'infirmière avait déjà fixé les électrodes sur ses pectoraux, ses bras et ses jambes, et enfoncé dans ses narines des tubes à oxygène. Debout près de la table, elle attendait le diagnostic et les consignes de Kate.

Celle-ci défit rapidement la ceinture du malade, et déboutonna son pantalon de façon à dégager son ventre. Il respirait par à-coups, son visage ruisselant crispé par la peur. Kate palpa son abdomen rebondi, s'assurant qu'il n'était ni distendu ni dur. Ce n'était pas le cas.

Écartant l'éventualité d'un problème abdominal, Kate vérifia l'absence de liquide dans les poumons. Toutes ces observations permettaient de conclure qu'il s'agissait bien d'un infarctus. Une injection d'épinéphrine activerait le flux sanguin en direction du cœur, et réduirait la douleur. Mais cette méthode comportait des dangers si la pression sanguine était trop faible. Kate la vérifia : elle était suffisamment élevée.

— Épinéphrine, ordonna-t-elle à l'infirmière.

Cette dernière s'exécuta. Elle avait traité un grand nombre de cas semblables et connaissait parfaitement le dosage à respecter.

Kate examina les résultats de l'électrocardiogramme pendant qu'on écartait l'appareil de la table de soins. Son tracé irrégulier confirma ses craintes : l'infarctus était assez grave pour menacer la vie du patient. Il faudrait peut-être recourir à la streptokinase pour rouvrir les artères obstruées. Administré dans les six heures suivant le début de l'attaque, ce remède pouvait prévenir une détérioration cardiaque permanente et peut-être fatale.

Mais avant de la prescrire, Kate devait obtenir un certain nombre d'informations sur le malade, car la strepto pouvait faire plus de mal que l'infarctus lui-même.

Les yeux terrifiés de l'homme la suppliaient de le rassurer.

— Avez-vous déjà eu un ulcère? demanda-t-elle. — Comme il ne semblait pas comprendre, elle répéta : — Un ulcère. Avez-vous eu... — Frappée d'une illumination, Kate se tourna vers la porte. — Qu'on me trouve Juan Castillo!

L'appel courut le long du couloir :

— Juan Castillo! Juan!

Peu après, un jeune homme mince et brun arriva en courant.

— Oui, docteur? demanda-t-il d'une voix teintée d'un fort accent espagnol.

— Juan, demandez-lui s'il a déjà eu un problème d'ulcère.

Après que Juan eut traduit la question, l'homme répondit entre deux halètements :

— Non!

— Pas d'attaque d'apoplexie, de congestion cérébrale?

De nouveau, Juan servit d'interprète.

— Non, dit l'homme.

Kate réfléchit un moment, puis elle se tourna vers l'infirmière.

— Envoyez un échantillon de ses selles au labo, qu'on voie si elles contiennent du sang. Je veux les résultats tout de suite.

— On lui administre de la streptokinase? demanda l'infirmière.

— Je préfère prendre d'abord sa tension.

Kate gonfla le brassard de caoutchouc qui entourait le bras du malade, juste au-dessus du pli du coude. Ayant appliqué son stéthoscope au même endroit, elle écouta.

— 14/9. La pression n'est pas assez haute pour contre-indiquer la strepto. Prévenez-moi dès que le labo vous aura fait parvenir les analyses des selles. En attendant, faites-lui une piqûre de morphine pour soulager la douleur.

Elle terminait de donner ses consignes à l'infirmière quand un nouvel appel retentit dans le couloir :

— Docteur Forrester! Docteur Forrester!

En sortant de la pièce, elle se heurta à Mme Stuyvesant, qui était partie à sa recherche.

— Docteur, ma fille est de plus en plus agitée. J'exige que vous alliez la voir sur-le-champ.

— Madame Stuyvesant, nous ne pouvons rien faire sans les résultats des analyses.

— Combien de temps cela va-t-il prendre?

Une voix pressante jaillit du bureau des admissions :

— Docteur!

— Il faut que j'y aille, dit Kate.

Elle voulut passer mais la femme lui bloquait le passage.

— Ma fille a le droit de recevoir vos soins au même titre que n'importe qui! Et elle a besoin de vous tout de suite!

Doucement mais fermement, Kate la repoussa sur le côté.

— Pardonnez-moi, dit-elle en s'éloignant.

Mme Stuyvesant lui lança un regard furieux.

— Il ne sera pas dit qu'on aura traité un Stuyvesant de cette façon! dit-elle entre ses dents.

En arrivant à l'accueil, Kate aperçut un vieil homme à la respiration haletante et douloureuse, semblable à celle du patient qu'elle venait de quitter. Il devait avoir dans les soixante-dix ans. Ses joues creuses, couvertes d'une barbe poivre et sel, disaient qu'il n'avait pas dû se raser depuis au moins trois jours. A en croire son visage coloré, aux veines gonflées, il devait passer le plus clair de son temps dehors.

Il clignait sans cesse des yeux, son front était humide, ses lèvres minces, gercées. Ses vêtements étaient vieux et usés, le col de sa chemise effiloché et sale. Lorsque Kate prit son pouls, elle remarqua que la manche de sa vieille veste de tweed était si abîmée qu'on ne pouvait même plus la repriser.

Bien que son pouls fût lent et régulier, il gémit :

— J'ai mal, docteur! C'est pour ça que je suis venu, j'ai besoin qu'on me soulage.

Il fallait ouvrir sa veste, puis sa chemise, pour palper sa poitrine et son ventre, et tenter de localiser la douleur. Les vêtements du vieil homme étaient si répugnants que Kate dut se faire violence. Avec précaution, elle écarta les pans de la veste et défit les quelques boutons qui tenaient encore sur la chemise, après quoi elle posa son stéthoscope sur la peau grise.

— J'ai mal, se plaignit-il encore pendant qu'elle l'auscultait.

— Où cela?

— Partout!

Dès le début de ses études médicales, Kate avait appris qu'avoir mal partout signifie bien souvent n'avoir mal nulle part. Ce pouvait être le cas de ce vieil homme, mais elle avait aussi appris à se garder des diagnostics trop hâtifs...

Elle ausculta la poitrine, puis le dos du patient. Apparemment, ses poumons ne contenaient aucune mucosité. Elle se concentra alors sur le cœur, qui était régulier et lent. Elle palpa ensuite son ventre. A part le fait qu'il ne semblait pas avoir mangé récemment, elle ne perçut rien d'inquiétant. Elle terminait son examen lorsqu'elle remarqua Clara Beathard, l'une des infirmières les plus âgées du service, qui se tenait au pied de la table.

S'écartant un instant du viel homme, Kate attira l'infirmière vers la fenêtre.

— Vous perdez votre temps, lui souffla cette dernière. Je l'ai vu plusieurs fois, déjà. Il présente toujours les mêmes symptômes... et toujours par les nuits pluvieuses.

— Pluvieuses... répéta Kate machinalement.

Comme elle commençait à comprendre ce que cela signifiait, l'infirmière enchaîna :

— Vous avez travaillé si dur que vous ne vous en êtes pas aperçue, mais il s'est mis à pleuvoir très tôt, ce matin. Chaque fois que la pluie est stable et régulière, ce vieil oiseau arrive avec ses symptômes. Ne perdez pas votre temps, docteur Forrester, débarrassez-vous de lui.

— Je me doutais qu'il jouait la comédie.

— Vous avez autre chose à faire, affirma l'infirmière. Je me charge de lui.

— Très bien.

Comme Mme Beathard s'écartait pour rejoindre le vieil homme. Kate la retint.

— Avant de le renvoyer, donnez-lui un sandwich et du café, si c'est possible.

— Nous allons l'encourager à réitérer si nous l'accueillons trop bien.

— Je prends le risque. Après tout, dehors il fait froid et humide.

Et elle retourna vers son patient précédent.

3

Au service des soins intensifs, Kate retrouva son patient moins anxieux qu'elle ne l'avait laissé. La morphine avait soulagé la douleur et il ne semblait plus aussi effrayé par la mort. Il ne réalisait pas qu'elle demeurait une menace imminente.

La jeune femme examina l'électrocardiogramme, dont le tracé n'indiquait plus aucun infarctus.

— Dès que le labo aura envoyé les analyses des selles, emmenez-le en Cardiologie, ordonna-t-elle. Qu'on le mette aussitôt sous streptokinase, si les résultats le permettent.

Elle posa une main rassurante sur le bras du malade.

— Tout va bien se passer... détendez-vous.

Même s'il ne comprenait pas la signification exacte des mots qu'elle prononçait, elle espérait que l'inflexion de sa voix et son attitude le rassureraient.

Elle sortait de la pièce quand elle fut alertée par un cri aigu en provenance du bureau des admissions.

— Au secours! *Por favor! Mi niña!* Mon bébé! hurlait une femme.

Aussitôt, Kate se précipita dans cette direction. Juste à cet instant, elle aperçut Mme Claude Stuyvesant, sur le seuil du box C, qui la foudroyait du regard. Visiblement, elle refusait d'admettre qu'en l'absence d'analyses tout traitement administré à sa fille risquait non seulement d'être inutile, mais dangereux.

Mais le cri révélait une telle détresse que Kate ignora Mme Stuyvesant pour se ruer aux Admissions. Elle y trouva une jeune femme visiblement d'origine hispanique, qui serrait contre son cœur une petite fille d'environ trois ou quatre ans. Celle-ci ne paraissait pas endormie, pourtant elle avait les yeux fermés.

Kate souleva les paupières de l'enfant pour tester ses réactions à la lumière d'une lampe de poche. Les yeux de la petite ne réagirent pas normalement à ce stimulus.

La mère faisait tourner un chapelet entre ses doigts nerveux.

— Docteur! supplia-t-elle. *Por favor*, docteur, qu'est-ce qu'elle a?

Kate entreprit de déshabiller l'enfant, pour procéder à un examen superficiel.

— Dites-moi ce qui s'est passé, demanda-t-elle à la mère.

— Il ne s'est rien passé, protesta la jeune femme. Maria, elle est en train de dormir et je vois qu'elle respire pas trop bien, alors j'écoute. Et puis je pense qu'il vaut mieux venir voir le docteur et je l'amène ici.

Pendant qu'elle parlait, Kate avait rapidement examiné les bras, les jambes et le torse de l'enfant. Tristement, elle avait constaté ce qu'elle soupçonnait : toutes sortes d'hématomes d'un noir bleuté, et deux marques qui semblaient provenir de brûlures cicatrisées. L'une des deux jambes présentait une fracture en voie de guérison, l'autre un renflement suspect.

— Est-ce que vous avez frappé Maria? demanda Kate.

— *Nada! Nunca!* Jamais frappée! protesta la femme.

— Quelqu'un d'autre l'a-t-il frappée?

— Non! *Nadie*. Personne, insista la femme. Mais Maria, elle tombe. Elle se fait mal.

Kate procéda alors à un certain nombre de tests neurologiques dont les résultats l'alarmèrent suffisamment pour qu'elle estimât qu'il était urgent de radiographer l'enfant avant de l'envoyer en Neuropédiatrie pour des examens plus approfondis. Si ses soupçons étaient fondés, les neurologues auraient à pratiquer un électro-encéphalogramme, ainsi qu'un scanner du cerveau.

— Il faut qu'elle reste ici cette nuit.

— Non! Je ne la laisserai pas!

— Si vous voulez qu'elle vive, vous feriez mieux de la laisser, dit sèchement Kate.

La mère se mit à pleurer et voulut prendre son enfant dans ses bras. Kate l'en empêcha.

— Allez plutôt au bureau donner à la secrétaire tous les renseignements nécessaires. Je m'occupe de Maria.

— Non... non... Je ne peux pas la laisser!

De plus en plus effrayée, la mère sanglota sans retenue. A cet instant, une voix masculine, à la fois rauque et coléreuse, leur parvint depuis la porte des Urgences.

— Félicia! *Dónde estás?* Où es-tu? Je sais que tu es là! Félicia!

Aussitôt, la femme fut prise de tremblements. Kate Forrester comprit que l'individu était son mari ou son compagnon. Visiblement, il la terrorisait.

— Je vous en prie, supplia-t-elle, rendez-moi Maria. Il va être très méchant avec moi.

L'homme fit irruption dans la pièce. Il n'était pas grand, mais large d'épaules et bien bâti. Ses yeux noirs et furieux étaient ceux d'un homme trahi.

— Félicia! ordonna-t-il. Prends Maria dans tes bras.

Les yeux de la femme allèrent de son homme à Kate, qui secoua négativement la tête. Visiblement, elle ne savait à qui obéir.

— Je t'ai dit de la prendre dans tes bras! On rentre à la maison. — Comme elle hésitait encore, l'homme hurla : — *Rápido!*

La femme paraissait pétrifiée de peur. Le regard furieux de l'homme se révéla plus efficace que ses paroles. Il contenait une telle menace que la femme se mit à crier et voulut prendre l'enfant dans ses bras. Mais Kate Forrester intervint physiquement en se plaçant entre la mère et le brancard sur lequel était étendue la petite fille.

L'homme lui fit signe de s'écarter.

— Maria reste ici. Elle est très malade, expliqua Kate.

— Je suis son père, répliqua-t-il, c'est moi qui décide si elle est malade.

Il fit quelques pas en direction du brancard, s'attendant à ce qu'elle s'écartât, mais elle n'en fit rien. Il la prit alors par le bras et tenta de la faire bouger. Elle ne céda pas d'un pouce.

— Si vous l'emmenez, elle va mourir.

— Un homme a tous les droits quand il s'agit de son enfant, affirma-t-il.

— Je me fiche de vos droits. Seuls ceux de l'enfant m'intéressent! Service de sécurité! appela Kate.

— Taisez-vous! *Silencio!*

— Je demande de l'aide! cria plus fort la jeune femme.

Dans sa colère, l'homme poussa Kate avec une telle brutalité qu'elle fut projetée vers le mur, contre lequel sa tête cogna violemment. En d'autres circonstances, elle se serait sans doute affaissée sur le sol, mais elle était déterminée à sauver cette enfant. Elle se précipita vers la brute, le forçant à se détourner de la petite fille pour l'affronter de nouveau. Une fois encore, il la poussa de côté et parvint à enlever l'enfant de la table et à la prendre dans ses bras. A cet instant, l'agent en uniforme chargé de la sécurité, George Tolson, arriva en courant.

— Posez cette enfant par terre, ordonna-t-il à l'homme.

— J'ai le droit de l'emmener, c'est ma fille, protesta-t-il.

Le garde tourna vers Kate des yeux interrogateurs.

— Docteur?

— Cette petite a subi des sévices graves. Elle restera ici cette nuit et aussi longtemps que nous l'estimerons nécessaire. Utilisez la force s'il le faut.

— Très bien. Monsieur, posez immédiatement cette enfant.

Il mit sa main sur l'étui de son revolver. Ce n'était pas une vaine menace et le père dut le comprendre, car il reposa lentement l'enfant sur la table.

— Reculez, maintenant!

L'homme s'écarta lentement, non sans lancer un regard furieux à sa femme. Réduit au silence, il demeura immobile tandis que Kate s'approchait de la petite Maria pour terminer son examen.

— Elle est tombée, grommela-t-il au bout de quelques minutes. Elle tombe tout le temps. Ce n'est pas normal, un enfant qui n'arrête pas de tomber.

— Nous allons la radiographier, en particulier les os longs, qui portent le plus souvent les marques de sévices. Ensuite, un scanner du cerveau.

— Qu'est-ce que c'est? demanda la mère d'une voix effrayée.

— Elle peut avoir une lésion ici, dit Kate en désignant la tête de la petite.

La femme se signa.

— *Hombre malo... malo*, marmonna-t-elle.

Elle osa lever les yeux vers son mari, qui la foudroya du regard pour la réduire au silence. Mais grâce à la présence du médecin et de l'agent de sécurité, elle trouva le courage dont elle manquait visiblement à la maison, car elle le défia.

La prenant par le bras, Kate l'entraîna légèrement à l'écart.

— Acceptez-vous de répondre à mes questions, maintenant ? — Comme la femme se taisait, elle l'avertit : — Vous devrez témoigner à la police, plus tard.

La femme éclata en sanglots, ce qui constitua une réponse suffisante pour Kate, qui appela :

— Madame Beathard !

Dès que l'infirmière arriva, Kate ordonna :

— Emmenez Maria en Radiologie, je veux que cette enfant soit radiographiée sous toutes les coutures. Apparemment, elle est âgée d'environ quatre ans.

— Six ! rectifia la mère.

Kate et Mme Beathard n'en furent pas surprises. Les enfants martyrs étaient souvent chétifs et paraissaient plus jeunes qu'ils ne l'étaient en réalité.

— Je désire en outre qu'on lui fasse un électro-encéphalogramme et un scanner du cerveau, poursuivit Kate. Demandez au Dr Golding de se charger personnellement de ce cas. Je crains que nous n'ayons sur les bras une petite fille victime de graves sévices et très malade.

Aussitôt, Mme Beathard poussa le brancard vers la porte et se dirigea vers le service de pédiatrie. Tenu en respect par Tolson, le père la gratifia d'un regard furieux mais ne bougea pas.

— Votre fille est dans de bonnes mains, dit Kate à la mère. Le Dr Golding est l'un de nos meilleurs pédiatres. Quant à vous, ajouta-t-elle à l'adresse du père, vous serez très bientôt convoqué dans les bureaux de la police. Très bientôt.

L'homme esquissa un mouvement de retraite.

— Félicia ! appela-t-il. *Ven aqui !*

Résignée, sa femme fit un pas dans sa direction.

— Vous n'êtes pas obligée de le suivre, dit Kate. —

Félicia tourna vers elle des yeux remplis de larmes. Kate lui prit la main pour la rassurer. — Si vous voulez rester, nous pouvons vous aider.

— M'aider? Vous croyez que ça l'empêchera de me frapper?

— J'appellerai une assistante sociale. Elle vous emmènera dans un centre où vous serez en sécurité. Personne ne pourra plus vous faire de mal.

La femme hésita, semblant évaluer la proposition de Kate.

— Félicia, insista son homme, *ven aqui!*

De nouveau, elle chercha un soutien auprès de Kate, qui lui sourit.

— Je vous promets que vous serez en sécurité.

— Je... je reste.

— George, dit Kate à l'agent, conduisez-la auprès de l'assistante sociale.

— Oui, docteur. Et vous? Vous êtes sûre que vous allez bien?

— Tout à fait.

— Il serait plus sage de vous faire examiner...

— Sûrement pas, affirma-t-elle, malgré ses tempes bourdonnantes.

— Pardonnez-moi, docteur, mais vous prenez trop de risques. Vous auriez pu être gravement blessée.

— Je serais morte plutôt que de lui laisser reprendre cette enfant, mais votre sollicitude me touche, George. Maintenant, emmenez cette femme au service social.

Comme elle se dirigeait vers les Urgences pour voir si le laboratoire avait envoyé les résultats des analyses de Claudia Stuyvesant, elle s'entendit appeler :

— On vous demande au téléphone, docteur Forrester. Le monsieur dit que c'est urgent.

— Urgent? Dites-lui de rappeler demain matin.

— Il insiste!

Kate se précipita vers la salle des infirmières pour prendre l'appel.

— Allô! lança-t-elle d'une voix furieuse. Qui est à l'appareil? Et qu'est-ce qui peut bien...

— C'est moi, chérie.

— Pour l'amour du ciel, Walter, chuchota Kate,

qu'est-ce qui te prend de m'appeler ici ? Est-ce que tu te rends compte qu'il est presque 1 heure du matin ?

— Où veux-tu que je te joigne quand tu es de garde aux Urgences ? rétorqua Walter Palmer.

— La dernière fois que nous nous sommes parlé, il me semble t'avoir clairement fait comprendre que tu ne devais plus m'appeler du tout.

— Tu ne peux pas rompre de cette façon, Kate. Pas après ces deux années passées ensemble.

— Walt, je n'ai pas le temps d'en discuter maintenant. Mais même si je l'avais, cela ne changerait rien entre nous. Maintenant, excuse-moi, mais je dois...

— Écoute-moi, Kate ! Je sais que tu es épuisée et que tu es débordée de travail. Tout ce que je te demande, c'est que nous en discutions lorsque tu te seras reposée.

— C'est vrai, je suis épuisée. J'espère seulement tenir jusqu'à 6 heures du matin sans craquer, mais cela ne change rien à ce que j'éprouve à ton égard. Maintenant, je dois partir. Et ne t'avise pas de me rappeler à l'hôpital.

Raccrochant violemment le récepteur, elle se détourna pour découvrir Mme Stuyvesant qui dardait sur elle des yeux furieux.

— Docteur, j'insiste pour que vous examiniez immédiatement Claudia. Elle est si agitée qu'elle a arraché le cathéter de son bras.

Soucieuse, Kate Forrester se dirigea vers le box C. Une léthargie qui se muait en hyperagitation, c'était un symptôme dû à la consommation de barbituriques. Si l'on y ajoutait l'hématome sur la cuisse, qui pouvait avoir été causé par une chute, il y avait lieu de soupçonner Claudia Stuyvesant de mensonge quand elle prétendait n'avoir absorbé aucune drogue.

Aux Urgences, Kate trouva un infirmier qui l'attendait avec les résultats des analyses concernant Claudia Stuyvesant. Elle les étudia immédiatement, mais ils ne contenaient rien de particulièrement révélateur. L'hématocrite de 33 p. 100 indiquait une légère anémie. Le taux de 14 000 globules blancs était assez élevé sans pour autant suggérer une infection sérieuse. Les analyses d'urine ne révélaient aucune trace de sang ni de calculs rénaux.

Quand on était confronté à de tels résultats, la seule

marche à suivre était de garder le patient à l'hôpital afin de poursuivre la réhydratation, de continuer à observer les signes vitaux et de pratiquer un nouveau bilan sanguin pour contrôler l'évolution de l'état du malade. Kate remit le cathéter en place.

Pendant qu'elle réfléchissait, Mme Stuyvesant se tenait debout près de sa fille, attendant visiblement que le médecin commentât les résultats des analyses. Comme rien ne venait, elle s'approcha de Kate et l'attira dans un coin de la pièce.

— Je sais que c'est grave... commença-t-elle.

— Madame Stuyvesant, l'interrompit Kate, avant que vous formuliez la moindre hypothèse, je dois vous dire que les conclusions du laboratoire ne sont que temporaires. Quoi qu'il en soit, elles ne permettent pas de déterminer un traitement.

— Je souhaite que ma fille soit examinée par un médecin plus âgé. Lorsqu'il s'agit d'elle, nous exigeons ce qu'il y a de mieux.

— A cette heure-ci, aux Urgences et dans cet hôpital, je suis ce qu'il y a de mieux.

— Au moins...

— Je sais! la coupa Kate. « Faites quelque chose, docteur! »

— Exactement!

— Madame Stuyvesant, je sais parfaitement ce qu'éprouve une mère inquiète, mais jusqu'à ce que les symptômes de votre fille et les rapports du laboratoire me permettent d'établir un diagnostic, il est plus sûr de ne rien faire du tout.

— Très bien. Je vais voir si les assistants du Dr Eaves peuvent le contacter, où qu'il soit.

— Le téléphone public se trouve au bout du couloir.

— C'est inutile, nous avons le nôtre dans la limousine!

Sans plus attendre, Mme Stuyvesant se précipita vers la sortie. Kate n'attendait que cette occasion pour interroger de nouveau Claudia. Hors de la présence de sa mère, la jeune femme s'exprimerait peut-être plus librement.

Elle pénétra dans le box, où elle commença par compléter la feuille de soins pour que sa question parût plus naturelle.

— Claudia, je voudrais encore éclaircir quelques points avec vous. Rien de ce que vous me direz ne sera répété à votre mère, soyez-en assurée.

Claudia hocha imperceptiblement la tête, mais ne se détendit pas pour autant.

— Pour commencer, avez-vous eu récemment des relations sexuelles ?

— Je vous ai déjà dit que non.

— Et vos règles?

— Régulières.

— Consommez-vous des drogues, qu'elles soient ou non prescrites par un médecin?

— Non.

— Claudia, si vous dissimulez la vérité à ce sujet, notre diagnostic peut en être affecté. Et sans un diagnostic correct, il nous est impossible de vous soigner efficacement.

L'argument sembla porter ses fruits, car Claudia hésita un instant avant de répondre. Kate en conclut qu'elle allait lui livrer la vérité.

— Je... Quand j'ai mes règles, mal au ventre et tout ça, je prends souvent du Midol.

— C'est tout?

— C'est tout, et cela ne m'arrive pas chaque fois.

Kate voulut insister, mais un appel à l'aide lui parvint du bureau des admissions :

— Docteur! Docteur Forrester!

Kate reconnut la voix de Sara Melendez, la secrétaire qui s'occupait des admissions de nuit aux Urgences. Sara occupait ce poste depuis des années et elle avait affronté tous les types de patients : les cas désespérés, les vrais malades et ceux qui croyaient l'être. Si Sara appelait à l'aide, ce devait être grave.

— Je reviens tout de suite! lança très vite Kate avant de se précipiter hors du box.

4

Kate Forrester courut le long du couloir jusqu'à un brancard poussé par deux infirmiers des Urgences. A leur hâte, elle comprit immédiatement que le patient était en danger. Ils étaient suivis par une jeune femme, à qui l'étroitesse du corridor interdisait de marcher près d'eux. Kate leur fit signe d'entrer dans une salle d'examen encore vide.

— Que s'est-il passé? demanda-t-elle aussitôt.

— Overdose, répondit l'un des infirmiers. Nous pensons qu'il a agi intentionnellement.

Dès qu'ils eurent déposé le patient sur la table, ils repartirent, laissant Kate avec la jeune femme et son nouveau patient.

— Qu'est-il arrivé?

Pour toute réponse, la jeune femme lui tendit un petit flacon de pilules. Kate remarqua qu'elle portait une alliance à la main gauche. Ses yeux se posèrent sur l'étiquette.

— Gardénal... cinquante capsules, lut-elle à mi-voix. Il les a toutes prises? demanda-t-elle à la jeune femme.

Celle-ci luttait visiblement pour ne pas fondre en larmes.

— Toutes celles qui restaient.

— Depuis combien de temps l'avez-vous découvert dans cet état?

— Quand je suis rentrée à la maison.

— Depuis combien de temps? insista Kate. Combien d'heures?

— Presque deux.
— Vous aviez été absente longtemps?
— Oh oui! Je travaille le soir.
Kate réfléchit un instant.
— A quelle heure pensait-il que vous rentreriez?
— Un peu après minuit. Pourquoi?
Occupée à faire des comptes, Kate ne répondit pas. Il était possible que ce jeune homme eût absorbé cinquante capsules de Gardénal. Possible aussi qu'il se fût écoulé ensuite entre deux et quatre heures avant que sa femme ne le découvrît... en étant optimiste. Dans ce cas, il pouvait encore être sauvé. Soulevant les paupières de son patient, elle alluma sa lampe de poche et la braqua sur ses pupilles, qui réagirent à peine.
— Comment s'appelle-t-il? demanda-t-elle.
— Karl. Karl Christie.
Kate se pencha et approcha sa bouche de l'oreille du jeune homme.
— Karl! Vous m'entendez, Karl? Karl!
Il tourna lentement les yeux vers elle. Elle en conclut qu'il était conscient de sa présence, bien que ses yeux fussent vides et dénués d'expression. C'était assez pour entamer le traitement. Elle appela Mme Beathard.
— Tube, solution saline et seringue, ordonna-t-elle.
Quelques secondes plus tard, elle ouvrait la bouche du jeune homme pour y introduire un tube qu'elle fit lentement glisser dans sa gorge, jusque dans son estomac. Mme Beathard lui tendit un broc d'acier inoxydable plein de solution saline que Kate versa peu à peu dans l'embouchure du tube.
Lorsqu'il fut à moitié vide, elle utilisa la seringue pour aspirer la solution de chlorure de sodium, qu'elle vida dans un bassin pour y rechercher ce qui restait des capsules de Gardénal. Au troisième essai, elle en trouva quelques traces. Elle poursuivit l'opération, lavant l'estomac du jeune homme, aspirant peu à peu une partie de la drogue. Enfin, il lui sembla avoir réduit le risque mortel.
— Perfusion et électrocardiogramme, ordonna-t-elle.
Aussitôt, Mme Beathard installa le goutte-à-goutte destiné à éviter la déshydratation, puis elle mit en place les électrodes qui permettraient à l'électrocardiographe

d'enregistrer l'activité cardiaque du patient. Pendant ce temps, Kate ausculta le jeune homme et prit son pouls. Glissant ses mains sous ses aisselles, elle le mit ensuite en position assise et constata avec satisfaction qu'il ne s'affaissait pas. Elle le contraignit alors à boire une solution de charbon. Bien qu'il résistât et se mit à tousser, en en rejetant ainsi une partie, elle persista. Le remède pouvait non seulement empêcher son appareil digestif d'absorber ce qui restait de drogue, mais permettre d'en récupérer un maximum.

Une fois du plus, elle examina ses yeux, testa ses réflexes, continuant de lui parler... jusqu'à ce qu'il répondît. Il balbutia vaguement, d'une voix à peine audible, mais il répondit. Il parut même suffisamment conscient à Kate pour qu'elle décidât de le délaisser momentanément pour interroger son épouse.

— Est-ce la première fois? demanda-t-elle.

La jeune femme hésita un instant avant de secouer négativement la tête.

— La deuxième, avoua-t-elle. Il est très sensible, et après tous ces mois d'échec... C'est un bon musicien, vous savez, mais tout le monde s'en moque.

Fondant en larmes, elle ajouta d'une voix entrecoupée :

— Il ne faut pas le blâmer, ce n'est pas sa faute. Mais sauvez-le, je vous en supplie, sauvez-le!

— C'est ce que nous tentons de faire. Je pense d'ailleurs qu'il est hors de danger, désormais, mais de justesse... Dites-moi, savait-il à quelle heure vous alliez rentrer?

— Depuis que je... suis caissière dans un restaurant... je travaille le soir, j'arrive à la maison aux alentours de minuit.

— Il le savait? insista Kate.

— Oui. C'est ce qui le tourmente le plus... que je travaille et lui non. La plupart du temps, il vient me chercher à mon travail. New York est si peu sûr, ces temps-ci! Ce soir, lorsque je ne l'ai pas vu, je me suis fait du souci.

— Pourquoi? Vous vous attendiez à ce qu'il attente à ses jours?

— Je ne sais pas, je me suis inquiétée, c'est tout. Il était plus déprimé que d'habitude, cette semaine. Alors, je me suis dépêchée de rentrer. J'ai même pris un taxi, bien que ce soit très cher. Et maintenant, qu'est-ce qui va lui arriver ?

— L'infirmière va rester auprès de lui, pour s'assurer que sa respiration est bien régulière. Je pense qu'il ne gardera aucune lésion, sur le plan neurologique. Ensuite, je demanderai au psychiatre de discuter avec lui.

— Le psychiatre ?

— Il déterminera s'il s'agit d'une réelle tentative de suicide, ou bien d'un appel à l'aide. Je pencherais plutôt pour la seconde hypothèse. Il désirait que vous le trouviez et que vous le sauviez. C'est ce que vous avez fait. Maintenant, c'est à nous de lui porter secours et nous nous y emploierons.

— Merci, docteur, merci beaucoup. Il... il n'y aura pas d'enquête policière ?

— C'est là une conception rétrograde de notre mission. Nous ne sommes pas là pour punir les gens qui tentent de mettre fin à leurs jours, assura Kate. Nous voulons aider, non sanctionner.

Impulsivement, la jeune femme s'empara de la main de Kate et l'embrassa.

— Je vous en prie... protesta Kate avec gêne. Je suis heureuse d'avoir pu vous assister.

Après avoir laissé ses consignes à Mme Beathard, elle retourna auprès de ses autres patients.

Kate Forrester avait de nouveau examiné Claudia Stuyvesant, dont les symptômes et les analyses n'avaient pas suffisamment évolué pour qu'elle pût faire un diagnostic. Puis elle avait reçu et traité des cas habituels : des maux de ventre, dont deux salmonelloses ; une mauvaise grippe qui avait dégénéré en pneumonie ; une fausse-couche ; deux victimes d'attaques à main armée, dont les blessures n'étaient heureusement pas trop graves ; et enfin une infection rénale...

Lorsqu'elle retourna auprès de Claudia Stuyvesant, elle la trouva à moitié endormie. Sa mère n'en était pas plus rassurée et suppliait toujours du regard qu'on se décidât à intervenir.

Kate profita d'un instant de répit pour mettre à jour ses feuilles de soins. Quelques minutes à peine s'étaient écoulées, lorsqu'un appel jaillit du bureau des admissions.

— Docteur Forrester! Docteur Forrester!

Comme Kate courait une fois de plus le long du couloir, elle aperçut un brancard poussé par des infirmiers du service des Urgences. Une jeune femme y était allongée. Un jeune homme d'environ vingt-cinq ans lui tenait la main.

Dès qu'ils furent suffisamment près d'elle, Kate entendit ce qu'il lui disait :

— Tout va bien se passer, chérie. On est arrivé. Ils ont appelé le docteur. Tu vas guérir. Guérir!

Kate dirigea les infirmiers vers un box qui venait tout juste d'être libéré. Le brancard fut poussé contre la table d'examen, puis le jeune homme et l'un des infirmiers aidèrent la patiente à s'y installer.

— Très bien, lui dit Kate. Maintenant dites-moi ce qui vous arrive.

Tout en posant cette question, elle observait attentivement la jeune femme. Celle-ci transpirait abondamment, son visage était pâle, ses lèvres décolorées, elle respirait avec difficulté et semblait beaucoup souffrir.

— Qu'est-ce qui ne va pas? répéta Kate.

— Je ne... Je ne peux pas... Je...

Incapable de s'exprimer, la malade se détourna. Apparemment, elle ne savait plus où elle en était. Kate s'adressa alors au jeune homme.

— Depuis combien de temps se trouve-t-elle dans cet état? Comment cela a-t-il commencé?

Tout en parlant, elle dégagea le bras de la jeune femme, qui portait un imperméable, une robe de chambre et une chemise de nuit, afin de prendre sa tension.

— Elle allait très bien... répondit le mari. Je veux dire, elle se sentait bien jusqu'à ce matin. Ensuite, vers midi, elle a commencé à ressentir... je ne sais pas exactement quoi, quelque chose de bizarre, en tout cas. Je veux dire, elle a souvent été malade, même avant notre mariage. Mais tous ces temps-ci, elle paraissait en bonne santé, jusqu'à ce matin.

Kate avait pris la tension de la jeune femme : 9/5. C'était trop bas mais cela ne constituait pas en soi un symptôme suffisant pour établir un diagnostic. Kate enfila le thermomètre électronique dans un revêtement de plastique stérile, puis elle le glissa dans la bouche de sa patiente.

— Gardez-le sous la langue, je vous prie. — Elle surveilla le cadran, qui ne tarda pas à indiquer un petit 38°

— Asseyez-vous, s'il vous plaît madame.

Comme le mari esquissait un mouvement pour aider son épouse, Kate lui fit signe de s'abstenir.

— Laissez-la se redresser seule.

L'air penaud, le jeune homme recula d'un pas. Kate observait la jeune femme se soulever avec difficulté, comme si elle souffrait du dos. Elle retomba en arrière à mi-parcours, épuisée par l'effort qu'elle venait de fournir.

— Je ne peux pas... haleta-t-elle.

Voulant tout à la fois l'excuser et fournir au médecin des explications supplémentaires, le jeune homme intervint :

— Elle a été ainsi toute la journée. Chaque fois que je lui ai demandé de s'asseoir pour absorber un peu de soupe chaude, elle m'a dit qu'elle n'y parvenait pas. Et quand je la redressais moi-même, elle se plaignait de nausées et de vertiges. Je vous en prie, docteur, faites quelque chose!

A sa voix brisée, Kate comprit qu'il était très amoureux de sa femme et terrorisé à l'idée de la perdre. « A juste titre », pensa-t-elle.

Car si les symptômes présentés par la patiente ne permettaient pas d'établir un diagnostic définitif, ils étaient pourtant inquiétants et exigeaient des soins immédiats.

Kate fit une prise de sang à la jeune femme. Se tournant ensuite vers le couloir, elle appela :

— Juan! Juan Castillo. Box A, urgence!

L'infirmier arriva en courant.

— Oui, docteur Forrester? fit-il d'une voix essoufflée.

— Apportez cet échantillon au labo. Je veux une numération de formule sanguine, avec vitesse de sédimentation, plus électrolytémie. Attendez les résultats.

— Oui, docteur.

Juan prit le tube et partit aussitôt. Kate se tourna vers le jeune mari, qui semblait la supplier des yeux.

— Qu'en pensez-vous, docteur? demanda-t-il.

Kate revint à sa patiente et reprit l'examen là où elle

l'avait laissé. Tout en auscultant la jeune femme pour déterminer l'état de ses poumons et de son cœur, elle parla au jeune homme, qui s'accrochait à la main de sa femme. Celle-ci semblait s'être endormie, aussi Kate songeait-elle moins à la rassurer qu'à réconforter le jeune homme.

— Vous m'avez dit tout à l'heure.... commença-t-elle.

— Oui, l'interrompit-il, elle était tout à fait bien jusqu'à ce matin.

— Ce n'est pas à cela que je pensais. Vous avez dit qu'elle avait déjà été malade. Vous avez utilisé ce mot, « malade », précisant qu'elle l'était « souvent ». A quoi faisiez-vous allusion?

— Avant notre mariage, c'était fréquent.

— Quoi donc?

— Ces... crises.

— Quel genre de crises?

— Elle avait du mal à respirer. Mais cette fois, c'est différent.

— Comment le médecin nommait-il cette difficulté? Vous a-t-il parlé d'asthme?

— Oui.

Maintenant, les symptômes commençaient à construire un début de syndrome. Cependant, il fallait encore déterminer certains faits.

— Le médecin lui a-t-il prescrit un traitement?

— Oui, et ça marchait vraiment bien. Comme je vous l'ai dit, elle allait beaucoup mieux et je ne comprends pas ce qui s'est passé. Si brusquement, surtout.

— Quel type de remède prenait-elle? Des corticoïdes?

— Oui, c'est ça! C'est le mot que le pharmacien a prononcé.

— Elle allait beaucoup mieux, dites-vous. Cela signifie-t-il qu'elle n'en prend plus?

— Elle n'avait pas eu de crise depuis des semaines et elle se sentait si bien qu'elle a appelé le docteur pour lui demander si elle pouvait interrompre le traitement. Il a été d'accord.

— Elle l'a interrompu du jour au lendemain?

— Oui, puisque le docteur le lui permettait.

Aussitôt, Kate saisit la main de la jeune femme, que le

mari serrait toujours tendrement. Elle l'examina soigneusement, n'omettant pas un doigt, pas une phalange. Elle découvrit alors ce qu'elle soupçonnait : à certains endroits, la peau était plus foncée. Bien qu'elle n'eût jamais soigné ce type de cas auparavant, elle en avait abondamment entendu parler par le professeur dans le service duquel elle avait accompli son internat. Elle en avait aussi lu la description dans ses livres de cours, si bien que les symptômes formaient maintenant pour elle un tout cohérent : tension faible, fièvre légère, vertiges, léthargie, douleurs dans le dos et les jambes, désorientation, et surtout ces plis de la peau comme « bronzés ».

Un cas typique de la maladie d'Addison, sans nul doute provoqué par l'interruption soudaine de la cortisone que la jeune femme prenait pour soigner son asthme. Ses propres glandes surrénales n'avaient alors plus fourni leur compte normal de cortisone et de corticostéroïde.

Kate pouvait déjà anticiper les informations contenues dans les analyses de laboratoire : taux de potassium élevé, mais bas en sodium et en bicarbonate. Elle n'avait pas le temps d'attendre les résultats. Pour éviter un collapsus vasculaire, elle avait deux choses à faire : réhydrater et redonner des corticoïdes.

Dès qu'elle eut fixé le cathéter dans le bras de la patiente, Kate la confia à une infirmière, avec des consignes à exécuter en attendant les résultats des analyses.

— Appelez-moi dès qu'ils seront arrivés, dit-elle en quittant le box pour retourner vers ses autres patients.

Tout en longeant le couloir, elle se rappela ce que lui avait dit autrefois un vieux médecin : « Forrester, vous en apprendrez davantage en une semaine passée aux Urgences qu'en une année de pratique. Il vous faudra faire appel à toutes vos lectures, à toutes vos études, pour traiter tous les cas que vous devrez résoudre. »

Après cette nuit, elle comprenait ce qu'il avait voulu dire.

5

Deux heures s'étaient écoulées. Le Dr Kate Forrester commençait à ressentir douloureusement sa propre fatigue. Le café, chaud et fort, ne lui fournissait plus cet apport d'énergie qu'elle en attendait. Durant les soixante dernières minutes, elle avait accueilli huit patients, elle leur avait donné les premiers soins avant de les diriger vers différents services. Elle en avait renvoyé sept autres chez eux, après leur avoir administré un traitement essentiellement destiné à les réconforter.

Restait le problème posé par Claudia Stuyvesant, dans le box C. Les deux dernières fois où Kate était retournée la voir, elle semblait souffrir davantage. Mais la seconde série d'analyses demandées par Kate au laboratoire n'avait pas montré de changement. Aucun traitement n'était donc envisageable. Et à cette heure avancée de la nuit, le laboratoire fonctionnait au ralenti. Les laborantins de service étaient peu nombreux et s'interrompaient souvent pour manger quelque chose ou boire un café.

Incapable de formuler un diagnostic, Kate décida de demander son avis au chirurgien qui assurait la permanence de nuit.

Elle décrocha le téléphone.

— Appelez le Dr Briscoe, s'il vous plaît. Demandez-lui de se rendre immédiatement aux Urgences, box C. Merci !

Comme elle posait le récepteur, elle s'aperçut que Mme Stuyvesant n'avait cessé de la fixer. « Il serait temps, jeune femme, semblait-elle lui dire silencieusement. Il est même grand temps ! »

Quelques minutes plus tard, le Dr Briscoe pénétra dans le box.

— Vous avez demandé à me voir, Kate?

— En effet.

L'attirant légèrement à l'écart de façon à ne pas être entendue par Mme Stuyvesant, elle le mit au courant de la situation et lui montra les dernières analyses.

Surveillé par la mère, le Dr Briscoe palpa le ventre de la jeune femme avant de procéder à un examen gynécologique. Ignorant le regard inquisiteur de Mme Stuyvesant, il se tourna vers Kate.

— Le ventre est sensible, mais pas assez pour qu'on puisse préconiser un traitement particulier.

— Et l'utérus?

— Légèrement dilaté, pas de pigmentation marquée du col.

— Vous ne voyez aucun motif d'intervention chirurgicale?

— Pas pour l'instant. Poursuivez les analyses et prévenez-moi...

— Poursuivez les analyses! Poursuivez les analyses! s'exclama Mme Stuyvesant. Vous autres médecins ne savez donc rien faire d'autre? J'avais espéré la venue d'un praticien plus âgé! dit-elle à l'adresse du jeune chirurgien. Quelqu'un d'expérimenté.

— Docteur Forrester, dit tranquillement Briscoe, prévenez-moi dès que le laboratoire vous aura fait parvenir les résultats des dernières analyses.

A 3 heures du matin, le Dr Kate Forrester avait reçu vingt-six nouveaux patients. Elle en avait envoyé quatre en Cardiologie, deux en Chirurgie, l'un pour une appendicectomie, l'autre pour une éventuelle ablation de la vésicule biliaire. Elle en avait gardé sept autres en observation et renvoyé une douzaine qui présentaient des symptômes mineurs ou même feints.

Pas un instant elle n'avait cessé de penser à sa patiente du box C, Claudia Stuyvesant. Six heures après son admission aux Urgences, son cas n'était toujours pas résolu. Espérant trouver les résultats de la troisième série d'analyses, Kate retourna la voir.

Lorsqu'elle entra dans le box, Mme Stuyvesant lui lança un regard réprobateur.

— Les rapports du laboratoire vous attendent depuis au moins une demi-heure.

— J'ai eu d'autres malades à examiner, madame Stuyvesant.

Cette fois, il y avait un changement, et de taille. Le nombre de globules blancs, déjà important, s'était accru et atteignait les 21 000. En revanche, l'hématocrite, le volume de globules rouges, était tombé à 19 p. 100. La réhydratation avait toujours pour effet de les diminuer, mais là la chute était trop sensible pour lui être imputable. Et pour couronner le tout, la patiente semblait moins agitée, moins sensible à la souffrance et plus léthargique. Fallait-il l'imputer à une évolution de son état ou à l'heure avancée de la nuit?

Kate décida de palper une nouvelle fois le ventre de la jeune fille. Cette fois, elle le trouva distendu et un peu dur. Au stéthoscope, les bruits intestinaux avaient diminué. Ajoutés les uns aux autres, tous ces symptômes pouvaient signifier une sérieuse infection quelque part dans l'abdomen. Plus inquiète qu'elle ne voulait le laisser paraître sous le regard soupçonneux de Mme Stuyvesant, Kate se remit à palper le ventre tendu, cherchant à localiser le foyer infectieux possible.

Une pensée fugace lui traversa l'esprit. Malgré la présence de la mère, elle se pencha vers sa patiente et répéta plusieurs des questions qu'elle lui avait déjà posées.

— Claudia, soyez franche avec moi, c'est important. Avez-vous eu des relations sexuelles ces derniers mois?

— Je vous assure que non.

— Pas de retard de règles non plus?

— Elles sont tout à fait régulières, je vous jure.

— Elle n'est pas enceinte, si c'est ce que vous voulez lui faire dire, intervint Mme Stuyvesant.

Consciente que Claudia pouvait très bien mentir en présence de sa mère, Kate décida de tirer les choses au clair. Il fallait qu'elle s'assurât que l'infection, si elle existait, n'était pas liée à une grossesse, ni même à une grossesse extra-utérine.

Pressée de prélever un échantillon d'urine, elle accéléra les opérations :

— Ciseaux ! ordonna-t-elle à Mme Cronin.

Mme Cronin lui tendit une paire de ciseaux chirurgicaux, à bouts ronds. Aussitôt, Kate entreprit de découper l'une des jambes du jean de Claudia Stuyvesant.

— Que faites-vous, au nom du ciel ? demanda la mère.

— Je prends le plus court chemin pour prélever un peu d'urine, expliqua-t-elle.

Tout en parlant, Kate avait découpé le jean jusqu'à l'aine. Elle s'attaquait maintenant au slip de sa patiente. Mme Cronin lui passa alors une sonde vésicale, que Kate introduisit dans l'urètre. Soigneusement, elle fit couler un peu d'urine dans le tube que l'infirmière lui avait donné.

— Test en kit ! ordonna-t-elle.

Anticipant le désir du médecin, l'infirmière avait déjà ouvert un sachet hermétique d'où elle sortait une pipette et un flacon rond. Elle allait jeter l'emballage lorsque Kate lui demanda :

— Vous avez contrôlé la date de validité ?

Mme Cronin lut l'étiquette à haute voix :

— 30 décembre 1993.

Assurée que le test biologique était valable, Kate préleva quelques gouttes d'urine avec la pipette, puis elle en boucha l'extrémité à l'aide de son pouce jusqu'à ce qu'elle ait placé la pipette au-dessus du flacon. Otant alors son pouce, elle libéra les gouttes d'urine qui tombèrent sur la membrane tendue en travers du flacon, à environ deux centimètres du bord.

Mme Stuyvesant, qui avait suivi tous ses gestes avec inquiétude, demanda :

— Que faites-vous, docteur ?

— Un test immunologique destiné à détecter la présence d'hormones gonadotropes chorioniques dans l'urine de votre fille.

Ainsi que Kate l'avait prévu, Mme Stuyvesant ne comprit rien à son explication. En revanche, Mme Cronin avait deviné que le Dr Forrester doutait de la véracité des réponses de la patiente et souhaitait les vérifier au plus vite à l'aide d'un test de grossesse.

— Ce test immuno — chose, à quoi sert-il ? demanda la mère sur un ton soupçonneux.

— Les hormones gonadotropes chorioniques sont produites par les sujets fécondés. Ce test nous permettra d'en vérifier la présence ou l'absence dans l'urine de votre fille.

— Dans le premier cas, pourrez-vous enfin me dire de quoi ma fille souffre, docteur?

Mme Cronin lança à Kate un regard de côté, curieuse d'entendre la réponse du médecin. Mais Kate n'hésita pas.

— Non, mais nous saurons si elle est enceinte.

— Ma fille vous a déjà dit qu'elle n'avait pas de relations sexuelles, protesta Mme Stuyvesant.

Sans répondre, Kate versa dans le flacon quelques gouttes d'un liquide contenu dans une petite fiole sur laquelle était inscrit : « Réactif A ».

— Que faites-vous? demanda la mère.

— Ce test est très simple, rapide et ordinairement fiable. En utilisant ce réactif, je fixe toutes les hormones gonadotropes présentes dans l'urine de votre fille.

— Mais nous vous avons déjà dit...

— Une vérification ne peut pas faire de mal...

Kate ajouta quelques gouttes de « Réactif B » pour éliminer d'éventuelles molécules d'hormones gonadotropes qui se seraient détachées, ne gardant que celles qui devaient être testées par le « Réactif C ». Certaine que son hypothèse allait se confirmer, elle versa soigneusement quelques gouttes de « Réactif C » dans l'urine et attendit le résultat. Si elle ne se trompait pas, le mélange tournerait au bleu, indiquant une concentration d'hormones gonadotropes dans l'urine de Claudia.

Elle étudia le contenu du flacon, sûre qu'il n'allait pas tarder à changer de couleur, mais rien ne vint.

Sentant son triomphe imminent, Mme Stuyvesant demanda :

— Alors?

— Je ne vois aucune preuve de grossesse, admit Kate.

— Au lieu de perdre du temps à vérifier vos théories farfelues, vous pourriez essayer de faire quelque chose, docteur.

— Oui, oui, bien sûr, madame Stuyvesant.

« Mais quoi? » se demanda-t-elle avec inquiétude.

Quelque chose sonnait faux, dans ce cas. Contrairement

à ses affirmations premières, Claudia se trouvait actuellement sous l'effet de drogues. Nombreuses étaient celles qui pouvaient masquer ou diminuer la souffrance, trompant le patient aussi bien que le médecin sur la gravité de la situation.

Kate envisagea de faire une nouvelle prise de sang, pour rechercher systématiquement des traces de morphine, d'héroïne, de Valium ou de cocaïne. Les opiacés pourraient expliquer les nausées et cet égarement qui empêchait Claudia de décrire clairement ses maux. Mais ces analyses prendraient au moins vingt-quatre heures. Elles ne permettaient donc pas d'établir un diagnostic immédiat, mais pouvaient s'avérer utiles pour décider d'un traitement ultérieur.

Kate fit la prise de sang, qu'elle envoya au laboratoire avec mission d'y rechercher systématiquement les traces de drogues susceptibles d'être absorbées par une jeune New-Yorkaise.

Bien que le test de grossesse fût négatif, cette hypothèse continuait de chatouiller l'intuition professionnelle de Kate.

— Claudia, si j'en crois mon examen, il vous est arrivé d'avoir des relations sexuelles, dans le passé. Avez-vous utilisé un contraceptif, pilule ou stérilet?

Claudia hésita un instant.

— Oui, dit-elle enfin, il y a un certain temps. Elle jeta un coup d'œil coupable à sa mère. — Le Dr Eaves lui-même me l'avait conseillé.

Malgré la tension qui régnait entre la mère et la fille, Kate décida de poursuivre dans le même sens. Décrochant le téléphone mural, elle forma un numéro sur le cadran.

— Service de radiologie? Je désirerais que l'une de mes patientes passe une échographie pour écarter l'éventualité d'une grossesse extra-utérine.

— Mais les tests ont déjà prouvé qu'elle n'est pas enceinte! protesta Mme Stuyvesant.

Kate ignora l'interruption pour prêter toute son attention à son interlocuteur.

— Docteur Forrester, j'espère que cela peut attendre demain après-midi.

— Pourquoi ?

— Vous savez combien cette échographie est délicate. C'est le Dr Gladwin qui s'en charge, et elle ne sera là que demain après-midi. Si vous voulez un examen fiable...

Kate raccrocha... pour décrocher aussitôt.

— Allô, le laboratoire ? demanda-t-elle. Ici le Dr Forrester, aux Urgences. Je viens de vous envoyer un échantillon de sang pour une recherche de substances toxiques. En plus, je voudrais que vous me fassiez un test de grossesse.

— J'espère que vous n'en avez pas besoin tout de suite ?

— Pour ce qui est de la drogue, je sais que cela vous prendra vingt-quatre heures. En revanche, il me faudrait le résultat du test de grossesse le plus vite possible.

— C'est bien de cela dont je vous parle. Le sérum utilisé réclame un matériel spécial et un technicien particulier, c'est pourquoi nous n'effectuons ces tests que tous les deux ou trois jours. Selon moi, vous n'aurez pas les résultats avant au moins un jour et demi.

— Tant pis. Réservez quand même un peu de sang pour le test de grossesse. On ne sait jamais, cela peut toujours servir.

Après avoir raccroché, Kate décida de palper une nouvelle fois le ventre de sa patiente. A sa grande surprise, elle découvrit qu'il était maintenant tendu au point d'en être tout à fait dur. Elle allait décrocher une nouvelle fois le récepteur téléphonique lorsqu'elle se ravisa. Mieux valait appeler de la salle des infirmières pour ne pas accroître inutilement l'anxiété de Mme Stuyvesant.

— Trouvez le Dr Briscoe, immédiatement ! C'est urgent. Qu'il se rende sur-le-champ aux Urgences, box C. Je répète, c'est urgent !

6

Kate Forrester attendait Briscoe devant le box C pour lui rendre compte des derniers changements intervenus dans l'état de sa malade. Moins de cinq minutes après son appel, elle fut soulagée de le voir pousser les portes battantes qui séparaient les Urgences du reste de l'hôpital.

Briscoe écouta son rapport.

— Il me faut une sonde chirurgicale longue, dit-il. Je vais essayer de voir si elle n'est pas en train de faire une hémorragie interne.

Ils entrèrent dans le box, où Mme Cronin était en train de prendre la tension de Claudia.

— La pression sanguine baisse, dit-elle doucement afin que la mère ne l'entende pas.

— Faites une seconde perfusion et allez chercher une sonde pour le Dr Briscoe, dit Kate en prenant la place de Mme Cronin.

Au mot de sonde Mme Stuyvesant avait tressailli.

— Qu'allez-vous faire ?

— Sortez de la chambre, s'il vous plaît madame ! dit Briscoe. Comme elle le défiait du regard, il répéta : — Je vous en prie, madame, sortez.

Finalement, Nora Stuyvesant quitta le box à contrecœur. Elle faillit heurter Mme Cronin, qui revenait avec une longue sonde. Tandis que l'infirmière reprenait son poste auprès du monitoring de pression sanguine, Kate regardait Briscoe se préparer à introduire la sonde dans le vagin de Claudia, le but étant d'aspirer le sang qui aurait pu s'accumuler dans son abdomen, au cas où une hémorragie interne se serait déclenchée.

Briscoe approchait la sonde de l'orifice vaginal lorsque Mme Cronin poussa un cri :

— Plus de pouls! Elle n'a plus de pouls!

Aussitôt, Kate et Briscoe transportèrent la patiente sur un brancard qui se trouvait le long du mur.

— Réanimation cardiaque! ordonna Kate.

Mme Cronin obtempéra aussitôt. Kate et Briscoe poussèrent le brancard hors du box, tandis que l'infirmière continuait d'exécuter les mouvements de réanimation. Ils passèrent devant Mme Stuyvesant, pétrifiée, et gagnèrent le service des soins intensifs où se trouvaient les équipements d'urgence.

— Qu'est-ce qui ne va pas? cria la mère de Claudia en se précipitant à leur suite. Qu'est-il arrivé à ma fille?

Mais personne ne s'arrêta pour le lui expliquer. Devant la porte des Soins intensifs, Kate lui barra le passage, en dépit de ses protestations.

— Je suis sa mère, j'ai le droit...

— Vous ne feriez que nous gêner, dit Kate en lui fermant la porte au nez.

Les deux médecins et les trois infirmières se mirent aussitôt au travail.

— Perfusion, ordonna Kate. Injectez-lui une solution hypertonique pour remplacer ses électrolytes. Mme Cronin, continuez la réanimation. Quant à vous, ajouta-t-elle à l'intention de l'infirmière des Soins intensifs, vous vous occuperez de l'électrocardiogramme.

Comme l'infirmière plaçait les électrodes sur la poitrine de la patiente, Kate ordonna :

— Une ampoule d'épinéphrine!

Aussitôt, la seconde infirmière des Soins intensifs lui apporta l'ampoule et la seringue hypodermique. Rapidement, Kate noua un cordon de caoutchouc autour du bras de Claudia, trouva la veine et lui injecta l'épinéphrine, un stimulateur cardiaque.

Pendant ce temps, Briscoe ouvrit la bouche de la patiente, et introduisit un long tube de plastique dans sa gorge jusqu'à la trachée, en évitant soigneusement d'endommager les cordes vocales au passage. Il fixa ensuite un ballon à oxygène à l'autre extrémité du tube.

— De l'air! ordonna-t-il à la seconde infirmière.

Celle-ci prit le ballon à oxygène dans ses deux mains pour envoyer de l'air dans les poumons de Claudia, en prenant soin de coordonner ses mouvements avec ceux de Mme Cronin, qui poursuivait la réanimation de la jeune fille. Elle aurait annulé tous leurs efforts en envoyant de l'air juste au moment où Mme Cronin exerçait une pression sur la poitrine de Claudia.

Briscoe se tourna vers la porte et appela :

— Castillo! Juan Castillo!

La réponse leur parvint à travers le mur :

— J'arrive, docteur!

— Juan! Du sang, groupe O! Deux flacons, tout de suite!

Comprenant qu'on allait transfuser sa fille, Mme Stuyvesant dut prendre appui contre le mur. Elle était maintenant trop effrayée pour protester ou exiger quoi que ce soit.

Briscoe rejoignit Kate, qui surveillait attentivement la pression sanguine. Tous deux guettèrent anxieusement les réactions cardiaques sur le cadran. Mais bien que le cœur continuât visiblement de fonctionner, il fut bientôt évident que les interventions des deux médecins ne suffisaient pas à rétablir la pression sanguine de la patiente. Le cœur conservait une activité réflexe, mais le pouls était absent, puisqu'il n'y avait plus suffisamment de sang dans le système artériel. La raison? Une hémorragie interne.

— Quand donc ce sang va-t-il arriver? s'exclama Briscoe.

Quelques instants plus tard, Castillo arriva avec deux flacons de sang, groupe O. Aussitôt, Kate procéda à une transfusion, injectant à Claudia le précieux liquide qui devait la ramener à la vie avant que son organisme tout entier ne déclarât forfait.

— Si nous réussissons à la faire revenir, dit Briscoe, je la monte tout de suite en Chirurgie.

Mais ils durent bientôt se rendre à l'évidence : le sang transfusé ne compensait pas la perte causée par l'hémorragie interne.

— Je vais ouvrir, déclara Briscoe. Il faut trouver l'hémorragie et l'enrayer.

Il se tourna vers le placard qui contenait le matériel minimum nécessaire à une intervention chirurgicale d'urgence aux Soins intensifs. Il en sortit une paire de gants en caoutchouc, choisit un scalpel. Tandis que Kate continuait à transfuser du sang à Claudia, qu'une infirmière ventilait ses poumons et que Mme Cronin exécutait les mouvements de réanimation cardiaque, Briscoe fit une grande incision sur l'abdomen de la patiente.

Un torrent de sang en jaillit.

Entraîné par l'habitude, Briscoe ordonna :

— Aspiration !

Il devait en effet aspirer le sang pour accéder à l'origine de l'hémorragie. Ils réalisèrent aussitôt que cette salle des Soins intensifs ne disposait pas du matériel nécessaire à une telle opération. Briscoe n'avait plus qu'à se fier à son instinct. Il introduisit ses mains gantées dans l'ouverture, cherchant la source de l'hémorragie.

— Pinces ! ordonna-t-il.

Pendant qu'il agissait, Kate, Mme Cronin et l'une des deux infirmières continuaient de chercher à réanimer la patiente.

— Toujours pas de pouls, dut reconnaître Kate au bout de quelques minutes de vaine activité.

Pourtant, elle continua la transfusion, pendant que Mme Cronin poursuivait les mouvements de réanimation cardiaque et sa collègue la ventilation...

Ce fut Mme Cronin qui prononça tout haut ce que les médecins se refusaient à admettre :

— C'est fini... Elle est partie.

— C'est impossible ! protesta Kate. Continuons, nous la ferons revenir. Nous la ferons revenir, il le faut !

Briscoe ôta ses mains gantées de la plaie ouverte et s'écarta de la table.

— Résignez-vous, Kate, c'est terminé.

Voyant que les infirmières abandonnaient la partie à leur tour, Kate accomplit les mouvements de réanimation à la place de Mme Cronin.

— Docteur, non ! supplia l'infirmière. Cela ne sert à rien.

Ses cheveux blonds trempés de sueur, Kate s'entêtait à appuyer sur la poitrine de Claudia, dans un effort désespéré pour la rappeler à la vie. Kate Forrester, le médecin, savait que tout espoir était vain. Kate Forrester, la femme, refusait d'abandonner.

— Kate ! Docteur Forrester ! intervint fermement Briscoe. Elle est morte et vous ne la ressusciterez pas. Arrêtez ! Je vous ordonne d'arrêter !

Mais il dut retirer ses gants souillés et prendre Kate dans ses bras pour la contraindre à s'écarter de la table.

Lorsque l'expérience professionnelle l'eut finalement emporté, Kate demanda :

— Savez-vous pourquoi elle est morte ?

— Je n'ai même pas trouvé l'origine de l'hémorragie. Mais quelle importance, désormais ?

— Oui... sans doute... Vous avez raison.

Neuf heures après son admission aux Urgences de l'hôpital de la Cité, quarante-cinq minutes après que son pouls eut cessé de battre et en dépit de tous les efforts accomplis pour la ramener à la vie, Claudia Stuyvesant s'était éteinte, à l'âge de dix-neuf ans.

Morte. Pour des raisons inconnues, mais qui seraient déterminées par l'autopsie. Selon la loi de l'État de New York, en effet, une autopsie est exigée chaque fois qu'un patient meurt dans les vingt-quatre heures suivant son admission dans un hôpital.

— Je ferais mieux d'aller prévenir sa mère, dit enfin Briscoe.

— C'est mon rôle, déclara Kate.

— Ce ne sera pas facile.

— C'est pourtant à moi de m'en charger.

La main sur la poignée de la porte, Kate se retourna pour regarder sa jeune patiente. Les infirmières lui ôtaient les électrodes, les tubes... tout ce dispositif médical qui s'était révélé impuissant. Mme Cronin recouvrait le corps nu de Claudia d'un drap vert.

Dans le couloir, Kate n'eut pas à révéler la vérité à Mme Stuyvesant, qui la lut aussitôt dans ses yeux.

— Vous l'avez tuée ! Vous l'avez tuée !

— Madame Stuyvesant, nous avons fait tout ce qu'il était possible de faire.

— J'aurais pu l'aider, mais vous m'avez tenue à l'écart. Je l'aurais sauvée ! hurla la femme.

Alertés par le bruit, des infirmières et des patients se précipitèrent hors des boxes. Ils virent une jeune doctoresse tenter en vain de calmer une femme hystérique.

— Nous avons fait tout ce que nous avons pu, je vous le jure!

— Tout ce que vous avez pu? Des analyses, et encore des analyses, vous appelez cela un traitement? Des examens, des perfusions, vous appelez cela un traitement? Je vous ai amené une jeune fille de dix-neuf ans qui souffrait de troubles intestinaux. Et vous, il vous a suffi de quelques heures pour me la tuer. Dix-neuf années d'amour et de soins, d'espoir pour l'avenir, dix-neuf années envolées en quelques heures. Mon enfant, ma seule enfant... Claudie... pauvre, pauvre petite Claudie...

Kate voulut la prendre par les épaules.

— Je vous en prie, madame Stuyvesant...

— Ne me touchez pas, docteur! Et n'allez pas vous imaginer que j'en ai fini avec vous. Il existe des lois... des lois pour punir des médecins tels que vous.

Malgré ses accusations et ses menaces, Kate éprouvait une profonde compassion pour la mère éplorée.

— Madame Stuyvesant, il n'y a personne que vous désireriez appeler? Ou que je puisse appeler pour vous?

La femme la foudroya du regard à travers ses larmes. Ce fut le Dr Briscoe qui la guida vers l'enseigne au néon d'un rouge brillant qui signalait les Urgences.

Elle se laissa faire, tout en gémissant :

— Il va m'en vouloir! Il va m'en vouloir!

Lorsque Briscoe et Mme Stuyvesant eurent dépassé les Admissions, la responsable de service quitta son bureau pour les regarder partir. Puis elle rejoignit Kate.

— Docteur Forrester, vous savez qui est cette femme?

— Madame Stuyvesant, répondit machinalement Kate, qui fixait toujours la sortie.

— Docteur, ce n'est pas seulement Mme Stuyvesant. C'est Mme Claude Stuyvesant.

— C'est ce qu'elle m'a dit plus d'une fois. Son mari est un homme important, non?

— Plus qu'important. Il possède une véritable fortune, sans compter une douzaine d'entreprises et une énorme influence sur le plan politique.

— Mais où était-il lorsque sa fille avait besoin de lui? demanda Kate.

Elle n'attendit pas la réponse. Épuisée, elle retourna aux Soins intensifs. Les infirmières rangeaient la salle. Sur le brancard, gisait le jeune corps de Claudia Stuyvesant, enveloppé dans le drap vert. Kate ne put s'empêcher de l'écarter pour contempler le visage blême, les yeux clos et les cheveux humides de la patiente. Sa patiente.

Elle avait failli à sa tâche. Cette jeune fille s'était trouvée sous sa responsabilité pendant neuf heures. Elle disposait de toutes les techniques de soins dont était équipé ce vaste hôpital. Pourtant, elle avait laissé mourir une jeune femme de dix-neuf ans qui ne demandait qu'à vivre.

S'était-elle leurrée elle-même sur ses compétences pendant toutes ces années? Avait-elle été abusée, avait-elle abusé les autres, grâce à ces diplômes obtenus avec mentions à la faculté de médecine? Elle avait été une étudiante exceptionnelle. Se révélait-elle incapable d'appliquer ses connaissances lorsqu'il s'agissait de sauver une vie humaine? Tant d'étudiants abandonnaient la médecine en cours de route! Tant d'internes, de jeunes médecins reculaient au moment de prendre des décisions engageant des vies humaines. Elle connaissait même un interne qui avait laissé tomber au cours de sa seconde année d'internat.

« Sans doute est-ce à cela que servent l'internat et le passage obligé en hôpital, pensa-t-elle, à exclure de la profession tous ceux qui ne sont pas capables d'assumer les réalités de la pratique médicale. »

Elle en vint enfin à se poser la question cruciale : y avait-il quelque chose qu'elle, Kate Forrester, aurait pu faire, aurait dû faire pour sauver Claudia? Quelque chose qu'elle n'avait pas vu, mais qui aurait été évident pour n'importe quel autre médecin.

Eric Briscoe la rejoignit après avoir raccompagné Mme Stuyvesant jusqu'à sa limousine. Il lut la défaite et la culpabilité dans les yeux de Kate.

— Kate, nous perdons tous des patients. Vous n'avez rien à vous reprocher, je vous assure.

Elle secoua la tête. Briscoe demanda alors à Mme Cronin de lui apporter un comprimé. L'infirmière revint bientôt avec le remède et un verre d'eau, qu'il fit absorber à Kate.

« Si elle le prend aussi mal maintenant, ne put-il s'empêcher de penser, mieux vaut qu'elle n'ait pas entendu les menaces proférées par cette mère hystérique. Pauvre Kate, je ne crois pas qu'elle soit au bout de ses peines, avec cette histoire. »

A l'aube, le Dr Forrester avait complété la feuille de soins de Claudia Stuyvesant et signé le constat de décès. Elle était libre de rentrer chez elle.

7

Ordinairement, après une nuit épuisante passée aux Urgences, Kate Forrester aurait été soulagée, voire même ravie, de retrouver son modeste appartement. Chaque fibre de son corps fatigué aspirait au repos.

Mais ce jour-là, à 6 heures du matin, elle ne ressentait rien de tel. La mort de Claudia Stuyvesant pesait trop lourdement sur ses épaules pour qu'elle pût s'abandonner à la fatigue. En outre, un autre cas tourmentait encore sa conscience professionnelle. Au lieu de quitter l'hôpital, elle franchit les doubles portes qui donnaient accès au bâtiment central, puis elle prit l'ascenseur et monta au troisième étage, au service de pédiatrie. Elle se mit alors en quête du Dr Harve Golding et le trouva dans la chambre noire où il étudiait une série de radios sur le négatoscope. Kate reconnut aussitôt le corps d'un petit enfant, radiographié sous tous les angles.

— Harve?

Il n'eut pas à se retourner pour savoir qui lui avait parlé.

— Entre, Kate, et viens jeter un œil sur les radios.

La jeune femme rejoignit Golding devant le négatoscope lumineux.

— Tu avais raison, jeune dame! s'exclama-t-il. Regarde ces deux traces de fractures sur la jambe gauche. Une au fémur et l'autre au tibia.

— Et là, sur la jambe droite, est-ce la fracture plus récente que je soupçonnais?

— Exactement. J'ai presque peur d'examiner les radios du crâne.

— Tu penses que ce sera pire?

— Je vais demander l'avis de Sperber. Il nous faut un bilan neurologique complet. C'est le seul moyen de savoir si elle gardera des séquelles de ces sévices.

— Pauvre petite Maria, dit Kate. Comment les gens peuvent-ils infliger de telles souffrances à des enfants?

— Imagine ce qui se serait passé si tu les avais laissés l'emmener. Tu peux être fière de toi, Kate. Tu as sauvé une vie, cette nuit.

« Sauvé une vie, perdu une autre, pensa Kate. D'un point de vue purement mathématique, on peut penser que l'une annule l'autre. D'un point de vue humain, un tel raisonnement ne tient pas la route. En aucune façon. »

— Rentre chez toi, Katie, et prends un repos bien mérité, fit la voix chaleureuse de Golding. — Comme elle ne répondait pas, il se tourna vers elle pour la regarder. — Katie? Tu as des ennuis?

— C'est juste que la nuit a été difficile, dit-elle en quittant la pièce.

En général, après une nuit exténuante passée aux Urgences, Kate hélait un taxi. Elle éprouvait un profond réconfort à s'enfouir dans la banquette arrière tandis que le chauffeur la reconduisait jusqu'à l'appartement qu'elle partageait avec Rosalind Chung. L'immeuble appartenait à l'hôpital, qui procurait ainsi aux internes et aux jeunes médecins des logements décents, et à des prix raisonnables, dans la ville qui pratiquait les loyers les plus élevés du pays.

Malgré sa fatigue, Kate préféra marcher, ce matin-là. Les rues de Manhattan étaient encore humides de la pluie qui était tombée pendant la nuit. L'air était frais, comme lavé de toute la pollution qui l'alourdissait d'ordinaire. Une brise revigorante montait de l'Hudson, mais elle ne parvint pas à tonifier Kate, comme cela aurait été le cas en d'autres circonstances.

Le long de la 9e Avenue, les camions faisaient leurs livraisons matinales aux petites épiceries, aux modestes restaurants, aux boucheries, aux vendeurs de légumes qui constituaient leur stock pour la journée. L'ouest de New York s'apprêtait à vivre un nouveau jour.

Kate marchait parmi des chauffeurs occupés à décharger la marchandise. Ils la suivaient de leurs regards admiratifs quand ils ne la gratifiaient pas de réflexions grivoises, voire même de propositions audacieuses. En fait, il ne s'agissait pour eux que de rompre la monotonie de leurs tâches quotidiennes.

Originaire d'une petite ferme située dans l'Illinois, où elle avait vécu le plus clair de sa vie, Kate n'était pas habituée aux propos gaillards des ouvriers new-yorkais. Au début, elle s'en était offensée. Plus tard, elle avait accepté leurs hommages avec un détachement amusé. Mais aujourd'hui, sourde et aveugle à tout ce qui l'entourait, elle ne pensait qu'à la mort de Claudia Stuyvesant.

Elle parvint devant chez elle, déverrouilla la porte et entra dans l'appartement.

— Rosalind? appela-t-elle. Tu es là?

Personne ne répondit. Kate se rappela que Rosie était de service et ne rentrerait qu'en fin d'après-midi. Elle gagna alors sa propre chambre et commença à se déshabiller. Réalisant qu'elle n'avait pas encore fait couler son bain, elle se rendit dans la salle de bains et ouvrit les robinets.

Elle s'apprêtait à se glisser dans l'eau chaude lorsque le téléphone sonna.

« Mon Dieu, pensa-t-elle immédiatement, pourvu que ce ne soit pas Walter ! Ce matin, je ne suis vraiment pas en état d'affronter des problèmes personnels. »

Mais elle n'était jamais parvenue à ignorer la sonnerie du téléphone, surtout quand elle était aussi persistante.

« J'ai beau être sûre de ne plus aimer Walter, pensa-t-elle à la neuvième sonnerie, je ne peux éviter de lui répondre. Je lui dois bien cela. »

— Allô? lança-t-elle à regret.

La voix de Walter retentit à son oreille :

— Kate... Pardonne-moi de t'avoir appelée à l'hôpital, mais je n'ai pas pu m'en empêcher. Il faut que je te voie.

— Walt, je t'ai déjà dit que cela ne servirait à rien.

— Après tout ce que nous avons représenté l'un pour l'autre, tous les projets que nous avons faits...

— Walter, il s'agissait de *tes* projets. Il se trouve que j'ai aussi les miens. Il me faut au minimum trois ou quatre ans pour me faire une place dans ma profession. Je ne me marierai pas avant d'avoir atteint mon but, c'est tout.

— Tu ne parlerais pas ainsi si tu m'aimais.

— Walter, cher Walter, répondit lentement Kate, sans le savoir, nous sommes parvenus à la même conclusion. Tu as raison, je ne parlerais sans doute pas ainsi si je t'aimais.

— Écoute, chérie, si seulement nous pouvions nous voir, ne serait-ce qu'une fois...

— Walt, l'amour ne se raisonne pas. J'ai pour toi beaucoup d'affection, mais je ne t'aime pas. Du moins, pas comme tu mérites de l'être. Et maintenant, je t'en prie, Walt, je n'en peux plus! Je viens de connaître la nuit la plus épuisante de toutes celles que j'ai vécues en deux ans d'hôpital. J'ai besoin d'un bain chaud, j'ai besoin de sommeil. Et par-dessus tout, je pense que j'ai besoin d'être seule. Je t'en prie...

Sentant dans la voix de la jeune femme quelque chose de plus que de la simple fatigue, Walter Palmer battit en retraite.

— Bien sûr, ma chérie. Mais je t'appellerai bientôt. Il te faut du temps. Réfléchis, je suis certain que tu finiras par penser comme moi.

Il raccrocha. Au moment où Kate posa le récepteur sur son support, elle s'aperçut qu'elle pleurait.

« Est-ce cette rupture avec Walter qui m'émeut à ce point ? se demanda-t-elle en essuyant ses larmes du dos de la main. Après tout, j'ai cru être amoureuse de lui à une certaine époque. Ou bien est-ce que je pleure à cause de Claudia Stuyvesant, de son visage si pâle, de ses cheveux noirs collés sur son front par cette ultime sueur mortelle ? »

Elle sut aussitôt que Walter n'avait pas le pouvoir de l'émouvoir. En revanche, le décès de cette si jeune femme la tourmenterait encore longtemps.

Elle essaya de se raisonner, de chasser ces images obsédantes de son esprit. Ce genre d'accidents se produisaient souvent. Aucun médecin ne sauvait tous ses malades. Un bain chaud la détendrait, ensuite elle dormirait, longtemps. Le soir, elle serait fraîche et dispose, comme d'habitude.

Mais une fois dans son lit, elle ne parvint pas à trouver le sommeil dont elle avait tant besoin. Malgré tous ses efforts pour ne plus penser à Claudia Stuyvesant, elle se mit à revivre chaque minute de cette nuit désastreuse. Elle se revit en train d'interroger Claudia, repassa au crible ses réponses si vagues, peut-être mensongères. Si son état était à ce point désespéré, il était incompréhensible que la jeune femme n'ait pas souffert davantage. Kate se remémora les étapes qui avaient précédé la mort de Claudia : la perfusion, les analyses répétées, le test de grossesse négatif. Elle avait demandé une échographie pour corroborer ses soupçons de grossesse extra-utérine, mais le radiologue compétent était absent. C'était l'un des risques, aux Urgences : les médecins ne disposaient pas toujours de toute l'aide technique et médicale dont ils avaient besoin.

Peu à peu, Kate cessa de ressasser les événements de la nuit pour tenter de se justifier à ses propres yeux. Pendant ses études, aucun professeur n'avait jamais prétendu que la médecine était une science exacte. On avait beau faire exactement ce qu'il fallait, choisir des traitements appropriés et les administrer dans les règles, on n'était pas assuré de guérir tous ses patients. Mais c'était là un piètre réconfort quand une jeune fille de dix-neuf ans, apparemment en bonne santé et présentant des symptômes sans gravité, était morte.

« Si elle avait été aussi saine qu'il y paraissait au premier abord, se défendit Kate, elle ne serait pas morte. Quelle est la cause de cette brusque hémorragie? Pour quelles raisons n'a-t-on pas pu la détecter? »

Briscoe était là, pourtant. Il s'était rallié aux observations de Kate, ainsi qu'à ses conclusions. Ou plutôt, à son absence de conclusions, à son impossibilité d'établir un diagnostic, et donc de prescrire un traitement.

Non, elle était forcée de l'admettre, cela ne la soulageait en rien de rejeter le blâme, ne serait-ce qu'en partie, sur Briscoe. Claudia Stuyvesant avait été sa patiente dès son admission. Si quelqu'un avait commis une erreur, ce ne pouvait être que le Dr Kate Forrester.

Kate Forrester, qui dès l'école primaire avait été une élève modèle. Toujours la première de la classe. Toujours prompte à lever le doigt et à l'agiter sous le nez du professeur quand ce dernier réclamait des volontaires. Kate Forrester, qui avait quitté son lycée couverte de gloire pour s'inscrire à l'université de l'Illinois, où elle avait obtenu ses diplômes en trois ans au lieu des quatre réglementaires tant elle avait hâte de fréquenter la faculté de médecine de l'Iowa. Dès le lycée, elle avait été autorisée à travailler bénévolement à l'hôpital, bien qu'elle n'eût pas l'âge requis. De tous les bénévoles, elle était la plus curieuse, la plus vive. Lorsqu'elle s'était présentée à la faculté de médecine, elle était recommandée par trois médecins, tous chefs de service dans l'hôpital où elle avait travaillé.

Les études de médecine s'étaient révélées plus ardues qu'elle ne s'y attendait. Elle n'en avait travaillé que plus dur, ne pensant qu'au moment où elle pourrait mettre ses connaissances en pratique, en tant qu'interne. Délibérément, elle avait choisi un grand hôpital urbain, le plus grand et le meilleur de tous : l'hôpital de la Cité. Elle voulait s'améliorer au contact des meilleurs médecins et chirurgiens, entrer en compétition avec les meilleurs des jeunes praticiens de la nouvelle génération. Un peu comme à l'école primaire, quand elle agitait le doigt sous le nez du professeur, en suppliant : « Moi, monsieur! Interrogez-moi, je connais la réponse! »

Sauf que ce matin-là, tourmentée et incapable de trouver le sommeil, Kate Forrester dut admettre qu'elle ne connaissait pas toutes les réponses. Du moins la nuit dernière les réponses lui avaient-elles échappé quand cette jeune vie lui avait glissé entre les mains, pour une raison indéterminée.

« Me suis-je trompée sur ma vocation? se demanda-t-elle avec angoisse. Quand ce simple cas de troubles intestinaux s'est mué en urgence mortelle, ai-je commis une erreur? »

Kate tenta de se réconforter : « Je suis trop fatiguée pour raisonner, je me sens trop coupable pour être logique. Dormir, il faut que je dorme. »

Une question obsédante l'empêcha pourtant de s'abandonner au sommeil : « Ai-je réellement fait tout ce que je me rappelle avoir fait? On peut toujours se justifier après coup, mais justement... est-ce que je ne raisonne pas trop ? Est-ce que je ne cherche pas un peu trop à justifier mes décisions ? »

Plus elle y réfléchissait, moins elle arrivait à dormir. Elle finit par rejeter ses couvertures et s'habilla rapidement. Le repos se refuserait à elle tant qu'elle ne serait pas retournée à l'hôpital pour examiner la feuille de soins de Claudia Stuyvesant.

Elle entra aux Urgences par une porte de côté. A tort ou à raison, il lui sembla que les regards des infirmières et des internes étaient braqués sur elle. Préférant les ignorer, elle alla droit au secrétariat, où elle se mit à chercher le dossier de Claudia Stuyvesant.

Il ne s'y trouvait pas. C'était étrange.

Les dossiers ne quittaient les Urgences que lorsqu'un patient était pris en charge par un autre service, les Soins intensifs, par exemple, la Chirurgie ou la Cardiologie. Or Claudia Stuyvesant devait se trouver entre les mains d'un médecin légiste, ainsi que l'exigeait la loi. La feuille de soins n'avait certainement pas été jointe au corps.

Kate n'avait pas d'autre choix que de se renseigner, quoi qu'il lui en coutât.

— Oh, ce dossier ! Le Dr Cummins a envoyé quelqu'un le prendre ce matin, expliqua l'infirmière de service.

Le Dr Cummins ? Pour quelle raison le directeur de l'hôpital aurait-il pris la peine de parcourir ce dossier en particulier ? Cummins était si absorbé par la gestion financière que les chefs de service eux-mêmes avaient du mal à se faire accorder un rendez-vous. Kate les avait entendus s'en plaindre à plusieurs reprises. Pourquoi le patron s'intéressait-il soudain au dossier de Claudia Stuyvesant ? Mais s'il l'avait en sa possession, Kate était bien décidée à le voir, tout occupé qu'il fût.

Lorsqu'elle se présenta au secrétariat de Cummins, Kate eut la sensation désagréable qu'on attendait sa visite. Elle fut immédiatement introduite dans son bureau, une pièce imposante aux murs lambrissés disparaissant derrière des étagères sur lesquelles s'entassaient des livres de médecine. Penché sur le dossier de Claudia, Cummins était en train de prendre des notes.

— Asseyez-vous, docteur Forrester, dit-il sans lever les yeux vers elle. Asseyez-vous, je vous prie.

Mal à l'aise, Kate obéit et attendit qu'il eût terminé d'examiner les feuilles de soins. Malgré elle, son regard était irrésistiblement attiré par le dossier, de l'autre côté du bureau.

— Bon, murmura enfin Cummins avec une sorte de soulagement. Eh bien, Forrester... — C'était son ouverture habituelle, quand il s'adressait à des internes ou à de jeunes médecins. — D'après vos notes, il semble que vos décisions aient été tout à fait adéquates à la situation. Évidemment, il y a un hic, c'est qu'on ne voit aucune explication au décès de la patiente. Mais je suis certain que tout va s'éclaircir lorsque nous aurons le rapport du médecin légiste. Je vous préviendrai dès qu'il sera en ma possession.

— Puis-je consulter ce dossier? demanda Kate.

— Bien entendu. Cependant, je désire qu'il ne sorte pas de mon bureau. Si vous voulez bien l'examiner dans la salle d'attente... — Il lui tendit la chemise cartonnée par-dessus le bureau, mais avant de la lui remettre, il déclara : — Vos notes sont parfaitement rédigées, ce qui peut se révéler utile étant donné les circonstances.

Bien que cette remarque fût tournée comme un compliment, le regard de Cummins exprimait une étrange réticence. Après avoir pris le dossier, Kate se leva et se dirigea vers la porte.

Sur le seuil de la pièce, elle se retourna vers l'administrateur.

— Docteur Cummins, puis-je vous demander pourquoi vous avez voulu étudier ce dossier?

— Oh, je ne vous l'ai pas dit? Très tôt, ce matin, j'ai reçu un appel téléphonique. En fait, je me trouvais encore chez moi.

— Un appel?

— Oui. De Claude Stuyvesant.

Kate vérifia toutes les informations reportées sur les feuilles de soins, elle étudia pour la seconde fois les analyses successives qu'elle avait demandées. Chacune de ses décisions s'appuyait sur les données qui se trouvaient en sa possession. Elle pensait avoir eu raison de procéder au test de grossesse, même s'il s'était révélé négatif. En fait, le seul rapport manquant concernait la présence éventuelle de drogues dans le sang de Claudia. Mais il serait rajouté au dossier par la suite.

Elle avait maintenant une représentation bien nette du cas et de son évolution. Elle se rappelait même très exactement des interruptions causées par les arrivées successives d'autres patients.

Elle sortit du bureau de Cummins presque rassurée. Elle se sentait désormais capable d'expliquer et de défendre chacune des décisions qu'elle avait prises cette nuit-là.

Elle s'arrêta en Pédiatrie pour voir comment se portait la petite Maria. Golding n'était plus de service, mais Mike Sperber, le neuro-pédiatre, était attendu. Il déterminerait les éventuelles séquelles des mauvais traitements que la fillette avait subis.

Kate jeta un coup d'œil dans la petite chambre où l'enfant avait été installée. Maria dormait paisiblement, comme si elle se savait désormais en sécurité.

8

Au moment où Kate Forrester quittait la chambre de la petite Maria, le Dr Cummins s'exhortait au courage pour demander à sa secrétaire d'appeler Claude Stuyvesant au téléphone.

Lorsque sa secrétaire lui passa son correspondant, Cummins commença par exprimer sa sympathie au père endeuillé :

— Monsieur Stuyvesant, je veux que vous sachiez combien nous sommes tous désolés de la tragédie qui vous frappe.

— J'imagine que vous l'êtes, en effet, rétorqua froidement Stuyvesant. Mais je ne vous ai pas appelé d'aussi bonne heure ce matin pour quêter de la sympathie. Je veux savoir, et sans détours, ce qui s'est passé la nuit dernière. Pourquoi ma fille est-elle morte ?

La dureté du ton confirma les pires craintes de Cummins. Il avait affaire à l'un des hommes d'affaires les plus influents de New York, il ne l'ignorait pas. Et quand Claude Stuyvesant adoptait cette voix sèche et froide, chacun savait que les ennuis n'étaient pas loin.

« Limiter les dégâts, se dit Cummins. Avant tout, limiter les dégâts. »

Il prit alors son attitude la plus professionnelle, celle qu'il utilisait lorsqu'il lançait des appels de fonds auprès des nantis de la ville.

— Monsieur Stuyvesant, votre coup de téléphone matinal m'a tellement remué que j'ai décidé de tirer cette affaire au clair moi-même. En fait, je viens de passer plusieurs heures à examiner soigneusement le dossier de votre fille. J'ai passé au crible chacune des informations, chacune des analyses, chacune des décisions qui y sont reportées. Au moment où je vous parle, ce dossier se trouve d'ailleurs sous mes yeux.

— Peu m'importe tout cela, Cummins ! Une seule chose m'intéresse : qui a tué ma fille ?

— C'est justement ce que je suis en train de vous expliquer, monsieur Stuyvesant. Personne n'a tué votre fille. Actuellement, nous ignorons encore pourquoi elle est morte, sinon d'une hémorragie dont la cause n'est pas encore déterminée.

— Cummins, quel genre d'hôpital administrez-vous ? Une patiente saigne à mort et personne ne sait pourquoi ?

— C'est ce que j'essaie de vous expliquer, monsieur. Si j'en crois le dossier de votre fille, le Dr Forrester a pris toutes les décisions qui s'imposaient et...

— Qui est ce Dr Forrester ?

— C'est le médecin qui était de garde aux Urgences lorsque votre fille est arrivée. C'est elle qui l'a prise en charge.

— Ah oui, ma femme m'a parlé de votre Dr Forrester. C'est une femme, si j'ai bien compris ?

— En effet.

— Et je suppose que vous l'avez engagée pour répondre à ces bon sang de règlements qui vous obligent à compter un certain pourcentage de femmes, de Noirs et d'Hispaniques ? Où donc est passé le temps où l'on jugeait les gens sur leur compétence ? Pour rien au monde je n'aurais permis à une doctoresse d'effleurer un seul cheveu de l'un des membres de ma famille. Maintenant vous savez pourquoi !

Mis en cause directement, Harvey Cummins estima qu'il devait affronter carrément Claude Stuyvesant.

— Monsieur Stuyvesant, sachez que Katherine Forrester est l'un des meilleurs médecins de notre équipe. Si vous voyiez son palmarès universitaire et les rapports qui ont été rédigés à son propos à la faculté de médecine, vous partageriez mon point de vue. C'est une chance pour nous qu'elle ait choisi de travailler à l'hôpital de la Cité. De nos jours, il n'est pas facile de trouver de jeunes praticiens de sa qualité lorsqu'une riche clientèle privée leur tend les bras.

— J'aurais préféré qu'elle cède à cette tentation avant de tuer ma fille!

— Monsieur Stuyvesant, je suis justement en train de vous expliquer que le Dr Forrester n'a pas tué votre fille.

— Cummins, je sais que vous êtes obligé de défendre votre personnel, quelles que soient les négligences commises. Mais comme vous le savez bougrement bien, je compte plusieurs amis proches au sein de votre conseil d'administration. Vous n'avez pas fini d'entendre parler de moi. Pas plus que le Dr Forrester!

Sans laisser à Cummins le temps de répondre, Stuyvesant raccrocha. Après un moment d'indécision, l'administrateur ordonna à sa secrétaire d'appeler le juge Trumbull.

Ce dernier avait presque atteint l'âge de la retraite et ne siégeait plus dans aucun tribunal, mais il était le doyen des associés du cabinet Trumbull, Drummond & Baines, situé dans Wall Street. On le considérait comme l'un des plus compétents et des moins émotifs parmi les juristes en activité sur le marché.

Lorsque Cummins lui eut rapporté sa conversation avec Stuyvesant, il déclara :

— Envoyez-moi cette jeune femme le plus vite possible. Avec un homme aussi puissant que Claude Stuyvesant, capable de s'assurer les services des hommes de loi les plus talentueux, nous devons nous montrer très, très prudents. Il se peut que nous ayons à nous défendre dans un procès pour incurie. Cela risque de vous coûter des millions. Des millions!

— Lionel, je viens d'étudier le dossier. Je vous assure qu'il n'y a pas eu de négligence.

— De nos jours, les jurés en voient partout. La moindre toux, le moindre reniflement servent de base à des poursuites coûteuses. Et quand il s'agit de la mort d'une jeune femme, cela se compte en millions de dollars! Sans parler du coup porté à la réputation de l'hôpital. Je veux voir cette jeune femme!

A 14 heures précises, ainsi qu'on le lui avait demandé,

Kate Forrester se présenta au bureau du Dr Cummins. L'administrateur n'était pas assis derrière son antique bureau, mais siégeait au bout d'une longue table de conférence, qui occupait un coin de la vaste pièce. Elle fut surprise de constater qu'il n'était pas seul. Un homme âgé, au crâne chauve orné d'une couronne de cheveux gris, tournait vers elle un visage sévère.

— Docteur Forrester, je vous présente le juge Trumbull, l'avocat-conseil de notre hôpital.

Ce titre d'avocat-conseil indiqua à Kate qu'elle n'avait pas été conviée à une discussion médicale, ainsi qu'elle l'avait supposé.

Soudain, les menaces proférées par Mme Stuyvesant deux nuits auparavant, lui revinrent en mémoire.

— Asseyez-vous, docteur Forrester.

— Cette réunion a-t-elle un rapport avec la mort de Claudia Stuyvesant? demanda-t-elle sans s'asseoir.

Le regard perçant de Trumbull ne la quittait pas. Devinant que ses soupçons étaient fondés, la jeune femme sentit croître son anxiété.

— Prenez un siège, je vous prie, répéta Cummins.

Kate se glissa sur une chaise, en face de Trumbull.

— Vous avez raison, dit alors tristement l'administrateur, nous avons à discuter de ce malheureux décès.

— Vous trouverez tous les renseignements dans le dossier. Comme vous le savez, j'ai relu soigneusement mes notes. Elles sont complètes et fidèles.

— Docteur Forrester, vous dites que vous avez soigneusement relu les observations que vous avez reportées dans le dossier? demanda Trumbull.

— Oui.

— Pourquoi?

Kate regarda son interlocuteur avec étonnement. La réponse à cette question semblait pourtant évidente.

— Pourquoi? Eh bien... Dans un cas aussi troublant que celui-là, et dont l'issue a été aussi tragique, n'importe quel médecin consciencieux se montrerait curieux.

— Curieux? répéta Trumbull. Et de quoi?

— De connaître la cause du décès, évidemment. J'attends avec impatience le rapport du médecin légiste.

— Nous en sommes tous là, commenta Cummins.

— Cummins, je pense que vous devriez mettre le Dr Forrester au courant de la gravité de la situation. Elle peut vouloir prendre des mesures.

— Des mesures? répéta Kate, surprise. Quel genre de mesures?

— Comprenez-moi, docteur, en tant que conseil juridique de l'hôpital, mon cabinet assurera votre défense. Mais dans des cas comme celui-ci, certains médecins préfèrent engager eux-mêmes un avocat.

— Me défendre? Mais contre quoi?

Du regard, Trumbull assigna à Cummins la tâche délicate de la renseigner.

— Docteur Forrester, puisque vous êtes originaire de l'Ouest, le nom de Stuyvesant peut n'éveiller en vous aucun écho particulier, dit l'administrateur.

— Je sais qu'il s'agit d'un homme important.

— C'est un euphémisme. Il possède des dancings à Atlanta City et à Las Vegas, des hôtels dans une douzaine de métropoles et assez d'immeubles de bureaux pour fonder sa propre ville.

— En quoi cela me concerne-t-il? demanda Kate.

— Cet homme ne dispose pas seulement d'un grand pouvoir, expliqua Cummins. Il est le pouvoir. On dit que personne ne peut être élu maire de New York sans l'appui financier et moral de Claude Stuyvesant. S'il est persuadé que sa fille a été victime d'une négligence, il peut exercer des représailles sur le ou les coupables.

— Mon cabinet a eu affaire à lui dans le passé, intervint Trumbull. Le connaissant, je suis certain qu'il va chercher à se venger. Nous devons nous attendre à un procès pour incurie.

— J'ai fait tout ce que j'ai pu pour sa fille, protesta Kate.

— J'en suis certain, ainsi que le Dr Cummins. Mais il nous faudra en apporter la preuve devant un jury.

— Nous le prouverons! s'écria Kate avec indignation.

— Raison de plus pour réfléchir à ma suggestion. Nous sommes prêts à assurer votre défense, mais vous pouvez donner la préférence à un avocat de votre choix.

— Les avocats coûtent cher, et je rembourse encore les emprunts que j'ai dû faire pour payer mes études de médecine.

— En ce cas, comptez sur nous, fit Trumbull d'une voix rassurante. Je vais commencer par vous donner un conseil : ne dites à personne que vous êtes revenue examiner le dossier de Claudia Stuyvesant.

— Mais je l'ai fait!

— Je le sais, mais cela peut donner lieu à différentes interprétations.

— Ce décès me troublait, excitait ma... curiosité professionnelle. Tout naturellement, j'ai voulu passer en revue mes décisions, expliqua Kate.

— Docteur, n'est-ce pas parce que vous doutiez de ces décisions, que vous craigniez d'avoir commis une erreur, que vous êtes revenue pour étudier ce dossier?

— Bien sûr que non!

Il y eut un moment de silence. Kate comprit alors qu'un avocat malveillant pourrait un jour lui poser précisément ce genre de questions. Des questions qui sonnent comme des accusations, et contre lesquelles il est quasiment impossible de se défendre.

— Je vois où vous vouliez en venir, dit Kate.

— Suivez mon conseil, mademoiselle Forrester. Ne parlez de cette affaire à personne, sauf à l'homme ou à la femme que je vais nommer pour vous défendre. Rappelez-vous que la remarque la plus innocente peut un jour être retournée contre vous.

— Retournée contre moi, répéta-t-elle machinalement. Me voilà au banc des accusés. Ma carrière tout entière, mes années d'étude à la faculté de médecine, tous mes projets...

Cummins voulut la réconforter :

— Nous ferons de notre mieux pour vous aider, ma chère Kate. Mais si Stuyvesant gagne son procès...

— Vous êtes certains qu'il y aura un procès?

Trumbull fit une petite grimace.

— Par les temps qui courent, les jurys prononcent tellement de verdicts contre le monde médical que les bien-portants eux-mêmes sont tentés d'entreprendre des poursuites. Avec un homme comme Stuyvesant, nous devons nous attendre au pire.

— Je n'ai rien fait de mal! déclara Kate. Et je le prouverai. Quand verrai-je votre avocat?

— Ma secrétaire vous appellera cet après-midi pour fixer un rendez-vous.

Kate Forrester sortit de cet entretien à la fois irritée et secouée. Pendant le trajet du retour, son ressentiment ne fit que croître. Ce n'était pas juste. Après tous les sacrifices qu'elle avait consentis, après toutes ces dures années d'études, il n'était pas juste qu'un homme dont elle connaissait à peine l'existence deux jours auparavant eût le droit de surgir dans sa vie pour la menacer. Pour se consoler, elle tenta de se persuader qu'un homme aussi puissant et aussi riche n'avait rien à gagner en la poursuivant. Les indemnités, si fortes soient-elles, ne lui rendraient pas sa fille.

Il aurait fallu pouvoir lui expliquer dans quelles conditions sa fille était arrivée aux Urgences. S'il savait combien les symptômes qu'elle présentait étaient peu spécifiques, que les analyses de laboratoire elles-mêmes ne permettaient pas d'établir un diagnostic, il admettrait sûrement son innocence. Elle en parlerait à l'avocat lorsqu'elle le verrait.

Dès qu'elle eut franchi la porte de l'appartement, la voix de Rosie lui parvint de la salle de bains :

— C'est toi, Kate?

— C'est moi.

Sa voix était si découragée que son amie la rejoignit aussitôt, une serviette enroulée autour de ses longs cheveux noirs.

— Que voulait Cummins?

Kate s'efforça de dissimuler sa frayeur.

— Ils vont m'envoyer un avocat.

— Un avocat? Pourquoi as-tu besoin d'un avocat?

— Ils pensent qu'il va y avoir un procès pour négligence.

— Négligence? répéta Rosie avec irritation. — En dépit de son habituel calme oriental, Rosalind Chung était extrêmement sensible à l'injustice. — Avec les heures que nous abattons, les conditions dans lesquelles nous travaillons! Ce serait plutôt à nous de faire des procès! — Comprenant aussitôt que Kate avait avant tout besoin d'amitié et de soutien, elle la prit dans ses bras. —

Ne te laisse pas abattre, ma chérie. Il n'y a pas un médecin ou un interne de l'hôpital qui ne prendra fait et cause pour toi. Ça sera une bonne occasion de déballer nos griefs devant un tribunal. Mais j'y pense! Je viens juste de faire du café, tu en veux ?

Kate hocha vaguement la tête, ce que son amie prit pour un acquiescement. En fait les encouragements de Rosie avaient plutôt ajouté une crainte aux soucis de Kate : celle de voir sa situation se muer en cause. Elle préférait de beaucoup que l'affaire s'arrangeât sans publicité. Elle continuerait alors d'exercer son métier comme elle l'avait toujours envisagé : elle voulait soigner les gens malades, non lutter pour des causes.

Comme Rosie lui tendait une tasse fumante, elle murmura :

— Je n'arrête pas de penser...

— Cesse de penser, lui conseilla Rosie. Tous les médecins affrontent un jour ce genre de problème. La mort est le prix de la vie, tu sais très bien que cela fait partie de ce métier. Malheureusement la perte d'un patient ne s'explique pas toujours de façon aussi évidente que dans nos manuels.

— Quand Briscoe a raccompagné la mère à sa limousine, la dernière chose qu'elle ait dite était : « Il va m'en vouloir! Il va m'en vouloir! »

— Qu'est-ce qu'elle voulait dire selon toi?

— Elle avait beau être affligée par la mort de sa fille, elle avait encore plus peur de quelqu'un d'autre.

— Qui?

— Claude Stuyvesant, j'imagine.

— En ce cas, j'espère qu'ils t'enverront un bon avocat. Parce qu'un homme capable d'inspirer une telle terreur à son épouse doit être un ennemi redoutable.

Machinalement, Kate avala une gorgée de café avant de reposer sa tasse.

— Je vais appeler mes parents, il faut que je leur parle.

— Ne vaudrait-il pas mieux attendre que les choses se soient un peu clarifiées? suggéra Rosie.

— Ou qu'elles aient empiré? Non, je vais les appeler. Papa a le droit de savoir, après tout ce qu'il a fait pour moi.

— Épargne-toi un motif de culpabilité supplémentaire. Nous sommes tous endettés vis-à-vis de nos parents. Mais ce n'est pas nous qui l'avons voulu, ce sont *eux*! Je n'ai jamais souhaité que mon père se saigne aux quatre veines pour payer mes études. Cet argent aurait pu être réinvesti dans son petit restaurant. Il aurait pu l'agrandir et gagner davantage. « Trop de travail, répétait-il. Je n'ai pas envie de me tuer à la tâche. » Mais c'était faux, il en était tout à fait capable. Aujourd'hui, il jouirait peut-être d'une retraite bien méritée. Mais non, sa petite Rosie serait ce qu'elle avait toujours rêvé d'être : un médecin. C'est grâce à lui que je subis des horaires déments, que je me bats avec des patrons tyranniques, et que je supporte des patients arrogants et exigeants. Et c'est aussi grâce à lui que j'habite dans une ville où ma vie est en danger dès que je sors de chez moi.

Voyant que sa harangue avait plutôt accentué la dépression de Kate, Rosie voulut plaisanter :

— Bon! Maintenant que je me suis défoulée, à ton tour!

— Il... il faut que je les appelle. Papa doit être rentré des champs, à cette heure-ci. Ils vont dîner. Chez nous, le dîner à lieu à midi... un déjeuner dînatoire en quelque sorte. C'est le repas principal, toujours très copieux. Il y a papa, mon frère Clint et les quatre ouvriers agricoles. Autrefois, ils étaient sept, mais mon père a vendu une partie de ses terres. Il a prétexté que les intérêts proposés par les banques étaient plus intéressants que le bénéfice dérisoire qu'il tirait de ses produits agricoles. Il faut croire que les pères savent donner des explications raisonnables aux sacrifices déraisonnables qu'ils consentent pour leurs enfants.

Rosie se mit à rire.

— En tout cas, je peux te dire une chose : je ne ferai jamais rien pour mes enfants. Il faudra qu'ils se débrouillent tout seuls. Comme ça au moins ils ne se sentiront ni coupables ni endettés. Note bien, c'est facile à dire quand on n'en a pas. Je ne me fais pas beaucoup d'illusions, je ferai vraisemblablement les mêmes erreurs que mes parents.

Kate se rapprocha du téléphone, qui se trouvait à l'extrémité du canapé. Jetant un coup d'œil à sa montre, elle imagina la scène qui se déroulait à la maison à cette heure-ci. Son père devait siéger en bout de table, entouré de ses ouvriers et de son fils Clint. Maman posait sur la table des assiettes fumantes remplies de soupe de légumes ou bien de ragoût, ainsi que les pains qu'elle avait fait cuire elle-même. Papa prétendait que celui qu'on vendait dans les magasins n'était pas du pain. Pour le prouver, il pétrissait la mie de ce « mauvais pain » jusqu'à en faire une boule compacte, impossible à avaler. Aussi maman continuait-elle de pétrir le sien. Comme la cuisine des Forrester, au fin fond de l'Illinois, semblait loin d'une ville comme New York! A des années-lumière, se disait Kate.

Elle composa le numéro de ses parents et attendit. La sonnerie retentit deux fois, trois fois, quatre fois. L'espace de quelques secondes, elle craignit le pire. Si personne ne répondait à l'heure du repas, c'est que quelque chose n'allait pas. Enfin, on décrocha à la sixième sonnerie.

— Allô? fit la voix de sa mère.

— C'est moi, maman.

— Katie! — Sa mère était ravie de l'entendre, mais l'inquiétude l'emporta presque aussitôt sur la joie : — Tu n'as pas d'ennuis, ma chérie?

— Aucun, je t'assure, fit-elle, honteuse de servir un tel mensonge à sa mère.

— Tu appelles à l'heure où les tarifs sont les plus élevés et tu n'as pas d'ennuis? fit sa mère avec scepticisme. Si tu voulais juste nous dire bonjour, tu aurais attendu ce soir.

— Papa est là? Est-ce que je peux lui parler?

Maintenant, sa mère était certaine que sa fille était en difficulté.

— Oui, ma chérie, je vais le chercher.

Kate attendit un instant, puis elle entendit son père qui s'éclaircissait la voix avant de prendre le récepteur.

— Papa?

— Oui, ma chérie. Je suis bien content de t'entendre, tu sais. Depuis que tu as ces permanences aux Urgences, tu n'appelles plus aussi souvent qu'auparavant.

« Il bavarde, pensa Kate. Il s'efforce de paraître détendu pour me mettre à l'aise, mais il sent que c'est sérieux. Il vaut mieux que j'aille droit au but. »

C'est ce qu'elle fit. Rapidement, elle lui exposa la situation, en termes froids et professionnels. Elle lui raconta tout ce qu'elle avait fait au cours de cette nuit tragique, et la façon malheureuse dont celle-ci s'était terminée. Son père ponctuait son récit d'onomatopées ou de commentaires approbateurs : « Mmm... », « Oui, je comprends », « Bien sûr, c'était la meilleure chose à faire ». Kate entendait la voix de sa mère qui questionnait son mari : « Qu'est-ce qui se passe, Ben? De quoi s'agit-il? » Elle imaginait sa mère, debout près de son père sur la pointe des pieds, atteignant à peine l'épaule de son mari. Kate avait hérité sa petite taille de sa mère et sa blondeur de son père, le meilleur de chacun d'eux, avaient-ils coutume de dire lorsqu'elle était petite fille.

Après avoir attentivement écouté sa fille, Ben Forrester déclara :

— Ne vaudrait-il pas mieux que tu engages toi-même un avocat? Quelqu'un comme George Keepworth, par exemple. Je lui ferais davantage confiance qu'à un étranger.

— C'est inutile, papa, l'hôpital est obligé d'assumer ces frais pour moi.

— Je devrais peut-être te rejoindre.

— Non, papa. Nous ne sommes même pas encore certains qu'il engage des poursuites. Je voulais juste te mettre au courant de l'affaire pour ne pas que tu l'apprennes par une autre source.

— Une autre source? Que veux-tu dire?

— Ce Claude Stuyvesant est un homme très important, à New York. Tout ce qui le concerne est imprimé dans les journaux, ou même diffusé à la radio et à la télévision.

— Es-tu en train de me dire que cet « important » fils de pute va faire du mal à ma petite fille? Attention parce que moi j'arrive, je débarque à New York et je lui écrase son nez si important.

Papa devait être très en colère. Si son langage pouvait être rude quand il s'adressait à des hommes, jamais il ne se laissait aller à de tels écarts devant sa femme ou sa fille.

— Il ne m'arrivera rien, affirma Kate.

Elle savait son père fort capable de tout abandonner pour sauter dans sa voiture et rouler jusqu'à New York.

Sa mère l'accompagnerait, bien sûr, le suppliant de conduire prudemment tous les deux kilomètres. Kate n'avait pas voulu l'alarmer, mais c'était visiblement ce qu'elle avait fait.

— Calme-toi, papa. Je te tiendrai au courant.

— Entendu, dit-il à regret. Tu sais, j'y pense souvent... Pourquoi diable t'es-tu installée dans une ville comme New York? Les gens d'ici ont grand besoin d'un bon médecin, et ils l'apprécieraient davantage que tous ces sauvages. Réfléchis-y. Tu pourrais revenir ici, vivre parmi les tiens.

Kate comprit que son père pensait déjà à lui ménager une retraite honorable au cas où les choses tourneraient mal, oubliant que le procès n'était encore qu'une menace.

— Je n'ai pas l'intention de rentrer à la maison, papa. Je vais rester... et me battre.

— Tu oublies l'estime dont tu jouis ici, Katie. Personne n'ignore que tu étais la meilleure élève du lycée. Tu surpassais même les garçons! Les gens parlent encore de toi, s'inquiètent à ton sujet. Je ne peux pas aller en ville sans que quelqu'un m'arrête en chemin : « Et comment va notre Katie? » me demande-t-on. On dirait que tu leur appartiens à tous. Quand je leur ai appris que tu étais acceptée dans cet hôpital de la Cité, ils n'ont pas paru surpris. Ils trouvaient tout naturel que tu sois engagée dans le plus grand et le meilleur des hôpitaux. Alors, s'il le faut absolument, affronte ce bâtard de Stuyvesant mais ensuite, laisse-les se déchirer entre eux. Tu m'entends?

— Oui, papa.

Kate raccrocha, plus découragée qu'elle ne l'était avant d'appeler ses parents. Dans son désir de la réconforter, son père n'avait fait qu'accentuer son désarroi en évoquant l'estime dont elle jouissait dans la région.

Cet avocat. Il fallait qu'elle voie cet avocat.

9

Au cours de ses études, Kate s'était habituée aux dimensions imposantes de la faculté de médecine et de certains hôpitaux, pourtant elle fut impressionnée par l'immeuble qui abritait le cabinet juridique Trumbull, Drummond & Baines. L'accueil se trouvait au sixième des onze étages occupés par les bureaux du cabinet. Kate demanda à rencontrer Scott Van Cleve, dont le nom lui avait été communiqué par la secrétaire du juge Trumbull. L'hôtesse appela un groom, qui emmena la jeune femme jusqu'au second étage. Ils longèrent des salles spacieuses et bien meublées, réservées aux associés, puis des pièces plus petites, pour arriver finalement au bout d'un long couloir. Là, le groom fit signe à Kate de pousser une porte.

Elle entra dans un petit bureau où régnait un tel désordre qu'elle se dit qu'aucune créature pourvue d'un esprit sain n'aurait supporté d'y vivre. Des livres de droit étaient éparpillés sur le bureau, ou empilés sur le sol. Certains étaient ouverts, d'autres fermés mais bourrés de fiches jaunes. Il n'y avait pas un, mais trois blocs posés sur la table, tous trois couverts de notes griffonnées. Sur un coin du bureau, Kate aperçut un sandwich à moitié mangé et remis dans son emballage de plastique, ainsi qu'un gobelet rempli d'un café vraisemblablement refroidi.

Kate se dit avec désespoir qu'on avait confié son cas au moins compétent, sinon au pire, de tous les avocats qui travaillaient pour Trumbull et ses associés. Si sa carrière et les dix années d'études qu'elle y avait consacrées devaient dépendre d'une seule personne, peut-être valait-il mieux s'en remettre à un avocat de l'Ouest tel que George Keepworth, comme le lui conseillait son père.

Elle allait tourner les talons lorsqu'un grand jeune homme fit irruption dans la pièce. Il fut visiblement surpris d'y découvrir une inconnue. Son expression était celle d'un homme qu'on dérangeait dans ses réflexions.

— Oh! Vous devez être, euh... la jeune femme que... cette personne médecin.

Réprimant la repartie un peu sèche qui lui montait aux lèvres, Kate rétorqua :

— Et vous, vous êtes sans doute cette « personne » avocat que je suis censée voir?

Il la fixa un instant, puis son visage s'éclaira d'un sourire.

— Pardonnez-moi, mais de nos jours, certaines femmes se vexent quand on les appelle « mademoiselle », d'autres quand on les appelle « madame », si bien que j'ai du mal à trouver le mot juste.

— Et vous vous êtes fixé sur « personne »?

— Ce terme a au moins le mérite d'être neutre. Je m'appelle Scott Van Cleve... Mais vous savez qui je suis puisque vous êtes ici. Et vous êtes...

« Il ne connaît même pas mon nom, pensa Kate. C'est dire s'il a étudié mon cas. Bon, je m'en vais, je n'ai pas de temps à perdre. George Keepworth aura certainement un bon avocat à me recommander à New York. »

Par politesse, elle décida d'écouter au moins ce qu'avait à lui dire ce jeune écervelé. Elle en profita pour l'observer d'un œil professionnel. Il était mince et apparemment en bonne santé. Il ne portait pas de lunettes et elle n'en avait pas non plus aperçu sur le bureau. Si l'on en croyait ce sandwich à demi mangé, ses habitudes alimentaires étaient mauvaises, ou alors il attestait d'une grande conscience professionnelle. Le jeune avocat était vraiment très grand. Ses cheveux étaient sombres, mais pas tout à fait noirs. A 2 heures de l'après-midi, il aurait déjà eu besoin d'un bon coup de rasoir, preuve qu'il avait dû se lever de très bonne heure. Kate décida que c'était un lève-tôt qui en profitait pour faire un petit jogging matinal, ce qui expliquait sa forme physique satisfaisante.

Il l'arracha à ses rêveries par un bref :

— Très bien, commençons!

Il poussa ses livres pour faire de la place sur son bureau, puis il ouvrit un tiroir d'où il sortit un bloc neuf.

— Mademoiselle... C'est mademoiselle, n'est-ce pas? A moins que vous ne préfériez madame?

— Si vous me demandez mon avis, je préfère être appelée Dr Forrester, rétorqua la jeune femme.

— Parfait. Eh bien, docteur Forrester, commençons.

Présumant qu'il s'attendait à ce qu'elle lui décrivît le traitement administré à Claudia Stuyvesant, elle commença :

— La patiente a été amenée aux Urgences vers 21 h 30. Elle présentait de vagues symptômes...

— Je me suis mal exprimé, docteur, c'est *moi* qui commence, l'interrompit-il.

— Si vous devez être mon avocat, *ma* version des faits peut éventuellement vous être utile.

— Chaque chose en son temps. Mais d'abord il est de mon devoir de vous exposer votre situation aux yeux de la justice.

— Pour autant que je le sache, elle ne s'intéresse pas encore à moi.

— Pas encore, mais efforcez-vous de l'envisager. Il est fort probable que l'hôpital soit attaqué pour négligence. Dans ce cas, vous serez poursuivie personnellement.

— Je croyais que l'assurance souscrite par l'hôpital couvrait tous les médecins. C'est l'une des raisons pour lesquelles il est plus avantageux de travailler dans un grand établissement. On est protégé.

— Protégé, en effet. Mais pas hors d'atteinte.

Comme Kate fronçait les sourcils, le jeune avocat comprit qu'elle était totalement novice en matière de questions juridiques.

— Docteur, la raison pour laquelle on vous a attribué un avocat personnel est celle-ci : s'il y a un procès pour incurie, comme nous le craignons, l'hôpital sera inculpé. Vous le serez aussi, de même que l'autre médecin... comment s'appelle-t-il?

— Vous parlez de Briscoe? Eric Briscoe?

— C'est cela, Briscoe. Quand de telles poursuites sont

engagées, elles touchent tous ceux qui sont liés à l'affaire, de près ou de loin. Le but est de fournir un maximum d'éléments aux jurés. Ils peuvent tenir l'hôpital pour responsable à cause de son fonctionnement ou de ses règlements. Mais ils peuvent aussi incriminer les médecins...

— A quoi servent les assurances si elles ne protègent pas les médecins?

— Elles les protègent, mais dans certaines limites. Elles assurent les frais de la défense et paient les éventuels dommages et intérêts. Mais s'ils excèdent le montant de la cotisation, l'hôpital et les médecins doivent régler la différence. Et vu la façon dont les jurys tranchent depuis quelque temps, je n'ai pas besoin de vous dire...

— Que je risque de passer ma vie à rembourser une dette énorme?

— J'ai pensé que vous deviez savoir ce que vous encourez, répondit l'avocat le plus doucement possible.

— Oui... Je comprends.

— Très bien. Maintenant je vous écoute. Si vous voulez bien me donner votre version des faits...

— Un premier contact avec la patiente a eu lieu vers 21 h 30 samedi dernier... commença Kate.

Pour l'avocat, elle s'efforça de retracer très exactement chacun des événements qui avaient marqué la nuit fatale où Claudia Stuyvesant avait trouvé la mort.

Van Cleve l'écoutait tout en griffonnant de temps à autre quelques mots sur son bloc. Chaque fois, Kate se demandait ce qui avait attiré son attention au point de le noter par écrit. Était-cc si important? Que venait-elle de dire qui pouvait nuire à sa cause?

Bien qu'il devinât ce qui la tourmentait, il la pressait :

— Continuez, docteur, je vous en prie.

Lorsqu'elle eut terminé son récit, décrit tous les symptômes de Claudia et ses propres observations, rendu compte des analyses de laboratoire et des réactions de la patiente, Van Cleve continua de hocher pensivement la tête.

— Monsieur Van Cleve? s'inquiéta Kate.

— J'approfondirai les choses après que j'aurai mené ma propre enquête. Mais, brièvement, jusqu'au décès de votre patiente, quel était le diagnostic le plus probable?

— Ces symptômes généralisés sont le plus souvent provoqués par un virus intestinal.

— Si j'interrogeais six médecins, confrontés aux mêmes symptômes...

— Et aux mêmes observations, compléta Kate.

— Des symptômes... des observations... Quelle est la différence?

— Les symptômes, c'est ce que le patient décrit, expliqua Kate. Les observations sont le fait du médecin. C'est en les rapprochant qu'il parvient à établir un diagnostic.

— Merci, docteur, fit Van Cleve sur un ton dont Kate n'aurait su dire s'il était sarcastique ou approbateur. Maintenant, je vous pose de nouveau la question : si ces mêmes symptômes et ces mêmes observations étaient soumises à des médecins, interrogés sous la foi du serment, quelle serait leur opinion?

— La même que la mienne, j'en suis sûre. Virus intestinal.

Van Cleve écrivit quelque chose sur son bloc avant de demander :

— Tous les six?

— Sinon tous les six, au moins cinq d'entre eux.

— Virus intestinal, répéta pensivement l'avocat. Briscoe était-il d'accord avec vous?

— Disons qu'il n'a pas trouvé d'autre explication.

— Il y en aurait?

— Ces symptômes... la nausée, les vomissements, la diarrhée, les douleurs abdominales... peuvent avoir de nombreuses causes. Un appendice enflammé, une infection vaginale, une grossesse, des ulcères, et encore bien d'autres. Dans un cas comme celui-ci, on ne parvient à un diagnostic qu'en excluant les hypothèses les unes après les autres jusqu'à ce qu'on tombe sur la bonne.

— Ce à quoi, malheureusement, vous n'êtes pas parvenue.

— La médecine n'est pas une science exacte, protesta Kate. Elle s'en approche chaque jour un peu plus, grâce aux nouvelles découvertes, mais on est loin de la perfection. Probablement n'y parviendra-t-on jamais.

— Malheureusement, dit sombrement Van Cleve. Les patients — et les jurés sont des patients en puissance —

partent du principe que la médecine est parfaite. Donc si quelque chose tourne mal, si le malade meurt, c'est forcément de la faute du médecin. C'est là que nous intervenons. Nous luttons contre cette certitude erronée, mais nous ne l'emportons pas toujours. Et quand nous perdons, les verdicts sont épouvantables, je ne peux vous le cacher. — Kate hocha la tête gravement. — Ce sera tout pour notre premier entretien, docteur.

Kate Forrester paraissait pétrifiée sur son siège et incapable de répondre à son interlocuteur.

— Je vous préviendrai dès que nous aurons reçu les inculpations. — Kate se leva et fit quelques pas vers la porte. — Attendez ! la rappela Van Cleve. Encore une mise en garde. Ce ne sera pas un simple procès pour négligence ou incurie. Nous devons compter avec le facteur-S.

— Le facteur-S ? répéta Kate sans comprendre.

— Le facteur Stuyvesant. Non seulement il s'assurera les services des meilleurs avocats en matière de négligence médicale, mais il s'arrangera pour gagner la sympathie de tous les magistrats et de tous les fonctionnaires susceptibles de lui être utiles. Très peu de gens dans cette ville ou même dans cet État peuvent refuser un « service » à Claude Stuyvesant.

— C'est possible. Mais je persiste à croire que la vérité est ma meilleure défense, s'entêta Kate.

— Pour l'instant, jeune dame, votre meilleure défense est que l'hôpital de la Cité, sa compagnie d'assurances et notre cabinet sont impliqués dans l'affaire. Ils dépenseront énormément d'argent pour se défendre eux-mêmes, et ils vous défendront par la même occasion. Si vous ne deviez compter que sur vous-mêmes, vous vous endetteriez pour votre vie entière. A bientôt, docteur.

Un peu plus tard dans la journée et après que Scott Van Cleve lui eut rapporté son premier entretien avec Katherine Forrester, le juge Trumbull appela le directeur de l'hôpital, Cummins.

— Harvey, commença-t-il, je voulais juste vous avertir que l'un de nos jeunes associés, Van Cleve, a rencontré votre Dr Forrester. Le premier contact est toujours destiné à faire connaissance. Rien noté d'inhabituel.

— Cela ne m'étonne pas.

— Pourtant, continua Trumbull, cette rencontre m'a amené à réfléchir davantage à la situation.

Un homme de loi aussi important et occupé que Trumbull ne téléphonait en général pas pour évoquer des questions de routine.

Alerté par ces préliminaires, Cummins demanda :

— Et... le résultat de cette réflexion?

— Si nous voulons nous préparer aux événements ultérieurs — n'oublions pas que c'est à Claude Stuyvesant que nous avons affaire —, il serait sans doute judicieux, pour l'instant, de limiter les activités du Dr Forrester.

— Limiter ses activités? répéta Cummins. C'est l'un de nos médecins résidents les plus qualifiés en médecine générale, et nous avons de quoi occuper tous les membres de notre personnel...

— Harvey, il se peut que nous ayons à justifier les décisions administratives de l'hôpital.

— Je ne vois pas ce qu'on pourrait trouver à redire! protesta Cummins. Pas plus qu'au travail du Dr Forrester, pour autant que je sache.

— C'est exactement cela, Harvey, « pour autant que vous sachiez ».

— J'ai toute confiance en elle.

— Bien entendu. Croyez-moi, personne n'estime davantage vos médecins que moi. Cependant, les juristes ont pour tâche d'évaluer les risques encourus par leurs clients et de les conseiller en conséquence. En particulier lorsque des millions de dollars sont en jeu. C'est pourquoi je vous suggère, non, je vous demande de limiter les activités du Dr Forrester. Surtout s'il s'agit de traiter des patients.

— Je ne sais pas...

— Harvey, en tant qu'avocat-conseil de l'hôpital, je dois vous avertir que, dans votre situation, la loyauté est un luxe que vous ne pouvez vous permettre.

— Je ne veux rien faire qui puisse nuire à la carrière du Dr Forrester, insista Cummins.

— Je ne vous conseille rien de tel. Éloignez-la seulement des patients pour un temps. Mais quoi que vous fassiez, faites-le posément. Le pire que nous ayons à craindre, actuellement, c'est la mauvaise publicité.

10

Le lendemain matin, Kate Forrester se leva plus tôt que d'habitude. Elle voulait arriver à l'hôpital avant que le tableau des affectations ne fût affiché. La vue de la petite Maria Sanchez, à demi consciente, meurtrie de partout, l'avait profondément émue. Elle comptait passer voir si son état s'était amélioré, ou si au contraire il avait empiré depuis son admission aux Urgences. Certains enfants victimes de sévices arrivaient trop tard à l'hôpital. Ils se contentaient de dépérir, puis de mourir. Kate espérait que la petite Maria ne serait pas de ceux-là.

En Pédiatrie, elle apprit que la fillette avait déjà été confiée au Dr Mike Sperber, spécialiste des questions néonatales et neuropédiatriques.

Ils ne s'étaient jamais rencontrés, mais Sperber avait visiblement entendu parler d'elle, car lorsqu'elle franchit le seuil de la chambre où il examinait Maria, il l'accueillit chaleureusement :

— Ravi de faire la connaissance du nouveau champion du monde des poids légers, plaisanta-t-il. La prochaine fois, choisissez un adversaire de votre gabarit.

— Je ne comprends pas...

— Golding m'a raconté comment vous avez affronté le père de cette pauvre petite. Heureusement que vous étiez là! Elle est à la limite. Une brutalité de plus et je ne donnais pas cher de ses chances.

Kate regarda Maria, qui semblait à peine plus consciente que lorsqu'elle l'avait envoyée en Pédiatrie.

— Comment va-t-elle?

Sperber lui fit signe d'entrer dans la chambre. Il prit la main de Kate et la posa sur le visage de l'enfant, qui tressaillit et eut un mouvement de recul. Puis, peu à peu, elle parut s'habituer à ce contact doux et tiède et elle leva sa propre main pour attraper les doigts de Kate. Bien qu'elle ne s'agrippât que très faiblement, cette étreinte exprimait un besoin désespéré.

— Docteur Forrester, puis-je vous demander un service ?

— Je dispose de peu de temps car je dois gagner ma nouvelle affectation.

— Prenez-la simplement dans vos bras, si peu que ce soit. C'est tout ce que je vous demande, de la tenir un instant contre vous. Nous devons lui apprendre que tous les adultes ne sont pas dangereux, lui rendre confiance. Malheureusement, les infirmières sont trop surmenées pour s'en charger. Faites-le, je vous en prie.

Kate s'assit sur le bord du lit et tenta de soulever l'enfant. La petite Maria commença par résister puis, peu à peu, elle s'abandonna à l'étreinte de Kate. Au bout de quelques minutes, elle parut même contente de demeurer ainsi, la joue posée sur la poitrine de la jeune femme.

— Parfait, dit Sperber. Désormais, faites cela plusieurs fois par jour, ne serait-ce qu'une minute chaque fois. Peut-être pourrons-nous la ramener à une vie normale.

— Et sur le plan neurologique ? demanda Kate. Comment la trouvez-vous ?

— Nous n'en sommes encore qu'aux examens. J'ai quelques raisons d'espérer, mais aucune certitude.

C'est avec un peu de retard que Kate Forrester consulta le tableau des affectations. Tout d'abord, elle ne trouva pas son nom parmi ceux des médecins répartis dans les divers services de l'hôpital. Enfin, elle l'aperçut en bas de la seconde liste.

— Forrester, lut-elle à mi-voix, service des statistiques, Dr Nicolas Troy. Salle B-22.

Troy ? Le nom lui était vaguement familier, mais elle n'aurait su le mettre en relation avec une spécialité médicale quelconque. Quant à ce service des statistiques, dont la dénomination avait quelque chose d'incongru en milieu hospitalier, elle n'en avait jamais entendu parler. Elle savait en revanche que la salle B-22 se trouvait au sous-sol, quelque part au milieu du réseau de corridors souterrains qui reliaient les différents bâtiments de l'hôpital.

Malgré son trouble, Kate n'avait d'autre choix que d'obtempérer.

Le bureau de Troy était spacieux, pourtant il parut étriqué à Kate, sans doute parce qu'il était encombré de vieux ordinateurs et d'un nombre impressionnant de classeurs qui montaient jusqu'au plafond. Troy semblait âgé d'environ soixante-dix ans. Il étudiait l'interminable rouleau de papier qui sortait d'une imprimante posée à l'extrémité du bureau. Ses cheveux étaient blancs et hérissés. Chaque fois qu'il éprouvait une contrariété ou un trouble quelconque, il grattait son crâne rose, ce qui avait pour effet de les ébouriffer davantage encore.

Kate comprit qu'elle arrivait au mauvais moment, car il ne leva même pas les yeux pour l'accueillir.

— Oui? fit-il avec impatience.

— Je suis le Dr Katherine Forrester.

— Tant mieux pour vous, rétorqua-t-il avec irritation. Que suis-je censé faire pour vous?

— Je suis affectée à votre service.

— Je n'ai pas demandé d'assistante, déclara-t-il sans ambages. Satanés chiffres! grommela-t-il ensuite pour lui-même.

Soudain, il se rappela avoir été dérangé la veille par un appel téléphonique auquel il n'avait accordé qu'une attention distraite.

— Ah! Vous êtes celle que l'on m'a annoncée! En effet, Cummins m'a parlé de vous. Grands dieux, jeune dame, quel horrible crime avez-vous commis pour être ainsi exilée en Sibérie? Je sais très bien que pour un jeune médecin en début de carrière, ce service, qui ne s'occupe que de faits bruts et de chiffres, apparaît comme un véritable exil.

Levant enfin les yeux vers elle, il parut grandement impressionné.

— Eh bien! s'exclama-t-il. Si j'avais rencontré une fille comme vous quand j'étais jeune, je ne serais pas le célibataire endurci que je suis devenu. Un jour, quand je vous connaîtrai mieux, je vous raconterai ma romance avec une infirmière O.R.L. Mais pour l'instant, voyons les choses en face. Vous n'avez aucune envie de travailler ici. Et pour être honnête, je ne suis pas particulièrement ravi de votre arrivée. Pourquoi ? Vous serez malheureuse de ne pas soigner de patients parce que vous vous imaginez que ce qu'on fait ici n'a rien à voir avec la médecine.

D'un geste large de la main, il enveloppa la pièce, les classeurs et les ordinateurs.

— Vous voyez tout cela ? C'est à cause de cet ensemble de données que les médecins ont peur de moi. Avec mes ordinateurs et mes graphiques, je mets leurs erreurs en évidence. Je démontre que certains des mythes dont la médecine se nourrit depuis des années se révèlent faux. Pour être poli, disons que ce sont des erreurs involontaires. Les jeunes médecins sont forcément instruits par les praticiens qui les ont précédés. Ainsi les croyances et les convictions de la vieille génération sont transmises à la nouvelle. Si bien que la médecine a quasiment toujours une génération de retard. Voilà pourquoi la plupart des médecins reproduisent les mêmes erreurs jusqu'à ce qu'on les débusque et qu'on en tire les conséquences.

Troy fit signe à Kate de s'asseoir. Voyant qu'aucun siège n'était libre, il débarrassa une chaise de la pile de feuilles imprimées qui l'encombrait et qu'il laissa tomber sur le sol. Kate s'assit, résignée à supporter l'interminable discours du vieux médecin. De toute évidence, il n'avait pas souvent l'occasion de valoriser sa tâche, aussi devait-il en profiter chaque fois qu'il le pouvait.

— Par exemple, poursuivit-il, si nous avions soigneusement consigné et conservé dans des archives les traitements prescrits il y a quatre-vingts ou quatre-vingt-dix ans, nous aurions vite cessé de croire que l'air frais et le soleil soignaient la tuberculose. Et pendant des décennies, nous avons conseillé le lait et la crème fraîche pour guérir les ulcères. Or non seulement ce traitement ne soigne pas les ulcères, mais il les aggrave — sans compter le taux de cholestérol qui grimpe dangereusement. Nous aurions dû, pourtant, nous interroger : ces merveilleuses légendes médicales, ces fameux traitements miracles, guérissent-ils vraiment les malades? Si on s'en tient à la froideur des faits et des chiffres, combien de patients soignés selon telle ou telle thérapeutique ont-ils réellement tiré profit de leur traitement? Peu importe ce que dit tel professeur révéré, voyons ce que prouvent les faits. Voilà ce que nous aurions dû nous demander.

« En d'autres termes, je suis aux yeux des autres médecins un vieux grincheux agaçant, un empêcheur de danser en rond. La conscience de l'hôpital. Lorsque j'ai collecté et étudié les faits et les chiffres, mon travail consiste à dire : « Mesdames et messieurs, nous pratiquons une mauvaise médecine. Nous devons abandonner l'ancien pour chercher le nouveau. Mais par-dessus tout, nous ne devons rien tenir pour acquis. Interrogeons-nous sans relâche. »

Troy semblait s'être lassé lui-même, car il proposa à Kate :

— Que diriez-vous d'une tasse de thé? Pour ma part, j'en aurais bien besoin.

Kate hocha la tête en signe d'assentiment.

Après avoir posé une casserole remplie d'eau sur son unique plaque électrique, il avoua :

— Docteur Forrester, j'ai une confession à vous faire.

— Oui, docteur Troy?

— En fait, votre nom ne m'était pas inconnu. J'ai entendu parler de votre situation difficile. Elle le sera vraisemblablement davantage d'ici peu, ajouta-t-il en mettant les sachets de thé dans l'eau fumante. Vous êtes une nouvelle victime de notre époque. Aujourd'hui, l'argent mène le monde. Toujours à l'affût, les avocats saisissent le moindre prétexte pour crier à la négligence médicale. Les familles qui pleurent la perte d'un être cher se consolent avec une somme rondelette. Et après tout, pourquoi pas? Chaque semaine, à la télévision, on voit des guérisons inespérées, des traitements miracles qui vous soignent un cancer en soixante minutes. Des acteurs qui ne seraient même pas capables de poser un sparadrap deviennent des héros dès qu'ils incarnent des médecins. Aussi le public finit-il par croire que si des acteurs réalisent de telles merveilles, il en va de même pour les vrais médecins. Vous pourriez bien être la victime de cette illusion. C'est pour cela que vous êtes ici. Ils ne veulent plus de vous, aux Urgences ou dans d'autres services, car si jamais vous étiez mêlée à un autre incident, l'assurance de l'hôpital les blâmerait de vous avoir gardée.

— En ce cas, pourquoi ne me demandent-ils pas de partir ?

— Ah ! Vous venez de mettre le doigt sur l'absurdité de ce système. S'ils vous lâchaient, ce serait reconnaître publiquement que vous êtes incompétente. De là à ce qu'on leur reproche de vous avoir engagée... Ils ne peuvent donc ni vous exclure de l'hôpital ni prendre le risque de vous confier des patients.

— Je démissionne ! s'écria Kate en se levant à demi.

Troy tendit la main pour passer un doigt léger sous le menton têtu de la jeune femme.

— Cela équivaudrait à reconnaître votre culpabilité. Vous ne me semblez pourtant pas du genre à baisser les bras. Restez et luttez, sachant qu'il y a un risque pour que vous soyez vaincue. L'important est que vous affirmiez haut et fort votre conviction d'avoir fait ce qu'il fallait pour la jeune Claudia Stuyvesant. Si j'ai bien compris, vous avez pris toutes les décisions qui s'imposaient. Que l'issue ait été tragique n'est pas votre faute.

Il la regarda avec attention pendant un moment.

— Vous avez bien suivi la procédure correcte, n'est-ce pas ?

— Mais oui ! Toutes mes observations sont consignées dans le dossier et elles sont là pour le prouver.

— Des observations... De mon temps, les médecins faisaient des rapports mensongers, rédigés des heures, parfois même des jours après le décès !

— Toutes mes notes sont véridiques et ont été écrites la nuit même.

— Si vous permettez, j'aimerais bien les consulter, juste par curiosité. En attendant, il ne vous reste plus qu'à travailler avec moi. Vous pourriez bien être surprise par ce que vous découvrirez. Peut-être même comprendrez-vous que je ne suis pas un vieux gâteux qui se cache dans les sous-sols parce qu'il ne supporte pas l'idée de prendre sa retraite.

Pour la réconforter, il ajouta en souriant :

— Écoutez, mon petit, qu'est-ce qu'une semaine ou un mois dans votre jeune vie? Tout est relatif, après tout. Pour vous, qui avez tant d'années devant vous, un mois ne représente pas grand-chose. Mais à mon âge, trente jours équivalent à une vie entière. Quel mal cela ferait-il si chaque matin j'avais hâte de venir ici pour voir votre ravissant visage? Maintenant, terminez votre thé et mettons-nous au travail.

11

La nouvelle du décès de Claudia Stuyvesant, fille unique d'un homme aussi en vue que Claude Stuyvesant, ne tarda pas à se répandre dans les milieux de la presse et de la télévision. Pendant deux jours, le standard de l'hôpital de la Cité fut submergé par les appels des journalistes. Selon les instructions du Dr Cummins, ces derniers furent tous dirigés vers Mme Hockaday, chargée des relations publiques.

A toutes les questions, Mme Hockaday opposa la même déclaration :

— Samedi dernier, Claudia Stuyvesant a été amenée au service des Urgences de cet hôpital. Les troubles présentés n'ont pas permis d'établir un diagnostic et elle est morte dimanche matin, pour une raison encore inconnue à ce jour.

Conformément aux ordres reçus, Mme Hockaday n'accepta de répondre à aucune question et ne fournit aucune information supplémentaire. Laissant libre cours à son imagination, chacune des chaînes locales raconta l'histoire à sa façon. L'une d'entre elles insinua que la mort brutale de Claudia Stuyvesant était due à une overdose. Une autre suggéra qu'il s'agissait d'un suicide. Le troisième jour, l'affaire Stuyvesant fut oubliée au profit du flot de faits divers sordides, de rapts, de meurtres et d'arrestations qui inondait les chaînes new-yorkaises.

Sur la troisième chaîne, pourtant, le directeur de la rédaction du journal de 18 heures, Hank Daniels, continua de lui accorder un intérêt soutenu. Depuis plusieurs jours, en effet, Daniels et l'un de ses journalistes d'investigation, Ramon Gallante, avaient accumulé une série révélatrice d'interviews concernant le problème de la santé à New York.

Gallante avait enregistré un certain nombre d'entretiens avec des patients déçus, des parents endeuillés et des infirmières mécontentes. Il les avait poussés à révéler les défauts, les insuffisances, les prix excessifs et les gaspillages pratiqués dans différents établissements de santé. Mais ces entretiens ne fournissaient pas encore la matière suffisante pour emporter l'attention du public et la retenir une semaine entière.

Deux jours auparavant, en buvant son café du matin, Hank Daniels avait appris par la télévision le décès de la jeune Claudia Stuyvesant. En arrivant aux studios, il avait demandé qu'on lui envoyât Ramon Gallante.

Lorsque ce dernier l'eut rejoint, il alla droit au but :

— Ray, te crois-tu capable d'obtenir un rendez-vous avec Claude Stuyvesant ?

— Il ne les lâche pas souvent, à moins qu'il ne soit justement en train de ruminer un gros coup. Quand il a besoin de nous, il ne se gêne pas pour nous convoquer.

— Et si nous nous arrangions pour qu'il ait besoin de nous ?

Ramon parut alléché.

— Tu as trouvé une combine ?

— Tu as regardé la deuxième chaîne, ce matin ? Ou la Quatre ?

— Vaguement. J'étais en train de m'habiller. Et alors ?

— Ils ont passé deux reportages sur le décès de Claudia Stuyvesant, survenu, selon la Deux, en des « circonstances suspectes » — sous-entendu : ça ressemble fort à un suicide. Sur la Quatre, on parle d'une mort « brutale, dont les causes encore inexpliquées devraient être révélées au cours de l'autopsie ». Là, c'est une allusion évidente à la drogue.

Gallante sourit largement.

— Bon sang, Hank, je vais appeler Stuyvesant pour lui donner l'occasion de réfuter les calomnies odieuses qui salissent son innocente fille.

— Nous servons la cause du bon journalisme en alimentant la chronique, dit Daniels en souriant à son tour.

— Je m'en occupe sur-le-champ, promit Gallante.

— Si tu obtiens l'interview, je sais déjà comment faire monter la sauce.

— Que veux-tu dire?

— Rien ne vaut une controverse pour faire de l'audimat. Dès que nous aurons Stuyvesant sur cassette, j'appellerai l'hôpital de la Cité et...

— Tu leur proposes un droit de réponse, termina Gallante. Hank, tu es le meilleur rédacteur de télévision que je connaisse!

Ramon Gallante passa vingt minutes frustrantes au téléphone, d'abord avec la secrétaire de Claude Stuyvesant, puis avec son assistante.

En désespoir de cause, il décida d'abattre son atout :

— Madame Parker, est-ce que vous réalisez dans quelle situation délicate vous mettez la troisième chaîne?

— Monsieur Stuyvesant est encore sous le choc, répliqua Florence Parker, il est incapable d'émettre le moindre commentaire à propos de cet affreux événement.

— Je le comprends tout à fait et, croyez-moi, je compatis. Mais mettez-vous à la place d'un journaliste honnête, madame Parker. Demain, à 18 heures, je devrai révéler que lorsque je lui ai demandé si sa fille s'était suicidée, comme l'a insinué la Deux, Claude Stuyvesant a refusé de me répondre. Je ne voudrais pas insister, madame Parker, mais c'est une situation assez délicate...

Florence Parker avait trop souvent eu affaire à l'indiscrétion des journalistes pour ne pas reconnaître le chantage insidieux contenu dans ces propos.

— Un instant, monsieur Gallante, je vais me renseigner.

Quelques instants plus tard, la voix de Florence Parker retentissait de nouveau à l'oreille de Gallante.

— Que voulez-vous exactement, monsieur Gallante?

— Monsieur Stuyvesant n'aura pas à quitter son bureau. Je viendrai avec une petite équipe de télévision et je ne lui prendrai pas plus d'un quart d'heure de son précieux temps. Il pourra donner sa version des faits, nous ne le censurerons pas. En revanche, nous ne diffuserons pas l'entretien dans son intégralité pour des raisons de temps.

— Pas plus d'un quart d'heure? insista Florence Parker.

— Vous avez ma parole.

— Quand?

— A vous de décider. Je suis à votre disposition.

— Cet après-midi, à 3 heures. Cela vous convient?

— Comptez sur moi, j'y serai!

Gallante raccrocha dans un état de surexcitation indescriptible.

A 16 h 15, ce jour-là, Ramon Gallante et son équipe arrivèrent aux studios de la Trois. Ils sortaient du bureau de Claude Stuyvesant.

— Comment cela s'est-il passé, Ray? demanda Daniels.

— Tu voulais une polémique, Hank? Eh bien, tu vas être servi! Et brûlante, encore! Si brûlante que sur le chemin du retour, je me suis arrêté devant l'hôpital de la Cité, pour prendre quelques extérieurs. Quand j'aurai monté tout ça, nous aurons de quoi produire une belle série de reportages.

— Je peux appeler l'hôpital pour leur proposer un droit de réponse?

— Appelle-les, appelle-les. Quant à moi, je me mets immédiatement au montage.

A son excitation, Hank Daniels comprit que l'interview de Stuyvesant confirmait en tous points son intuition première. Très satisfait, il décrocha son récepteur téléphonique.

— Dites-moi, Maggie... comment s'appelle le médecin administrateur de l'hôpital de la Cité?

— Le Dr Cummins.

— En effet! Appelez-le-moi s'il vous plaît. Tout de suite!

— Docteur Cummins, commença Hank, la troisième chaîne ayant l'impartialité pour principe, je me dois de vous prévenir que demain après-midi, à 18 heures, nous commençons une série d'émissions intitulée *C'est de vous qu'il s'agit : quelles sont vos chances de survie dans les hôpitaux new-yorkais?* Nous ouvrons la série par une interview de Claude Stuyvesant à propos du décès de sa fille dans votre établissement. M. Stuyvesant porte contre vous quelques accusations étonnantes.

— Des accusations? répéta Cummins avec inquiétude. Qu'a-t-il dit?

— Il dit bien des choses, docteur. Il nous est impossible de tout diffuser. Je vous conseille donc de regarder l'émission demain après-midi. Vous pourrez ainsi préparer votre riposte.

— De quelle riposte parlez-vous?

— Je vous invite à lui répondre le lendemain, à la même heure. En direct ou en différé, selon votre désir. Nous vous accorderons trois minutes d'antenne. Puis-je compter sur votre collaboration?

— Je... je vous rappellerai, dit très vite Cummins.

Il raccrocha aussitôt et appela le juge Trumbull.

Le lendemain matin, le Dr Kate Forrester reprit le chemin du bureau du Dr Troy. Elle le trouva comme elle l'avait laissé, submergé sous les graphiques, ses cheveux blancs en désordre. Du bout de l'ongle, il grattait son crâne rose d'un air distrait.

Il ne leva pas les yeux de son travail pour l'accueillir.

— Ah, bonjour, mademoiselle Forrester.

— Bonjour, docteur.

Notant la tristesse de sa voix, il lui jeta un coup d'œil par-dessus ses lunettes.

— Vous avez mal dormi, hein?

— Non, non, pas vraiment.

— Pas assez, en ce cas. — L'observant plus attentivement, il modifia son diagnostic : — Pas pu trouver le sommeil, hein? Pas la peine de le nier, mon petit. Vous vous êtes retournée dans tous les sens, vous vous demandiez ce qu'ils allaient décider à l'issue de la réunion de ce matin. Franchement, je ne les blâme...

Kate l'interrompit :

— Une réunion? Ce matin?

Troy eut l'air ennuyé.

— Oh! Je croyais que vous étiez au courant.

— Apparemment, on me cache quelque chose... De quoi s'agit-il?

— La rumeur s'est répandue à travers l'hôpital, aussi

étais-je persuadé que vous saviez... commença le Dr Troy, visiblement navré d'avoir abordé le sujet.

— Je vous en supplie, docteur Troy, cessez de tergiverser !

— Il y a... Ce matin, les pontes de l'hôpital sont en réunion. Une importante réunion.

— Ils vont discuter mon cas ? — Le vieux médecin haussa tristement les épaules. — Et ils ne m'autorisent même pas à me défendre ?

— Si j'ai bien compris, il ne s'agit pas de vous accuser ou de vous défendre, mais de télévision.

— La télévision ? Mais quel rapport avec moi ? s'étonna Kate. Je monte immédiatement éclaircir la question ! déclara-t-elle en se dirigeant vers la porte.

Le Dr Cummins avait convoqué dans l'urgence tous ses chefs de service. Conscient que la décision à prendre pouvait être lourde de conséquences, il avait aussi invité Lionel Trumbull, le conseiller juridique de l'hôpital.

Le visage empreint de gravité, Cummins ouvrit la séance :

— Mesdames et messieurs, ce qui n'était jusqu'ici qu'un événement regrettable menace maintenant de se muer en scandale public.

— Un scandale public ! s'exclama l'un des chefs de service. Nous avons bien besoin de cela !

— La troisième chaîne inaugure cet après-midi une série intitulée : *C'est de vous qu'il s'agit : quelles sont vos chances de survie dans les hôpitaux new-yorkais ?*

Le Dr Eleanor Knolte, chef du service de pédiatrie, remarqua d'une voix acerbe :

— C'est ce qu'ils appellent du reportage-vérité. A quand un reportage-vérité sur les milieux journalistiques ? Cela nous changerait ! Si je comprends bien, ils ont eu vent du cas Stuyvesant, c'est cela ?

— C'est pire, déclara Cummins.

— Que peut-il y avoir de pire ? demanda Knolte.

— Voici la raison pour laquelle je vous ai réunis de toute urgence : hier, le producteur de cette émission m'a appelé. Il prétend que Ramon Gallante a enregistré une interview de Claude Stuyvesant. Gallante a l'intention d'ouvrir sa série en la diffusant ce soir.

— Il faut l'en empêcher! protesta Knolte.

— C'est trop tard, malheureusement. Les déclarations de Stuyvesant passeront sur la Trois aux informations de 18 heures. On ne m'a prévenu que pour me demander si nous désirions répondre aux accusations de Stuyvesant. C'est ce dont nous devons débattre maintenant, mesdames et messieurs. L'hôpital de la Cité doit-il descendre dans l'arène, et si oui, quelle position adopter?

Les réponses fusèrent de tous côtés, les uns se déclarant pour la lutte, les autres contre. Lorsque Cummins eut réussi à obtenir le silence, des opinions plus mesurées commencèrent à émerger.

Le Dr Solomon Freund était un neurologue de renom. Autrefois patron du service de neurologie, il était aujourd'hui professeur émérite. Quand chacun eut exprimé le fond de sa pensée, il prit la parole d'une voix douce et sans précipitation.

— Mesdames et messieurs, puis-je attirer votre attention sur un point? Pour pouvoir prendre une décision, il faudrait que nous connaissions les causes de ce malheureux décès. Or, le rapport d'autopsie ne nous est pas encore parvenu. Est-ce que je me trompe?

— Non, reconnurent quelques-uns des participants.

— En ce cas, poursuivit Freund, nous serions avisés de garder le silence tant que nous n'en saurons pas davantage.

Harold Wildman, le nouveau patron du service de chirurgie thoracique, intervint :

— Vous voulez dire que nous devons laisser ces journalistes salir l'hôpital sans riposter? Permettre à un homme aussi puissant que Claude Stuyvesant de proférer des accusations monstrueuses sans les réfuter?

— Je veux dire que jusqu'à ce que nous connaissions les faits, mieux vaut nous abstenir de déclarations qui pourraient se révéler contraires à la vérité. Nous aurions l'air de criminels s'efforçant de dissimuler un crime. Nous n'avons commis aucun crime, aussi n'avons-nous pas à le dissimuler. Croyez-moi, ne répondons rien.

— En temps ordinaire, dit Cummins, je serais d'accord avec vous, Solomon. Mais cette fois, les réactions du public ne peuvent nous laisser indifférents. Pour recevoir des subsides du gouvernement, nous devons remplir des lits. Or, cette publicité désastreuse risque de faire fuir les patients. C'est pour cette raison que nous sommes contraints de répondre aux accusations.

— Oui, mais répondre quoi? demanda Freund.

Lionel Trumbull estima alors qu'il était temps pour lui de donner son opinion.

— Mesdames et messieurs, tout au long de ma carrière, j'ai constaté maintes fois qu'on faisait plus de mal que de bien en tentant de réfuter des accusations de cette nature. Les réponses suscitent d'autres charges et c'est la surenchère. Mieux vaut éviter une confrontation directe avec un homme aussi puissant que Stuyvesant. Je suggère donc que nous regardions son interview. Ensuite, si nous décidons de lui répondre, le Dr Cummins ou Mme Hockaday, votre attachée aux relations publiques, iront devant les caméras. Avec une grande dignité, ils se présenteront aux habitants de cette ville. Ils leur diront combien de malades sont reçus aux Urgences chaque année, et combien rentrent chez eux guéris ou du moins en meilleure condition. Nous prouverons que tous ceux qui franchissent notre seuil reçoivent des soins diligents et efficaces. Et ce en termes succincts, précis et véritables.

L'assistance parut favorablement impressionnée par ce discours.

— Je prends note, déclara Cummins. Nous décidons donc que si nous répondons à ces accusations, nous le ferons dignement et en nous appuyant sur des faits précis. En revanche, nous éviterons toute confrontation directe avec Stuyvesant. Je vais demander au Dr Troy de préparer les statistiques.

— Dois-je comprendre que vous ne comptez rien faire pour défendre le Dr Forrester? demanda Salomon Freund.

— Pour l'instant, répondit Trumbull, nous nous efforçons d'éviter un procès pour incurie.

— Est-ce que nous n'avons pas l'air de l'abandonner?

— Cet hôpital soutient toujours son personnel! protesta le Dr Cummins. C'est ce que nous ferons aussi cette fois-ci.

— La meilleure preuve de nos bonnes intentions à son

égard, dit Trumbull, c'est qu'elle a déjà rencontré l'un de mes avocats. Il prépare sa défense.

Freund parut soulagé.

— En ce cas, je ne vois aucune objection à ce que nous adoptions la ligne de conduite que vous avez définie.

— Parfait! déclara Cummins. Je préviens de ce pas le Dr Troy. Et je suis sûr que nous allons tous accorder un vif intérêt à la troisième chaîne, ce soir.

Lorsque Kate se présenta au secrétariat du Dr Cummins, la réunion était déjà terminée. Après qu'elle eut demandé à rencontrer l'administrateur, elle fut introduite sur-le-champ dans son bureau.

— Je suppose que vous désirez être à nouveau affectée à vos tâches habituelles, lui dit-il d'une voix affable. Je pensais que vous apprécieriez de travailler avec Troy. Son approche de la médecine est tout à fait fascinante.

— Docteur Cummins, la réunion qui vient d'avoir lieu était-elle en rapport avec moi?

— D'une certaine façon, oui.

— Alors, j'aimerais savoir ce qui a été décidé. J'en ai le droit, il me semble.

— Eh bien sachez que la troisième chaîne diffuse ce soir, à 18 heures, une interview de Claude Stuyvesant. Bien entendu, il sera question de la mort de sa fille.

— Stuyvesant compte porter cette affaire devant l'opinion publique?

— Vous n'espériez pas qu'un homme disposant d'un tel pouvoir en resterait là, je suppose? Je me rappelle qu'une fois il voulait obtenir un dégrèvement d'impôts pour l'une de ses entreprises. La ville le lui a refusé. Il est allé à la télévision et a accusé le maire de priver la ville de centaines d'emplois. C'est le maire qui a dû s'incliner. Pour un homme qui prétend aimer l'anonymat, Stuyvesant sait admirablement utiliser les médias quand ça l'arrange.

— Vous pensez qu'il va m'attaquer personnellement?

— Nous n'avons aucune idée de ce qu'il va dire. Sans doute en saurons-nous davantage après 18 heures.

L'estomac noué, Kate hocha lentement la tête.

— Est-ce à cause de lui que vous m'avez affectée auprès du Dr Troy?

— Ne voyez là qu'une mesure de précaution conseillée par Trumbull lui-même. Faites-vous discrète, croyez-moi. Cela pourrait se révéler utile quand les journaux ne parleront plus que du procès.

— Tout le monde a l'air absolument certain qu'il y aura un procès. Si cet homme est aussi riche qu'on le dit, pourquoi engagerait-il une procédure douloureuse qui ne peut lui rapporter que de l'argent ?

— Stuyvesant est un homme vindicatif. D'après ce qu'on dit, ses avocats et ses hommes de loi lui coûtent plus cher que ce que lui rapportent les indemnités accordées par les tribunaux. Il continue pourtant à engager des poursuites, ne serait-ce que pour marquer des points. C'est pourquoi nous devons suivre les avis de nos conseillers juridiques. Si j'ai bien compris, vous en avez déjà rencontré un ?

— Oui. Un jeune homme du nom de Van Cleve.

— Quelle impression vous a-t-il faite ?

— Il semble plutôt intelligent et sérieux. Son travail paraît lui tenir très à cœur.

— Tant mieux ! Vous savez que cet hôpital est prêt à vous accorder toute la protection dont vous aurez besoin.

— J'espère que ce ne sera pas le cas, justement.

— Nous le saurons en fin d'après-midi. En attendant, rejoignez le Dr Troy. Il aura besoin de toute votre aide pour réunir les statistiques dont nous aurons besoin, si nous acceptons de répondre à Stuyvesant.

12

A la fois impatiente et nerveuse, le Dr Kate Forrester regardait la télévision, dans l'appartement qu'elle partageait avec Rosalind Chung. Après le générique du journal télévisé, la présentatrice avait annoncé : « Partagez la douloureuse expérience d'un père confronté aux services de santé à New York. C'est Ramon Gallante qui ouvrira notre nouvelle série de reportages sur les hôpitaux et les médecins. Il vous dira quelles sont vos chances de recevoir des soins appropriés dans nos plus grands établissements hospitaliers, qui sont aussi censés être les meilleurs. »

Kate avait ensuite subi les informations, deux pauses publicitaires de trois minutes comprenant chacune huit spots, la séquence météo durant laquelle le présentateur s'était permis quelques mauvaises plaisanteries, et un journaliste sportif qui en avait proféré de pires encore.

Le tout, avait-il semblé à Kate, n'était destiné qu'à augmenter son tourment.

— Finissons-en ! cria-t-elle à l'écran.

Enfin, la présentatrice annonça :

— Et maintenant, *C'est de vous qu'il s'agit*, avec notre reporter, Ramon Gallante, qui va vous parler de la triste expérience d'un père. A vous, Ramon !

La présentatrice disparut, faisant place à Ramon Gallante, posté devant l'hôpital de la Cité, le micro à la main. Derrière lui, des membres du personnel hospitalier entraient et sortaient. Certains d'entre eux s'arrêtaient pour le regarder avec étonnement.

— Je me tiens devant un établissement bien connu de la plupart des New-Yorkais... l'hôpital de la Cité. Il est considéré comme l'un des plus prestigieux du pays. Il possède le meilleur équipement, qui est aussi le plus moderne et le plus coûteux. Le personnel, soigneusement sélectionné, est, dit-on, d'une compétence inégalée dans le monde. Pourtant, est-il aussi bon qu'on le prétend? L'est-il suffisamment, en tout cas pour que vous lui confiiez votre vie? Ou celle de votre enfant?

Dans la solitude de sa salle de séjour, Kate Forrester sentit une colère brûlante gonfler sa poitrine.

Dans le bureau du Dr Harvey Cummins, les membres du conseil d'administration regardaient l'émission avec une hostilité rentrée.

Dans l'une des salles vidéo du cabinet Trumbull, Drummond & Baines, Scott Van Cleve et Lionel Trumbull suivaient eux aussi l'émission. Trumbull partageait son attention entre le poste de télévision et son jeune confrère, dont il surveillait les réactions du coin de l'œil. Le visage maigre de Van Cleve reflétait une colère grandissante, à mesure que Ramon Gallante déversait son flot d'insinuations.

Le journaliste continua de parler tandis que l'hôpital de la Cité disparaissait de l'écran. La tour Stuyvesant, située dans Wall Street, lui succéda et la caméra se fixa sur Gallante, qui se tenait devant la porte de l'immeuble.

— Nous nous retrouvons devant l'imposante tour Stuyvesant. Peu d'entre vous pénétreront dans ce sanctuaire de la richesse et de la puissance. C'est pourtant ce que je vais faire maintenant, pour rencontrer le maître de ces lieux, dont le nom orne ce monument d'acier et de verre.

A nouveau, l'image se brouilla. Claude Stuyvesant apparut, assis derrière un énorme bureau. Posé sur son bureau, un portrait de sa fille sautait immédiatement aux yeux. Stuyvesant était un homme de haute taille, à la mâchoire énergique. Son visage buriné témoignait du nombre d'heures passées en mer, son passe-temps favori étant de participer à des courses de voiliers. Dans son dos s'étendait le vaste port de New York, tel qu'on aurait pu le voir depuis un hélicoptère. Dans ce décor somptueux, Claude Stuyvesant dégageait une force et une autorité peu communes.

— Monsieur Stuyvesant, commença Gallante, votre fille Claudia n'était pas exactement le genre de patiente à être transportée au service des Urgences d'un hôpital new-yorkais, je suppose?

— La plupart des gens s'imaginent peut-être que lorsqu'un Stuyvesant tombe malade, une procession de médecins onéreux se précipitent à son chevet. Par hasard, il s'est trouvé que notre médecin de famille avait quitté la ville pour se rendre à un congrès quelconque, la nuit en question. Ce qui n'explique pas ce qui est arrivé à ma fille unique. — Stuyvesant s'exprimait maintenant avec une émotion contenue. — Vous leur amenez une enfant de dix-neuf ans et en une seule nuit, en quelques heures à peine, devrais-je dire, ils vous la tuent. C'est un meurtre, et je mâche mes mots!

— Vous ne voulez tout de même pas dire que le personnel de l'hôpital a sciemment assassiné votre fille, monsieur Stuyvesant?

— Sciemment? Non, mais je les tiens pour responsables. Ils ont mis ma fille entre les mains d'une femme médecin... une certaine Forrester. Et son prénom... — Stuyvesant fit mine de réfléchir. — Ah, oui! Katherine Forrester. Si j'oublie parfois son nom, c'est que je voudrais le chasser à jamais de ma mémoire.

Le visage anguleux de Claude Stuyvesant, sa mâchoire contractée et ses yeux gris emplis de rancune exprimaient la haine qu'il éprouvait pour la « meurtrière » de sa fille.

Seule dans l'appartement, Kate Forrester bondit en entendant cet homme l'accuser en ces termes véhéments. A la fois furieuse et prête à fondre en larmes, elle se tourna vers le téléphone, jeta un coup d'œil au bout de papier sur lequel Scott Van Cleve lui avait griffonné son numéro. Elle décrochait le récepteur lorsque la voix irritée de Claude Stuyvesant attira de nouveau son attention.

— Si ma fille reçoit un tel traitement à l'hôpital de la Cité, on se demande ce que peuvent espérer les autres habitants de cette ville.

— Monsieur Stuyvesant, la cause de sa mort a-t-elle été déterminée? demanda Gallante.

— Non. Il faut attendre les résultats de l'autopsie, répliqua Stuyvesant. Vous n'imaginez pas la douleur et la rancune d'un père lorsqu'il imagine le corps de son enfant innocente dépecé par un médecin légiste. Comme s'il ne suffisait pas qu'elle soit morte ! Quand je pense que tout cela aurait pu être évité si elle avait reçu un traitement approprié !

Avec un vertueux souci d'objectivité, Gallante protesta :

— Est-il juste de lancer de telles accusations, monsieur Stuyvesant, alors que la vérité n'est pas encore connue ?

— Juste ? répéta Stuyvesant. Juste ? Dans ce cas précis, les faits parlent d'eux-mêmes. Une jeune fille de dix-neuf ans souffrant de simples maux d'estomac est accueillie dans un hôpital de la ville. Quelques heures plus tard elle meurt. Ce matin, mes avocats m'ont rappelé une sentence latine du code, *res ipsa loquitur*, ce qui veut dire : les faits parlent d'eux-mêmes, il est inutile de chercher des preuves supplémentaires. Ils pensent que cette sentence s'applique admirablement à ce cas de négligence médicale.

— Si je comprends bien, monsieur, vous comptez intenter un procès pour incurie ?

— C'est le seul moyen. Il faut poursuivre les établissements hospitaliers ! Leur faire payer le prix de la négligence et de l'arrogance. Cette femme s'est montrée arrogante autant que négligente.

— Je suppose que vous comptez la poursuivre en justice, elle aussi ?

— Je ne me contenterai pas de la faire citer devant les tribunaux, croyez-le bien !

— Puis-je vous demander ce que vous envisagez de pire, monsieur ?

— Un procès pour incurie peut durer des années avant d'aboutir. Je veux des résultats immédiats !

— Des résultats ?

— Je veux qu'on interdise à cette femme de pratiquer la médecine. Dans cette ville, dans cet État et partout ailleurs.

— Quelle procédure allez-vous employer ?

— C'est la première chose que j'ai demandée à mes

avocats. Comment radier de la profession un médecin incompétent et dangereux? Il faut porter l'affaire devant le conseil de l'ordre des médecins. Quand cette instance aura pris connaissance du dossier, je puis vous assurer qu'il privera à jamais cette femme du droit d'exercer la médecine.

— Monsieur Stuyvesant, au cas où vos accusations se révéleraient infondées, vous ne craignez pas d'en subir les conséquences légales?

— Vous voulez dire un procès?

— Intenté contre vous, pour avoir compromis la réputation d'un médecin. On vous sait très riche, monsieur Stuyvesant, cela pourrait vous coûter plusieurs millions de dollars!

Stuyvesant émit un ricanement de mépris.

— Qu'elle ose me poursuivre en justice! Qu'elle essaie donc! Mes avocats n'en feront qu'une bouchée. Je lui apprendrai à traiter ma fille comme elle l'a fait, à ignorer ma femme comme elle l'a fait!

— Merci, monsieur.

A la fin de l'entretien, Gallante était assuré que les chaînes concurrentes en seraient réduites à puiser dans son interview les déclarations fracassantes de Stuyvesant.

L'émission était terminée. Se détournant de l'écran, Kate composa le numéro que lui avait donné Van Cleve.

Encore sous l'effet de ce qu'il venait de voir et d'entendre, ce dernier décrocha.

— Allô? Qui est à l'appareil?

— Le Dr Forrester. Celle qui tue ses patients.

— Oh! Vous venez de regarder la télévision.

— En effet. Qu'allons-nous riposter?

— Absolument rien.

— Vous voulez dire que nous allons laisser Stuyvesant me traîner dans la boue sans rien dire?

— Pour l'instant, oui.

— Si je ne réfute pas ces accusations sur-le-champ, c'est comme si j'admettais ma culpabilité! Je vais appeler la troisième chaîne tout de suite et leur expliquer ce qui s'est réellement passé cette nuit-là...

— Docteur! l'interrompit Van Cleve. Vous allez m'écouter maintenant. Et très attentivement. Vous ne ferez rien de tout cela.

— Je ne peux tout de même pas tolérer de tels mensonges! protesta Kate.

— Pour le moment, vous les supporterez.

— Je croyais qu'il entrait dans vos fonctions de me protéger.

— En effet. Et c'est bien parce que je suis votre avocat que je vous interdis d'engager une querelle publique avec un homme aussi puissant que Claude Stuyvesant.

— Tout de même... Ne pas réfuter de telles calomnies...

— Docteur... Écoutez-moi, je vous en prie. Rien de ce que vous direz ne pourra convaincre le public. Ils en ont contre tous les médecins. Les dépenses médicales sont trop élevées. Les soins sont hors de portée de ceux qui en ont le plus besoin. En ce moment, le climat est réellement négatif pour les praticiens. Alors, suivez mon conseil : si Gallante vient vous trouver, vous vous abstenez de tout commentaire, comme on dit.

— Mais le public a le droit de connaître la vérité! Je veux la lui révéler.

— Vous êtes la dernière personne au monde à pouvoir vous en charger.

— Je suis pourtant la seule à savoir ce qui s'est passé. Après tout, je suis le médecin mis en cause.

— Justement, vous êtes donc trop impliquée pour intervenir. Pour les journalistes de la télévision, cette controverse n'est qu'une bonne affaire. Gallante remue cette boue parce qu'il en tire un avantage professionnel. Il est tout à fait capable de vous amener à prononcer des paroles malheureuses qui nuiront à votre défense. Pire encore, si vous en veniez à calomnier Stuyvesant, ce dernier sauterait sur l'occasion de vous intenter un procès. Pour lui, ce ne serait qu'un passe-temps amusant. Mais vous, vous en sortiriez criblée de dettes jusqu'à la fin de vos jours.

Dans son émotion, Kate n'avait pas envisagé de telles conséquences.

— Quand on cherche à se faire justice soi-même, on s'expose à commettre les pires bévues sur le plan légal, insista Scott Van Cleve.

— Mais si les accusations...

— Nous réfuterons les accusations dans les seuls lieux

qui comptent : devant un tribunal, si vous êtes poursuivie, et éventuellement devant le conseil de l'ordre. Pour l'instant, attendons les résultats de l'autopsie.

— D'accord, consentit Kate à contrecœur, je suivrai vos conseils.

La jeune femme venait de raccrocher lorsque la sonnerie du téléphone retentit.

— Allô?

— Kate... Katie...

— Walter! s'exclama-t-elle avec surprise. Écoute, Walter, je t'ai déjà dit que tout était fini entre nous. J'ai d'autres problèmes à régler, en ce moment. Des problèmes importants.

— C'est justement pour cela que je t'appelle.

— Tu as regardé l'émission?

— La moitié de la ville doit en avoir fait autant. Écoute, Kate, j'arrive tout de suite. Tu as besoin d'aide et je vais t'aider. Tout d'abord, nous irons voir Tom Brady, mon avocat. Ne t'inquiète pas, je me chargerai des frais. Nous obligerons ce salaud de Stuyvesant à retirer chacun des mensonges qu'il a proférés sur toi.

— Walter... Walter... — Après plusieurs vaines tentatives pour l'interrompre, Kate finit par crier : — Ça suffit comme cela, Walter! Arrête immédiatement!

— Kate, nous ne pouvons pas le laisser s'en sortir comme cela après...

— Walter, depuis des semaines je me tue à t'expliquer qu'entre toi et moi, c'est terminé. Nous menons des vies différentes. Nos ambitions, nos désirs sont différents. Nous ne pouvons rien entreprendre ensemble sur un tel désaccord. Tu réussis admirablement dans ta profession, tu gagnes beaucoup d'argent, mais cela ne me suffit pas.

— En effet, approuva Walter avec une ironie amère. Toi, tu es au service de l'humanité. C'est très noble, mais tu vois où cela mène. Une erreur, et te voilà attaquée à la télévision, poursuivie pour négligence. Tu risques même de te voir radiée de ta profession. Ce dont tu as besoin, c'est d'un homme, d'un mari qui te protège contre tes propres impulsions altruistes. Comme ça, si tu commets une faute, ce n'est pas ton univers entier qui s'écroulera. Après tout, tu n'es qu'un être humain...

— Qu'est-ce que cela veut dire? l'interrompit Kate.

— De quoi parles-tu?

— Que signifie cette phrase : « Après tout, tu n'es qu'un être humain »?

Réalisant sa maladresse, Walter voulut nuancer ce qui lui apparaissait maintenant comme une accusation.

— Je veux dire que nous ne sommes parfaits ni les uns ni les autres.

— Je ne parle pas des uns ou des autres, rétorqua la jeune femme avec colère. Tu insinues que Stuyvesant m'a confié sa fille en bonne santé et que, parce que « je ne suis qu'un être humain », elle est morte quelques heures plus tard à cause d'une erreur que j'aurais commise.

— Je n'ai jamais dit...

— D'abord, Claudia Stuyvesant n'était pas en bonne santé. Si elle l'avait été, sa mère ne l'aurait pas amenée aux Urgences dans la nuit, et dans un état que nous ne connaissons toujours pas. Elle a reçu les soins qui convenaient, en fonction des informations qui étaient en ma possession. Elle n'a pas été négligée, ni mal traitée, et surtout pas tuée! C'est pourquoi il ne l'emportera pas au paradis!

— C'est justement ce que j'étais en train de te dire! Je veux t'aider, je peux déjà te procurer un bon avocat.

— Walter, j'apprécie ton offre. Tu veux recréer ce qui nous a unis, et c'est ton seul moyen d'y parvenir. Mais je refuse.

— Peut-être as-tu raison, admit Walter, je veux sans doute me rapprocher de toi. Cependant... il y a autre chose...

— Quoi donc?

— Je me sens coupable.

— Coupable?

— Je... j'espère ne pas être responsable de ce qui est arrivé.

— Toi?

— Samedi soir, je t'ai appelée aux Urgences, tu t'en souviens?

— Bien entendu! Et alors?

— Tu courais de malade en malade et j'ai insisté pour qu'on aille te chercher. Rappelle-toi, tu as dit très exactement : « J'espère seulement tenir jusqu'à 6 heures du matin sans craquer. »

— J'étais absolument épuisée. Aux Urgences, chaque interne, chaque médecin de garde éprouve ce sentiment. Nous y passons une longue nuit, suivie d'une longue journée puis d'une autre longue nuit. Comment veux-tu qu'il en soit autrement ?

— Justement. Tu soignais des patients qui souffraient, ou même qui mouraient, et moi je me comportais en enfant gâté qui insiste pour qu'on s'occupe de lui. En écoutant Stuyvesant, je me suis senti coupable, moi aussi.

— Aussi ? Qu'est-ce que tu entends, par ce « aussi » ?

— Je veux dire... que quelle que soit ta responsabilité...

Réalisant la portée exacte de ce qu'il disait, Walter se tut brusquement.

— Walter, si tu te sens coupable « aussi », c'est que tu me juges coupable.

— Bien sûr que non !

— Tu dis que j'étais trop fatiguée, trop harassée pour me comporter en médecin compétent. A tes yeux, j'ai bâclé mon boulot. J'ai tué cette jeune fille !

— Je n'ai jamais dit...

— Alors pourquoi vouloir partager cette responsabilité avec moi ? Pourquoi me proposes-tu de payer un avocat pour moi ? Si toi, tu me juges à ce point coupable, le reste de la ville doit me prendre pour une criminelle !

Kate perçut un bruit de clef dans la serrure de la porte d'entrée, puis la voix de Rosalind retentit :

— Kate, tu es là ?

— Oui ! cria Kate avant de revenir à son interlocuteur. Écoute, Walter, je te remercie pour ta proposition. Même si tu ne l'as faite que pour apaiser ta propre conscience, ma réponse est toujours non. Une chose encore... N'appelle plus, s'il te plaît. Je ne changerai pas d'avis à propos de nous.

Rosie avait pendu son manteau dans l'entrée et rejoignait son amie dans la salle de séjour.

— C'est un type vraiment entêté, ton Walter.

— Il me proposait son aide, dit Kate.

— Tu vas en avoir besoin. — Comme Kate jetait à son amie un regard interrogateur, elle poursuivit :

— Quand j'ai vu cette émission de télévision, j'ai sauté dans un taxi pour rentrer à la maison. Je me suis dit que tu aurais besoin de parler à quelqu'un après les accusations vicieuses de Stuyvesant. Crois-moi, Katie, je sais ce que tu ressens parce que c'est exactement ce que je ressens moi-même. Et personne ne m'a accusée.

Elle embrassa Kate.

— Ne t'en fais pas, ma chérie, tu as des amis, beaucoup d'amis. Toute l'équipe est horrifiée, comme si Stuyvesant nous avait tous accusés. Il cherche la bagarre? Il va l'avoir! Les collègues pensaient faire une collecte pour te payer un avocat.

— J'en ai déjà un.

— Je veux dire un avocat que tu payerais toi-même, qui ne s'occuperait que de ta défense. Nous y avons tous réfléchi. Bert Hofman prétend que, d'après ce qu'il sait de la loi, tu peux poursuivre Stuyvesant en diffamation.

— C'est une possibilité, en effet. Mais comme Stuyvesant l'a dit lui-même, il faudra des années avant que l'affaire ne passe devant les tribunaux. Que deviendrai-je, moi, pendant toutes ces années? Aucune somme d'argent, si élevée soit-elle, ne me rendra ce temps. Il faut faire quelque chose, et tout de suite. Et c'est moi qui vais le faire. Personne d'autre ne remportera cette guerre à ma place.

— Qu'as-tu exactement en tête, Katie?

— Je vais leur dire ce qui s'est réellement passé, affirma Kate avec détermination.

— A qui vas-tu le dire? Et comment?

— A la télévision. Il n'y a rien de mieux, pour parler à une ville entière.

— Je crois que tu devrais d'abord en parler à ton avocat.

— C'est déjà fait.

— Qu'en pense-t-il?

— Il m'a formellement interdit de rien entreprendre de ce genre.

— En ce cas, tu devrais peut être suivre son conseil.

Kate émit un ricanement amer.

— Il peut se montrer patient, évidemment, cela ne lui coûte rien! Ce ne sont ni sa réputation, ni sa carrière, ni sa vie qui sont menacées. Je suis la seule en cause ! Et si Walter lui-même me suspecte de faute professionnelle, les accusations de Stuyvesant doivent avoir contaminé tous les esprits. Il faut rétablir la vérité des faits, ce que je suis seule à pouvoir faire.

L'air résolu, Kate se mit à feuilleter l'annuaire.

— Katie, la mit en garde Rosie, tu risques d'aggraver les choses.

Mais Kate composait déjà le numéro.

— Ici la troisième chaîne, répondit la standardiste.

— Pourrais-je parler à Ramon Gallante, s'il vous plaît ?

— On ne peut pas joindre M. Gallante au téléphone.

— En ce cas, passez-moi le directeur de la rédaction du Journal de 18 heures.

— Un moment, je vous prie.

Un peu plus tard, une voix irritée retentit au bout du fil.

— Daniels à l'appareil. Qui êtes-vous et que voulez-vous ?

— Je suis Katherine Forrester.

— Oui ? Et alors ?

Kate s'était attendue à ce qu'il reconnût immédiatement son nom.

— Je suis le Docteur Katherine Forrester.

— Écoutez, docteur, si vous avez à vous plaindre des propos de Stuyvesant, sachez que nous ne fabriquons pas l'information, nous nous contentons de la transmettre. Cet homme était directement concerné par le sujet sur lequel Gallante travaille en ce moment. Son interview entrait dans le cadre de la série, nous l'avons diffusée. Point final ! Maintenant, il se trouve que j'ai un enregistrement à visionner, alors si vous voulez bien m'excuser...

— Vous voulez dire que vous ne me donneriez pas la possibilité d'exposer le point de vue du médecin dans cette affaire ?

Aussitôt, la voix de Daniels s'adoucit.

— Vous accepteriez de vous expliquer devant les caméras ? fit-il sur un ton intéressé.

— Oui !

— Laissez-moi votre numéro, je vais demander à Gallante de vous rappeler.

Trois minutes plus tard, la sonnerie du téléphone retentissait chez Kate.

— Docteur Forrester? Gallante, à l'appareil. Ainsi vous désirez réfuter les accusations portées par Stuyvesant contre l'hôpital, et particulièrement contre vous. C'est bien cela?

— En effet.

D'un battement de paupières, Gallante signifia l'accord de Kate à Daniels, penché sur son bureau.

— Il faut la filmer à l'hôpital, murmura Daniels. Ça fera plus couleur locale.

— Docteur, en toute justice, nous voudrions vous présenter au public comme nous l'avons fait pour M. Stuyvesant, sur votre lieu de travail. Et même, si c'était possible, au service des Urgences.

— Après l'interview de M. Stuyvesant, j'ai la nette impression que l'hôpital refusera.

Gallante secoua négativement la tête pour Daniels, qui murmura :

— Devant l'hôpital, en ce cas.

— Pourquoi pas devant l'hôpital? répéta Gallante à l'intention de Kate. Je viendrai avec un camion et mon équipe. Nous tournerons l'interview en direct.

— Active, active! souffla Daniels.

— Que penseriez-vous de demain soir, docteur?

— Peu m'importe du moment que j'ai la possibilité de répondre à ces attaques totalement imméritées et vicieuses.

— Très bien. Nous jouons la politique de l'égalité. Vous disposerez du même temps de parole que M. Stuyvesant. Rendez-vous demain devant l'hôpital, à 17 h 45. Cela nous permettra de mettre au point quelques questions avant de passer à l'antenne.

— J'y serai, affirma Kate.

Quand Gallante eut raccroché, Daniels applaudit.

— C'est encore mieux que si l'hôpital avait répondu. Humainement, ça accroche plus.

Comme Kate posait le récepteur sur son socle, Rosalind s'exclama :

— Mon Dieu, Katie, j'espère que tu ne commets pas une grosse erreur!

— Il faut bien que quelqu'un empêche le poison de se répandre.

De nouveau, Kate feuilleta l'annuaire. Quelques secondes plus tard, elle appelait le médecin légiste.

Malgré l'heure tardive et en raison du nombre de meurtres, de suicides et d'accidents en tous genres qui se produisaient chaque jour à New York, le médecin et ses assistants en étaient à leur vingt-quatrième autopsie.

Ce fut l'un des assistants qui répondit. Au ton de sa voix, Kate comprit qu'il était excédé.

— Docteur Kennedy ? Ici Kate Forrester, de l'hôpital de la Cité.

— Je sais, je sais. Vous nous appelez au sujet du cadavre Stuyvesant. Écoutez, docteur Forrester, le procureur d'État ne cesse de nous harceler au sujet de huit victimes de meurtre. La fille Stuyvesant n'est que la dixième sur la liste. Le Dr Schwartzman vous contactera dès que possible.

— Mais cette affaire est très importante ! insista Kate.

— Comme si je ne le savais pas ! Son père nous en a suffisamment avertis, pour ne pas dire menacés.

— M. Stuyvesant tente-t-il de faire pression sur le médecin légiste ?

— Docteur, lorsque nous recevons trois appels du bureau du maire au sujet d'une seule autopsie, nous devinons sans mal le remue-ménage politique qui se cache derrière tout cela. Pourtant, j'ai dit à la secrétaire du maire exactement ce que je viens de vous dire. Le Dr Schwartzman s'occupera du cas Stuyvesant aussi rapidement que possible.

Voyant son amie reposer lentement le récepteur sur son socle, Rosalind s'inquiéta.

— Que se passe-t-il, Kate ? Quelque chose ne va pas ?

— As-tu déjà eu le sentiment de faire volontairement un grand saut dans le vide ?

13

Le lendemain, la troisième chaîne exploita à fond la décision de Kate. A plusieurs reprises, les présentateurs annoncèrent une invitée surprise dans l'émission de Ramon Gallante. Au cours de l'après-midi, les annonces se firent de plus en plus alléchantes. A 17 heures, on promit l'interview en direct du médecin accusé par Claude Stuyvesant d'avoir tué sa fille.

La nouvelle se répandit comme une traînée de poudre à travers l'hôpital de la Cité. Avant 18 heures, elle avait atteint le bureau du Dr Cummins. Immédiatement, il ordonna à sa secrétaire d'appeler Kate Forrester. Mais elle avait déjà quitté l'hôpital et Cummins dut se résigner à regarder son interview à la télévision.

Dans les différents services, tous ceux qui n'étaient pas occupés à soigner des patients étaient rivés aux fenêtres et observaient l'équipe de Ramon Gallante, installée de l'autre côté de la rue.

Le journaliste distribuait ses dernières instructions :

— Nous commencerons par une vue de l'hôpital, puis la caméra numéro un se fixera sur moi. Ensuite la deux me filmera en gros plan. J'introduirai alors l'émission, et vous reculerez de façon à inclure la jeune femme. Conservez ce plan jusqu'à ce que je vous fasse signe de me cadrer de nouveau. — Comme il se détournait de ses opérateurs, il se heurta à Kate, qui arrivait. — Bon sang! cria-t-il à son équipe, dégagez-moi le terrain! Mademoiselle, sachez que nous allons tourner une émission de télévision. Aussi, soyez gentille, allez-vous-en.

— Monsieur Gallante?
— Pour les autographes, repassez plus tard.
— Je suis le docteur Forrester.
— Vous? Vous êtes l'« infâme » Dr Forrester? Je croyais que les doctoresses n'étaient aussi jolies et aussi blondes que dans les séries B. Ravi de faire votre connaissance. — Il la toisa de haut en bas et hocha la tête avec un sourire étonné. — Si vous le voulez bien, examinons un peu les questions que je vais vous poser, ainsi vous pourrez préparer vos réponses.
— Très bien.
— Vous savez que cette interview prend place dans une série intitulée : *C'est de vous qu'il s'agit : quelles sont vos chances de survie dans un hôpital new-yorkais?*
— Je suis bien payée pour le savoir! rétorqua sèchement Kate.
— M. Stuyvesant s'est plaint du traitement reçu par sa fille dans cet établissement, traitement à l'issue duquel elle a d'ailleurs trouvé la mort. C'est la première chose dont je parlerai, vous serez libre de répondre comme vous l'entendrez. Ensuite, je vous poserai quelques questions sur les soins donnés aux Urgences dans cet hôpital ainsi que dans les autres établissements de la ville. Là encore, vous commenterez à votre gré. C'est une interview non directive. Un conseil, cependant : évitez les pauses, n'oubliez pas que le temps d'antenne est compté.
— Je n'ai pas l'intention de me taire une minute!
— Très bien. Tenez-vous prête. Dès que nous recevrons le signal des studios, ce sera à nous.

Gallante suivit le début du journal sur un petit poste de télévision placé à l'arrière du camion, puis il revint vers Kate et l'entraîna devant l'hôpital. Le micro à la main, il attendit ensuite le moment de lancer sa rubrique.

Dès que le cameraman lui eut donné le signal, il commença :

— Ici Ramon Gallante. Derrière moi, vous apercevez l'hôpital de la Cité, puisque nous poursuivons notre série *C'est de vous qu'il s'agit*. Votre santé y est-elle suffisamment prise au sérieux? Avec moi, ce soir, le Dr Kate Forrester va tenter de répondre à cette question. — De la main droite, il attira Kate auprès de lui. — Ceux d'entre vous qui étaient avec nous hier soir savent que le Dr Forrester est la jeune femme que Claude Stuyvesant croit responsable de la mort de sa fille âgée de dix-neuf ans, Claudia, aux Urgences de cet établissement. Ce soir, le Dr Forrester est là pour répondre aux accusations de M. Stuyvesant. C'est à vous, docteur.

— Les accusations de M. Stuyvesant sont totalement dénuées de fondement. Tout ce qui pouvait être fait pour sa fille l'a été, selon la plus rigoureuse pratique médicale.

— Pourtant, elle est bien morte. N'est-ce pas, docteur.

— En effet, mais on ignore encore pourquoi?

— Elle a passé neuf heures dans cet hôpital moderne. Elle a bénéficié des équipements les plus récents, des techniques médicales les plus évoluées, pourtant elle est morte et on ne connaît pas la cause de ce décès?

Déjà, Gallante versait dans l'insinuation plus qu'il ne posait une question.

— Claudia Stuyvesant ne présentait pas de symptômes suffisants pour qu'un praticien puisse établir un diagnostic définitif, expliqua Kate.

— Ne me dites pas que dans cet immense hôpital pas un seul médecin n'a été capable de faire un diagnostic? insista Gallante.

— C'est moi qui étais de garde, et je n'ai pas été capable de faire un diagnostic. Et je doute qu'aucun autre médecin ait fait mieux dans les mêmes circonstances.

— N'avez-vous pas appelé un confrère plus expérimenté pour lui demander son avis? demanda Gallante.

— Si. J'ai fait appel à un autre médecin. Un chirurgien.

— Et... son nom?

— Le Dr Briscoe. Le Dr Eric Briscoe.

— Et qu'a dit le Dr Briscoe? s'enquit Gallante.

— Il n'avait pas plus d'éléments que moi pour conclure. Les faits, tout comme les résultats de laboratoire, étaient insuffisants.

— Pourtant Claudia Stuyvesant était si malade qu'elle est morte au bout de quelques heures...

Tel un picador, Gallante maniait les piques comme si lui et Kate s'étaient trouvés dans une arène. Visiblement, il se préparait à la mise à mort finale.

— La patiente présentait une tension élevée et un

ventre contracté, expliqua Kate, mais cela ne suffisait pas pour déterminer l'origine de ces symptômes.

— Est-ce qu'elle souffrait?

— Oui, mais pas assez pour qu'on pût en déduire la gravité de son état.

— Docteur, quelle souffrance serait « suffisante » pour indiquer qu'une jeune fille de dix-neuf ans en bonne santé le matin va mourir la nuit même? demanda Gallante. Comment pouvez-vous le déterminer? Je suis sûr que nos téléspectateurs seraient ravis de l'apprendre. Surtout ceux qui souffrent en ce moment et qui cherchent à savoir où demander une aide médicale.

Consciente que Gallante cherchait à la ridiculiser, Kate rétorqua vivement :

— Monsieur Gallante, le lieu est mal choisi pour en débattre, d'autant que vous ne disposez pas de suffisamment de temps pour que je vous expose toutes les implications médicales de cette question.

— Puisque vous le dites... A propos, docteur, vous avez fait une constatation intéressante, tout à l'heure. Vous avez dit que vous ne pouviez établir de diagnostic concernant Claudia Stuyvesant, pourtant vous l'avez traitée selon les techniques médicales les plus modernes...

— Pas du tout! s'écria Kate.

— Êtes-vous en train de nous dire que vous ne lui avez accordé aucun soin?

— Nous l'avons soignée!

— Comment pouvez-vous soigner une maladie inconnue? Disposez-vous d'une pilule magique que vous utilisez dans les cas incertains?

Tout en parlant, Gallante affichait pour la caméra un petit sourire de supériorité.

— Jusqu'à ce que vous ayez établi un diagnostic, expliqua Kate, tout ce que vous pouvez faire, c'est réduire la fièvre et éviter la déshydratation au moyen d'une perfusion. Bien entendu, il faut dans le même temps demander toutes les analyses qui vous aideront à vous faire une opinion.

— Réduire la fièvre, réhydrater... répéta Gallante. Cela fait étrangement penser à ce que me dit mon vieux généraliste : « Prenez deux aspirines et rappelez-moi demain matin. » Malheureusement, le matin Claudia Stuyvesant était morte.

— Nous avons constamment surveillé les signes vitaux, protesta Kate. Il n'y avait aucune indication...

— Êtes-vous en train de me dire que rien ne permettait d'entrevoir un décès imminent alors que la patiente était à ce point proche de la mort? demanda Gallante.

— Il faut que vous compreniez la situation...

— J'essaie, docteur, croyez-moi, j'essaie.

— Un médecin travaille à partir de ce qu'il observe lui-même et de ce que lui dit le patient. Parfois, les informations fournies par ce dernier sont fausses.

— Vous voulez dire qu'un malade mentirait au médecin qui est là pour l'aider?

— C'est tout à fait fréquent. Les patients mentent à propos de leurs habitudes sexuelles. Ou encore, ils dissimulent le fait qu'ils consomment des drogues. Si c'est le cas, les symptômes peuvent être masqués ou modifiés.

— Docteur, insinuez-vous que Claudia Stuyvesant était droguée et pervertie sexuellement?

— Ne déformez pas mes paroles, monsieur Gallante. Je dis simplement que de nombreuses possibilités restent à explorer. J'espère que l'autopsie nous éclairera à ce sujet.

Sachant qu'un bon nombre de ses propos provocateurs seraient repris par les autres chaînes, Gallante opéra sa mise à mort, avant de céder l'antenne.

— Nous avons déjà dépassé le temps qui nous était imparti, docteur. Permettez-moi de résumer la situation pour nos téléspectateurs. Une jeune femme de dix-neuf ans, Claudia Stuyvesant, est arrivée aux Urgences de cet hôpital et vous a été confiée. Vous vous êtes occupée d'elle pendant neuf heures...

— En même temps que de bien d'autres patients, intervint Kate.

— Oui, bien entendu. En même temps que de bien d'autres patients. Cependant, vous l'avez bel et bien « soignée » pendant neuf heures. Vous n'avez pas établi de diagnostic et vous lui avez administré quelques soins de routine qui se sont révélés à peu près aussi efficaces qu'un potage au poulet, puisque au bout de ce laps de temps Claudia Stuyvesant est morte.

— Tout ce qui était médicalement possible de faire, au vu des circonstances, a été fait ! protesta Kate.

— En ce cas, pourquoi est-elle morte ?

— Personne ne le sait, malheureusement. Mais comme je vous l'ai dit, le médecin légiste découvrira les causes de ce décès.

— Docteur, est-ce que cela vous arrive souvent ?

Kate ne comprit pas où Gallante voulait en venir.

— Quoi donc ?

— De dépendre du médecin légiste pour établir un diagnostic ?

Gallante jeta un coup d'œil à la caméra et, sans laisser à Kate le temps de répondre, conclut :

— C'était Ramon Gallante, en direct de l'hôpital de la Cité. A vous les studios.

— Si je suis embarrassé ! hurla Cummins au téléphone. Dites plutôt humilié ! Elle a mis l'hôpital dans une position extrêmement vulnérable. Bon sang ! Si j'avais seulement pu l'en empêcher !

A l'autre bout du fil, Lionel Trumbull hocha la tête d'un air désapprobateur en direction de Scott Van Cleve, tout en attendant l'occasion d'interrompre le flot de doléances de son interlocuteur.

Profitant que l'administrateur faisait une pause pour souffler, Trumbull le mit en garde :

— Harvey, voyons ! Harvey... J'espère que vous n'envisagez aucune action irréfléchie ?

— Forrester s'en est chargée. Bon sang, pourquoi a-t-elle montré à ce vautour sournois que c'était chez nous que la fille de Stuyvesant était morte ? En admettant qu'elle veuille prendre ce risque pour elle-même, elle aurait dû comprendre qu'elle nous exposait tous du même coup !

— Harvey, je suis sûr que si quelqu'un menaçait de ruiner votre carrière, vous vous battriez aussi.

— Bien entendu ! Mais pourquoi avoir choisi cette façon de se battre ? Cette interview peut se solder par un véritable désastre pour l'hôpital, Lionel.

— Pas nécessairement.

— Que voulez-vous dire ?

— Qu'a-t-elle dit au public? Qu'un médecin peut se tromper. Pas votre hôpital. Pas vos équipes. Un seul médecin, et une femme qui plus est. D'un point de vue purement cynique, cette intervention peut se révéler moins néfaste que vous l'imaginez.

Cummins sembla s'adoucir.

— J'attends toujours que Troy me communique ses statistiques à propos des Urgences. Si elles vont dans le sens que j'espère, je pourrai à mon tour affronter la télévision. Je recevrai les journalistes dans mon bureau, comme Stuyvesant. Je ferai une présentation très calme et bien documentée de notre service et de nos résultats.

— En agissant ainsi, vous fournirez davantage de munitions à ce « vautour sournois », comme vous l'appelez, répliqua Trumbull. Non, si vous voulez combattre Stuyvesant, gardez vos informations pour le tribunal, là où elles auront le plus de poids. Bien que, franchement, j'attende avec impatience que ses avocats rencontrent les représentants de notre compagnie d'assurances. Je me sentirai mieux lorsqu'ils seront parvenus à un accord, avant même que les poursuites ne soient engagées.

— C'est cela, admit Cummins avec rancœur. Ils régleront l'affaire à l'amiable et ensuite ils augmenteront nos primes de façon vertigineuse.

— Ce serait un moindre mal. Pensez au dommage subi par la partie civile, Harvey! Une victime de dix-neuf ans, privée de soixante à soixante-dix années de vie. Si nous devons plaider, le jury ne fera qu'une bouchée de nous! Négocions, si nous le pouvons.

— Et pour Forrester?

— Ne faites rien, sinon l'empêcher de reprendre son poste auprès des malades. Si nous plaidons, je veux pouvoir dire que vous l'avez relevée de ses fonctions dès que vous avez eu le moindre soupçon d'une quelconque incompétence. Ceci, évidemment, dans l'intérêt des patients.

Laissant son interlocuteur quelque peu rasséréné, Trumbull raccrocha avant de se tourner vers Van Cleve, qui avait suivi toute la conversation grâce à l'amplificateur de téléphone.

Cessant de dissimuler sa réelle inquiétude, Trumbull explosa :

— Je croyais que vous aviez demandé à cette jeune personne de la boucler !

— Je l'ai fait, mais il est clair qu'être accusée de meurtre sans pouvoir répliquer a été plus qu'elle ne pouvait en supporter.

— Van Cleve, je suis peut-être réactionnaire mais franchement, je reste persuadé que les femmes manquent par trop de sang-froid pour réussir dans un monde d'hommes.

Avec diplomatie, Scott Van Cleve fit remarquer :

— J'ai pourtant assisté Mary Lawler devant les tribunaux. C'est un véritable tigre. Et quelle intelligence !

— Hum... Lawler est une exception. Cela explique d'ailleurs que je l'aie choisie pour diriger notre service contentieux. Mais les autre femmes... — Trumbull hocha tristement la tête, parut réfléchir et rectifia : — Il y en a bien une ou deux autres sacrément efficaces, dans notre cabinet, mais la règle générale...

Avant que Trumbull pût exposer ses préjugés sexistes, Scott trancha :

— Je vais parler au Dr Forrester. Tout de suite.

Le téléphone sonnait lorsque Kate pénétra dans son appartement. Elle se précipita pour décrocher, prête à se défendre face au Dr Cummins ou à n'importe quel autre agresseur susceptible de lui reprocher sa performance télévisée.

— Docteur, fit une voix qu'elle identifia immédiatement comme étant celle de Scott Van Cleve, je viens de regarder votre interview à la télévision, et...

— Vous ne m'approuvez pas, termina Kate.

Scott choisit de ne pas la heurter de front.

— Docteur, puis-je vous demander ce que vous faites lorsqu'un patient refuse de suivre vos conseils ?

— Certains malades n'acceptent pas de rester à l'hôpital. Nous leur faisons signer une décharge de responsabilité. C'est ce que nous appelons un « bon de sortie malgré avis défavorable ».

— Il existe une procédure identique chez les juristes. Mais c'est l'homme de loi qui signe son bon de sortie.

— Vous voulez dire que vous renoncez à me défendre ?

— Je veux dire que si vous refusez de suivre mes

conseils, je ne vous sers plus à rien. Mieux vaut que vous trouviez un avocat dont vous respecterez les avis.

— Ma décision n'avait rien à voir avec vous. Simplement je ne puis rester muette face aux accusations mensongères d'un homme sous prétexte qu'il s'appelle Claude Stuyvesant. Appelez cela de l'orgueil, ou un sens de sa propre valeur et de sa dignité, peu m'importe.

Il était vain de discuter avec une jeune femme furieuse et pleine de principes, Scott le savait parfaitement.

— Docteur, y a-t-il des cas où un médecin demande à son patient d'éviter certains aliments pendant un ou plusieurs jours ? Ou bien de se présenter à jeun pour une analyse d'urine ?

— Bien entendu.

— Je ne vous parle pas d'autre chose. Jusqu'à ce que nous ayons une vision claire de ce que Stuyvesant compte entreprendre sur le plan légal, ne faites aucune déclaration publique. Je répète, aucune déclaration publique.

— Je dois tout avaler sans réagir ?

— Non. Haïssez-le, maudissez-le, écrivez son nom un millier de fois et brûlez le papier, confectionnez des figurines vaudou et lardez-les d'épingles, mais ne...

— N'en jetez plus, j'ai compris le message. Pas un mot sur lui en public.

— Oui, docteur, c'est en effet l'idée générale du message. Et maintenant, essayons de faire ce bout de chemin ensemble, moi comme avocat et vous comme cliente. Vous voulez bien ?

Au bout d'un long moment de silence, Kate admit :

— D'accord.

14

Encore sous le choc que lui avait causé l'apparition de Kate à la télévision, Cummins convoqua à nouveau ses chefs de services. Il proposa en outre à Lionel Trumbull d'assister à la réunion.

Le Dr Harold Wildman, patron de la Chirurgie thoracique, fut le premier à donner son avis :

— Au départ, je pensais que nous devions défendre Forrester. Mais au cours de son passage à la télévision, elle a donné l'impression que cet hôpital est un ramassis de médecins incompétents.

— Moi, j'ai trouvé qu'elle se comportait plutôt bien, étant donné les circonstances, remarqua un autre chef de service. C'est ce charognard de Gallante qui a insinué des horreurs.

— Mais elle lui en a donné l'occasion, répliqua Wildman. En admettant qu'elle ait vraiment commis une erreur dans cette affaire, elle aurait mieux fait de laisser passer la tempête. Tôt ou tard, les gens auraient fini par oublier.

— Je n'en suis pas si sûre, répliqua Eleanor Knolte, la chef du service pédiatrie. Pas quand on a Claude Stuyvesant pour adversaire. De toute façon, dans cette profession, on ne se fait pas d'amis en tentant de justifier ses fautes. La règle d'or, et j'espère que Forrester l'apprendra un jour, c'est d'en dire le moins possible. Pour l'instant, nous n'avons pas grand-chose d'autre à faire que d'essayer de limiter les dégâts.

Le professeur Solomon Freund, qui s'apprêtait à prendre sa retraite, avait un point de vue différent.

— Mesdames et messieurs, nous ne cessons de parler d'« elle », et d'une « erreur » qu'« elle » a peut-être commise. En réalité, nous parlons de « nous ». Ce qui est arrivé à Forrester avec cette patiente aurait pu arriver à n'importe lequel d'entre nous. Nous devons continuer à la défendre. En agissant ainsi, ce sont tous les médecins consciencieux que nous défendrons. Nous ne sommes que des humains et en tant que tels, nous commettons tous des erreurs. Faut-il nous clouer au pilori pour autant ?

— La tolérance est un luxe que vous pouvez vous permettre, Solomon, rétorqua Wildman. Mais ceux d'entre nous qui sont encore loin de la retraite se doivent de songer à l'avenir. Voilà typiquement le genre de mauvaise publicité qui fait grimper en flèche les primes d'assurance. Et pendant que vous bronzerez au soleil de Floride, jouissant d'une retraite heureuse, nous, nous serons écrasés de charges à cause de Forrester. Selon moi, il faut déclarer que l'hôpital et son personnel ne sont pour rien dans la mort de Claudia Stuyvesant. Elle est due à l'incapacité d'un médecin — en l'occurrence Forrester — à assumer la très forte pression des Urgences.

Freund lança à son jeune confrère un regard empreint de mépris.

— En somme, vous suggérez que nous la jetions aux loups ?

— Je suggère seulement que nous séparions nos destins.

— Dans mon lexique, « séparer nos destins » et la « jeter aux loups » sont synonymes, rétorqua Freund. Avec le réseau informatique, quand un médecin est blâmé ou radié dans un État pour une raison quelconque, le fait est connu le soir même dans le pays entier. Cela revient à la condamner à ne plus jamais travailler dans un hôpital décent. Pour ma part, je ne cautionnerai pas une telle attitude envers le Dr Forrester. J'appartiens sans doute à une autre époque de la médecine. Quand j'étais interne, j'ai travaillé dans le service d'un neurochirurgien nommé Kessler, qui avait lui-même étudié avec Cushing, à Boston. Et Kessler avait l'habitude de dire : « Ces internes, ces gosses qui nous arrivent tout frais émoulus des facultés, ce sont nos enfants. Nous devons les aider à grandir pour qu'ils nous succèdent un jour. Au début, c'est à peine s'ils trouvent la veine qu'ils doivent piquer. Et puis, un jour, c'est avec assurance qu'ils s'approchent de la table d'opération. Entre-temps, nous devons tolérer leurs erreurs avec patience, avec compassion et bienveillance. C'est le devoir solennel des plus vieux envers les plus jeunes. »

— Cushing et votre Dr Kessler n'avaient pas à payer des primes d'assurance exorbitantes, rétorqua Wildman.

— N'êtes-vous donc capable de penser à rien d'autre? Pourquoi ne pas montrer un peu de loyauté envers vos jeunes confrères? demanda Freund.

— On est parfois contraint de choisir entre *plusieurs* loyautés. La loyauté envers Forrester? Ou bien la loyauté envers l'hôpital? Je pense que nous la devons d'abord à la plus grande cause, à cet hôpital! Et ce n'est pas un vieil homme aux principes dépassés qui va me faire changer d'avis!

Avant que le débat ne tournât en un affrontement personnel entre Wildman et Freund, entre l'ancienne et la nouvelle génération, Cummins intervint :

— Messieurs, messieurs, nous avons mieux à faire que de discuter des primes d'assurance. J'attire votre attention sur le fait que, si nous ne remplissons plus nos lits, nous n'aurons plus qu'à fermer nos portes. Cette mauvaise publicité risque de détourner les patients de notre hôpital.

Wallace Simons, le patron du service d'obstétrique et de gynécologie, hocha la tête en signe d'acquiescement.

— Je crains malheureusement d'être d'accord sur ce point. Parmi les quatre cent soixante-trois médecins, hommes et femmes, qui travaillent dans cet hôpital, une seule d'entre eux a été accusée. Tous les autres sont des praticiens compétents, qui peuvent rivaliser avec n'importe lequel de leurs confrères, dans cette ville ou dans le pays tout entier. Si un fruit pourri se cache dans nos rangs, débarrassons-nous de lui en expliquant nos raisons. Ainsi, les patients ne craindront pas de s'adresser à nous et nous en finirons avec toute cette histoire!

A en juger par leurs expressions, la plupart des hommes et des femmes présents partageaient cette opinion. C'est alors que le juge Lionel Trumbull intervint d'une voix douce :

— Pas tout à fait.

— Et pourquoi pas? demanda Simons.

— Que se passera-t-il si le conseil de l'ordre lave Kate Forrester de ces accusations? Elle pourra se retourner contre nous et nous poursuivre pour avoir sali sa réputation. Toute déclaration nuisant à la carrière d'un individu, si elle se révèle injustifiée, devient calomnie ou diffamation. Et si le conseil de l'ordre la blanchit, il en découlera automatiquement que vos déclarations étaient infondées. Vous vous exposez à un procès qui pourrait vous coûter plusieurs millions de dollars. L'hôpital sera poursuivi, de même que chacun de vous en particulier.

— En ce cas, comment nous démarquer de Forrester sans courir un tel risque? demanda Wildman.

— Laissez Claude Stuyvesant se charger de la basse besogne, laissez-le risquer, lui, une condamnation pour calomnie et diffamation. Quant à nous, ne condamnons personne.

— Mais nous devons prendre une décision à propos de cette jeune femme! insista Simons.

— Si le conseil de l'ordre la juge coupable de conduite non professionnelle, vous serez débarrassés d'elle sans avoir à craindre de suites légales, dit Trumbull.

— Et en attendant? demanda Wildman.

— Je pense que le Dr Cummins a choisi la meilleure solution : la tenir à l'écart des patients, ce qui réduit les risques.

— En d'autres termes, intervint Solomon Freund, il s'agit de réduire cette jeune femme à l'isolement professionnel avant de la livrer au lynchage public, mais sans prendre de risques, d'une manière nette, chirurgicale et légalement aseptisée. Ainsi, personne ne sera poursuivi.

Trumbull rougit de colère, mais ce fut Cummins qui répondit :

— Comment pouvez-vous parler de « lynchage public », si le conseil de l'ordre la déclare incompétente? Ce n'est pas l'expression que je choisirais.

— Bien sûr que non! répliqua Freund. Nous ne devons pas employer de mots sales qui puissent être retournés contre nous en cas de poursuites. Messieurs, je dis que nous abandonnons lâchement un jeune et brillant médecin dans le seul but de sauver nos peaux.

Les visages tournés vers Freund exprimèrent une nette désapprobation.

Le lendemain après-midi, Kate Forrester se rendit en Neuropédiatrie. Malgré ses problèmes personnels, elle avait pris l'habitude de rendre visite à la petite Maria Sanchez. L'enfant revenait peu à peu à la vie et commençait à témoigner d'une vivacité nouvelle. Kate s'était mise à lui apporter de petits cadeaux : une poupée de chiffon, ou bien un album de coloriage. Un jour Maria lui avait fait remarquer combien elle sentait bon; le lendemain Kate était arrivée avec un petit coffret contenant des échantillons de parfums qui lui avait été offert lors d'une réception, plusieurs mois auparavant.

Comme à l'accoutumée, Kate passa d'abord sa tête dans l'embrasure de la porte pour s'assurer que la petite fille ne dormait pas ou ne subissait pas de soins. Ce jour-là, Maria était éveillée, seule, et semblait plutôt abattue.

— Maria? fit doucement Kate.

Aussitôt, l'enfant se tourna vers la porte et se redressa dans son lit, ses yeux noirs pleins d'une attente heureuse. Le cadeau caché derrière son dos, Kate se glissa dans la chambre. Avec une révérence, elle exhiba le paquet aux couleurs éclatantes. L'enfant s'en saisit et déchirant le papier rouge et or, elle découvrit un livre. Cette fois, il ne s'agissait pas d'un album de coloriage mais d'un livre que Kate avait acheté pour lui apprendre à lire.

La petite lança ses bras autour du cou de Kate. Elles se serraient fort l'une contre l'autre quand le Dr Harve Golding entra dans la pièce d'un pas pressé, l'air visiblement embarrassé.

— Kate, je peux te parler?

— Bien sûr.

Elle se dégagea doucement des bras de l'enfant pour rejoindre son confrère à la porte. Elle craignait une évolution malheureuse de l'état de Maria, révélant des déficiences neurologiques dues aux brutalités — déficiences qui n'avaient pas été détectées auparavant.

Harve attira la jeune femme dans le couloir.

— Harve, demanda-t-elle aussitôt d'une voix étouffée, ont-ils décidé ce qu'ils comptaient faire de Maria ?

— Je me bats pour la garder ici. Le juge veut la confier à une nourrice jusqu'à ce que ses parents soient passés devant le tribunal. Mais elle n'est pas encore prête pour un tel placement.

— Je suppose qu'une nourrice est moins onéreuse qu'une hospitalisation, commenta Kate. Aujourd'hui, tout se compte en dollars. C'est trop dommage ! Elle a l'air de reprendre des forces, ici. Chaque fois que je la vois, elle va un peu mieux.

— C'est parce que tu viens la voir qu'elle va mieux, rectifia Harve. Avec tous tes soucis, je me demande pourquoi tu te charges encore de ce fardeau supplémentaire.

— Maria n'est pas un fardeau, je la trouve adorable. Elle a besoin que quelqu'un l'aime et peut-être ai-je besoin de quelqu'un à aimer.

— Justement... commença Harve.

— Vas-y, Harve, de quoi s'agit-il ?

— Cummins vient de nous faire passer une note. Tu ne dois plus pénétrer dans les services de soins.

— Mais je ne traite aucun patient ! protesta Kate, je rends seulement visite à une petite fille solitaire. Quel mal cela peut-il faire ?

— Cummins vit dans la terreur des commérages que pourraient susciter ta présence. Je suis désolé, Kate, je me sens plutôt minable mais je n'ai pas le choix.

— Bien sûr, je comprends. Si tu permets, je vais retourner dans sa chambre pour lui dire au revoir.

Maria caressait la couverture du livre de lecture de ses petites mains. Elle sourit à la vue de Kate et ouvrit le livre pour inviter la jeune femme à le lui lire.

— Maria, c'est un cadeau spécial... un cadeau avant de nous quitter.

— Nous quitter ? répéta l'enfant. Je vais m'en aller ?

— Non, Maria, c'est moi qui m'en vais.

Les grands yeux noirs se mouillèrent de larmes.

— Tu t'en vas ? demanda-t-elle d'une petite voix brisée.

Profondément émue par le petit visage crispé, le regard suppliant, Kate décida :

— Non, non. Je ne m'en vais pas. — Elle s'assit sur le bord du lit, prit l'enfant dans ses bras et ouvrit le livre. — Tu vois, Maria, ceci est un A. Répète après moi : A.

L'enfant obéit docilement.

Elles en étaient à la lettre E quand quelqu'un entra dans la pièce. La jeune femme se retourna : Harve Golding. Elle se redressa, prête à affronter sa réprobation.

— Katie, aie au moins le bon sens de fermer la porte, dit-il en souriant.

Pivotant sur lui-même, il sortit et referma doucement la porte derrière lui.

Kate revint à Maria et dit :

— E. Cette lettre est un E.

Pendant que Kate encourageait la petite Maria à acquérir des connaissances nouvelles, la ligne téléphonique réservée aux appels confidentiels sonnait avec persistance sur le bureau de Madeleine, la secrétaire du maire. Seul un petit nombre de personnes connaissaient ce numéro.

— Ici le bureau du maire. Madeleine Corman à l'appareil, dit-elle doucement.

— Passez-le-moi je vous prie. Il faut que je lui parle personnellement, fit une voix masculine qu'elle identifia aussitôt.

— Docteur Schwartzman?

— Oui, répliqua le médecin légiste.

— Je vous le passe tout de suite.

Quelques instants plus tard, le maire avait congédié les visiteurs qui se trouvaient dans son bureau et décrochait le récepteur.

— Ab? demanda-t-il.

— Écoute, mon vieux, je peux éventuellement retarder le rapport d'autopsie jusqu'à l'enterrement, mais il m'est difficile d'en modifier les résultats.

— Des... ennuis en perspective?

— Stuyvesant n'appréciera pas ce que j'ai trouvé, mais la cause de la mort ne peut être tue.

— Quelle est-elle?

— Hémorragie massive due à une grossesse extra-utérine.

— Tu as raison, Stuyvesant n'aimera pas ça.

— Je ne peux la dissimuler, ce serait un grave délit, fit remarquer Schwartzman.

Le maire considéra la situation sous tous ses angles pendant un instant.

— Ab, au moment de révéler tes conclusions aux médias, contente-toi de parler d'hémorragie massive.

— Et si les journalistes fouinent partout, comme c'est probable, que ferons-nous ?

— Je dirai à Stuyvesant que nous avons fait de notre mieux pour garder le secret. J'espère que cela nous vaudra une donation pour le parti plus importante que d'habitude le mois prochain.

— Très bien. Pour la presse, je m'en tiendrai à une hémorragie menstruelle massive, concéda Schwartzmann. Oh, pendant que j'y pense, quand tu parleras à Stuyvesant, suggère-lui de faire incinérer sa fille.

— Incinérer? Pourquoi ?

— Si jamais une procédure légale était déclenchée, nous ne courrons pas le risque que le corps soit exhumé.

— Tu as trouvé autre chose ?

— Non. Mais pour en être sûr, je n'ai pas cherché.

15

Le maire avait envoyé un petit détachement de policiers à l'enterrement de Claudia Stuyvesant. Il s'agissait d'écarter les curieux qui se pressaient autour de l'église Saint-Thomas, sur la 5ᵉ Avenue, ainsi que la masse des journalistes, venus « informer » leur public.

Trente minutes avant le début de la cérémonie, c'est-à-dire à 9 h 30, les notables commencèrent à affluer.

Le maire de la ville arriva parmi les premiers. Des hommes et des femmes représentant les cinq cents entreprises les plus florissantes du pays figuraient dans l'assistance. Mais le groupe le plus important était constitué par les employés de Stuyvesant et les membres de toutes les organisations charitables qu'il patronnait.

Quand les invités furent installés, l'église fut ouverte au public. Parmi les curieux, se trouvaient beaucoup de personnes âgées désireuses de se mêler aux grands de ce monde. Il y avait aussi des jeunes gens d'une vingtaine d'années et des adolescents, dont certains avaient fréquenté Claudia Stuyvesant au lycée.

Le Dr Kate Forrester faisait partie de la foule. Elle gravit les marches de pierre usées et pénétra dans ce lieu imposant. Elle chercha des yeux l'autel sculpté, devant lequel se trouvait un simple cercueil de bois sombre. Il était fermé.

Les conversations ne cessèrent que lorsque le prêtre entra par une porte située près de l'autel, vêtu de sa robe sacerdotale. Au même instant, de l'autre côté de l'autel, un Suisse introduisit le père et la mère de Claudia Stuyvesant. Habillée de noir, Nora Stuyvesant dissimulait son visage sous un voile épais. Quant à Claude Stuyvesant, vêtu d'une redingote noire, d'un pantalon rayé, d'une chemise blanche à col dur et d'une cravate à rayures grises, il avait grande allure. Avec sa haute taille, son visage taillé à coups de serpe et buriné par le vent et le soleil, il incarnait très exactement ce qu'il était : un homme puissant, tant sur le plan physique qu'économique et politique.

Comme sa femme vacillait, il la soutint jusqu'au premier rang. Dès qu'ils furent assis, le chœur chanta un hymne durant lequel Kate Forrester observa les gens qui l'entouraient. Elle reconnut des individus visiblement issus de Greenwich Village, où Claudia Stuyvesant avait vécu les dernières années de sa vie. Soudain, la jeune femme tressaillit. Ses yeux venaient de tomber par hasard sur un visage connu.

Scott Van Cleve, son avocat, était assis à quelques rangs d'elle...

« Que fait-il ici ? pensa-t-elle tout d'abord. Il n'est pas un ami des Stuyvesant ? Ou bien... Se pourrait-il qu'il le soit ? »

Elle remit cette question à plus tard, car l'hymne touchait à sa fin. Quand la dernière note s'éleva vers la voûte de l'église, le prêtre s'approcha du pupitre pour prononcer son éloge funèbre.

Après avoir exprimé de longues condoléances aux Stuyvesant, il les bénit pour avoir été des parents pieux et dévoués. Il ne parla que brièvement de la vie de Claudia, et en termes généraux. En revanche, il s'étendit plus longuement sur ce que la jeune fille aurait accompli si la mort ne l'avait frappée en pleine jeunesse.

Kate ressentit cette partie de l'éloge comme une attaque personnelle. Les mains serrées sur ses genoux, elle se raidit pour ne pas se laisser gagner par la culpabilité. Quand le prêtre se tut, le chœur chanta un nouvel hymne, puis le maire prononça quelques mots, ainsi que deux amies de Claudia, d'anciennes camarades de classe. L'une d'elles exprima sa tristesse sous forme d'un poème.

Ensuite, le prêtre annonça que l'enterrement serait

privé, seule la proche famille y assisterait. Par conséquent, on priait l'assistance, y compris les représentants de la presse, de bien vouloir s'abstenir. Les porteurs soulevèrent alors le cercueil et se dirigèrent vers les grandes portes, en bas de l'allée centrale. Stuyvesant et sa femme les suivirent. Ils avaient à peine accompli une douzaine de pas quand Nora Stuyvesant se mit à chanceler. Avant qu'elle ne s'affaisse, Stuyvesant la prit par le bras et Scott Van Cleve, qui se trouvait de l'autre côté de l'allée, lui attrapa l'autre. Soutenue par les deux hommes, Nora Stuyvesant progressa lentement.

Comme ils approchaient de la rangée de Kate, l'expression affligée de Stuyvesant se mua en fureur. Kate comprit qu'il l'avait reconnue, grâce à son passage à la télévision quelques jours plus tôt. Elle le sentit capable, nonobstant la solennité du lieu et de l'instant, de lui cracher au visage l'une de ses accusations au vitriol. Forte de la conviction de son innocence, elle soutint son regard sans broncher.

De l'autre côté de Nora Stuyvesant, Scott Van Cleve la fixait avec sévérité.

Pour échapper à ce regard réprobateur, Kate se détourna. Un visage l'intrigua soudain dans l'assistance. C'était celui d'un jeune homme aux yeux rivés sur le cercueil qui s'éloignait. Agé d'une vingtaine d'années, il était d'une minceur cadavérique. Ses longs cheveux bruns et sales étaient attachés en queue de cheval et il portait une chemise à col ouvert d'un bleu délavé sous une veste de jean. « Ce n'est pas précisément la tenue appropriée à ce genre de cérémonie », pensa Kate. Mais c'étaient surtout ses yeux et la façon étrange dont il fixait le cercueil qui retenaient l'attention.

Cependant, Scott Van Cleve, Claude Stuyvesant et sa femme avaient atteint les portes donnant sur la rue.

Kate entendit les cris lancés par les équipes de télévision, les journalistes et les badauds qui attendaient à l'extérieur :

— Les voilà ! Action !

Kate se fraya un chemin parmi la foule et atteignit la sortie juste à temps pour voir Ramon Gallante tendre un micro à Claude Stuyvesant.

Elle n'entendit pas la question de Gallante, mais la réponse de Stuyvesant la glaça jusqu'aux os :

— J'ai déjà engagé des poursuites contre elle !

Pendant qu'on déposait le cercueil dans le corbillard, Stuyvesant aida son épouse à grimper dans leur limousine noire. Kate regarda le convoi funèbre s'éloigner, composé uniquement du corbillard et de la limousine. Apparemment, l'inhumation aurait vraiment lieu dans l'intimité.

Kate aperçut alors Scott Van Cleve qui fendait vigoureusement le flot de curieux pour saisir le bras d'un des quatre hommes qui avaient porté le cercueil. Il échangea quelques mots avec l'individu, qui parut à la fois embarrassé et ennuyé. Mais Van Cleve semblait avoir obtenu le renseignement qu'il désirait, car il quitta son interlocuteur sans plus de cérémonie. De nouveau, Kate le vit se frayer un chemin parmi la foule avec une détermination farouche. Il parvint au côté de la jeune fille qui avait écrit un poème à la mémoire de Claudia et commença de la questionner. Sans répondre, elle s'écarta de lui et dévala les marches en toute hâte. Van Cleve se lança à sa poursuite, frôlant au passage un jeune homme brun, dont les longs cheveux étaient noués en une queue de cheval. Kate reconnut aussitôt le garçon qui fixait avec une telle intensité le cercueil de Claudia à l'église. Maintenant, il regardait furtivement autour de lui, comme s'il craignait d'être remarqué. A son tour, il descendit rapidement les marches de l'église pour se perdre dans la foule. Il n'avait approché personne et ne semblait connaître aucun des jeunes gens qui formaient peu à peu des petits groupes sur le trottoir.

Kate s'interrogeait sur ce comportement étrange lorsqu'elle fut abordée par Scott Van Cleve.

— Que faites-vous ici ?

— Je pourrais vous poser la même question.

— Obligation professionnelle.

— Je suis là parce que... — Incapable de se justifier, elle conclut : — par curiosité. Il fallait que je vienne.

— Je suis heureux que Gallante ne vous ait pas repérée. J'imagine le commentaire : « L'assassin revient, non pas sur le lieu de son crime mais pour se repaître des conséquences de son crime. » Ce salaud ne vous aurait pas ratée.

— Vous n'avez pas répondu à ma question.

— Je vous ai dit que j'étais là par obligation professionnelle. Dans ce genre d'occasion, aussi riche en émotions, on ne sait jamais ce qu'on peut découvrir.

— Et vous avez découvert quelque chose?

— Oui.

— Par exemple?

— Eh bien... le cercueil, pour commencer.

— Il n'a rien de particulier. Bois poli, simple et de bon goût.

— Exactement.

— Le bon goût vous choque?

— Pour un Stuyvesant, je m'attendais à un matériau plus sophistiqué, destiné à résister pour l'éternité aux détériorations du temps. En outre, il était scellé, si bien qu'on n'a pas pu voir le corps, comme cela se fait d'ordinaire, soit pendant la cérémonie, soit la veille, dans une chapelle ardente. C'est ce qui m'a alerté. Et puis j'ai été encore plus surpris par la façon dont ces hommes portaient le cercueil.

— C'est pour cela que vous en avez abordé un?

— Il m'a pris pour un fou lorsque je lui ai demandé si le cercueil était lourd.

— Et qu'a-t-il dit?

— Sa réponse m'a paru fort intéressante : « Comment le saurais-je puisque c'est la première fois de ma vie que j'en porte un? Néanmoins, j'avoue que cela m'a paru plus léger que je ne m'y attendais. »

— Quel est le sens de tout cela, monsieur Van Cleve?

— C'est précisément ce que je voudrais savoir. C'est d'autant plus intrigant que la cérémonie a brusquement été annoncée pour aujourd'hui. Cela signifie que le corps de Claudia Stuyvesant a été rendu à sa famille, donc que l'autopsie a été pratiquée. Avez-vous entendu parler du rapport d'autopsie?

— Non.

— Moi non plus. Et pourquoi personne n'a-t-il pu voir le corps?

— Il arrive, dans les cas d'accidents graves ou quand

l'autopsie a défiguré le défunt, que la famille s'oppose à ce que le corps soit exposé.

— Claudia Stuyvesant rentre-t-elle dans l'un de ces cas de figure ?

— Non, répliqua Kate.

— Vous savez ce que je soupçonne ? Il n'y avait pas de corps dans ce cercueil.

— Pas de corps ! s'exclama Kate. Mais pourquoi une telle cérémonie, dans ce cas ?

— C'est ce que j'aimerais savoir. A défaut d'un corps, que pouvait-il y avoir dans ce cercueil ? Pourquoi pas des cendres ? Si Stuyvesant a quelque chose à cacher, il a très bien pu faire incinérer la fille...

— Je me suis demandée si elle se droguait ?

— Vous m'avez dit avoir pratiqué une analyse toxicologique du sang ?

— En effet.

— Résultat ?

— Je n'en ai jamais eu connaissance. Les documents ne se trouvaient pas dans le dossier la dernière fois que je l'ai consulté.

— Eh bien, nous allons les examiner. Et tout de suite !

Bien que le Dr Cummins renaclât à montrer le dossier à tout autre que Lionel Trumbull, il finit par céder.

Kate et Van Cleve le consultèrent page par page, mais en vain. Le dossier ne contenait aucune demande de recherche de substances toxiques dans le sang.

— C'est étrange, dit Kate.

Décrochant le téléphone, elle appela la standardiste de l'hôpital.

— Passez-moi le Dr Briscoe, s'il vous plaît.

Dix minutes s'écoulèrent avant qu'on ne les rappelât.

— Eric ? C'est Kate, à l'appareil. Dites-moi, Eric, avez-vous eu les tests concernant la présence de drogue dans le sang de Claudia Stuyvesant ?

— Je ne m'en suis pas occupé, répliqua Briscoe. De quoi s'agit-il ?

— C'est ce que nous aimerions savoir.

— « Nous » ?

— Mon avocat et moi.

— Votre avocat? Vous avez un avocat personnel? fit Briscoe d'une voix teintée de méfiance. Pourquoi?

— Stuyvesant étant susceptible de me poursuivre devant les tribunaux, j'ai pensé que je devais être défendue.

— Je vois... Mais je n'ai eu aucune analyse de ce genre entre les mains.

Il ne restait plus qu'à trouver la laborantine qui avait testé le dernier échantillon sanguin que Kate avait envoyé au laboratoire samedi soir. Quand Kate la joignit, Mme Espinosa était en train de passer un prélèvement de sang dans l'ordinateur qui permettrait de lire ses résultats.

Elle répondit brièvement aux questions de Kate. Mme Espinosa se rappelait-elle avoir analysé l'échantillon sanguin de Claudia Stuyvesant? Non, elle ne se souvenait jamais d'aucun nom. En ce cas, se rappelait-elle la nuit où Claudia Stuyvesant était morte? Oui. Avait-elle fait une recherche de drogue dans le sang cette nuit-là? Oui. Elle en avait fait trois. Les trois étaient positives.

— Tous les trois, vous en êtes bien sûre? demanda Kate.

— Oui, répondit Mme Espinosa.

— La feuille de résultat qui est sortie de l'imprimante, vous l'avez bien envoyée aux Urgences?

— J'envoie toujours les résultats au service qui m'a demandé l'analyse, confirma Mme Espinosa.

Kate et Van Cleve échangèrent un regard. Tous deux pensaient la même chose : ces résultats auraient dû se trouver dans le dossier de Claudia Stuyvesant, pourtant, ils n'y étaient pas...

16

Kate travaillait avec le Dr Troy quand la secrétaire de Cummins l'appela pour la prier de bien vouloir se rendre sur-le-champ au bureau de l'administrateur. La jeune femme en fut secrètement soulagée. Elle s'était prise d'affection pour le Dr Troy et admirait son dévouement pour son travail, mais les statistiques n'avaient pas remplacé pour elle la relation avec les malades et les soins qu'elle leur dispensait auparavant. Elle espérait qu'après l'enterrement de Claudia, Cummins serait prêt à la réintégrer dans ses fonctions de docteur en médecine générale.

Dès qu'elle entra dans son bureau, Cummins se leva. Visiblement, il attendait son arrivée avec impatience.

— Docteur Cummins...

Pour toute réponse, il posa sur elle des yeux pleins d'une fureur contenue. Il tenait à la main une mince liasse de feuillets. Il suffit à Kate d'un coup d'œil pour reconnaître le tampon du médecin légiste.

— Vous devriez vous asseoir avant de prendre connaissance de ceci, dit Cummins.

Kate tendit la main pour prendre le rapport, puis elle s'assit et commença sa lecture. Dès le premier paragraphe, elle ne put s'empêcher de lever les yeux vers Cummins. D'un geste autoritaire de la main, il lui fit signe de poursuivre.

— Grossesse extra-utérine, lut Kate à voix haute, causant la rupture de la trompe de Fallope gauche...

— ... ce qui a provoqué une grave hémorragie interne... et la mort, termina Cummins. Quand vous consulterez les observations que vous avez vous-même consignées dans son dossier, vous constaterez qu'elles sont toutes compatibles avec un tel diagnostic.

— Les symptômes et mes observations étaient aussi compatibles avec une bonne douzaine d'autres diagnostics, riposta Kate. D'ailleurs, j'ai procédé à un examen gynécologique.

— Mal, apparemment.

— Briscoe aussi l'a examinée, il n'a rien trouvé non plus.

— C'était pourtant un diagnostic que vous pouviez faire. Et si vous l'aviez fait, vous auriez immédiatement ordonné l'intervention chirurgicale qui s'imposait et cette fille serait vivante aujourd'hui. Malheureusement, dans l'esprit du public, cette nouvelle va confirmer les propos de ce vautour de Gallante, à savoir : « Si les riches ne peuvent plus prétendre à être soignés correctement, que peut espérer la majorité des citoyens ? »

— Deux fois ! Deux fois, elle a nié avoir eu des relations sexuelles.

— Vous auriez dû vous douter qu'elle mentait.

— C'est ce que j'ai fait. C'est même la raison pour laquelle j'ai procédé à un test de grossesse. Il s'est révélé négatif !

— Si l'on en croit ce rapport, il est clair que vos conclusions étaient fausses. Si nous avions eu le moindre espoir d'éviter un procès pour incurie, ce document l'anéantit. Aux yeux du tribunal, ce sera l'une des pièces à conviction les plus importantes. Sans compter votre comparution devant le conseil de l'ordre.

Kate tendit machinalement le rapport à Cummins.

— J'ai effectué ce test de grossesse des douzaines de fois, protesta-t-elle.

— Forrester, je suis désolé de la tournure que prennent les événements. Bien entendu, nous continuerons de vous assister du mieux que nous pourrons.

L'attitude de Cummins rappela à Kate ce que l'un de ses professeurs de faculté lui avait dit un jour : « Un homme promet qu'il fera de son mieux lorsqu'il s'apprête à trahir sa promesse ».

Tourmentée par les conclusions du médecin légiste, Kate ne rejoignit pas son poste mais courut le long des couloirs souterrains jusqu'aux Urgences.

Elle se rendit alors directement dans le box C, là où elle avait soigné Claudia Stuyvesant. Elle ouvrit le placard où Mme Cronin avait pris le test de grossesse destiné à la jeune fille et elle vérifia la date de validité de plusieurs boîtes semblables.

« A utiliser avant le 30 décembre 1993. »

Il restait plus d'un an avant l'expiration de ce délai et elle n'avait aucune raison de soupçonner l'efficacité des produits contenus dans ces boîtes. Pourtant, le rapport d'autopsie prouvait sans l'ombre d'un doute que les résultats qu'elle avait obtenus cette nuit-là étaient faux. Faux et trompeurs... Avait-elle commis une erreur? Ou bien était-elle victime de l'infime pourcentage de résultats erronés? Ne sachant que penser, Kate regagna le bureau encombré où officiait le Dr Troy. Sur sa table de travail, elle découvrit un message que Troy lui avait laissé avant de partir déjeuner : « Appelez votre avocat. Urgent. »

Au bout du fil, la voix pressée de Van Cleve lui répondit :

— Van Cleve, à l'appareil.

Elle comprit qu'il devait être plongé dans la lecture d'un document quelconque. Mais dès qu'il la reconnut il prit aussitôt les rênes de la conversation.

— Nous devons nous voir ce soir, docteur. Préparez-vous à une longue séance. Je viens de lire le rapport d'autopsie.

— Moi aussi.

— En ce cas, vous devez comprendre que j'ai besoin de quelques éclaircissements. Je regrette de devoir vous faire descendre jusqu'à Wall Street, et en particulier le soir, mais il est urgent que nous nous rencontrions. Rendez-vous à mon bureau à 18 heures.

Froissée par ce ton autoritaire, Kate rétorqua froidement :

— 18 heures tapantes. J'y serai, monsieur Van Cleve.

Van Cleve s'assura que Kate était confortablement installée dans son fauteuil, face au bureau, puis il lui proposa une tasse de café, qu'elle refusa. Elle le suspecta de penser qu'elle avait besoin d'un remontant pour affronter leur entretien.

— Parfait! déclara-t-il en s'asseyant à son tour.

Ce mot si simple et si usité résonna aux oreilles de Kate comme un tir de sommation précédant l'assaut.

— Docteur, nous savons tous deux ce que le médecin légiste a découvert.

— Et nous pressentons aussi qu'il a subi des pressions pour ne pas divulguer ses conclusions avant l'enterrement de Claudia Stuyvesant, fit remarquer Kate.

— On a étouffé le scandale, en effet. Une seule certitude reste désormais : le procès aura lieu. Et vous serez poursuivie avant que le conseil de l'ordre ne statue sur votre cas. Dans l'esprit égocentrique de Stuyvesant, vous n'avez pas seulement tué sa fille...

Kate termina à la place de l'avocat :

— ... mais par ma faute, le nom des Stuyvesant est honteusement sali.

— C'est pourquoi nous devons nous préparer au pire. Docteur, maintenant que nous avons le résultat du rapport d'autopsie, nous sommes dans l'obligation d'expliquer pourquoi vous n'avez pas pu établir un diagnostic correct.

— Les grossesses extra-utérines ne sont pas toujours faciles à détecter! protesta Kate.

Van Cleve écarta l'objection d'un geste.

— Faciles à détecter ou non, nous devons démontrer que tout ce que vous avez fait était conforme à une bonne pratique médicale. Nous devrons en convaincre le public devant le tribunal et le monde médical devant le conseil de l'ordre.

— C'est pourtant la vérité! s'exclama Kate.

— En ce cas, pourquoi n'avez-vous pas diagnostiqué la grossesse extra-utérine?

— Eric Briscoe ne l'a pas détectée non plus!

— Ce n'est pas une excuse. D'ailleurs, Stuyvesant n'a pas accusé Briscoe, il se concentre exclusivement sur vous. Sur ce que vous avez trouvé... et sur ce que vous n'avez pas trouvé. C'est pourquoi je dois savoir avec exactitude ce que vous avez fait et pourquoi. Y compris les pensées qui vous ont traversé l'esprit pendant que vous vous occupiez de Claudia Stuyvesant.

— Je ne sais pas par où commencer.

— Par le début. Depuis l'instant où vous l'avez vue pour la première fois.

— En fait, j'ai vu sa mère avant même de la voir elle.

— Nous nous occuperons de sa mère plus tard. Commencez par le premier regard que vous avez posé sur votre patiente. N'omettez rien. Laissez-moi décider de ce qui est important ou non.

Kate entreprit alors le récit médical de sa rencontre avec Claudia. Elle s'efforça de n'oublier aucun détail concernant les tests sanguins qu'elle avait demandés, les observations qu'elle avait faites.

Deux fois, elle s'interrompit pour demander :

— Ce n'est pas trop compliqué?

— Non! Continuez, la pressa-t-il en griffonnant des notes sur son bloc.

Kate repassa encore chacune de ses interventions, de ses décisions, de ses réflexions, dans les moindres détails.

— Tout ce que je vous raconte se trouve dans le dossier de la patiente, commenta-t-elle à un moment. J'y ai tout consigné.

— Docteur, quand vous serez devant le tribunal, on ne vous autorisera pas à lire tout simplement ce dossier. Vous devrez témoigner avec vos propres mots. Continuez, je vous prie.

Quand Kate fut parvenue au bout de son récit, Van Cleve remarqua :

— Tout à l'heure, vous m'avez dit que vous avez vu Mme Stuyvesant avant même de voir sa fille.

— En effet.

— Ce fait semblait revêtir à vos yeux une signification particulière. Pourquoi?

— J'ai aussitôt ressenti une grande tension entre elles, bien que je n'en aie pas saisi la nature. Je n'ai compris que plus tard. Trop tard.

— A quoi faites-vous allusion?

— Après la mort de Claudia, plusieurs personnes ont entendu sa mère dire : « Il va m'en vouloir. Il va m'en vouloir. »

— Qu'est-ce que cela signifiait, à votre avis?

— Sur le coup, j'ai trouvé bizarre qu'elle fasse cette réflexion à un moment aussi tragique. Mais depuis que j'en sais davantage sur Stuyvesant, je comprends mieux qu'elle ait pu être terrorisée par lui.

— Elle craignait qu'il ne la blâme de la mort de leur fille?

— En tout cas, elle était terriblement inquiète et agitée quand je l'ai vue. Claudia avait quitté le domicile familial, elle vivait seule, manifestement contre le gré de son père.

— Donc, Stuyvesant en voulait à sa femme de ne plus avoir d'autorité sur leur fille, en déduisit Van Cleve.

— J'ai eu l'impression que ce conflit empêchait Claudia Stuyvesant de parler librement.

— Si elle s'était sentie libre, quelles informations aurait-elle pu vous fournir?

— Elle m'aurait dit, par exemple, qu'elle avait eu récemment des relations sexuelles. Si je l'avais su, mon diagnostic aurait certainement été différent. Peut-être aussi m'aurait-elle avoué qu'elle se droguait.

— Pour l'instant, admettons qu'elle vous mentait au sujet de la drogue. Pour vous défendre correctement, je dois savoir en quoi cette information aurait modifié votre attitude et vos décisions.

— Tout dépend de ce qu'elle consommait : cocaïne, angel dust, crack, perc...

— Perc? répéta Van Cleve.

— Percodan, précisa Kate. Chaque drogue produit un effet différent. Mieux encore, la cocaïne, pour prendre un exemple, agit différemment selon les consommateurs. Cela va d'une légère accélération cardiaque à l'arrêt du cœur et la mort immédiate.

— Quelles sont les conséquences de l'absorption de drogue sur une grossesse extra-utérine? De quelle façon cela a-t-il pu vous abuser?

— Encore faudrait-il que je vous explique la différence entre une grossesse normale et une grossesse extra-utérine.

— Allez-y, et prenez votre temps. Il est important que je comprenne.

— Pour commencer, les signes ne sont pas les mêmes. Lorsqu'il s'agit d'une grossesse normale, l'utérus est sensiblement dilaté, alors qu'il l'est à peine dans le cas d'une grossesse extra-utérine. Lors d'une grossesse normale, on note un changement de pigmentation au niveau du col de l'utérus, ce qui n'est pas automatique pour une grossesse extra-utérine. Il arrive que le col soit sensible mais cela peut être dû à un bon nombre d'autres causes. Il se peut aussi qu'on détecte une masse sensible.

— Il se peut..., répéta Van Cleve. Pourquoi cette restriction ?

— Il n'est pas toujours possible de la sentir. En tout cas ce soir-là, Briscoe et moi l'avons manquée.

Van Cleve fit la synthèse des informations que Kate lui avait données :

— Récapitulons : si vous aviez affaire à une jeune femme niant avoir eu des relations sexuelles...

— ... et prétendant avoir eu ses règles normalement, compléta Kate.

— Si aucune masse n'était détectable au toucher, si l'utérus n'était qu'à peine dilaté et si la pigmentation du col n'était pas modifiée, sans oublier la souffrance réduite par l'absorption de drogue... vous pouviez être abusée, réalisa Van Cleve.

— D'autant que tous les symptômes et toutes mes observations tendaient à indiquer un virus intestinal. Je pense qu'aucun docteur n'aurait diagnostiqué une grossesse, et encore moins une grossesse extra-utérine.

— Elle existait pourtant bel et bien, fit sombrement Van Cleve. La drogue ! dit-il brusquement. Voyez-vous d'autres effets possibles de la drogue ?

— Elle peut l'avoir rendue léthargique et lente à un moment, et surexcitée un peu plus tard. Elle peut aussi avoir provoqué les nausées.

— Les nausées peuvent être causées par la drogue ?

— Ou par un aliment quelconque, ce qui était cohérent avec ses premières plaintes : nausées, vomissements, diarrhée.

— Donc, la nausée n'est pas un symptôme spécifique ?

— Exactement.

— Chacun des symptômes présentait un écart léger

avec la normale, sans être assez alarmant pour en tirer une conclusion. Pourtant, elle est morte à la suite d'une hémorragie massive. Est-ce qu'il existe des signes qui permettent de détecter une hémorragie pareille?

— L'hématocrite aurait pu fournir des indices.

— L'hématocrite? Qu'est-ce que c'est?

— C'est le pourcentage de globules rouges contenu dans un volume donné de sang.

— Comment s'y prend-on?

— Le labo sépare les globules rouges du plasma, dans le sang. Ensuite, on compare les quantités respectives de globules rouges et de plasma pour déterminer le pourcentage de globules rouges dans le sang. Pour une femme, la norme se situe entre 30 % et 35 %.

— Et que donnait l'hématocrite de Claudia, cette nuit-là?

— 31 %, si je me souviens bien.

— Elle se trouvait donc dans la norme?

— C'est précisément ça qui m'a induite en erreur.

— C'est-à-dire? demanda Van Cleve, qui commençait à se sentir un peu frustré.

— Considérez l'ensemble du problème, dit Kate. Elle arrive en se plaignant de nausées, de vomissements et de diarrhée. Pour prévenir la déshydratation, Mme Cornin l'a mise sous perfusion.

— N'était-ce pas la meilleure décision à prendre? demanda Van Cleve. — Comme Kate hochait affirmativement la tête, il poursuivit : — Alors? En quoi était-ce mal?

— Quand un patient est déshydraté, son taux de globules rouges apparaît plus important qu'il ne l'est réellement.

Complètement perdu, maintenant, Van Cleve demanda :

— Docteur, qu'essayez-vous de me faire comprendre?

— La déshydratation diminue la quantité d'eau contenue dans le sang, ce qui réduit la masse constituée par le plasma. Par comparaison, le nombre de globules rouges paraît plus élevé qu'il ne l'est.

Van Cleve commençait à comprendre.

— Si bien que ce nombre de globules rouges, réduit par

l'hémorragie, a semblé normal à cause de la déshydratation.

— Vous méritez 20 sur 20, répliqua Kate d'une voix caustique.

— Quel fantastique puzzle médical! s'exclama Van Cleve. Et si l'une des pièces manque, personne ne peut reconstituer le tableau dans son entier.

— De même qu'un médecin est incapable d'établir un diagnostic correct s'il n'est pas en possession de toutes les informations, souligna Kate.

Repoussant son bloc jaune, Van Cleve se leva pour arpenter son bureau de long en large. Soudain, il se tourna vers Kate.

— Il y a une information qui aurait pu vous permettre d'assembler toutes les autres en un tout cohérent, c'est celle fournie par ce test de grossesse.

— Oui, dit sombrement Kate, le test de grossesse.

— Comment se peut-il que malgré un test négatif l'autopsie ait révélé que Claudia était enceinte?

— Aucun test n'est fiable à cent pour cent, expliqua Kate.

Maintenant, Van Cleve réfléchissait à voix haute :

— Imaginons que demain je me présente devant le tribunal ou devant le conseil de l'ordre et que je plaide : « Ma cliente, le Dr Forrester, a fait absolument tout ce qu'il fallait faire pour sa patiente, mais elle a été abusée par le résultat erroné d'un test. Sachez, mesdames et messieurs, qu'aucun test n'est fiable à cent pour cent. » Je risque fort de ne pas les persuader.

— J'ai demandé une échographie pour confirmer ce résultat, protesta Kate, mais aucun technicien qualifié n'était disponible. Il faut que vous compreniez dans quelles conditions nous travaillons aux Urgences. Nous passons des heures et des heures à courir d'un patient à l'autre, sans aucune pause, entre des salles d'attente encombrées et des boxes d'examen en nombre insuffisant. Parfois il nous arrive de traiter des malades sur des brancards postés dans les couloirs. Nous manquons de temps. Nous soignons chacun d'eux du mieux que nous pouvons.

Van Cleve prit le visage sévère d'un procureur.

— Docteur, réalisez-vous ce que vous venez d'admettre?

— Quoi donc? s'étonna Kate.

— Vous avez implicitement reconnu que, du fait de vos conditions de travail, vous n'aviez pu dispenser à Claudia Stuyvesant des soins médicaux satisfaisants.

— Absolument pas. J'affirme le contraire! protesta Kate.

— Vous avez dit que vous soigniez vos malades « du mieux que vous pouviez ». Vous comprenez sans doute combien cette formule est restrictive : les soins ne sont pas parfaits, ni même bons, ils sont « les meilleurs possibles compte tenu des conditions difficiles ». Or les « conditions difficiles » ne sont pas une excuse quand le patient décède, et encore moins quand le décès n'était pas inéluctable. Docteur, vous pouvez remercier votre bonne étoile, car vous avez une compagnie d'assurances pour vous défendre. De tels propos pourraient facilement être utilisés contre vous, dans un procès pour incurie.

— Ma bonne étoile! Que faites-vous de ma carrière, de mon avenir? Monsieur Van Cleve, j'ai passé huit années de ma vie à étudier, et deux années d'internat durant lesquelles je me suis préparée à pratiquer la médecine. Je n'ai jamais eu d'autre but. Au lycée, déjà, je travaillais bénévolement à l'hôpital local. J'ai toujours rêvé d'être médecin, de soigner les gens, de les guérir. Ça ne peut pas... Je veux dire, ils ne peuvent pas... Je ne les laisserai pas m'enlever tout ce à quoi j'ai aspiré.

— Je ferai de mon mieux pour vous aider, affirma Van Cleve. — L'honnêteté le contraignit à ajouter : — Mais je ne vous promets rien, docteur.

Kate Forrester s'était rendue au cabinet Trumbull, Drummond & Baines à la recherche d'une protection contre la procédure qui menaçait sa courte carrière. Quand elle en ressortit, elle se sentait plus menacée qu'à son arrivée.

Plus troublé qu'il ne voulait l'admettre, Scott Van Cleve la regarda partir. La première fois qu'il l'avait vue, il n'avait pas remarqué combien le beau visage de la jeune femme reflétait de force et de détermination. Il exprimait aussi un désir forcené de dévouer sa vie à la médecine.

Mais cette détermination, ce désir, ne faisaient que renforcer les craintes de l'avocat.

« Je ne peux pas la laisser comparaître, ni devant le tribunal, ni devant le conseil de l'ordre. Ils vont la massacrer. Comment trouver le moyen d'empêcher ces deux éventualités ? Il doit bien y avoir une solution, si nous avons de la chance. Mais la chance est une arme à double tranchant. »

Il quitta son bureau tard dans la soirée, obsédé par ces questions sans réponses.

En tout cas, il était certain d'une chose. Il aurait sûrement aimé rencontrer une femme aussi séduisante et aussi passionnée que Kate, dans n'importe quelle circonstance excepté celles-ci.

Scott Van Cleve vivait dans un petit appartement situé au troisième étage d'une maison de pierre brune, à l'est de New York. Le taxi venait juste de s'arrêter devant chez lui lorsqu'il ordonna au chauffeur :

— Hôpital de la Cité, s'il vous plaît.

— L'hôpital de la Cité? Mais c'est dans l'ouest de la ville!

— Je sais.

— Eh, mon vieux, vous vous sentez subitement malade ou quoi? Il y a des hôpitaux plus proches de chez vous.

— Je ne suis pas malade. Seulement curieux.

— Curieux! répéta le chauffeur, plus ennuyé qu'inquiet. Très bien, monsieur Curieux. Le client a toujours raison. Il est complètement fou? Il a quand même raison. Hôpital de la Cité!

Dix minutes plus tard, le taxi s'arrêtait devant les Urgences de l'hôpital.

— Si vous voulez bien m'attendre, je serai de retour dans quelques minutes, dit Scott.

— Écoutez, monsieur Curieux, mieux vaut que vous me payiez tout de suite. Si vous entrez là-dedans, Dieu seul sait si vous en sortirez vivant. Surtout si vous tombez entre les mains d'une certaine doctoresse dont j'ai entendu parler...

Scott faillit lui répondre sèchement. Réprimant sa colère, il paya le chauffeur et lui donna un pourboire moins important qu'il n'en avait eu l'intention, puis il sortit du taxi.

Quelques secondes plus tard, il entrait aux Urgences. Il attendit près de la porte sans se faire remarquer. Quand l'infirmière chargée de l'accueil fut accaparée par une mère hystérique et un enfant malade, il s'engagea dans le couloir. Il découvrit deux patients sur des brancards posés le long du mur. L'un se trouvait sous perfusion, l'autre se tordait de douleur en gémissant, ce qui ajoutait à la cacophonie ambiante. Des enfants criaient, des parents se querellaient en diverses langues, réclamaient des soins aux infirmières et aux deux médecins de service.

Scott passa devant les portes ouvertes des pièces réservées aux examens et aux soins. Elles étaient toutes occupées. Certains patients attendaient qu'on s'occupe d'eux, d'autres étaient en cours de traitement. Les infirmières passaient de box en box, jetant ici un coup d'œil, vérifiant là l'état d'un malade avant de passer au suivant.

Lorsque Scott Van Cleve eut été repéré par le garde qui assurait la sécurité et mis dehors, il était persuadé de la véracité des propos de sa cliente. La nuit, les Urgences étaient un véritable asile de fous. Que certains patients y reçoivent des soins adéquats et puissent rentrer chez eux ou être dirigés vers d'autres services relevait du miracle.

Le Dr Kate Forrester n'avait pas exagéré les faits. Mais cette certitude ne fournit pas à Scott Van Cleve la solution miracle qui lui éviterait le procès ou la comparution devant le conseil de l'ordre.

17

La divulgation du rapport d'autopsie fit des vagues, et pas seulement dans le bureau du Dr Cummins ou dans celui de Scott Van Cleve.

Le lendemain matin, une réunion importante eut lieu dans la salle de conférences du cabinet Trumbull, Drummond & Baines. Les trois juristes associés y avaient convié le Dr Cummins, Marcus Naughton, le président du conseil d'administration de l'hôpital de la Cité, et Scott Van Cleve, en sa qualité d'avocat de Kate Forrester.

Lionel Trumbull ouvrit la séance par une formule à la fois sèche et expressive :

— Messieurs, nous sommes dans la merde jusqu'au cou.

Marcus Naughton hocha tristement la tête.

— Ce rapport d'autopsie a des accents de baiser de la mort. Il nous laisse sans défense, absolument sans défense.

— Et ce n'est pas tout, renchérit Trumbull. Stuyvesant n'est pas le genre de type à apprécier que le public puisse se gausser de la grossesse de sa fille au moment de sa mort. Maintenant, c'est par pur dépit qu'il va nous poursuivre en justice. Et bien entendu, il réclamera la lune.

— Il l'aura! poursuivit Cummins d'un air désespéré.

— Quelqu'un a-t-il eu des échos de la compagnie d'assurances, depuis que l'autopsie a été rendue publique? demanda Drummond.

— Pas un mot, dit Trumbull, et c'est bien ce qui m'inquiète le plus. J'imagine leur bibliothèque, en ce moment, bourdonnante d'avocats prêts à tout pour trouver le moyen de se sortir de ce guêpier et éviter de nous couvrir!

— Pas de panique, Lionel, conseilla Drummond. Si nous nous y prenons bien, Stuyvesant devrait accepter la négociation. Évidemment, cela coûtera quelques millions.

— Seulement quelques millions? demanda Cummins. En ce cas, la compagnie d'assurances pourrait accepter...

— Jusqu'à combien iront-ils? C'est la première chose que nous devons savoir, déclara Trumbull

— Et la seconde? s'inquiéta Cummins.

— Qui d'entre nous se chargera de négocier avec Stuyvesant, répondit Trumbull. — Il se tourna vers Marcus Naughton : — Marcus, Stuyvesant est bien membre de votre club, n'est-ce pas?

— Oui, mais je ne le connais pas pour autant. Même si je l'ai rencontré à l'occasion de parties de golf, je ne peux pas dire que nous soyons proches. D'ailleurs, il n'apprécie pas particulièrement ce sport. Il préfère le yachting.

— Nous devons bien avoir l'un de ses intimes parmi nos relations! s'exclama Trumbull. Quelqu'un qui puisse lui parler d'homme à homme.

— L'un des membres du conseil d'administration est grand amateur de voile... Harry Lindsay, suggéra Naughton.

— Contactez Lindsay et arrangez-vous pour qu'il rencontre Stuyvesant, dit Trumbull. Pendant ce temps, nous tâcherons de trouver un scénario qui convienne à ce vautour. J'attends vos suggestions.

Il balaya l'assistance du regard, mais personne ne semblait avoir d'idée.

Scott Van Cleve profita du silence ambiant pour lancer :

— Pour un homme comme Claude Stuyvesant, deux millions de dollars ne constituent pas un enjeu vraiment excitant.

Cette évidence parut agacer Trumbull.

— Tout le monde sait cela!

Van Cleve ne se laissa pas décourager.

— Je voulais dire que c'est aussi un homme fort sensible à son image publique. Sa vanité est peut-être le point que nous devrions chatouiller.

— C'est un homme affligé et outragé, protesta Cummins. Je ne vois pas en quoi la vanité...

— A moins que nous ne tournions son affliction à notre avantage, l'interrompit Van Cleve.

Personne d'autre n'ayant de proposition à soumettre, Trumbull se tourna vers le jeune Van Cleve, prêt à critiquer la sienne.

— Oui, Van Cleve?

— Quand Lindsay rencontrera Stuyvesant, il pourrait tout d'abord lui manifester sa compassion. La tragédie qui lui a pris sa fille est horrible et chacun comprend sa douleur. Mais un homme de sa trempe doit savoir tourner l'adversité à son bénéfice...

— Comment un homme qui a perdu sa fille pourrait-il tirer avantage d'un tel drame? demanda Cummins.

— Docteur Cummins, j'ai beaucoup entendu parler de votre service des Urgences.

— Vraiment? Et par qui?

— Par ma cliente, dit Van Cleve.

— Au point où nous en sommes, je ne considère pas que le Dr Forrester soit une source d'information objective, répliqua Cummins.

— C'est aussi ce que j'ai pensé. J'ai donc fait ma propre enquête. Avec tout le respect que je vous dois, docteur Cummins, ce lieu est vétuste et encombré. Les gens trébuchent les uns sur les autres, les malades sont soignés dans les couloirs parce que les boxes réservés aux examens sont en nombre insuffisant.

— Nous faisons de notre mieux avec les fonds dont nous disposons! protesta Cummins.

— Exactement, docteur, continua Van Cleve. Maintenant, si quelqu'un allait voir Claude Stuyvesant et lui disait : « Monsieur Stuyvesant, vous êtes un homme important, très important. Avec votre fortune, quelques millions de plus ou de moins ne devraient guère compter pour vous. Transformez cette tragédie en un bien public », je suis certain que sa curiosité serait excitée. Alors, notre ambassadeur poursuivrait : « Laissez-moi vous suggérer le moyen d'honorer la mémoire de votre fille tout en accomplissant une bonne action. Prenez les deux millions de dollars offerts par la compagnie d'assurances et faites-en don aux Urgences de l'hôpital de la Cité. »

Autour de la table, on regardait Van Cleve avec un intérêt tout neuf.

— Lindsay pourrait même emmener Stuyvesant aux Urgences à une heure de pointe. Le soir, par exemple. Qu'il voie par lui-même : les malades, leurs familles, les enfants fatigués qu'on ne peut laisser seuls à la maison mais qui devraient être au lit, et j'en passe. Je suis sûr que même un homme aussi endurci que Stuyvesant sera ému. Bien entendu, Lindsay pourrait discrètement faire allusion à la popularité qu'un tel geste lui vaudrait.

— Pas mal, Van Cleve, pas mal, apprécia Trumbull.

— Évidemment, conclut ce dernier, en contrepartie, Stuyvesant abandonnerait toute poursuite contre l'hôpital et le personnel impliqué.

Van Cleve se rejeta en arrière, soulagé d'avoir mis au point une stratégie qui sauverait sa cliente. Si son plan fonctionnait, elle cesserait de vivre dans la terreur de se voir radiée de la profession.

Trumbull se tourna vers Marcus Naughton.

— Marcus, j'imagine que vous n'allez pas tarder à prendre contact avec Lindsay. Instruisez-le de ce que nous aimerions qu'il fasse.

— Je l'appellerai dès que j'aurai regagné mon bureau, assura Naughton.

Sa stratégie approuvée, Scott Van Cleve avait hâte de trouver un téléphone. A cette heure-ci, Kate travaillait auprès du Dr Troy, dans son bureau du sous-sol.

— Docteur, je crois que votre cauchemar est terminé.

Kate retint son souffle.

— Comment cela?

Il imaginait son ravissant visage illuminé par la joie, ses yeux bleus brillants de bonheur.

— Je crois que j'ai trouvé le moyen de sortir tout le monde de ce pétrin, y compris vous, avec en prime, un service d'Urgences rénové de pied en cap.

— Cela semble extraordinaire.

— Évidemment, il faut que Stuyvesant marche dans le coup. Mais je suis presque sûr qu'il le fera.

— Je vais enfin pouvoir dormir! soupira Kate.

— Vous avez passé de durs moments, hein?

Depuis la nuit où Claudia Stuyvesant était morte, Kate n'avait confessé sa peur à personne, pas même à Rosie Chung. Le soulagement libéra en elle un flot de paroles.

— C'était l'enfer! admit-elle. Je mettais des heures à trouver le sommeil et quand je finissais par sombrer, c'était pour me réveiller quelques minutes plus tard, tremblante de peur à l'idée de ce qui pouvait m'arriver. Combien de fois ai-je revécu cette nuit minute par minute! Un vrai cauchemar!

— Vous avez dû souffrir le martyre, la plaignit Van Cleve avec sincérité. Si tout marche comme je l'espère, ce ne sera bientôt plus qu'un mauvais souvenir.

— Merci. Merci beaucoup, monsieur Van Cleve.

Quand Harry Lindsay demanda un rendez-vous à Claude Stuyvesant, l'homme d'affaires présuma qu'il s'agissait de réunir des fonds pour construire un yacht capable de faire concurrence aux Australiens, dans l'*America's cup*. Il invita donc Lindsay à déjeuner avec lui à son club de yachtmen, situé dans la 44e Rue.

Pendant l'apéritif, la conversation prit l'orientation prévue par Stuyvesant. Plus tard, au cours du déjeuner, les deux hommes discutèrent plus en détail la conception d'un bateau répondant à tous les impératifs de la course et susceptible de vaincre les Australiens. Ce n'est qu'au café que Lindsay aborda le but réel de sa mission.

— Claude, par respect pour vos sentiments j'ai hésité à vous parler de la perte cruelle que vous venez de subir, commença-t-il. Pourtant, il arrive que d'une tragédie on fasse un bien.

— Si vous me dites que la perte d'un enfant unique peut engendrer quelque chose de bon, je vous prendrai pour un fou, rétorqua Stuyvesant d'une voix empreinte d'amertume.

— Claude, vous auriez tous les droits de me faire taire, de vous lever et de quitter cette table. Pourtant, je le prendrais comme une faveur personnelle si vous vouliez bien m'écouter.

— Personne ne m'a jamais accusé d'être un homme déraisonnable, fit Stuyvesant en haussant déraisonnablement le ton.

Saisissant sans trop d'espoir cette ouverture, Lindsay continua :

— N'aimeriez-vous pas faire en sorte que les gens se rappellent du nom de Claudia Stuyvesant ? Et même, qu'ils le bénissent ?

Stuyvesant lui lança un regard farouche par-dessus la table, mais il paraissait un peu moins furieux que quelques secondes auparavant. En tout cas, il invitait nettement Lindsay à lui en dire davantage.

— Je suppose que vous ne souhaitez à aucun père de vivre ce que vous vivez aujourd'hui.

Pour toute réponse, Stuyvesant émit un grognement.

— Eh bien, il y a un moyen d'empêcher que cette tragédie ne se répète.

Malgré lui, Stuyvesant laissa paraître une certaine curiosité.

— Et comment ?

— Êtes-vous déjà allé aux Urgences de l'hôpital de la Cité ?

— Bien sûr que non !

— Vous devriez. C'est édifiant. Vous verriez comme le service est bondé, le personnel débordé, les lieux vétustes. Je vous laisse imaginer ce que représenterait pour les pauvres de cette ville un service remis à neuf.

— Harry, si vous voulez un chèque, vous l'aurez demain matin. Dites-moi combien.

Après quelques secondes de silence, Lindsay laissa tomber doucement :

— Deux millions de dollars.

— Deux millions ! répéta Stuyvesant avec stupeur. Quand vous avez fait allusion à une donation, je pensais à ce qu'on me réclame habituellement... cent mille dollars... Mais deux millions !

— Et si cela ne vous coûtait pas un sou ?

— Que voulez-vous dire ?

— Claude, nous savons de source sûre que la compagnie d'assurances va vous proposer deux millions de dollars contre l'abandon des poursuites. Si vous remettiez cette somme à l'hôpital de la Cité pour la rénovation du service des Urgences qui prendrait le nom de votre fille, elle demeurerait à jamais dans la mémoire des gens. Et l'opération ne vous coûterait pas un sou puisqu'elle se réduirait à un simple transfert de fonds.

— Le service « Claudia Stuyvesant »... dit rêveusement Stuyvesant.

— Claude?

— Ces dernières années, je ne savais plus comment la prendre. C'était une vraie rebelle! Peut-être que ma femme a manqué de fermeté; quant à moi, j'ai toujours été trop occupé par mes affaires, dit doucement Stuyvesant. Harry... il est bien difficile d'élever un enfant, de nos jours. Vous avez beau tout donner, vous êtes encore à côté de la plaque. Par les temps qui courent, on dirait que rien ne marche... Rien.

Stuyvesant commença à se servir une seconde tasse de café. Soudain conscient qu'il biaisait pour ne pas avoir à faire un aveu pénible, il reposa la cafetière d'argent et jeta un coup d'œil à Lindsay.

— Harry, vous savez pourquoi Claudia est morte?

— Je l'ai entendu dire...

— Pas mal de gens ont entendu la même chose que vous. Hémorragie causée par une grossesse extra-utérine. — C'était l'aveu le plus pénible de toute sa vie d'homme fier : — J'aurais donné n'importe quoi à ma fille, j'aurais fait n'importe quoi pour elle... Mais elle n'est jamais venue vers moi... jamais!

— Claude, vous devriez fermer ce triste chapitre de votre vie. Laissez les gens garder une belle image de la mort de Claudia, celle d'un geste charitable qui bénéficie à la ville entière.

Stuyvesant pianotait la nappe blanche du bout de ses doigts. Finalement, il hocha la tête.

— Vous venez d'emporter l'affaire, Harry.

— Alors, vous acceptez de négocier avec la compagnie d'assurances et de renoncer aux poursuites? demanda Lindsay, qui voulait une confirmation explicite.

— Oui, je laisse tomber le procès.

— Bravo!

— Mais cette doctoresse...

— Elle est aussi couverte par la compagnie d'assurances. Ils n'accepteront pas de demi-mesures.

— Ce n'est pas ce que je voulais dire. Bon sang, une condamnation pour incurie n'aurait même pas la valeur du papier sur lequel elle serait retranscrite! Je veux qu'elle soit jugée par ses pairs pour la mort de ma fille.

— Vous faites allusion au conseil de l'ordre?

— Mes avocats ont déjà rédigé ma plainte. Elle comparaîtra devant le conseil de l'ordre, et là il n'y aura plus ni hôpital ni compagnie d'assurances pour la protéger. Bon sang, je ferai en sorte que cette femme n'exerce plus jamais la médecine!

— Claude, j'ignore comment l'hôpital réagira. Ils auraient voulu que l'affaire soit tout à fait close.

— C'est à prendre ou à laisser. Ils m'abandonnent la femme, ou bien ils renoncent à leur service rénové.

Assis autour d'une petite table de réunion dans le bureau de Trumbull, le Dr Cummins, Scott Van Cleve et l'avocat de la compagnie d'assurances écoutaient Harry Lindsay leur rapporter son entrevue avec Stuyvesant.

— Vous avez le marché en mains, messieurs. Deux millions de dollars pour un nouveau service des Urgences qui portera le nom de Claudia Stuyvesant.

— Vous avez été parfait, Harry, déclara Trumbull. — Il se tourna vers le représentant de la compagnie d'assurances. — Qu'en pensez-vous?

— Deux millions en échange de l'abandon total des poursuites?

— C'est cela, confirma Lindsay.

— De toutes façons, nous n'aurions pas pu nous en tirer à moins, confessa l'avocat. Je vais rédiger le protocole.

Scott Van Cleve intervint brusquement.

— Cette transaction concerne aussi le Dr Forrester, je suppose?

— Bien entendu, dit Lindsay... du moins, pour ce qui est du procès pour incurie.

— Soyez plus précis, je vous prie.

— Stuyvesant se réserve le droit de demander sa comparution devant le conseil de l'ordre. En fait, il a déjà formulé sa plainte.

— Si je comprends bien, il soigne son image d'une main et sa vengeance de l'autre, protesta Van Cleve. Ce n'est pas ce que j'avais proposé lors de notre dernière réunion. Dans mon esprit, tout le monde devait se sortir d'affaire.

Trumbull comprit qu'il devait intervenir.

— Van Cleve, ne laissons pas nos sentiments personnels l'emporter sur la raison. Après tout, nous sommes des juristes. Légalement, tout ce que notre client, c'est-à-dire l'hôpital de la Cité, doit au Dr Forrester, c'est de la défendre contre d'éventuelles poursuites pour incurie. Ce qui a été fait.

— Et peu importe que le Dr Forrester se retrouve seule pour prouver son innocence devant un conseil de l'ordre réuni à la demande de Stuyvesant ! Un homme aussi puissant politiquement, tant dans cette ville que dans l'État tout entier. Vous trouvez cela juste ?

— Vous aurez beau dire, l'hôpital, la compagnie d'assurances et notre propre cabinet auront accompli envers cette jeune femme leur devoir légal, déclara Trumbull d'un ton ferme.

— Exactement, renchérit Cummins. Nous avons d'ailleurs l'intention de respecter les termes de notre contrat avec elle. Elle pourra travailler parmi nous pendant les dix mois qui lui restent à accomplir — à moins que le conseil de l'ordre ne la juge coupable. Dans ce cas, elle devra bien entendu nous quitter.

— Et vous ne vous sentez aucune obligation envers elle ? C'est pourtant un jeune médecin loyal, dévoué et très compétent, qui fait honneur à votre profession.

— Je n'affirmerais pas qu'elle a fait honneur à notre hôpital, en cette circonstance, répliqua Cummins.

— Très bien ! Alors il faut l'isoler, la mettre en quarantaine, et déclarer bien haut : « Elle n'est plus des nôtres. Nous sommes parfaits et elle a entaché notre réputation ! » accusa Van Cleve d'une voix furieuse. Et que celui qui n'a jamais péché lui jette la première pierre, docteur.

Cummins rougit de colère. Il allait s'emporter quand Trumbull se porta à son secours.

— Van Cleve, vous n'avez pas à diriger un hôpital immense, comme c'est le cas du Dr Cummins. Aussi nous

nous rangerons à sa décision. Messieurs, j'estime que Harry Lindsay a fait de l'excellent travail et mérite notre gratitude. Maintenant, hâtons-nous de rédiger cet accord avant que Stuyvesant ne change d'avis.

La réunion se termina par quelques poignées de mains et des congratulations mutuelles, puis chacun se retira.

Comme Van Cleve gagnait la porte, Trumbull le rappela :

— Une minute, Van Cleve, s'il vous plaît.

Le jeune homme revient à la table de réunion.

— Oui, monsieur?

— Il me paraît évident que vous êtes très impliqué sur le plan affectif dans l'affaire Forrester. Je vous sais particulièrement dévoué à la bonne cause, et fervent défenseur de la veuve et de l'orphelin. Mais... votre intérêt ne dépasserait-il pas là la cause elle-même? C'est compréhensible, d'ailleurs. Le Dr Forrester est très séduisante.

Van Cleve voulut d'abord nier, mais il y avait suffisamment de vrai dans les propos de Trumbull pour qu'il ne cherchât pas à le tromper, ou à se leurrer lui-même.

— Votre vie privée vous appartient, mon garçon. C'est à un autre niveau que je veux vous parler. Quand je vous ai engagé dans notre cabinet, je vous ai écouté m'exposer votre conception élevée de notre profession. Et je me disais : « Voilà un garçon plein d'aspirations idéalistes, un vrai chevalier de la justice. » Je trouve que c'est une qualité pour un très jeune avocat. Mais je pensais aussi : « Plus tard, il rencontrera dans notre cabinet des jeunes gens qui se battent bec et ongles pour défendre les intérêts de notre profession. Il constatera qu'ils gagnent quatre ou cinq fois plus que lui et il changera, comme les autres. » Tel n'a pas été votre cas. Je ne compte plus le nombre de fois où j'ai dû vous défendre devant mes associés.

— J'ai pourtant respecté les termes de notre contrat, fit remarquer Van Cleve.

— Personne ne prétend le contraire, mais nous espérions que vous mûririez avec le temps, les circonstances et la concurrence. Or vous n'avez pas évolué comme les autres. Dans votre cas... — Trumbull secoua la tête, comme pour signifier qu'il dépensait son énergie en pure perte. — En ce qui concerne l'affaire Forrester, je pense qu'il faut tirer un trait dessus.

— Tirer un trait? répéta Van Cleve avec étonnement.

— Dès que les négociations avec Stuyvesant auront abouti, nous ne devrons plus rien au Dr Forrester.

— Ce qui veut dire?

— Sa comparution devant le conseil de l'ordre est une affaire personnelle. Elle prendra ses dispositions pour assurer sa défense elle-même.

— Êtes-vous en train de me dire que je dois laisser tomber le dossier?

— Je dis que le cabinet Trumbull, Drummond & Baines n'est plus tenu de la défendre.

— Et si j'insiste pour continuer?

— Ce ne sera plus en tant qu'avocat de notre cabinet.

— Je vois.

— Personnellement, je serais désolé de perdre un jeune et brillant avocat, mais ne me forcez pas la main.

Van Cleve ne répondit pas, mais hocha gravement la tête et quitta la pièce.

Scott Van Cleve regagna son bureau encombré pour réfléchir à l'alternative posée par Trumbull : abandonner Kate Forrester ou démissionner.

Il tendit la main vers le téléphone et forma le numéro. Au bout d'un temps qui lui parut très court, il entendit sa voix.

— Docteur Forrester?

— Oui.

— Je voudrais vous voir, docteur.

— Pourquoi? Il s'est passé quelque chose de nouveau?

— Je vous l'expliquerai de vive voix.

— Quand?

— Le plus tôt possible.

— D'accord. Ce soir?

— Cet après-midi, si c'est possible.

Cette insistance finit par alarmer Kate.

— Pourquoi une telle hâte? Que s'est-il passé.

— Rien que je puisse vous dire au téléphone. Je passerai vous prendre à l'hôpital à 15 heures.

18

Bien qu'elle eût écourté sa visite à la petite Maria, Kate sortit de l'hôpital avec un peu de retard. Scott arpentait le trottoir de long en large en cherchant comment lui annoncer la nouvelle. Il était certain qu'après le premier choc elle comprendrait la situation et les tentatives qu'il avait faites pour essayer de résoudre son problème. Il lui faudrait peut-être plus de temps pour admettre la décision qu'il venait de prendre... Mais il était prêt à l'affronter.

Il l'aperçut qui sortait de l'hôpital, la mine à la fois décidée et méfiante. Le soleil dans les yeux, elle traversa rapidement la rue. Lorsqu'elle le rejoignit, il éprouva l'envie subite de l'embrasser. Mais en cédant à une telle impulsion, il aurait anéanti sa propre détermination.

— Que s'est-il passé? demanda Kate aussitôt.

— Trouvons un endroit où nous pourrions discuter tranquillement, proposa-t-il.

— Je connais un petit café en bas de la rue.

Scott craignait de se sentir confiné, emprisonné, dans un lieu trop exigu. Ce qu'il avait à faire n'était ni très honorable, ni très courageux.

— Il fait beau, dit-il. Faisons quelques pas dans Central Park.

Ils déambulaient dans le parc, loin des coups de klaxon, des crissements de freins et des bruits de la ville.

Scott guida sa compagne jusqu'à un banc protégé des rayons du soleil par un chêne immense. Lorsqu'elle fut assise et attentive, il alla droit au but :

— Cela n'a pas marché.

— Qu'est-ce qui n'a pas marché? demanda Kate.

Il lui expliqua en détail la stratégie qu'il avait mise au point pour déjouer l'agressivité de Stuyvesant; la rencontre entre Lindsay et ce dernier au cours de laquelle Stuyvesant avait accepté de faire don des indemnités de la compagnie d'assurances aux Urgences de l'hôpital.

— Tout a très bien marché! dit Kate. Pourquoi dites-vous le contraire?

— Le marché ne vous inclut pas, avoua Van Cleve. — Kate parut ne pas comprendre. — Stuyvesant insiste pour que vous comparaissiez devant le conseil de l'ordre.

Kate hocha la tête, semblant intégrer l'information, puis elle déclara :

— Bien. Il ne nous reste plus qu'à nous battre!

— C'est-à-dire... — Van Cleve s'interrompit pour avouer : — Il aurait mieux valu pour vous que je ne leur suggère pas cette idée.

— Pourquoi? Ma situation n'a pas empiré pour autant... — Réalisant brusquement ce qu'il venait de dire, elle demanda : — Je me trompe?

— Oui.

— Et de quelle manière?

— Auparavant, il y avait une communauté d'intérêts. La compagnie d'assurances, l'hôpital, notre cabinet juridique... L'enjeu était aussi grave pour les uns que pour les autres. Mais maintenant qu'ils se sont sortis de ce guêpier...

— Nous ne pouvons plus compter que sur nous-mêmes, termina Kate.

— Oui, mais il y a pire que cela.

Elle le regarda dans les yeux.

— Qu'est-ce que c'est?

— Trumbull m'a mis devant un ultimatum... commença-t-il.

Il n'eut pas à s'expliquer davantage.

— Vous abandonnez ma défense, ou bien vous quittez le cabinet.

Scott hocha affirmativement la tête. Voyant les yeux de Kate s'embuer, il la supplia intérieurement : « Non, pas de larmes, je vous en supplie! »

— Pouvez-vous me recommander un autre avocat? demanda Kate.

— Je n'y ai pas encore réfléchi.

— Eh bien faites-le. Et quand vous aurez trouvé la perle rare, appelez-moi.

— Écoutez, Kate, je suis vraiment désolé! Je n'ai élaboré ce plan que pour amener Stuyvesant à abandonner les poursuites contre vous. Je ne m'attendais pas à un tel effet boomerang.

— Vous n'avez pas à vous excuser. Je suis certaine que vous avez agi en pensant à mes intérêts. Mais après tout, vous avez aussi votre carrière à défendre. Je suis bien placée pour vous comprendre.

— Je vous aiderai de mon mieux, pron Van Cleve. Pas de façon officielle, évidemment. Je peux vous conseiller, discuter avec votre nouvel avocat et lui suggérer quelques idées. Il ne faut pas que cela se sache, c'est tout.

Sans répondre, Kate se leva et s'éloigna. Van Cleve lui emboîta le pas. A la sortie du parc, la jeune femme accéléra l'allure dans l'intention de le semer.

— Puis-je vous raccompagner chez vous? demanda-t-il.

— Je préfère être seule. Il faut que je réfléchisse.

— Attendez, je vous en prie! lança-t-il dans son dos. — Elle s'arrêta et se tourna vers lui. — Ce n'est pas de ma faute, plaida-t-il d'abord. Si... C'est de ma faute, admit-il aussitôt. Si seulement nous restions fidèles aux idéaux de notre jeunesse! Quand j'étais étudiant, je révérais les hommes de loi comme Clarence Darrow, capable de défendre le fils d'un banquier une semaine, et un ouvrier sans le sou la semaine suivante.

Une lueur de compassion traversa les yeux bleus de Kate. Se sentant encouragé, Van Cleve poursuivit :

— Mais les hommes comme Darrow sont des héros de légendes. Hélas, je ne suis pas un chevalier du barreau, je ne suis qu'un jeune avocat qui travaille pour un grand cabinet dans une grande ville. Un cabinet qui offre des primes conséquentes aux jeunes loups qui jouent le jeu. Tout le discours du cabinet sur les grands principes et les grands sentiments n'est destiné qu'à nous appâter. Quand vous l'avez compris, vous pliez ou vous rompez.

Son dilemme avait suffisamment ému Kate pour qu'elle tentât de comprendre et de pardonner.

— Je sais, dit-elle. Mais mon problème est bien différent du vôtre. Moi, je n'ai pas le choix. Personne ne me propose de jouer le jeu ou de quitter la scène. Si je perds, il n'y a plus de jeu du tout pour moi. Je suis vraiment navrée pour vous, Van Cleve, mais désormais je dois m'occuper de moi en priorité.

Elle s'éloigna. Tout en la regardant partir, il se demandait : « Est-ce la dernière fois que je la vois? »

Kate marchait très vite, à la fois assommée, profondément blessée et terrifiée. Pourtant, elle était bien décidée à garder son calme et à ne pas pleurer. Van Cleve l'avait émue lorsqu'il avait admis sa faiblesse. Il avait laissé paraître une souffrance et une fragilité qu'il masquait d'ordinaire sous un air de « jeune loup », comme il disait. Mais elle avait ses propres problèmes à affronter. Seule. Qu'il règle donc les siens comme il le pouvait.

Elle ouvrit la porte de son appartement et appela :

— Rosie?

Rosalind Chung sortit de sa chambre pour l'accueillir.

— Tu rentres tôt, aujourd'hui.

— Je quitte à l'instant mon avocat. Mon ex-avocat, devrais-je dire.

— Que s'est-il passé, Katie? Viens t'asseoir sur le canapé, et raconte-moi.

Kate lui rapporta son entrevue avec Van Cleve.

— Que vas-tu faire, maintenant? demanda Rosie.

— Je ne sais pas. Peut-être appeler à la maison, demander à papa un avis. Il consultera George Keepworth... Non! Je ne veux pas embêter mes parents.

— J'ai une idée! s'exclama Rosie. Je vais organiser une collecte.

— Toi? Auprès de qui?

— Auprès du personnel médical. Plus exactement, auprès des internes et des médecins résidents. Ce soir, je commencerai à leur en parler.

— Je ne veux pas que tu aies des ennuis, Rosie.

— Cette fois-ci, c'est sur toi que ça tombe. La prochaine fois, ce peut être sur moi ou sur n'importe lequel d'entre nous. Depuis le début de cette histoire, je ne cesse de me poser la question : est-ce que nous ne sommes pas en train de flanquer nos vies en l'air, à force de renoncer au meilleur de l'existence? Nous renonçons à nous marier, à avoir des enfants... et tout cela pour quoi? Pour être persécutée comme tu l'es en ce moment. Eh bien, ça suffit. Il faut en finir, et pas plus tard que tout de suite!

— Non Rosie, c'est mon combat. Je ne veux pas que quelqu'un d'autre ait des ennuis par ma faute. J'ai vu ce qui est arrivé à Van Cleve.

— Si tu changes d'avis...

— Cela n'arrivera pas, dit Kate.

Rosie était partie à l'hôpital pour sa garde de nuit. Kate Forrester était seule depuis plusieurs heures. Elle s'était fait un sandwich qu'elle avait été incapable de manger. En revanche, elle avait bu énormément de café et arpenté la salle de séjour de long en large, tout en faisant le tour des solutions qui lui restaient.

« Un nouvel avocat? Je n'en ai certainement pas les moyens. Il ne faut pas que papa sache... La vie à la ferme est suffisamment dure comme cela, surtout avec la sécheresse de l'année dernière. En plus, cette année le prix du soja et du blé a baissé. Pour m'aider, il vendrait de nouvelles terres, mais ce sont celles qui constituent l'héritage de Clint. J'ai reçu ma part quand il a vendu des parcelles pour me payer la faculté et m'entretenir pendant mes études. Je n'ai pas le droit de réclamer davantage, ni de mettre papa dans l'obligation de m'aider. Pourquoi aurais-je besoin d'un avocat au fond? Ce n'est pas parce que c'est l'usage que c'est obligatoire. J'ai lu dans les journaux que certains détenus ont assuré eux-mêmes leur défense et l'ont emporté devant les tribunaux, parfois même devant la Cour suprême. Pourquoi pas moi? Pourquoi ne pas dire la vérité au conseil de l'ordre, tout simplement? Ils me croiront! Il le faudra bien! »

Mais ce bel optimisme s'écroula aussitôt de lui-même :

« Si c'était si simple, Scott Van Cleve et son cabinet n'auraient pas estimé qu'il valait mieux abandonner ma défense. »

Une chose était certaine, en tout cas, il fallait qu'elle

arrive à dormir. Le manque de nourriture et de sommeil finiraient par détériorer sa santé et ses forces au moment où elle en aurait le plus besoin.

Malheureusement, elle eut beau se coucher, elle ne réussit pas à s'endormir. Elle céda bien plusieurs fois à l'épuisement, mais chaque fois l'horreur de sa situation la réveillait en sursaut.

Le téléphone sonna. Dans l'obscurité, elle se leva et courut dans la salle de séjour.

— Allô?

— Docteur? J'ai passé une bonne partie de la nuit à réfléchir à notre conversation, fit la voix de Scott Van Cleve.

— Et vous avez le nom d'un bon avocat?

— Oui.

— Attendez, je prends un crayon et un bloc.

Au bout d'une minute, il demanda :

— Vous y êtes?

— Allez-y!

— Scott Van Cleve, dit-il lentement.

Prise par surprise, Kate se tut un instant, puis :

— Êtes-vous bien conscient de ce que cela implique?

— Tout à fait.

— Ce n'est pas une bonne affaire pour vous...

— Je le sais. Mais ce ne sera qu'une pause, une parenthèse dans ma carrière, à peine le temps d'un battement de cœur sur l'écran de votre électrocardiographe. Pour vous en revanche, c'est votre vie entière qui est en jeu. Donc, si vous voulez bien me prendre pour avocat, je suis prêt à me mettre au travail tout de suite. Pour être plus précis, à la minute même.

— Maintenant? Mais il est plus de minuit!

— Je sais, mais si je veux démarrer demain matin, j'ai besoin de vous poser quelque questions. Je peux monter vous voir?

— Oui... bien sûr.

— J'arrive dans une minute.

— Mais vous avez toute la ville à traverser!

— Toute la ville? Je suis dans la cabine téléphonique qui se trouve au coin de votre rue.

— La cabine téléphonique? Laissez-moi une minute, que j'aie l'air présentable.

— Surtout pas! Je veux voir à quoi vous ressemblez le matin! déclara-t-il avant de raccrocher.

Kate se précipita dans la salle de bains pour examiner son visage dans le miroir, au-dessus du lavabo. Elle n'avait pas le temps de se maquiller, mais elle pouvait au moins remettre un peu d'ordre dans ses cheveux. Elle peignait ses longues mèches blondes quand la sonnerie de la porte d'entrée retentit. Elle se précipitait pour ouvrir lorsqu'elle réalisa qu'elle était vêtue de sa chemise de nuit. Elle attrapa sa robe de chambre, qu'elle enfilait encore quand elle ouvrit à Scott.

Il se tint un instant devant elle, grand et mince, avec son visage anguleux et ses yeux attentifs fixés sur elle.

— Êtes-vous toujours aussi jolie, le matin? prononça-t-il au bout d'un long moment.

— Dois-je répondre à cette question?

— En ma qualité d'avocat, je dois tout savoir de vous. J'insiste pour que vous me répondiez.

— Entrez et cessez de faire le pitre, dit-elle en riant malgré elle. Avez-vous eu à souper? A la ferme, nous ne disons pas dîner mais souper.

— J'ai marché toute la nuit sans m'arrêter.

— Je n'ai rien pu avaler non plus, dit-elle en se dirigeant vers la petite cuisine.

Ils bavardèrent pendant qu'elle préparait du café, des œufs brouillés au bacon, et beurrait des tartines. Assis sur un tabouret, il admirait le moindre de ses gestes. Plusieurs fois, elle surprit son regard posé sur elle. Il commençait à lui rappeler Owen Lindquist, un garçon au lycée qui n'avait jamais osé lui parler, mais qui la fixait sans cesse de la même façon.

Scott lui demanda de nouveau de repasser en détail le dossier Stuyvesant. Il espérait trouver ainsi le point d'où il partirait pour mener sa propre enquête. Il fallait aussi recueillir des témoignages qui confirmeraient les affirmations de Kate.

Lorsqu'ils eurent mangé et terminé de boire le café dans la salle de séjour, Van Cleve avait conclu que le meilleur témoin de la défense était certainement Eric Briscoe. Ensuite, il s'adresserait à Mme Cronin, puis aux laborantins qui avaient procédé aux examens du sang de Claudia Stuyvesant.

Mais d'abord, il fallait parler à Eric Briscoe. Puis à son avocat, quand il en aurait choisi un.

Il était 4 h 30 quand Scott Van Cleve s'en alla. A regret. Devant la porte, il recommanda à Kate :

— N'oubliez pas de pousser le verrou. Les deux, même.

— Je le fais toujours, dit Kate, tout aussi désolée que lui de le voir partir.

— Vous devriez peut-être en installer un troisième, suggéra-t-il. Par les temps qui courent, on n'est jamais trop prudent.

— Nous y réfléchirons.

Scott sursauta.

— Nous? répéta-t-il.

— Rosie Chung et moi. Nous partageons l'appartement.

— Rosie?

— Rosalind.

Le visage de Scott exprima un profond soulagement.

— Rosalind, répéta-t-il. Joli nom, pour une femme.

— Une jolie femme, en outre. Elle fait partie de l'équipe médicale, à l'hôpital.

— Très bien, très bien, dit-il en se dirigeant vers l'ascenseur.

Elle resta sur le pas de sa porte jusqu'à ce qu'il disparût derrière les portes de la cabine.

« Pensait-il qu'un homme vivait ici avec moi? se demanda-t-elle. Et quand bien même cela aurait été le cas? Il est mon avocat, pas mon directeur de conscience. Il n'a pas à me dicter mon mode de vie. »

Mais un instant plus tard, elle songeait :

« C'était bon de le voir si inquiet. Enfin... disons plutôt que c'était intéressant. »

Malgré l'heure tardive, Scott regagna à pied son appartement, situé à l'est de Manhattan. Il voulait prendre le temps de réfléchir et d'analyser à fond le récit de Kate. Tout était important : pas seulement les termes qu'elle avait employés, mais aussi sa façon de raconter les événements. Il fallait absolument que son témoignage soit crédible, et son avocat était son premier juge.

Elle semblait sincère, éminemment sincère. Évidemment, il lui arrivait d'oublier des détails, ou de les modifier légèrement. Mais c'était tout naturel. En fait, un témoin honnête commettait davantage d'erreurs qu'un témoin menteur, qui avait répété sa déposition jusqu'à en connaître par cœur les moindres détails.

La première chose dont il devrait s'assurer, c'était que les événements dont elle se souvenait correspondaient avec ce qu'elle avait noté dans le dossier de Claudia Stuyvesant. Si tel était le cas, il s'efforcerait d'obtenir que cette affaire fût jugée à huis clos, pour éviter la mauvaise publicité inévitablement causée par une audience publique.

Il décida donc de commencer par là, avant même de contacter les témoins. Mais après l'échec de sa première stratégie, qui n'avait abouti qu'à priver Kate de toute protection, il entreprendrait ses démarches seul. Il ne voulait plus éveiller en elle des espoirs qu'il aurait peut-être à décevoir.

Cette fois, lorsqu'il demanda au Dr Cummins de consulter le dossier de Claudia Stuyvesant, il ne rencontra aucune résistance. Cummins se montra à la fois empressé et embarrassé.

— Je suis sûr qu'un avocat tel que vous comprend que mes devoirs envers l'hôpital l'emportent sur toute autre considération. Si nous ne pouvons aider le Dr Forrester, du moins lui souhaitons-nous le plus de bien possible.

Scott passa plusieurs heures à examiner le dossier. En dehors de la demande d'analyse toxicologique du sang, qui manquait, il correspondait en tous points avec le récit de Kate. Convaincu de sa fiabilité en tant que témoin, il était prêt à franchir le cap suivant.

Scott Van Cleve quitta la 5e Avenue pour emprunter la 40e en direction de Madison, et se retrouva au milieu d'immeubles exclusivement occupés par des bureaux, les uns neufs, les autres vétustes, certains hauts de plus de trente étages, d'autres n'en comportant que huit. Scott entra dans celui qui abritait la branche new-yorkaise du conseil de l'ordre des médecins.

Sur le panneau d'informations situé dans le hall, il

trouva le nom qu'il cherchait : Albert Hoskins, avocat-conseil.

Malgré son titre, Scott savait que cet homme ferait office de procureur dans l'affaire de Kate s'il ne réussissait pas à empêcher sa comparution.

Scott pénétra dans un vieil ascenseur mal éclairé et appuya sur le bouton de l'étage où se trouvait le bureau du dénommé Hoskins. L'ascenseur eut une sorte de hoquet avant de s'élever lentement au-dessus du sol. Au bout d'une minute, il s'arrêta en grinçant et Scott se trouva devant une réceptionniste, assise derrière un bureau encombré.

— M. Hoskins, s'il vous plaît? demanda Scott.

La réceptionniste, qui tapait à la machine, interrompit son travail avec un soupir d'agacement.

— Il est en réunion, répliqua-t-elle. Vous avez rendez-vous?

— Non, mais je peux attendre.

— Votre nom? demanda-t-elle en se remettant à taper.

— Scott Van Cleve.

— M. Hoskins connaît-il l'objet de votre visite?

— Je suis avocat.

— Si vous venez pour solliciter un emploi, ce n'est pas M. Hoskins que vous verrez. Il est trop occupé. Voyez plutôt M. Ross.

— Je suis ici pour discuter avec M. Hoskins d'une affaire qui concerne le conseil de l'ordre. Ma cliente s'appelle Katherine Forrester.

La jeune femme cessa aussitôt de taper.

— Oh, celle-là!

Sans le faire exprès, elle venait de renseigner Scott sur l'importance qu'on accordait ici à la plainte de Claude Stuyvesant.

— En effet, je pense que vous feriez mieux d'attendre, monsieur Van Cleve.

Quelques minutes plus tard, le téléphone posé sur le bureau de la réceptionniste sonna. Elle décrocha.

— Oui, monsieur, quelqu'un vous attend. Un certain M. Van Cleve, qui représente le Dr Forrester. Oui, monsieur, tout de suite. — Elle raccrocha et désigna à Scott un couloir situé sur sa gauche. — Le bureau de M. Hoskins se trouve au bout.

Quelques instants plus tard, Scott pénétrait dans le bureau d'Albert Hoskins, avocat du conseil de l'ordre. Il le trouva assis derrière un large bureau sur lequel les piles de dossiers, nettement alignées, témoignaient du nombre de plaintes déposées contre des médecins de New York. Hoskins était si obèse qu'il sembla éprouver quelques difficultés à se lever pour tendre la main à Scott par-dessus la table.

— Monsieur Van Cleve, n'est-ce pas? dit-il en toisant son adversaire d'un air suffisant. Asseyez-vous, je vous prie, et prenez vos aises, ajouta-t-il avec une chaleur exagérée.

Quand Scott ne fut installé, Hoskins reprit :

— Eh bien, Van Cleve, vous avez désiré me voir avant même que votre cliente ne reçoive sa convocation?

— Je sais que Claude Stuyvesant a déposé une plainte contre ma cliente. Je sais aussi que, conformément à la procédure habituelle du conseil de l'ordre, vous allez former un comité d'enquête avant de procéder aux audiences.

— Dans l'intérêt des praticiens et de leur réputation, le comité étudie les dossiers médicaux, réunit les documents et consulte des experts. Si ces derniers jugent la plainte infondée, nous mettons un terme à la procédure. Tranquillement et discrètement.

— C'est justement la raison de ma visite, répliqua Scott Van Cleve. J'ai étudié l'affaire Stuyvesant avec le plus grand soin. Le Dr Forrester m'a démontré qu'elle avait scrupuleusement respecté les exigences de son art et sa déontologie. Les examens de laboratoire appuieront ses dires et je suis certain que le Dr Briscoe les confirmera lorsque je lui parlerai.

— Où voulez-vous en venir? demanda Hoskins avec une pointe d'impatience.

— Je vous demande de traiter cette affaire de façon que la carrière et la réputation du Dr Forrester n'en pâtissent pas. Je veux dire sans publicité. Puis-je avoir votre parole?

— Ma parole, dites-vous? Eh bien, monsieur Van Cleve, je suis désolé de vous apprendre que les éléments dont nous disposons, c'est-à-dire le dossier de la patiente, les témoignages et les avis des experts, ont déjà été portés devant le comité.

— Le comité a déjà été nommé? s'exclama Van Cleve, surpris de la rapidité de la procédure.

— En effet.

— Êtes-vous toujours aussi prompts à agir? demanda Scott.

Le rouge monta aux grosses joues de Hoskins.

— Nous traitons tous les cas avec célérité et conscience.

— Même quand le plaignant ne s'appelle pas Claude Stuyvesant?

De rage, Hoskins tourna à l'écarlate.

— Monsieur Van Cleve, si vous insinuez que ce bureau pratique le favoritisme, ou cède à la pression politique, je puis vous empêcher de représenter qui que ce soit devant le conseil de l'ordre.

— Merci d'avoir confirmé mes soupçons. Quant à m'empêcher de défendre ma cliente, essayez donc! J'aurais le plaisir d'en avertir les médias, ainsi la ville entière apprendra comment le Conseil se laisse manipuler par un homme puissant.

— Prenez garde à ce que vous dites, Van Cleve!

— Hoskins, je sais combien peut être tentant pour un homme comme vous un emploi plus lucratif dans l'un des cabinets juridiques contrôlés par Stuyvesant. Est-ce ce qu'il vous a promis si vous brisez la carrière du Dr Forrester?

— C'est une accusation vicieuse et absolument dénuée de fondement! Je pourrais me plaindre de vous au barreau, ou même exiger que vous soyez blâmé pour avoir proféré des propos aussi diffamatoires à l'encontre d'un de vos collègues!

Scott savait qu'il était inutile de poursuivre cette discussion.

— Puisque vos positions sont déjà arrêtées, brisons là cet entretien, monsieur Hoskins.

— Je partage votre avis, rétorqua Hoskins. Mais comme vous êtes là, vous allez me rendre un service.

— Moi? Et lequel?

Hoskins lui tendit un document, que Scott prit avec méfiance. C'était une assignation à comparaître devant le conseil de l'ordre au nom de Katherine Forrester, à laquelle était joint l'énoncé des charges retenues contre elle.

— Vous m'épargnerez le souci d'envoyer ceci à votre cliente, dit Hoskins.

— Ainsi, le comité d'enquête a déjà pris sa décision, remarqua Scott. Pour la seconde fois, monsieur Hoskins, êtes-vous toujours aussi rapides?

— Nous n'avons que rarement affaire à ce type de dossiers, protesta Hoskins. La plupart du temps, nous jugeons des interventions chirurgicales inutiles, ou bien exécutées avec négligence, ou encore par des médecins alcooliques, voire drogués. Mais lorsqu'un médecin incapable d'établir un diagnostic évident provoque ainsi la mort d'un patient, l'affaire est peu « ordinaire », monsieur Van Cleve. Le public doit être protégé, et mon travail consiste à y veiller. M. Stuyvesant n'a rien à voir là-dedans.

Les protestations de Hoskins laissèrent Scott indifférent. En revanche, il fut extrêmement troublé de voir qu'il n'y avait qu'un seul responsable désigné : le Dr Katherine Forrester.

Le nom du Dr Briscoe n'apparaissait nulle part...

19

Lionel Trumbull caressait toujours l'espoir de réincorporer Scott Van Cleve au cabinet. Dans ce but, il avait convaincu ses associés de permettre à son jeune protégé d'utiliser son bureau pendant qu'il assurerait la défense de Katherine Forrester.

Cependant, cette faveur n'incluait pas la possibilité de faire appel aux enquêteurs du cabinet. Scott était donc contraint de tout faire lui-même.

Le temps constituait une pression supplémentaire. L'audience de Katherine Forrester aurait lieu dans deux semaines. C'était un délai fort court pour consulter les documents et les rapports, pour rencontrer les témoins potentiels et pour préparer sa plaidoirie.

Scott prit d'abord rendez-vous avec le Dr Briscoe, acteur et témoin direct des tragiques événements dont la mort de Claudia Stuyvesant avait été l'issue fatale.

Il attendit près d'une heure dans le bureau du jeune chirurgien avant que celui-ci le rejoignît.

— Pardonnez-moi, mais j'assistais un collègue qui procédait à une résection du côlon. La tumeur s'est révélée plus étendue que le Dr Goodrich ne s'y attendait.

Comme Scott se levait pour lui serrer la main, Briscoe lui fit signe de rester assis.

— Pas de cérémonie entre nous, voyons.

Il prit place derrière son bureau encombré de dossiers et de livres, défit quelques boutons de sa blouse blanche et s'étira pour évacuer la fatigue accumulée pendant l'opération.

— Eh bien, monsieur Van Cleve, que puis-je faire pour vous ?

— Vous savez sans doute que j'assure la défense de Kate Forrester.

— Bien entendu. Je ferai tout mon possible pour aider Kate. C'est une fille fantastique, brillante, capable, énergique. C'est en outre un excellent médecin. La vie des internes et des médecins résidents n'est pas rose, je vous assure. Quant aux tours de garde aux Urgences, c'est loin d'être une sinécure. Pourtant, elle a toujours fait un sacré bon boulot. Sa condamnation est une honte. Une véritable honte ! Vous savez, cette histoire aurait pu arriver à n'importe lequel d'entre nous.

— Je suis heureux de vous l'entendre dire, docteur, car c'est sans doute le point fort de notre défense. Cette jeune femme a fait de son mieux dans des conditions tout à fait déplorables. N'importe quel médecin, jeune ou vieux, aurait sans doute pris exactement les mêmes décisions.

Briscoe hocha la tête.

— Van Cleve, je dois assister un chirurgien pour une hystérectomie compliquée. La patiente souffre d'un cancer qui s'étend de l'utérus jusqu'à la région iliaque. J'espère que vous n'en avez pas pour longtemps.

— Je veux simplement avoir une idée générale de ce que vous direz au conseil de l'ordre.

— Vous... vous voulez que je témoigne ?

— La version du Dr Forrester sera jugée de parti pris si elle n'est pas corroborée par des témoins. Vous êtes certainement le meilleur soutien qu'elle puisse espérer. Vous étiez là, vous avez examiné la patiente, vous avez vu les résultats des analyses.

Briscoe hocha de nouveau la tête, mais de façon nettement plus réservée.

— Docteur Briscoe, la question cruciale est la suivante : si l'on s'en tient aux résultats des analyses, aux observations médicales et aux symptômes présentés par la patiente, diriez-vous que le Dr Forrester a pris les décisions qui s'imposaient ?

— C'est mon avis professionnel que vous voulez ? demanda le Dr Briscoe.

— En tant que chirurgien confirmé, qui a rencontré un

certain nombre de cas semblables, pensez-vous que Kate Forrester s'est comportée en médecin compétent?

— Elle a fait du bon travail. Je veux dire...

Le Dr Briscoe s'interrompit, apparemment à court de mots.

— Docteur Briscoe, laissez-moi présenter les choses autrement. Les soins dispensés par le Dr Forrester étaient-ils conformes à la déontologie médicale en cours dans cet État?

— Conformes à la déontologie médicale..., commença Briscoe.

— C'est le langage juridique. Pour simplifier, il s'agit de savoir si le Dr Forrester a traité le cas de Mlle Stuyvesant avec professionnalisme. — Comme Briscoe hésitait, Van Cleve insista : — La réponse ne devrait pas trop poser de problèmes, il me semble? Évidemment, quand vous témoignerez, je devrai vous poser cette question dans les termes prévus par la loi. Hoskins et moi...

Briscoe tressaillit.

— Hoskins? Qui est-ce?

— L'avocat du conseil de l'ordre.

— Mais que vient-il faire dans cette histoire?

— C'est lui qui tient le rôle de procureur.

— Vous voulez dire qu'il posera des questions, lui aussi?

— Bien entendu. Il a le droit d'interroger tous les témoins de la défense.

— Van Cleve, quand vous m'avez appelé, j'ai pensé que vous désiriez simplement des informations. Je n'ai jamais été témoin...

Conscient que les réticences de Briscoe allaient en s'accroissant, Van Cleve tenta une nouvelle approche :

— Pour le moment, ne pensons plus à ce témoignage. Répondez seulement à mes questions.

— Vous comprenez, je désire aider Kate, du moins dans les limites de mes possibilités. J'aime beaucoup cette fille, aussi ferai-je de mon mieux pour vous aider. Allez-y!

— Parfait, déclara Scott en sortant de sa poche son bloc jaune et un stylo. Lorsque le Dr Forrester vous a appelé, avez-vous jugé que ses décisions étaient normales, raisonnables et prudentes, étant donné les circonstances?

— Eh bien... Euh... Oui, c'était un comportement de routine, raisonnable, normal. Elle avait un cas déconcertant sur les bras.

Voyant que Briscoe ne comptait pas en dire davantage, Van Cleve l'encouragea :

— Un cas déconcertant, avez-vous dit?

— Je suppose... Avec ces résultats d'analyses, ces symptômes et cette impossibilité d'établir un diagnostic satisfaisant, il était... euh... normal d'appeler un chirurgien pour déterminer si une intervention chirurgicale était nécessaire.

Scott Van Cleve commençait à trouver que Briscoe entourait ses réponses de trop de précautions.

— Soyons précis, docteur. En présence d'une malade qui présente des symptômes « déconcertants », de la fièvre, un taux élevé de globules blancs et l'ensemble des données révélées par les analyses, était-il légitime, médicalement parlant, de faire appel à un chirurgien?

— Oui, oui, on peut le penser, admit Briscoe.

— Et vous, quelle était votre opinion?

— Euh... Vous devez comprendre qu'elle était largement conditionnée par ce que le Dr Forrester m'avait dit.

— N'avez-vous pas examiné la malade?

— Si, bien sûr.

— Étiez-vous d'accord avec le Dr Forrester?

— Comme je vous l'ai dit, mon avis était en grande partie fondé sur ce qu'elle m'avait rapporté. C'est elle qui a recueilli les déclarations de la patiente. Moi, je n'en ai pris connaissance que par son intermédiaire. Par on-dit, comme vous autres juristes appelleriez cela. Lorsqu'on me déclare qu'une patiente n'a pas eu de relations sexuelles récentes et que ses règles sont régulières, je ne soupçonne pas une grossesse extra-utérine.

— Que soupçonnez-vous dans ces conditions?

— Une infection quelconque, un virus intestinal, un problème gynécologique. Mais pas une grossesse extra-utérine avec rupture de la trompe de Fallope.

Scott comprit que Briscoe avait décidé de ne pas coopérer à la défense de Kate Forrester pour se protéger lui-même de toute implication éventuelle. Il ne lui restait plus qu'à sauver ce qui pouvait l'être d'un entretien qui se révélait si décevant.

— Docteur, vous avez bien examiné Claudia Stuyvesant, cette nuit-là? Vous avez procédé à un examen gynécologique?

— Oui, répliqua sèchement Briscoe.

— Au cours de cet examen, avez-vous découvert quelque chose qui aurait pu vous mettre sur la voie?

— Comme je me tue à vous le dire, j'étais influencé par le rapport du Dr Forrester. Je me fiais à elle. Aucune relation sexuelle, des règles régulières...

Scott l'interrompit :

— Le Dr Forrester ne disposait-elle pas des mêmes informations, même si elles se sont révélées mensongères ? Si bien que ses conclusions et les vôtres étaient identiques?

La rougeur subite de Briscoe trahit son inquiétude.

— Écoutez, Van Cleve, ce n'est pas moi qui suis accusé, et je n'ai pas l'intention de l'être! Je veux terminer mon contrat à l'hôpital de la Cité, et partir d'ici avec une bonne réputation, suffisamment bonne pour reprendre le cabinet de mon père, qui m'attend dans le Colorado.

Scott observa son interlocuteur pendant quelques instants. Son visage couvert de sueur lui inspira une certaine compassion. Il comprenait son désir de ne pas être impliqué dans cette affaire, mais il avait sa propre cliente à protéger.

— Briscoe, répondez juste à une dernière question : vous a-t-on menacé, ou du moins... vivement conseillé de ne pas apporter votre appui à la défense?

Briscoe hésita un instant puis dit, d'une voix gênée :

— Non... Personne.

Scott comprit qu'il mentait, mais le confondre n'aurait servi à rien. Citer devant le conseil de l'ordre un témoin aussi récalcitrant serait désastreux. Pire encore, si Hoskins l'appelait lui-même à la barre, ce qui maintenant semblait possible, Briscoe s'avérerait un imparable témoin de l'accusation. En ce cas, mieux valait même que la défense s'abstînt d'un contre-interrogatoire. Était-il possible que Claude Stuyvesant, par la menace ou grâce à son influence, eût réduit Briscoe au silence?

Scott Van Cleve glissa son bloc jaune dans sa poche.

— Merci de m'avoir accordé un peu de votre temps, docteur Briscoe, dit-il en se dirigeant vers la porte.

— Bon sang, Van Cleve, j'espérais que vous comprendriez! explosa Briscoe.

Scott se retourna vers lui.

— Si je vous comprends? Mais bien entendu! Vous voulez retourner au Colorado et exercer votre métier avec un casier vierge à défaut d'une conscience tranquille.

— Vous n'imaginez pas le choc que j'ai reçu quand Kate a mentionné mon nom devant les caméras de télévision.

— Vous avez crevé de trouille, oui! Pour sauver votre peau, peu importe que tous les autres aillent au diable!

— Si je pouvais aider Kate, je le ferais. Mais mon témoignage ne changera rien. Je n'ai pas l'intention de courir un tel risque en vain. Je suis navré pour Kate parce qu'elle me plaisait. Elle me plaisait même beaucoup. Mais je ne peux vraiment rien faire. Rien!

Scott Van Cleve le toisa avec un mépris non dissimulé, puis il lui tourna le dos pour gagner la porte.

— Ce n'est pas moi qui ai raté ce test de grossesse, c'est elle qui nous a fichus dedans tous les deux!

Sans prendre la peine de répondre, Scott quitta le bureau et emprunta le couloir. L'accusation de Briscoe résonnait encore dans sa tête.

20

Chaque jour, Scott Van Cleve se sentait un peu plus impliqué dans la défense de Kate Forrester et frustré par les obstacles qui se dressaient sur son chemin. Plus il travaillait auprès d'elle, plus il avait conscience que ses sentiments pour elle évoluaient, devenaient plus personnels, ce qui présentait un certain nombre d'inconvénients.

Il ne se rappelait que trop bien le conseil d'un de ses professeurs de droit, en deuxième année de faculté : « Ne vous attachez pas de façon excessive à un client, vous y perdriez votre objectivité. Les déconvenues les plus cuisantes sont souvent assenées à un avocat par son propre client, et en plein tribunal ! Aussi, traitez chacun de vos clients en témoin récalcitrant. Vérifiez chacune de ses affirmations, arrangez-vous pour qu'elles soient corroborées, ou renoncez à le faire témoigner. »

Le Dr Briscoe ayant refusé de coopérer, Scott Van Cleve décida d'appliquer les principes de son professeur et de passer au crible la version que Kate lui avait donnée de la mort de Claudia Stuyvesant.

Pour commencer, il décida de consulter plusieurs gynécologues-obstétriciens. Chacun d'eux, homme ou femme, était un spécialiste reconnu et attaché à un autre établissement que l'hôpital de la Cité. Il ne voulait pas que leur avis pût être soupçonné d'*a priori* favorable.

Scott avait l'intention d'interroger ses interlocuteurs comme des témoins potentiels de la défense. Il fallait ensuite, évidemment, qu'ils acceptent d'apporter leur concours. Étant donné l'hostilité des jurys envers les médecins depuis quelques années, ces derniers avaient plutôt tendance à voir dans la procédure légale une sorte d'inquisition qu'un véritable exercice de la justice. Évidemment, il existait des témoins professionnels, des experts dont les opinions étaient à vendre et donc suspectes autant qu'onéreuses.

Pourtant, Scott espérait bien trouver un ou deux médecins qui accepteraient d'aider Kate, ne serait-ce que par esprit de solidarité. Mais auparavant, il fallait que les décisions de Kate durant cette nuit fatale soient corroborées.

Le premier médecin avec lequel il prit rendez-vous était un gynécologue-obstétricien du nom de Stephen Willows. La salle d'attente était pleine de femmes à différents stades de la grossesse. Scott tenta de dissimuler son embarras en feuilletant avec ostentation un magazine absolument dénué d'intérêt. Comme il levait les yeux avec une nonchalance feinte, il eut la confirmation qu'on l'observait avec curiosité.

Il fut presque tenté de se lever et de déclarer : « Non, je ne suis pas un mari qui vient faire tester son sperme, ou s'informer sur la meilleure façon de féconder sa femme ! »

Au lieu de cela, il se plongea dans son journal jusqu'à ce que, peu à peu, la salle se vidât.

Enfin, la secrétaire l'appela :

— Monsieur Van Cleve, le Dr Willows va vous recevoir.

Willows était un homme d'une soixantaine d'années. Avec ses cheveux blancs et ses lunettes à double foyer, il avait l'air éminemment respectable et compétent.

« Le témoin idéal », pensa Scott.

Occupé à écrire quelques notes dans le dossier de sa dernière patiente, Willows leva les yeux vers lui.

— Eh bien, jeune homme ? Vous êtes l'avocat qui désirait me parler au téléphone hier ?

— Oui, docteur.

— Très bien, allez droit au but. Je dois être à l'hôpital dans une demi-heure, dit le médecin d'une voix affable.

— Ma visite a un rapport avec une comparution devant le conseil de l'ordre.

Le visage de Willows se durcit.

— Ah!

— Oui, mais dans ce cas, l'accusation n'est pas justifiée.

— C'est toujours ce que les avocats prétendent... Laissez-moi vous mettre en garde, jeune homme, je ne suis pas un témoin professionnel. En fait, la seule fois où j'ai témoigné, c'était contre un médecin.

— J'aimerais quand même avoir votre opinion, monsieur.

Willows prit un air résigné.

— Allez-y, je vous écoute.

Lorsque Scott lui eut rapporté les éléments du dossier de Claudia Stuyvesant, Willows parut songeur.

— La patiente prétendait n'avoir eu aucune relation sexuelle récente, dites-vous?

— Oui, monsieur.

— Elle disait aussi n'avoir eu aucune interruption ou retard de règles?

— C'est exact, docteur.

— Et pour vérifier ces affirmations, le médecin a procédé à un test de grossesse?

— Oui, monsieur. Malheureusement, ce test a induit ma cliente en erreur, puisque le résultat était négatif.

— Pour ma part, dit Willows, je fais davantage confiance aux tests par radio-immunologie qu'aux analyses d'urine. Mais dans les conditions imposées par un service d'urgence, votre Dr Forrester a fait ce qui s'imposait. Malheureusement pour elle, le résultat s'est révélé faux.

— Si vous aviez été présent cette nuit-là, et si vous aviez eu à vous occuper de cette jeune femme, quelles auraient été vos conclusions?

Willows passa les faits en revue :

— La patiente présentait des symptômes généralisés : nausées, vomissements, diarrhée et douleurs abdominales. J'aurais pu supposer qu'elle disait la vérité à propos de sa vie sexuelle et de la régularité de ses règles.

— En tant que médecin, quelles auraient été vos conclusions?

— J'aurais diagnostiqué une infection intestinale.

— Pas une grossesse extra-utérine? demanda Scott d'une voix pressante.

— Les grossesses extra-utérines ne sont pas aisées à déceler car elles se présentent rarement de la même façon. Non, j'aurais parié sur l'infection intestinale. A moins, évidemment, que des symptômes ultérieurs ne soient apparus, ou bien que les résultats des analyses ne m'aient forcé à changer d'avis.

— Vous estimez donc que ma cliente a respecté les règles de la déontologie médicale ?

— Nous y voilà ! On sent pointer l'avocat qui cherche un témoin. Mais je ne me laisserai pas piéger, jeune homme, car je n'ai pas l'intention de témoigner. Cependant, à mon avis, ce médecin, quelle que soit son identité, a fait exactement ce que la plupart des bons médecins auraient fait à sa place.

— Si la patiente avait absorbé une drogue quelconque, de la cocaïne, du crack ou autre chose, quelle différence cela aurait-il fait ?

— Oh, oh ! s'exclama le Dr Willows. Cela aurait certainement masqué la gravité de son état.

— Docteur Willows, connaissant le cas et sachant que la carrière d'un jeune médecin est en jeu, ne pourriez-vous envisager de témoigner en sa faveur ?

— Pour risquer de voir mon assurance résiliée ? Par les temps qui courent, moins un médecin est confronté à la justice, mieux il se porte. Je suis désolé, jeune homme. Transmettez à votre cliente ma sincère sympathie et tous mes vœux pour qu'elle se sorte de cette histoire sa réputation intacte.

Quand Scott Van Cleve se présenta au secrétariat du médecin légiste et demanda à consulter le dossier d'autopsie de Claudia Stuyvesant, la secrétaire le prit pour un journaliste d'une de ces feuilles à scandale vendues dans les supermarchés.

— Je suis désolée, monsieur, mais les informations contenues dans ce dossier sont strictement privées et confidentielles. Le Dr Schwartzman ne reçoit personne au sujet de ce cas.

Mais Scott se montra si insistant que la jeune femme finit par l'envoyer à l'un des jeunes assistants du patron, qui se montra encore plus réticent. Ce n'est qu'après avoir menacé de porter l'affaire devant le tribunal que Scott fut autorisé à rencontrer le Dr Schwartzman en personne.

Le médecin légiste discutait au téléphone avec un fonctionnaire opiniâtre quand Van Cleve fut introduit dans son bureau. Le jeune homme en profita pour l'observer. C'était un homme de petite taille, assez épais pour remplir sa chaise pivotante. Comme beaucoup d'hommes petits, il paraissait agressif et pinailleur. En cet instant, il apostrophait son interlocuteur avec véhémence.

— Et maintenant, c'est vous qui allez m'écoutez, pour changer! dit-il en désignant une chaise à Scott. Vous contestez nos conclusions? Faites appel à votre propre médecin légiste! — Il écouta un instant avant de mettre un terme brutal à la conversation : — Très bien, nous nous verrons au tribunal. — Il raccrocha en grommelant : — Tout le monde a son expert, de nos jours!

Comme il faisait tourner sa chaise, ses yeux tombèrent sur Scott.

— Eh bien, jeune homme? De quoi venez-vous vous plaindre?

— Je suis avocat et je voudrais étudier vos conclusions à propos de Claudia Stuyvesant.

— Elles ont déjà été rendues publiques, trancha brutalement le médecin.

— Toutes? insista Scott.

— Oui! affirma Schwartzman avec plus de passion qu'il n'était nécessaire.

— D'après ce que j'ai compris, vous avez procédé à cette autopsie vous-même?

— En effet. Et la totalité de mes conclusions se trouve dans mon rapport, ainsi qu'il est d'usage.

— Dans la publication officielle, j'ai vu que vous n'abordiez pas la question de la drogue.

— Parce que je n'ai fait aucune recherche dans ce sens.

— Pourquoi?

— Jeune homme — ou peut-être devrais-je vous appeler maître... — je ne vous donne pas de conseils sur la façon dont vous devez défendre vos clients. Ne me dites pas comment l'on fait une autopsie.

— De nos jours, vu l'étendue des ravages de la drogue, j'aurais pensé qu'une telle recherche était systématique.

— Dès l'instant où j'avais découvert la cause du décès, il était inutile d'aller plus loin.

— Inutile... ou contraire aux ordres?

— Écoutez, fiston, si vous estimez que la courtoisie la plus élémentaire envers M. Stuyvesant constitue une tentative de dissimulation, vous faites fausse route.

— Qu'appelez-vous exactement une « courtoisie », docteur?

— Par l'intermédiaire du maire, M. Stuyvesant m'a demandé de procéder personnellement à l'autopsie de sa fille et de ne rendre officiel mon rapport qu'après l'enterrement. J'ai accédé à cette requête. La famille désirait ne pas être assaillie par les médias le jour même de la cérémonie. Vous admettrez que ce désir est légitime.

— Sans doute, mais peu habituel.

— De ma part, il ne s'agissait que de compassion envers des parents endeuillés. Il n'y a pas de mal à cela.

— Les faits, j'entends par là tous les faits, peuvent être déterminants pour ma cliente lorsqu'elle comparaîtra devant le conseil de l'ordre.

— Ah oui, j'ai entendu parler de cette affaire. Croyez bien que je compatis sincèrement, mais je ne peux rien faire pour vous.

— Pouvez-vous au moins me dire, en tant que médecin légiste, si des traces de drogue subsisteraient, dans le cas où le corps serait exhumé.

— En l'occurrence, non.

— Parce que cette jeune fille n'avait pas absorbé de drogue, ou bien parce que ces substances ne sont plus détectables?

— Parce que le corps n'existe plus, expliqua le médecin. Aussitôt après l'autopsie, il a été emporté en corbillard pour être incinéré du côté de Long Island.

Scott se rappela alors la réflexion du porteur à propos du cercueil : « Il était moins lourd que je ne m'y attendais ».

— Réfléchissez, Kate, insista Scott. Quels sont les symptômes qui permettent à un médecin de supposer que son patient a absorbé une drogue quelconque, même s'il ne dispose d'aucune analyse sanguine?

— Cela dépend de la drogue. Ou des drogues, expliqua Kate.

— Les symptômes sont différents selon les drogues?

— Eh bien... un malade qui a bu de l'alcool, par exemple, vous en avez vous-même observé les effets... : manque de coordination, rougeurs, vomissements, nausées...

— C'est ce dont Claudia se plaignait.

— Oui, mais la cocaïne aussi peut provoquer des nausées.

— Continuez! Quels sont les signes qui peuvent amener un médecin à conclure à l'absorption de drogue?

— Dans le cas de Claudia, il ne s'agissait pas d'alcool, j'en suis sûre.

— De quoi, alors?

— Éventuellement de barbituriques. Amobarbital, Pentobarbital, phénobarbital...

— Quels sont les symptômes?

— Migraine, confusion, ptosis.

— Ptosis? Qu'est-ce que cela signifie?

— C'est la chute d'une paupière. Une paupière supérieure tombante, je veux dire.

— Avez-vous constaté cela chez Claudia Stuyvesant?

— Non.

— Vous disiez que la cocaïne pouvait provoquer des nausées.

— Ainsi que des vomissements. Sans oublier un état d'excitation suivi d'une dépression qui se traduit par une forte transpiration et de l'angoisse.

— Autant de symptômes présentés par Claudia Stuyvesant, remarqua Scott.

Kate sourit.

— « Présentés »? Vous commencez à vous exprimer comme un médecin.

— Avant tout, il faut que j'apprenne à penser en médecin. Maintenant, pourriez-vous affirmer que les signes et les symptômes présentés par Claudia Stuyvesant étaient provoqués par l'absorption ou l'abus de cocaïne?

Kate hésita, puis secoua négativement la tête.

— Honnêtement, non.

— Il faut pourtant que nous parvenions à le prouver!

La moitié de notre défense est fondée sur le fait que vous avez été induite en erreur par ce test de grossesse. Mais l'autre moitié, la plus importante, s'appuie sur l'idée que la patiente, parce qu'elle consommait une ou plusieurs drogues, a rendu tout diagnostic impossible. Ses symptômes en ont été modifiés au point qu'aucun médecin n'aurait pu déceler la gravité de son état. Mais comment en convaincre vos pairs?

— Son médecin soignant est peut-être au courant, dit Kate. Ce Dr Eaves, mentionné par Mme Stuyvesant.

— Eaves... répéta songeusement Scott.

— C'est un praticien très connu dont la clientèle est exclusivement constituée de gens riches. Évidemment, il peut refuser de parler.

— C'est ce que nous verrons, dit Scott Van Cleve.

Le bureau du Dr Wilfred Eaves occupait le rez-de-chaussée de l'un des plus prestigieux immeubles de Park Avenue, propriété de Claude Stuyvesant. Son cabinet était géré avec une admirable efficacité par son assistant, qui dirigeait une équipe de quatre infirmières. Dès leur arrivée, les patients étaient installés dans les pièces réservées aux examens, de sorte que le Dr Eaves ne perdait jamais une minute de son précieux temps.

Eaves lui-même, toujours vêtu d'une blouse d'un blanc immaculé dont il changeait environ quatre fois par jour, fonctionnait avec la précision d'une machine hautement perfectionnée. Ses diagnostics, presque toujours corrects, étaient délivrés dans un langage clair et concis. Sa réputation avait dépassé les limites de la ville pour s'étendre dans le monde entier et un grand nombre de ses clients venaient du centre des États-Unis. Pour ceux qui avaient un enfant ou un parent malade, qui craignaient pour leur propre vie, ou qui pouvaient s'offrir ses soins onéreux, Wilfred Eaves était l'homme à consulter quand tous les autres praticiens avaient baissé les bras.

Quand Scott Van Cleve fut introduit auprès du médecin, le jeune avocat était d'ores et déjà fort impressionné.

La plupart de ses nouveaux clients lui étant envoyés par des confrères, le Dr Eaves lui demanda immédiatement :

— Avez-vous apporté vos radios, les résultats de vos examens?

— Je ne suis pas ici en tant que patient.

— Ne me dites pas que cette brave Mme Berk a laissé un représentant s'introduire jusqu'à moi?

— Non, monsieur, je ne veux rien vous vendre. Je suis avocat.

Immédiatement, Eaves écarta sa chaise de son bureau et se leva.

— Je ne discute pas avec les avocats. Si vous avez une plainte à adresser, ou des accusations de négligence à formuler, allez voir mon avocat. Et maintenant, sortez!

Scott resta assis.

— Docteur Eaves, je ne suis pas venu pour vous chercher querelle. Je cherche seulement quelques informations susceptibles d'aider un jeune médecin qui doit comparaître devant le conseil de l'ordre pour se défendre d'accusations portées contre elle.

— Vous parlez du Dr Forrester, je suppose?

— En effet.

— Je crains de ne pouvoir vous aider. Je ne vous retiens pas, monsieur Van Cleve.

Il n'échappa pas à Scott que le médecin connaissait son nom, bien qu'il ne se fût pas présenté en entrant.

Sans se décourager, il insista :

— Puisque vous êtes le médecin de famille des Stuyvesant, vous devez pouvoir répondre à ma question. Consommait-elle une ou plusieurs drogues?

— Je ne réponds pas aux questions concernant mes malades, rétorqua sèchement Eaves.

— Si je vous faisais citer comme témoin, vous seriez obligé d'obtempérer.

— Non. J'invoquerais le privilège du médecin, qui est de ne pas trahir la vie privée de ses patients.

— La patiente en question est morte. Votre obligation de réserve risque de ne pas faire long feu, déclara Scott.

— Je laisserai cette décision au président de l'audience.

— Votre refus de témoigner peut être lourd de signification, docteur Eaves.

Eaves agita la main avec impatience.

— Monsieur Van Cleve, je suis un homme très occupé.

— Bien entendu, dit Scott en se levant. Je vous remercie de m'avoir accordé un peu de votre temps.

Dès que Scott Van Cleve eut quitté son bureau, le Dr Eaves décrocha son téléphone.

— Madame Berk, appelez-moi Claude Stuyvesant.

Quelques minutes plus tard, le récepteur bourdonna.

— Monsieur Stuyvesant est en ligne, docteur, fit la voix de Mme Berk.

— Claude... Ce jeune avocat, Van Cleve... Il sort d'ici.

— Et alors?

— Je ne lui ai rien dit, comme nous en étions convenus. Mais il m'a fait l'effet d'un fouineur.

— Ne vous inquiétez pas, Wilfred, cela ne le mènera nulle part.

En sortant de l'immeuble, Scott Van Cleve était certain d'une chose : Eaves cachait un lourd secret. Désormais, il n'avait plus aucun doute : Claudia Stuyvesant se droguait bel et bien. Ce dont il avait besoin maintenant, c'était d'une preuve.

21

En refusant de répondre aux questions de Scott Van Cleve, Eaves n'avait fait que confirmer les soupçons du jeune avocat. Mais si Eaves gardait pour lui ses informations, ceux avec qui Claudia avait vécu ces dernières années se montreraient peut-être plus coopératifs. Nanti de la dernière adresse de Claudia, trouvée dans son dossier hospitalier, Scott chercha la maison qu'elle avait habitée à Greenwich Village.

C'était une construction de briques rouges, vieille d'environ cent ans, située en bas de la 8e Rue Ouest. Les loyers de Manhattan avaient récemment grimpé de façon vertigineuse. Le moindre mètre carré prenant de la valeur, les anciennes résidences familiales avaient été divisées en ateliers destinés à des jeunes écrivains, acteurs ou artistes en tout genre qui venaient à New York dans l'espoir de conquérir la grande cité.

Dans la petite entrée, Scott consulta la douzaine de noms inscrits sur l'interphone. Il était sans doute inutile de sonner chez Claudia Stuyvesant, mais il ne risquait rien à essayer. Il appuya sur le bouton. A sa grande surprise, la porte d'entrée s'ouvrit presque aussitôt, l'invitant à pénétrer dans le couloir. Scott commença à gravir un escalier sombre. Au deuxième étage, il leva les yeux vers la lumière du jour filtrant par une lucarne située tout en haut des marches, et aperçut une femme qui le regardait monter, penchée par-dessus la rampe.

Agée d'une cinquantaine d'années, maigre et les cheveux grisonnants, elle se montrait visiblement méfiante à l'égard d'un individu qui appuyait sur la sonnette d'une locataire décédée.

— Qu'est-ce que vous voulez? demanda-t-elle d'une voix rèche.

— Puis-je vous demander qui vous êtes? demanda Scott pour engager la conversation.

— Ce serait plutôt à moi de vous poser la question, rétorqua-t-elle.

Scott avait rejoint l'inconnue et lui faisait face. Elle était plus grande et encore plus maigre qu'il ne l'avait cru au premier abord, mais tout aussi méfiante.

— Je m'appelle Scott Van Cleve, commença-t-il.

La femme l'interrompit.

— Je suis Mme Benedick, la propriétaire de cette maison. Franchement, j'en ai plus qu'assez des vampires dans votre genre qui parcourent chaque jour la rubrique nécrologique pour trouver des appartements libres. Vous n'avez qu'à faire comme tout le monde. Posez votre candidature dans une douzaine d'immeubles et attendez votre tour. Mais venir ainsi renifler comme un vautour à l'annonce d'un décès, c'est... — Ayant en vain cherché le mot approprié, elle conclut : — Sacrilège. Oui, sacrilège!

— Je ne suis pas à la recherche d'un appartement, dit Scott.

— Ah bon? fit la femme avec étonnement.

— Je suis avocat et je représente...

Avant même qu'il eût prononcé le nom de sa cliente, la femme se répandit en protestations :

— Je ne sais rien! Je venais seulement voir si l'appartement n'avait besoin que d'un bon nettoyage ou s'il fallait passer un coup de peinture avant de le relouer.

— Pourrais-je le visiter?

— Pour quoi faire?

— Je voudrais juste jeter un coup d'œil. Je vous promets de ne toucher à rien.

— Eh bien... Si tout ce que vous voulez, c'est jeter un coup d'œil... De toute façon, il n'y a rien à voir...

Haussant les épaules, elle lui désigna la porte ouverte derrière elle. Scott comprit ce qu'elle avait voulu dire en entrant dans l'unique pièce de l'appartement. Elle était complètement vide, ainsi que la penderie devant laquelle pendait mollement un rideau de cretonne fleurie. Il n'y avait aucun meuble, aucune image, aucun miroir suspendu au mur, comme si l'appartement était inhabité depuis longtemps.

— Vide, vide à pleurer, marmonna Scott Van Cleve.

— Je vous l'avais bien dit! triompha la femme. Il n'y a rien à voir.

— D'habitude quand quelqu'un meurt... commença Scott.

Une fois de plus, la femme l'interrompit :

— D'habitude, d'habitude! Dans cette histoire, rien n'est ordinaire. Cette pauvre fille est morte le dimanche matin. Le lundi après-midi, avant même que la nouvelle ne soit rendue publique, deux déménageurs sont venus ici. Ils m'ont présenté une espèce de papier tamponné par la police, ou par un juge, je ne sais plus. Et ils ont nettoyé les lieux, ils ont tout emporté, sans exception. Même les vêtements de ce garçon... — La femme s'arrêta brusquement. — Vous avez dit que vous êtes avocat. C'est lui qui vous envoie?

— Non. Mais parlez-moi de lui. Qui est-ce?

— Il vivait ici avec elle. Ils étaient deux, mais ils ne me réglaient qu'un seul loyer. Ils font tous cela, vous savez. Les garçons s'installent avec les filles. Les filles s'installent avec les garçons.

— Comment s'appelle-t-il? Vous le connaissez?

— Non. Quand ils mettent un deuxième nom sur la boîte aux lettres, le loyer augmente. Alors, ils n'en mettent qu'un. En tout cas, c'est ce que celui-là a fait. Mais ça a dû lui faire drôle de voir qu'ils avaient emporté ses affaires avec celles de la jeune fille.

— Ces deux déménageurs, ont-ils dit qui les envoyait?

— Non. Ils m'ont seulement montré leur papier, si bien que je n'avais plus qu'à les laisser faire.

— Ce jeune homme, vous ne vous rappelez vraiment pas son nom?

— J'ai seulement entendu qu'elle l'appelait Rick.

— Rick, répéta Scott. Pas de nom de famille?

— En tout cas, je ne le connais pas.

— Que savez-vous de lui? Quel métier exerçait-il? Quelles étaient ses habitudes?

— Pour autant que je sache, il n'en avait qu'une seule, d'habitude, fit la femme en insistant bizarrement sur le dernier mot.

— Vous voulez dire qu'il se droguait?

— J'ai horreur des commérages, mais j'ai des yeux pour voir.

— Et elle?

— Quoi, elle?

— Se droguait-elle, elle aussi?

— Je vous ai dit que je n'aime pas les commérages. Surtout à propos des morts. Laissons-les emporter leurs secrets dans leur tombe, comme je dis toujours, répliqua-t-elle.

Il comprit à son visage fermé qu'il était inutile d'insister.

— Ce... ce Rick... pouvez-vous le décrire?

— Le décrire... le décrire... Laissez-moi réfléchir. Il a le teint plutôt mat. Il n'est pas noir, il n'a pas non plus le type portoricain. Plutôt italien, je dirais. Il doit avoir dans les vingt ans. Et horriblement maigre! Il y a un détail, en lui, qui m'a toujours déplu... C'est ses cheveux longs, coiffés en queue de cheval. Vu de derrière, quelquefois, on le prenait pour une fille. Sauf qu'il était grand. Ce que je veux dire, c'est qu'il se coiffait comme une fille. De nos jours, et surtout dans ce quartier...

— Il s'appelait Rick, dites-vous?

— Oui, dit la femme. Cela vous est d'une quelconque utilité?

— C'est mieux que rien, dit Scott d'une voix songeuse. Je vais vous laisser ma carte. Si par hasard il repassait par ici, demandez-lui de m'appeler.

— Il ne reviendra pas, affirma la femme.

— C'est important. La carrière d'un médecin pourrait en dépendre.

— Un médecin... Vous voulez dire, cette doctoresse dont Stuyvesant a parlé à la télévision? Et ensuite, elle est passée aux informations et elle a essayé de se défendre...

— C'est elle.

— Vous m'en direz tant! Je comprends qu'elle ait besoin d'un avocat! De nos jours, on ne peut plus faire confiance aux médecins, pas plus qu'aux hôpitaux. Si je tombais malade, je refuserais d'y aller.

— Vous voulez bien m'appeler si vous avez des nouvelles de ce garçon? Je vous en prie!

— Mais oui, c'est d'accord.

Scott Van Cleve quitta la vieille maison. « Si cette femme est représentative des jurés auxquels Kate aurait été confrontée durant le procès, pensa-t-il, elle l'a échappé belle. » Il était heureux que Stuyvesant eût abandonné ses poursuites.

22

Sans se décourager, Scott Van Cleve poursuivit son enquête sur la vie et les habitudes de Claudia Stuyvesant durant l'année qui avait précédé sa mort. Pour commencer, il consulta la liste des invités à l'enterrement dans l'espoir de retrouver les deux jeunes filles qui avaient brièvement évoqué le souvenir de Claudia ce jour-là.

Celle qui avait lu un poème en mémoire de Claudia et qui avait ensuite refusé de répondre aux questions de Scott était repartie pour Dallas, où elle vivait. La seconde, du nom de Shelley Montfort, habitait à New York. Scott découvrit qu'elle était assistante de production dans une chaîne de télévision.

Lorsqu'il parvint à la rencontrer au studio où elle travaillait, Shelley Montfort se montra évasive et pressée de s'échapper.

— Écoutez, monsieur Van Cleve, je n'ai vraiment pas une minute à vous accorder. Je dois contacter les personnalités que nous allons interviewer cette semaine, et nous avons déjà une annulation pour demain. Il faut que je déniche un politicien ou un écrivain avide de publicité, ou encore un imbécile quelconque persuadé d'avoir une recette infaillible pour faire de la bonne télévision. Je devrais déjà être au téléphone.

— Mademoiselle Montfort, la carrière d'un jeune médecin est en jeu et...

— Je vous en prie, monsieur Van Cleve, j'ai assez de mes propres soucis. D'ailleurs, s'il ne s'agit pas de télévision, je ne vois pas ce que je pourrais faire!

— Moi, si. Vous connaissiez Claudia Stuyvesant, je crois?

Immédiatement, Shelley Montfort parut plus attentive et légèrement sur ses gardes.

— Claudia? Que lui voulez-vous?

Scott lui exposa alors la menace qui pesait sur Kate Forrester. Il lui expliqua en quoi un témoignage sur la vie menée par Claudia ces derniers mois pouvait l'aider à la défendre.

— C'est pourquoi je vous demande de sacrifier une heure de votre temps pour venir témoigner, conclut-il.

— Mais je ne suis absolument pas qualifiée pour... commença-t-elle à protester.

— Pourtant, à la façon dont vous avez évoqué son souvenir, le jour de l'enterrement, il m'a semblé que vous étiez amies intimes.

— Nous l'avions été, rectifia Shelley Montfort.

— Que s'est-il passé? demanda Scott. Qu'est-ce qui a changé?

— Quand nous étions encore au lycée, elle était déjà attirée par le Village. Dès que nous avions un jour de congé ou des vacances, elle filait là-bas. Au bout d'un certain temps, elle a commencé à nous juger bizarres, hors du coup. Assez vite elle s'est éloignée de nous. Elle ne s'est jamais aperçue que c'était elle qui était hors du coup, désormais.

— Elle consommait de la drogue?

— Je l'ignore, mentit visiblement Shelley.

— Faites un effort, je vous en supplie. La vérité peut sauver la carrière d'un bon médecin.

— Je vous assure que je l'ignore, répéta Shelley.

— Je vous demande seulement de me dire la vérité.

— Pardonnez-moi, mais je n'ai rien à ajouter. Maintenant, il faut que je vous quitte, j'ai des coups de téléphone à donner.

— Mademoiselle Montfort, croyez-moi, si votre vie entière était sur le point de s'écrouler, vous apprécieriez que quelqu'un prenne le temps de vous aider.

— Je suis désolée, s'entêta-t-elle.

Scott comprit qu'il était inutile d'insister. Comme il se détournait, la mauvaise conscience ou la culpabilité poussèrent la jeune femme à le rappeler :

— Vous me demandez d'aider quelqu'un que je ne connais même pas et de salir le nom d'une fille dont j'ai partagé la chambre, que j'ai aimée, pour qui je me suis fait du souci. Vous ne trouvez pas que sa réputation a assez souffert comme cela ? Elle est morte ! Laissons-la reposer en paix. — La voyant au bord des larmes, Scott la plaignit. — Quoi qu'elle ait été, quoi qu'elle ait fait, poursuivit Shelley, je ne suis vraiment pas au courant, parce que nous nous étions éloignées l'une de l'autre, surtout cette année. Lorsque les gens se droguent, ils vivent dans leur propre monde et si vous ne partagez pas ça avec eux, c'est comme si vous n'existiez pas. Nous avons essayé... Dieu sait que nous avons essayé de garder le contact avec elle. Mais c'est elle qui a rompu les ponts. Nous avons assisté à la débâcle sans rien pouvoir faire. Elle n'écoutait personne, sauf ce type avec qui elle vivait.

— Rick ?

Shelley parut surprise.

— Oh, vous le connaissez ?

— Oui.

— Alors, vous savez tout.

— Sauf que j'ignore où le trouver. Vous pourriez me le dire ?

— Non. Tout ce que je sais, c'est qu'il vivait aux crochets de Claudia.

— Vous l'avez rencontré ?

— Pas vraiment.

— Que voulez-vous dire ?

Shelley hésita à admettre qu'elle en savait plus qu'elle n'en avait déjà dit.

— Je vous en prie, mademoiselle Montfort, vos révélations ne peuvent pas faire de mal à Claudia.

— Eh bien... Nous ne l'avons pas rencontré, mais...

— Mais vous l'avez vu ? conclut Scott.

Shelley acquiesça.

— Il y a environ un an, Mme Stuyvesant m'a appelée. Elle m'a dit que la façon de vivre de Claudia désespérait son père, et qu'il était prêt à prendre des mesures énergiques. Elle désirait que je tente de persuader Claudia de rentrer chez ses parents. Nous sommes allées la voir, une amie et moi. En montant l'escalier, nous avons croisé un jeune homme qui descendait. Nous avons pensé qu'il s'agissait de ce Rick, avec qui elle vivait. Quand nous lui avons posé la question, elle ne l'a pas nié.

— Et c'est la seule fois où vous l'avez vu?

— Non. Je l'ai aperçu une autre fois, avoua Shelley.

— Le jour de l'enterrement?

— Oui. Comment le savez-vous?

— Le docteur Forrester l'a remarqué, elle aussi.

— C'était lui, en effet. Avec sa queue de cheval et son allure de chien affamé. C'est tout ce que je sais. Je crains, malheureusement, que cela ne vous aide pas beaucoup.

— A moins que vous n'acceptiez de témoigner, dit Scott.

Comme elle secouait négativement la tête, l'air buté, il soupira.

— J'aurais une autre question à vous poser.

— Laquelle?

— Ce Rick... Vous connaissez son nom de famille?

De nouveau, Shelley hésita.

— Je suppose que cela ne peut plus faire de mal à Claudia désormais. Ce sale type s'appelle Rick Thomas!

— C'est toujours mieux que rien. Merci quand même.

Comme il s'écartait, elle lança dans son dos :

— Je suis navrée pour votre cliente, mais je ne peux rien faire contre Claudia. Pardonnez-moi!

23

Rosie Chung se préparait pour aller prendre sa garde de nuit quand Kate rentra de sa journée de travail auprès du Dr Troy. Elle l'appela depuis sa chambre :

— Katie? J'ai un message, pour toi. Ton avocat a appelé.

Kate se hâta de rejoindre son amie.

— Il t'a dit quelque chose, à propos de cette amie de Claudia Stuyvesant?

— Il a seulement précisé qu'il t'attendait à 21 heures, au coin de la 8e Rue et de la 5e Avenue.

— Ce soir?

— Ce soir, confirma Rosie. Il te conseille de t'habiller chaudement et de mettre de solides chaussures.

— Je me demande bien ce que tout cela signifie, dit Kate.

— Moi aussi, renchérit Rosie en maquillant soigneusement ses yeux en amandes.

Haussant les sourcils avec amusement, Kate demanda :

— Tu vois Mel, ce soir?

Rosie se tourna vers elle.

— Pourquoi cette question?

— Chaque fois qu'il est de garde, en Chirurgie, tu te prépares comme si tu avais rendez-vous. Moi qui sais le genre de nuit que tu vas passer aux Urgences, je me permets de sourire.

— Je ne veux pas qu'il oublie que je suis une femme avant d'être un médecin.

— Comment veux-tu qu'il l'oublie? Il est fou de toi.

Pour quelle autre raison t'aurait-il invitée à rencontrer ses parents ? — Tourmentée par le message de Scott, Kate enchaîna : — Tu es sûre qu'il a parlé de vêtements chauds et de chaussures solides ? Et il n'a pas précisé pourquoi il désirait me voir ?

— Non. En revanche, il a une voix tout à fait sympathique, même lorsqu'il donne des ordres. Est-ce qu'il ressemble à ce dont il a l'air ?

— De quoi a-t-il l'air ?

— A en juger par sa voix, je l'imagine comme un bon et solide citoyen, genre Spencer Tracy, solidement charpenté. Un mètre quatre-vingts...

— Quatre-vingt-six, rectifia Kate.

— Et blond. Le mâle blond typiquement américain.

— Il est brun, dit Kate. Il a les cheveux bruns.

— Tant pis. Avec une voix comme la sienne, il est forcément beau. Une sorte de Tom Cruise. Jeune et mignon.

— Anguleux.

— Anguleux ? répéta Rosie avec étonnement. Je lui voyais une fossette au menton, un peu comme Kirk Douglas ou Cary Grant, dans ces films qui passent tellement tard à la télévision que nous les regardons quand nous sommes trop fatiguées pour dormir.

— Pas de fossette, je regrette. Mais un visage anguleux. Il est grand, très mince, bâti comme un coureur. En revanche, je ne pense pas qu'il coure. Mais il est sympathique, très sympathique et... comment dire... très dévoué.

Rosie se détourna de son miroir pour observer son amie avec curiosité.

— Dévoué ? Tu veux dire qu'il y a quelque chose entre vous, en dehors du fait qu'il assure ta défense ?

— Je veux dire dévoué à son travail et donc à mon cas.

Rosie parut déçue.

— Oh ! J'espérais que tu te remettrais à regarder les hommes maintenant que Walter est sorti de ta vie.

Rosie enfilait l'une des robes sombres qu'elle portait ordinairement sous sa blouse lorsqu'elle travaillait aux Urgences.

— Tu n'aimais pas beaucoup Walter, j'ai l'impression, nota Kate.

— Oh, j'aimais bien Walter, mais pas pour toi. Tu mérites mieux qu'un homme dont le seul but dans la vie est de gagner de l'argent.

— Tu ne me l'avais jamais dit!

— Je savais que tu t'en apercevrais toute seule un jour ou l'autre. D'ailleurs, qui suis-je pour donner des conseils à une fille amoureuse? Moi-même, je ne mène pas ma barque de façon très judicieuse.

— Qu'est-ce qui ne va pas avec Mel?

— Mon père... sa mère. Une charmante femme, au demeurant. La première fois que Mel m'a emmenée chez lui, elle était si nerveuse que tout ce qu'elle a trouvé à me dire, pour me mettre à l'aise, c'est : « Nous adorons la cuisine chinoise. Presque tous les dimanches, nous descendons dîner dans le ravissant petit restaurant chinois du quartier. » Ensuite, comme si elle avait besoin de renfort, elle s'est tournée vers son mari : « N'est-ce pas, Max? » Celui-ci s'est senti forcé de préciser : « Sauf quand il y a un match de football. Ces jours-là, nous nous faisons monter des plats chinois. » Ce sont de braves gens, mais terriblement anxieux à l'idée que leur cher fils épouse une Asiatique.

— Ne sois pas trop dure avec eux.

— Oh, mon père ne vaut pas mieux! Il n'arrive pas à se faire à l'idée qu'une Chinoise convenablement élevée puisse tomber amoureuse d'un Américain. Bien qu'il ne m'en ait rien dit, je sais ce qu'il ressent. Il a travaillé dur, il a tout sacrifié pour payer à sa fille les études qu'elle désirait. Je n'ai pas de mal à imaginer ce qu'il se dit : « Nous perdons notre fille unique. Elle se marie avec un étranger. Quel genre de petits-enfants aurai-je? Ressembleront-ils à notre Rosie, ou seront-ils comme *lui*? » Lui, c'est ainsi que mon père appelle Mel. Le plus triste, c'est que je sais exactement ce que mon père éprouve. Il a risqué sa vie, nos vies, pour échapper au régime communiste. Il est fier d'être américain, seulement il n'avait jamais envisagé que sa propre fille épouserait un Américain. Alors, je suis navrée pour mon père mais... j'aime Mel. Que puis-je faire? — Avant que Kate pût la plaindre, Rosie déclara : — Il faut que je me dépêche! Mel et moi avons rendez-vous dans un café avant d'aller à l'hôpital.

Quelle romance! Une tasse de café avant le travail. Mais un jour, ce sera fantastique. C'est ce qu'on se dit tous les jours.

Elle embrassa rapidement son amie.

— Tâche de ne pas être en retard. Van Cleve a dit 21 heures. Des vêtements chauds, de bonnes chaussures. Et pour l'amour du ciel, ne va pas lui raconter combien je me suis trompée à son propos!

Chaudement vêtue et solidement chaussée, Kate emprunta la rue qui partait de la station de métro située dans la 4e Rue Ouest. La chaussée était encore humide de la pluie printanière qui venait de tomber. Kate longeait la rue sombre en direction du lieu de rendez-vous indiqué par Scott. Elle éprouvait le sentiment d'insécurité commun à la plupart des New-Yorkais qui s'aventurent à pied seuls la nuit. De surcroît, ce rendez-vous l'inquiétait. Pourquoi Scott Van Cleve lui avait-il laissé un message aussi hermétique, sans le moindre mot d'explication?

Elle l'aperçut au coin de la rue, debout sous un réverbère. Avec son imperméable serré à la taille, il semblait tout droit sorti d'un roman policier. Dès qu'il la vit, il lui adressa un signe amical de la main.

Quelques secondes plus tard, elle le rejoignait.

— Rick! dit-il aussitôt. Il s'appelle Rick Thomas.

— Qui?

— L'homme avec qui Claudia vivait, celui que vous avez repéré le jour de l'enterrement. Deux personnes m'ont fourni une description conforme à la vôtre. Maintenant, la question est de savoir si vous le reconnaîtrez.

— Il me semble que oui.

— Nous allons tenter de parler avec ce garçon dès ce soir. Allons-y!

Comme ils marchaient côte à côte, Kate énuméra :

— Une queue de cheval, un visage maigre, le teint mat, vêtu de jean... Ce sont malheureusement des caractéristiques assez banales, surtout dans cette partie de New York.

— C'est ce que j'ai dit à Dan Farrell.

— Qui est-ce?

— Un policier à la retraite. Le cabinet Trumbull lui confie toutes ses enquêtes. Il ne pouvait pas se charger de celle-ci, mais il m'a indiqué où chercher un homme au signalement vague et dont on ignore l'adresse.

— Comment cela ?

— Si Claudia Stuyvesant se droguait, lui aussi, sans aucun doute. Shelley Montfort estime même que c'est lui qui l'y a incitée. Farrell pense que si Rick est un toxicomane, son point d'ancrage — en fait, Farrell a utilisé le terme de « cordon ombilical » — est un dealer qui doit exercer dans le quartier où il vivait avec Claudia.

— On trouve des dealers à chaque coin de rue, par ici. Ailleurs aussi. Parfois, lorsque je sors de l'hôpital, le matin, j'en vois trois ou quatre qui arpentent le trottoir en attendant le client. Apparemment, la police ne leur fait pas peur.

— Selon Farrell, tout près de chez eux, il y a un ou plusieurs dealers qui vendaient de la drogue à Claudia et à Rick. Maintenant qu'elle est morte, Rick n'a plus de ressources. Il doit supplier ses revendeurs habituels de lui faire crédit. Farrell m'a dit : « Trouvez le sien et vous tiendrez votre bonhomme. »

— Et vous l'avez trouvé ?

— Je crois que oui. J'ai interrogé tous les dealers qui opèrent dans le coin. Bien entendu, ils ont tous nié connaître quelqu'un du nom de Rick Thomas. Ils ont dû me prendre pour un inspecteur de la brigade des stupéfiants. Sauf un... Oh, il a nié comme les autres, mais je suis prêt à jurer qu'il mentait. C'est lui que nous allons surveiller ce soir. Il y a une chance pour que Rick l'aborde.

— Et dans le cas contraire ?

— Nous reviendrons demain soir. Et le soir suivant. Et ainsi de suite, dit sombrement Van Cleve.

— Et s'il ne se montre jamais ?

— Nous devrons renoncer au point fort de notre défense, admit Scott avec un mince sourire.

Ils étaient arrivés à l'endroit repéré par Scott. Il fit signe à Kate de descendre les trois marches qui menaient au sous-sol d'une maison d'où ils pourraient surveiller l'homme qui se tenait au coin de la rue, debout sous un lampadaire. De temps à autre, ce dernier scrutait attentivement la rue, comme s'il craignait d'être observé. Pourtant, une voiture de police qui patrouillait lentement ne s'arrêta pas pour contrôler son identité.

Plusieurs fois, de luxueux véhicules se garèrent le long du trottoir, juste le temps de tendre de l'argent au dealer en échange de plusieurs petites enveloppes, avant de s'éloigner en hâte. Un certain nombre d'habitués, seuls ou à deux, s'approchèrent pour effectuer des transactions semblables.

Chaque fois qu'il s'agissait d'un jeune homme, Van Cleve se penchait vers Kate.

— C'est lui?

Chaque fois, Kate observait attentivement le garçon, profitant de l'éclairage du lampadaire.

— Non, disait-elle finalement. Ce n'est pas lui.

Ils reprenaient leur surveillance.

— Si quelqu'un m'avait dit que je jouerais un jour les plantons à Greenwich Village, avoua Van Cleve, je l'aurais traité de fou. Plutôt que de poursuivre mes études de droit, je serais reparti pour Shenandoah.

— Shenandoah? répéta Kate.

— C'est la petite ville de Pennsylvanie où je suis né et où j'ai grandi. Je dis qu'elle est petite... mais ses habitants ne la jugent pas ainsi, car elle joue un rôle important dans la région. Les gens viennent des bourgades avoisinantes pour faire leurs courses, ou aller à la banque. Mais dès l'enfance, j'avais décidé que je serais un grand avocat et que j'habiterais à New York. Je suppose que la plupart des gosses nourrissent le même rêve : conquérir la capitale. C'est à force de regarder des films à la télévision, j'imagine. C'est sans doute ce qui vous est arrivé, à vous aussi.

— C'est ici que se pratique la meilleure médecine du monde, dit Kate. Je suis venue dans l'espoir d'en apprendre davantage. Mais en fin de compte...

Elle s'interrompit, car Van Cleve venait de lui agripper brusquement le bras. Un autre jeune homme venait d'aborder le dealer. Kate concentra toute son attention sur lui.

— Non. Non, ce n'est pas lui, fut-elle obligée de dire. Il a une queue de cheval et le teint olivâtre, mais ce n'est pas lui.

Ils se turent un instant, les yeux tournés vers le coin de la rue où officiait le revendeur.

— Vous disiez que vous étiez venue pour apprendre, mais qu'en fin de compte... Vous n'avez pas terminé votre phrase.

— Je me sens trahie, blessée, avoua Kate. Comme si l'on m'avait frappée, sur le plan professionnel, j'entends.

— Je comprends ce que vous ressentez.

— Comment le pourriez-vous? Personne ne peut se mettre à ma place, à moins d'avoir traversé la même épreuve.

— Que pensez-vous que l'on éprouve lorsqu'on est embauché par un cabinet qui s'engage à vous laisser consacrer une partie de votre temps aux plus démunis et qui vous congédie dès que vous passez aux actes? Peut-être avons-nous plus en commun que vous ne l'imaginez.

De nouveau, il attira l'attention de Kate sur un individu qui sortait de l'ombre pour accoster le dealer. Kate l'observa attentivement, avant d'avouer d'une voix étouffée :

— Non, ce n'est pas lui. J'ai le sentiment que même si ce Rick Thomas se montrait, je ne le reconnaîtrais pas.

— Ne vous découragez pas, la pressa Van Cleve. Je suis certain du contraire.

Une pluie légère commença à tomber, suffisamment serrée cependant pour brouiller la vue des observateurs.

Kate portait une veste de tweed, mais elle n'avait pas songé à emporter un imperméable. Van Cleve entreprit de déboutonner le sien pour le lui offrir, mais elle refusa.

— Il est assez large pour nous abriter tous les deux, dit-il en l'attirant sous un pan de son vêtement. Ce n'est pas mieux?

— C'est mieux, admit-elle.

Mais cette proximité avec un homme qu'elle connaissait à peine, fût-il son avocat, la mit mal à l'aise.

Une autre voiture approcha et une nouvelle transaction eut lieu. Quelques minutes plus tard, une jeune femme tourna le coin de la rue. Elle tendit au dealer un billet et reçut en échange plusieurs petites enveloppes. Les tenant bien serrées dans sa main, elle disparut dans la nuit. Un autre véhicule se présenta, mais avant que le chauffeur eût sorti sa main par la vitre ouverte, une voiture de police surgit de la brume. Aussitôt, l'acheteur démarra en trombe sur la chaussée mouillée, au risque d'érafler au passage les voitures garées le long du trottoir et les policiers le prirent en chasse. Le dealer descendit dans le caniveau pour mieux suivre les événements, puis il remonta sur le trottoir et regagna son poste.

Kate et Van Cleve reprirent eux aussi leur surveillance.

— Vous pensez que vous pourriez y retourner? demanda Kate.

— Retourner où? répéta Van Cleve sans comprendre.

— Chez vous... dans cette ville de Pennsylvanie.

— Shenandoah, lui rappela Van Cleve. J'y ai déjà pensé, surtout ces deux dernières semaines. Je me suis demandé si je pourrais vivre de nouveau dans une petite ville, y exercer mon métier d'avocat. Je traiterais des affaires modestes, comme la vente d'une maisonnette, ou bien le testament d'un homme qui ne possède pas grand-chose. Je réglerais des litiges entre voisins pour des questions de murs mitoyens. Ce genre de choses. Peut-être ai-je été atteint par le virus new-yorkais et ai-je fini par me persuader que ce qui est modeste est dénué d'intérêt. New York modifie l'échelle des valeurs d'un individu, vous savez. J'espère y avoir échappé, mais je n'en suis pas certain. Il vous est arrivé d'éprouver la même chose?

— Si le conseil de l'ordre me condamne, je n'aurai pas le choix. Je devrai trouver un endroit où l'on a si désespérément besoin d'un médecin qu'on accepte même les déchets.

— Vous n'êtes pas un déchet, voyons!

— Je le deviendrai si nous ne retrouvons pas Rick Thomas.

— Nous le trouverons, affirma Van Cleve avec une assurance qu'il n'éprouvait pas.

D'autres clients s'étaient présentés, à pied ou en voiture. Ils avaient procédé à leurs échanges furtifs, puis s'en étaient allés. Certains ressemblaient à Rick Thomas, mais de façon superficielle, par leur vêtement ou leur coiffure.

Kate sortit la tête de l'abri offert par l'imperméable de Van Cleve et leva le nez vers le ciel.

— Il ne pleut plus.

— En effet, reconnut-il à regret.

Déboutonnant son vêtement, il la laissa s'écarter de lui. Gêné, il chercha un sujet de conversation.

— Vous m'avez dit que votre père est fermier. Que cultive-t-il ?

— Du blé, expliqua Kate. Du soja, un peu de maïs, mais surtout du blé.

— Il n'a pas une vie très facile, je suppose ?

— C'est vrai, mais elle lui plaît ainsi. Surtout quand tout marche bien. Labourer, semer, parier sur le temps et contempler sa maison, se tenir au beau milieu d'un champ de blé quand les épis sont si hauts que vous ne voyez plus l'horizon, cela donne à un homme un sentiment de plénitude incomparable.

— Vous l'aimez vraiment, il me semble.

— Je l'aime et je l'admire. C'est un homme bon, et c'est aussi un bon père et un bon époux. Dans un monde régi par l'argent, il persiste dans la voie qui est la sienne. Cela me plaît.

— Quelle place ont les avocats dans votre échelle des valeurs ?

— Je pense qu'ils sont nécessaires.

— C'est tout ? Quand vous vous représentez un avocat dans sa bibliothèque, disparaissant derrière ses livres, cela ne vous donne pas le même sentiment de plénitude ?

— Je ne leur nie pas toute valeur. Comment le pourrais-je lorsque mon sort dépend de l'un d'eux ?

— Mille grâces, mademoiselle Forrester. Je sais maintenant que mes longues années d'études n'auront pas été inutiles, finalement.

Elle se tourna vers lui et scruta le mince visage aux traits expressifs. Voyant la lueur de malice qui dansait au fond des yeux gris, elle comprit qu'il se moquait d'elle.

— Et votre père ? dit-elle. Vous ne m'avez pas dit ce qu'il fait.

— Ce qu'il faisait, rectifia-t-il.

— Oh ! Pardonnez-moi, je supposais...

— Vous supposiez à juste titre. Je suis âgé de vingt-neuf ans, mon père aurait donc entre cinquante-cinq et soixante ans. De nos jours, ce n'est plus un âge canonique. Et de fait, il aurait cinquante-huit ans.

— Que lui est-il arrivé? demanda Kate.

— Il était conducteur de train. Il a déraillé sur la voie qui mène des concasseurs de charbon aux aciéries, aux environs de Pittsburgh. Cela s'est passé la nuit, dans le Tournant du Fer-à-cheval. Selon les experts, il roulait trop vite.

— Comme c'est triste! compatit Kate. Quel âge aviez-vous, à cette époque?

— Sept ans.

— Votre mère est devenue veuve toute jeune! Comment s'est-elle débrouillée pour vivre?

— Grâce aux camarades de mon père, elle a obtenu une pension. Elle était modeste, mais c'était mieux que rien.

— Les camarades de votre père? Vous voulez dire que ce sont les cheminots qui décident de l'attribution des pensions?

— Non, mais ils se sont tus. Mon père était ivre, cette nuit-là. — Scott hésita avant de poursuivre : — Il l'était presque chaque nuit, en réalité. Quand il buvait, il se montrait particulièrement imprudent et téméraire. Mais si ce détail avait été dévoilé, ma mère n'aurait pas touché de pension.

— Vous n'aviez que sept ans et vous le saviez, constata tristement Kate.

— Jusque dans mes souvenirs les plus éloignés, je ne me rappelle pas l'avoir ignoré. Il fallait voir comment il traitait ma mère! Hurlant dès qu'elle le suppliait de boire un peu moins. Pas de cesser, seulement de boire un peu moins. Une fois... non deux... ou même trois... oui, c'est cela, trois fois il l'a frappée. Un jour j'ai tenté de m'interposer, moi, un gamin de six ans à peine. Il m'a frappé si violemment que je suis tombé contre un buffet rempli d'objets en porcelaine ancienne, dont ma mère avait hérité de sa propre mère. Lorsque je suis revenu à moi, ma mère me serrait contre son cœur en pleurant, à genoux sur le plancher. Il ne restait plus rien de son héritage.

— Quels tristes souvenirs vous conservez de votre père!

— Quand j'ai été assez grand pour y réfléchir, j'ai longtemps songé à consulter un psychiatre pour élucider un fait qui me troublait depuis sa mort. Finalement je ne l'ai pas fait.

— Cela vous tourmente encore, n'est-ce pas?

— Oui, docteur, cela me tourmente encore. La nuit de sa mort, on est venu prévenir ma mère. Elle n'a pas voulu me tirer du sommeil, mais j'ai été réveillé par l'agitation qui régnait dans la maison. Ma mère pleurait. J'ai couru vers elle. Elle m'a pris dans ses bras, elle me serrait contre elle en disant : « Mon pauvre petit garçon, mon pauvre petit garçon. » J'étais troublé, effrayé, mais je n'avais pas encore compris le sens de ces paroles. Alors, elle a dit : « Van... » Tout le monde m'appelait Scott, sauf elle, qui m'appelait toujours Van. « Van, ton père ne rentrera plus jamais à la maison. » Elle a fondu en larmes. Pas moi. J'étais heureux, mais heureux! Il ne reviendrait plus jamais pour la frapper, pour me battre. Heureux! Quel sentiment atroce pour un enfant qui vient de perdre son père!

— Ça ne doit pas être facile à dire, remarqua doucement Kate.

— Surtout quand vous en parlez pour la première fois... — Il s'interrompit brusquement et attrapa Kate par le bras. — Regardez!

Kate fixa son attention sur le nouveau client du dealer. C'était un jeune homme anormalement mince, vêtu d'un jean et les cheveux tirés en queue de cheval. Pour autant qu'on pût en juger, il était plutôt brun.

— C'est lui? chuchota Van Cleve.

— Il me semble que oui.

Aussitôt, Scott bondit hors de leur cachette et se mit à courir en direction des deux hommes en criant :

— Rick! Rick Thomas!

A la vue de Scott, le jeune homme se mit à dévaler la rue en sens inverse. L'avocat se lança à sa poursuite, suivi de Kate à qui ses chaussures robustes permettaient de soutenir le rythme. Cependant, Scott gagnait du terrain, sans parvenir pour autant à rattraper le fugitif. Soudain, ce dernier trébucha et s'étala sur la chaussée humide. Ses précieuses enveloppes s'éparpillèrent sur le sol. Avant qu'il pût se relever, Van Cleve le plaquait contre le bitume, le bras tordu dans le dos.

— Eh, mec, t'es pas un peu fou? J' suis pas Rick Thomas et j'ai jamais entendu parler de lui.

Sans répondre, Van Cleve le releva et le tira jusqu'à un lampadaire. L'attrapant par les cheveux, il lui tira la tête en arrière pour que Kate pût le voir en pleine lumière. Comme le garçon se débattait, Scott lui remonta légèrement le bras dans le dos, lui arrachant un cri de douleur.

Kate examina le visage terrifié du jeune homme avant de secouer négativement la tête.

— Non, ce n'est pas lui.

Presque à regret, Van Cleve libéra le garçon.

— Désolé, grommela-t-il sans conviction.

— T'es complètement fou, mec ! cria l'autre, hors de lui. Où sont-elles ? Où est ma came ?

Il se jeta à genoux dans le caniveau pour récupérer les enveloppes contenant la drogue dont il avait si désespérément besoin.

— La drogue a fait de lui un animal, soupira Scott. Regardez-moi ça ! Bon sang, ça me rend malade !

Kate s'abstint de lui faire remarquer que le dégoût qu'il éprouvait à la vue d'un être dépendant pouvait être lié au souvenir de son père.

Déçus, Kate et Van Cleve revinrent lentement vers leur cachette. Mais le dealer dont ils venaient de troubler le commerce leur barra soudain la route.

— Eh, vous deux ! Vous n'avez pas perdu la tête, par hasard ? Prendre en chasse un type que vous ne connaissez même pas ! Dans ce coin, on vous flingue pour moins que ça. Vous avez eu de la chance que le type ne soit pas armé. Alors, suivez mon conseil, ne traînez pas dans le coin !

— Merci pour l'avertissement, répliqua Van Cleve.

Le sarcasme échappa au dealer.

— Maintenant, l'ami, tu vas m'écouter. Cavaler derrière un drogué et le plaquer à terre, c'est stupide. Mais le pire, c'est que tu me gâches les affaires. Et ça, c'est nettement plus dangereux. Je suis clair ?

— Je sais reconnaître une menace quand j'en entends une, admit Van Cleve.

— Parfait. Et maintenant que nous avons eu ce que les diplomates appellent un échange de vues franc et honnête, je vais te dire une bonne chose. Je ne sais pas qui est ce Rick Thomas pour toi, et je m'en fous. Mais ce que je ne veux pas, c'est que tu bousilles mon commerce. Plus exactement, je veux pas qu'on fiche la trouille à mes clients. Avec les flics j'ai la paix. Ils savent que s'ils me mettent au trou, j'en ressors deux heures plus tard. Mais si tu t'en mêles, ils vont intervenir. Surtout si tu t'amuses à courser les types et à les tabasser. C'est pas bon pour les affaires, tu comprends ? Maintenant, ce Rick Thomas, tu le veux ?

— Nous avons besoin de lui, dit Van Cleve.

— Okay. C'est un de mes habitués. Ou plutôt, c'était. Depuis deux semaines, il ne vient plus, il est à sec. Si je m'arrange pour qu'il sache que je lui ferai crédit, en tant que vieux client, il peut être là dans une minute.

— Vous voulez dire que vous pourriez nous le faire rencontrer ? demanda Scott.

— Exact. Mais à une seule condition : une fois que vous l'aurez, je ne veux plus jamais vous voir dans le coin, tous les deux. Marché conclu ?

— D'accord.

— Revenez demain soir, entre 21 heures et minuit.

— Comptez sur nous.

Soulagés et ravis, Kate et Van Cleve s'éloignèrent.

— Il n'est pas très loyal avec son vieil habitué, remarqua Kate.

— Peu m'importe pourvu que nous obtenions le témoignage de Rick Thomas.

24

Le soir suivant, Kate Forrester et Scott Van Cleve se rejoignirent au même endroit. Comme la veille, la nuit était froide et humide. Cette fois, Kate portait un imperméable et un chapeau de pluie coquettement posé sur sa tête, ce qui soulignait la joliesse de ses traits. Scott ressentit un léger pincement de cœur à l'idée qu'il ne pourrait plus lui proposer de s'abriter sous son propre manteau. Aussitôt, il se rappela à l'ordre : « N'entretiens jamais de relation personnelle avec un client, cela risque d'entacher ton jugement de subjectivité. D'ailleurs, si tu perds cette partie, tu perdras du même coup toutes tes chances de séduire Kate Forrester. »

Ils choisirent de se poster derrière l'une des voitures garées de l'autre côté de l'étroite rue où le dealer guettait ses clients. Ils attendirent, sans quitter l'homme des yeux. Et pendant ces minutes, puis ces heures, ils bavardèrent. Ils parlèrent d'eux-mêmes, de leurs ambitions, de leur conception du monde, découvrant peu à peu qu'ils partageaient un grand nombre d'idées.

Pour l'un comme pour l'autre, le monde était devenu trop complexe pour se pencher sur les problèmes des gens ordinaires. L'espèce humaine avait peu appris durant le siècle passé. Les guerres déchiraient toujours les peuples, mais elles étaient de plus en plus destructrices. La science progressait, mais pour générer de nouveaux défis. Il y avait encore des pauvres, des affamés et des enfants au ventre gonflé par la malnutrition. Les maladies que la médecine avait enrayées dans certains pays en ravageaient d'autres.

— Sans aller à l'autre bout du monde, il vous suffit de passer une nuit aux Urgences, dit Kate. Vous y rencontrerez cette même souffrance.

— Oh, j'y suis déjà allé.

— Vous? Que vous était-il arrivé?

— Rien. Je voulais seulement voir comment cela se passait.

Il fallut quelques secondes à Kate pour comprendre ce que cet aveu impliquait.

— Vous vouliez me surveiller?

— Je voulais seulement vérifier l'exactitude de vos propos. Vous décriviez les Urgences comme une véritable maison de fous. Vous m'aviez parlé des arrivées incessantes des patients, du rythme intensif. Comprenez-moi, Kate, un avocat, un bon avocat ne prend jamais les témoignages pour argent comptant. Il doit s'assurer par lui-même de leur véracité. Pour éviter toute mauvaise surprise ultérieure.

— Et avez-vous été étonné par ce que vous avez vu?

— Essentiellement par une chose.

— Vraiment? s'exclama-t-elle avec une ironie mordante. Et peut-on savoir laquelle?

— Je me suis demandé comment vous pouviez conserver votre santé mentale dans un endroit comme celui-là. A courir de malade en malade, de cas en cas, chacun différent du précédent. J'en ai retiré un respect nouveau pour les jeunes médecins.

— Grand merci! fit sèchement Kate.

Il se demanda pourquoi elle semblait mécontente. Il pensait pourtant lui avoir adressé un compliment.

Pour changer de sujet, il l'interrogea :

— L'exercice de la médecine est très différent de ce que vous imaginiez?

— Non, pas très. En fait, après avoir travaillé bénévolement dans un hôpital, quand j'étais lycéenne, je savais ce qui m'attendait. Évidemment, dans ma région, nous avons moins de problèmes de drogue et de violence.

— Vous n'avez pas envie de retourner chez vous et d'y exercer votre métier?

— Parfois. Mais c'est la nécessité qui me guide. Je veux exercer la médecine là où le besoin est le plus pressant, affirma Kate avec une conviction que Scott ne put s'empêcher d'admirer.

— Vous vous installeriez, ici, à New York? Vous vous y marieriez, vous y élèveriez vos enfants?

— Je... je n'ai jamais réfléchi aussi loin.

— Vous avez bien l'intention de vous marier un jour, je suppose?

— Si je rencontre l'homme de ma vie au moment adéquat, oui. Mais d'abord, je veux devenir le médecin que je crois pouvoir être.

— Mais cet homme, vous lui avez donné un visage? Qu'est-ce qu'il...

Scott s'interrompit brusquement car le dealer venait de leur adresser un signe. Figés, ils observèrent le jeune homme qui tournait le coin de la rue. Les cheveux coiffés en queue de cheval, il portait un jean usé et paraissait anormalement mince.

— C'est lui? souffla Scott.

— Je pense que oui.

Ils se mirent à courir juste au moment où le dealer glissait une enveloppe dans la main du jeune homme.

— Rick! Rick Thomas! appela Scott.

Instinctivement, le garçon prit la fuite dans le sens opposé. Scott et Kate se lancèrent à sa poursuite et le rattrapèrent une cinquantaine de mètres plus loin. Jetant ses bras autour du maigre torse, Scott le plaqua contre la grille d'une petite maison particulière. En dépit des efforts du garçon pour lui échapper, il le retint prisonnier. D'ailleurs, Rick Thomas cessa rapidement de lutter, par faiblesse physique ou par manque de volonté. Il haletait et tremblait de froid, peut-être souffrait-il du manque de drogue.

— Doucement, mon vieux, dit Scott. Nous ne vous voulons aucun mal, rassurez-vous. Nous ne sommes pas de la police, ni de la brigade des stupéfiants.

— Comment connaissez-vous mon nom? C'est *lui* qui vous a envoyés?

— Personne ne nous envoie. Je suis avocat et voici ma cliente. Nous avons besoin de votre aide.

Les yeux de Rick allèrent de l'un à l'autre.

— Besoin de mon aide? C'est une farce! C'est moi qui ai

besoin d'aide! — Il les examina encore un instant avant de conclure : — Il ne vous a pas envoyés, hein?

— Qui? répéta Scott avec étonnement.

— Lui... Son père.

— Claude Stuyvesant?

— Oui, ce salopard! Il m'a volé mes affaires. Tout ce que je possédais, ce qui n'était pas grand-chose. Ils sont arrivés avec leur papier officiel, et ils ont nettoyé l'appartement. Sans mes potes, je serais à la rue.

— Rick, que diriez-vous de boire un café et de manger quelque chose?

— Je n'ai rien avalé depuis ce matin, avoua le garçon.

Scott et Kate emmenèrent Rick Thomas dans un petit restaurant bon marché de la 6e Avenue. Assis autour d'une table couverte d'une nappe de toile cirée, ils regardèrent le jeune homme dévorer la nourriture avec avidité. Visiblement, il avait sauté de nombreux repas, ces derniers jours.

La bouche pleine, Rick répondit à leurs questions. Parfois, il devait avaler une gorgée de café avant de pouvoir parler.

— Rick, la nuit où Claudia est tombée malade, où étiez-vous?

— Avec elle, bien sûr! Je ne l'aurais pas quittée quand elle avait besoin de moi.

— Pourtant, c'est sa mère qui l'a accompagnée à l'hôpital, remarqua Kate.

— Ouais! confirma Rick. Elle voulait sa mère. Quand on est vraiment malade, je suppose qu'on appelle sa mère. D'ailleurs, elle pensait que ce serait plus sûr si sa mère l'accompagnait. Surtout en l'absence de son propre médecin.

— Si je comprends bien, vous l'avez vue pour la dernière fois quand elle est partie pour l'hôpital.

— Je l'ai quittée avant son départ. Elle ne voulait pas que je sois là quand sa mère arriverait.

— Rick, demanda Scott, au cours de la journée qui a précédé, Claudia s'était-elle droguée?

— C'est pas croyable! explosa Rick. Les gens s'imaginent que nous vivons tout le temps commé des zombies!

— Rick, je ne dis pas « tout le temps ». Je vous parle seulement des heures qui ont précédé son entrée à l'hôpital. Avait-elle pris quelque chose ?

Rick but une gorge de café avant d'admettre :

— Ouais ! On était défoncés tous les deux ! Vous savez, c'est comme ça qu'on s'est rencontré, Claudia et moi. Dans une soirée où l'on trouvait toutes les sortes de came.

— Par exemple ?

— Nembutal, Amytal, Tuinel. Cocaïne, angel...

— Elle était très accrochée, n'est-ce pas ?

— Elle avait toujours sur elle une douzaine d'ordonnances de différents médecins. Valium, Darvon, Robaxen, barbituriques. Il lui suffisait de demander pour en obtenir. C'est aussi pour cette raison qu'elle ne tenait pas à ce que je l'accompagne à l'hôpital.

— Pourquoi ?

— Au cas où ils auraient découvert qu'elle était camée. Elle ne voulait pas qu'ils s'en prennent à moi. C'était une fille fantastique, vous savez, et je l'aimais. Je l'aimais vraiment !

— Elle n'avait pas d'autre raison de préférer que vous ne soyez pas là ? demanda Scott.

— Elle ne souhaitait pas que son père sache que j'étais là. Elle avait peur de lui.

— Elle craignait qu'il lui coupe les vivres ?

— Elle avait peur de ce qu'il pouvait me faire, dit Rick avec rancune. Il était capable de n'importe quoi lorsqu'il s'agissait d'elle.

— C'est ce qu'on m'a dit, renchérit Scott, qui jeta un coup d'œil à Kate. Donc, elle se droguait. Et depuis un certain temps, si je comprends bien.

— Avant même d'avoir quitté ses parents.

— Rick, demanda Scott, saviez-vous qu'elle était enceinte ?

— C'est ce que j'ai appris. C'est vrai ? Elle attendait un enfant ?

— Oui, dit Kate.

— Elle m'avait seulement dit qu'elle s'inquiétait. Je veux dire... elle n'avait pas eu ses règles et elle attendait le mois suivant pour voir si... — A son expression, Kate et Scott comprirent qu'il était sincère. — Dites ! fit soudain

Rick avec inquiétude. Comment puis-je être sûr qu'il ne vous a pas envoyés ? Il pense que tout ce qui est arrivé à Claudia est de ma faute.

— Rick, nous sommes venus vous voir parce que cette jeune femme est le médecin qui s'est occupé de Claudia la nuit de sa mort.

Rick observa Kate avec davantage d'attention.

— Vous? Vous êtes le docteur dont ils ont parlé à la télévision ? Oui... Je vous reconnais, maintenant. Je vous ai vue la fois où Ramon Gallante vous a interviewée. Il a été plutôt rude avec vous ! Bon, d'accord, je vous crois. Que voulez-vous de moi ?

Brièvement, Scott lui exposa les accusations de Stuyvesant contre Kate et pourquoi ils avaient si désespérément besoin de son témoignage.

— Tout ce que nous vous demandons, Rick, c'est de dire la vérité devant le conseil de l'ordre. Exactement comme vous venez de nous la dire.

— Il... il n'en profitera pas pour me poursuivre en justice ?

— Non, dit Scott. Vous ne comparaîtrez pas devant un juge, mais devant une assemblée de médecins.

— Stuyvesant... C'est un homme puissant. Il a des relations très haut placées. Quand j'ai refusé de rompre avec Claudia, il m'a fait envoyer les flics. Ils m'ont tellement frappé qu'on a dû me transporter aux Urgences de Saint-Vincent.

— Cette fois, il ne pourra rien contre vous. Dites seulement ce que vous savez en pensant que vous sauvez la carrière du médecin qui a tenté de sauver la vie de Claudia — et qui y serait parvenue si elle avait connu la vérité, cette nuit-là. — Comme Rick ne répondait pas, Scott insista : — Vous n'avez aucun souci à vous faire. Je vous aiderai à vous préparer aux questions que l'on vous posera. Par-dessus tout, je vous demande de ne pas mentir. Seule la vérité nous intéresse. Vous acceptez ?

— Alors, elle était enceinte, dit très bas Rick. J'aurais pu être père !

— Non, Rick, intervint Kate. Cette grossesse se présentait mal et c'est justement ce qui a tué Claudia. Le bébé n'aurait pas pu naître, même si Claudia avait vécu.

— Nous en discutions souvent, vous savez. Je veux dire... nous parlions de notre vie si jamais elle attendait vraiment un bébé. Nous nous serions mariés, nous aurions quitté cette ville. Nous aurions renoncé à ce type de vie pour aller dans un endroit où personne ne connaît le nom de Stuyvesant. J'aurais eu un boulot régulier. Je m'y connais plutôt bien en moteurs de voitures, vous savez. Autrefois, j'étais un bon mécanicien, mais j'ai tout largué à cause de la drogue. Quand on est « accro », vous savez, on n'a plus goût à rien d'autre. On a des rêves de grandeur, mais on ne fait que se tromper soi-même. On n'est plus capable de rien. Mais si on parvient à décrocher... et nous avions décidé de nous faire désintoxiquer... Nous en parlions tout le temps, mais... tout ça, c'est du passé maintenant.

— Ce qui compte désormais, Rick, c'est que la carrière de cette jeune femme dépend de votre témoignage. Vous devez leur dire la vérité, c'est tout ce que je vous demande.

— Je ferais n'importe quoi pour rendre la monnaie de sa pièce à ce salaud de Stuyvesant !

— Je vous propose une chose, Rick, puisque vous n'avez nulle part où aller, pourquoi ne pas vous installer chez moi en attendant votre comparution ? J'en profiterai pour vous y préparer.

Rick réfléchit un instant à la proposition de Scott avant de secouer négativement la tête.

— J'habite chez quelqu'un, pour l'instant. Mais écoutez, monsieur Van Cleve, si vous... Je veux dire, je suis plutôt fauché, ces temps-ci. Quand Claudia vivait, nous avions sa pension, mais maintenant...

— Bien entendu, je comprends très bien, dit Scott.

Plongeant la main dans la poche intérieure de sa veste, il en sortit un billet de vingt dollars qu'il ne remit pas immédiatement à Rick.

— Dites-moi où vous logez pour que je puisse passer vous prendre le matin où vous témoignerez. Ce sera probablement au début de la semaine prochaine. L'audience débute lundi, mais ils mettent plusieurs jours à étudier le dossier. Je ferai appel à vous comme témoin de la défense.

— En début de semaine prochaine, répéta Rick, comme pour graver ces mots dans sa mémoire.

— Le matin en question, je passerai vous prendre à 8 heures, ce qui nous donnera un peu de temps pour revoir en détail les questions que je vous poserai durant l'audience. D'ici là, nous nous y préparerons un peu chaque jour.

— D'accord.

— Où puis-je vous trouver?

— Au 97, Charles Street. L'appartement est au nom de Lengel. Marty Lengel. Sonnez à l'interphone. Quatre fois. Trois sonneries brèves, puis une pause et une sonnerie longue. Je comprendrai qu'il s'agit de vous et non des gorilles de l'autre.

— Très bien. 97, Charles Street. Lengel. 8 heures, récapitula Scott en griffonnant ces informations dans son calepin. Soyez-y.

— Ne vous faites pas de souci. Tout ce que je demande, c'est de me venger de ce vieux salopard.

Après que Scott eut pris le numéro de téléphone de Rick, Kate et lui regardèrent le jeune homme quitter le restaurant, son billet de vingt dollars en poche. Parvenu à la porte, il se retourna vers eux et leva deux doigts, formant le V de la victoire, puis il disparut.

— J'aimerais être sûre que nous le reverrons, soupira Kate.

— Moi aussi, admit Scott. J'ai bien pensé à le faire citer, mais dans l'état où il se trouve, un papier timbré ne ferait que l'effrayer davantage et il risquerait de prendre la fuite.

— Vous savez ce qu'il va faire de cet argent, n'est-ce pas?

— Je m'en doute. C'est aussi pour cette raison qu'une convocation officielle ne servirait à rien. J'aurais préféré qu'il s'installe chez moi pour un temps, mais puisqu'il a refusé, le plus simple est d'aller le chercher quand nous aurons besoin de lui. Mais auparavant, il nous reste une chose à faire.

Sur le chemin de Charles Street, à travers les rues étroites de Greenwich Village, Kate expliqua à Scott en quoi consistaient certains des médicaments cités par Rick.

— Les capsules jaunes de Nembutal contiennent du pentobarbital. Celles d'Amytal sont bleues et sont à base d'amobarbital.

— Rick a mentionné aussi le Tuinal.

— C'est un mélange d'amobarbital et de sécobarbital, expliqua Kate.

— Le tout obtenu sur ordonnances, conclut Scott.

— Ou au marché noir. S'il y a une demande, vous pouvez être sûr qu'il s'en trouvera pour la satisfaire.

Ils avaient atteint Charles Street. Ils trouvèrent le numéro 97, grimpèrent la demi-douzaine de marches en pierre et pénétrèrent dans le hall obscur. Scott consulta la liste des locataires et trouva le nom indiqué par Rick : Lengel, M.

— Ouf ! Je suis soulagé de voir que ce Lengel existe bien à cette adresse, dit-il. Parce que... je peux bien vous l'avouer, maintenant, si nous n'avions personne pour témoigner que Claudia se droguait, nous n'aurions pas la moindre chance de l'emporter.

25

Le jour même où Hoskins, l'avocat du conseil de l'ordre, avait remis à Scott la convocation de Kate, une nouvelle étape de la procédure avait été franchie : les trois membres du Conseil qui jugeraient le cas du Dr Katherine Forrester avaient été sélectionnés.

Selon la loi, deux membres sur trois devaient être médecins ou chirurgiens. Ils étaient désignés parmi les cent trente et un représentants du corps médical qui appartenaient au Conseil. Le troisième membre était sélectionné parmi les trente-sept profanes siégeant au conseil de l'ordre. Les premiers étaient agréés par le Conseil sur recommandation des établissements médicaux et chirurgicaux. Mais les seconds étaient nommés par le gouverneur. Ce dernier usait de ce pouvoir pour récompenser ses amis politiques et ses fidèles partisans en leur accordant un titre honorifique qui ne leur demandait aucune aptitude particulière.

L'un des trois membres sélectionnés serait nommé président du bureau ainsi constitué.

Le premier médecin désigné fut le Dr Maurice Truscott, un généraliste à la retraite qui disposait de davantage de temps que ses confrères.

Vu les causes du décès de Claudia Stuyvesant, le second médecin choisi devait être un gynécologue spécialisé en obstétrique. Agée d'une quarantaine d'années, Gladys Ward s'était déjà fait un nom parmi les chirurgiens spécialisés dans la lutte contre les cancers féminins.

Après avoir étudié la liste des trente-sept membres

non médecins du conseil de l'ordre, le président fixa son choix sur Clarence Mott, un homme d'affaires à la retraite qui avait vendu tous ses biens immobiliers à Claude Stuyvesant. En le sélectionnant, le président comptait s'attirer la reconnaissance de Stuyvesant. Dans ce même but, il désigna Mott pour présider les débats.

Selon les dispositions légales, il fallait encore nommer un représentant de l'administration. Aucun des membres du bureau n'étant supposé posséder le bagage juridique suffisant pour statuer sur des questions de procédure ou sur l'admissibilité d'un témoignage, c'était donc le représentant de l'administration qui en était chargé. Bien qu'il fût investi des pouvoirs d'un juge, il ne présidait pas les séances et ne votait pas. Cela étant, il pouvait exercer davantage d'influence qu'un juge. La procédure, plus souple que celle d'un tribunal, permettait au représentant de l'administration de se montrer plus ou moins inventif ou partial selon ses propres dispositions.

Quand la nouvelle de l'audience arriva au département de la Santé, situé à Albany[1], le secrétariat du gouverneur fut aussitôt contacté. Une question discrète fut posée. Une réponse prudente fut donnée : « Le fait que M. Stuyvesant ait soutenu financièrement le gouverneur lors de la dernière campagne électorale ne doit pas peser sur le choix du représentant de l'administration. »

Ainsi, toute accusation de favoritisme étant par avance écartée, on annonçait clairement, quoique en termes voilés, l'intention du gouverneur de récompenser la loyauté politique.

Selon les règlements en vigueur, le représentant de l'administration devait être choisi parmi les juristes travaillant pour le département de la Santé.

Le sénateur Francis Cahill décida d'user de son influence politique pour que son neveu Kevin fût désigné comme représentant de l'administration dans l'affaire Stuyvesant.

Kevin Cahill, un avocat d'une trentaine d'années, devait déjà son emploi au département de la Santé à l'intervention de son oncle. Kevin s'était acquitté de sa

1. Capitale de l'État de New York *(N.de.T.)*.

tâche consciencieusement, mais sans se distinguer particulièrement.

Son oncle Francis regrettait parfois d'avoir déployé autant d'énergie pour aider ce neveu sans personnalité. Le sénateur avait espéré que Kevin, à l'exemple de nombreux jeunes avocats, se serait servi de son travail dans les services du gouvernement pour accumuler assez d'expérience, de relations et d'appuis pour monter son propre cabinet. L'administration servait fréquemment de tremplin à la carrière des jeunes poulains, aussi bien à New York qu'à Washington.

Mais à la grande frustration de l'oncle Francis, le jeune Kevin n'avait pas manifesté de telles ambitions. Aussi, lorsque le sénateur eut fait nommer son neveu représentant de l'administration dans l'affaire Forrester — qu'on considérait dans les cercles politiques comme l'affaire Stuyvesant —, il invita Kevin à déjeuner.

— Kevin, je n'en ai jamais touché mot à ta sainte mère quand elle était encore de ce monde, mais il est temps aujourd'hui que nous ayons une franche discussion entre hommes. Aussi te le dis-je tout net, tu m'as beaucoup déçu.

— Moi ? s'étonna le jeune homme.

— J'espérais qu'à ton âge tu aurais déjà quitté ton emploi de fonctionnaire et créé ta propre clientèle privée. Mais tu n'as jamais pris la moindre initiative en ce sens.

— Oncle Francis, j'aime mon travail au département de la Santé, tenta d'expliquer Kevin. J'ai l'impression d'aider à protéger la santé des habitants de New York.

— Bon sang, Kevin ! explosa le sénateur. Un emploi de bureau ne constitue pas une fin en soi ! C'est juste un moyen de se faire des relations pour fonder par la suite son propre cabinet !

— Je ne veux pas fonder mon propre cabinet, répliqua Kevin. Je veux rester là où je suis, faire ce que je fais, et éventuellement prendre la tête de mon service.

— Ridicule ! s'exclama son oncle avec indignation. Écoute-moi, Kevin, j'ai usé des plus hautes influences pour que tu sois nommé comme représentant de l'administration dans l'affaire Stuyvesant. Alors, ne fiche pas tout par terre! J'ai ouï dire que Stuyvesant en personne compte assister à ces séances. En fait, je sais même de source sûre que si ce n'était pour lui plaire, il n'y aurait pas d'audience du tout.

— J'ai lu le rapport de la commission d'enquête, répliqua Kevin. Elle aurait eu lieu de toute façon.

— Quoi qu'il en soit, Kevin, écoute-moi bien! Tu veux diriger ton service un jour? Tu veux récompenser ton oncle de tout ce qu'il a fait pour toi? Alors, un conseil : pendant ces débats, chaque décision que tu prendras devra ressembler à une ordonnance de la Cour suprême. Aie l'air respectueux de la loi, aie l'air compétent, mais ne va jamais à l'encontre des intérêts de Claude Stuyvesant. Je veux qu'il te remarque, mais dans le bon sens. Parce que lorsque le poste que tu convoites sera vacant, je veux pouvoir faire appel à lui. En un mot, si tu désires ce poste, gagne-le. Tu as compris?

— Tout à fait, oncle Francis.

— Quand tu te rendras à New York pour prendre part à ces débats, rappelle-toi que le Dr Forrester n'est pas la seule à être jugée. Toi aussi!

Une fois que les trois membres du bureau et le représentant de l'administration eurent été sélectionnés, Albert Hoskins était prêt à déclencher la procédure.

Kate n'ayant jamais eu affaire à la justice, Scott Van Cleve jugea vital de l'initier aux finesses de son fonctionnement, tout comme elle lui avait expliqué la complexité médicale de leur affaire.

Pour ne pas gêner Rosie Chung, dont les horaires de travail étaient souvent fantaisistes, Scott proposa à Kate de venir chez lui. Il occupait tout le quatrième étage d'un immeuble des années soixante. Ce détail avait grandement impressionné Kate jusqu'à ce qu'elle découvre que l'immeuble en question ne faisait que quatre mètres de large. En réalité, l'appartement de Scott était constitué d'une salle de séjour donnant sur un jardin, d'une étroite cuisine et d'une minuscule chambre à coucher.

Pour éviter de perdre un temps précieux à dîner, Scott avait acheté des sandwiches. En revanche, c'est avec un soin cérémonieux qu'il prépara du café dans une cafetière compliquée, d'origine étrangère.

Ils s'étaient assis pour manger. Mais bientôt, Scott se leva et se mit à arpenter la pièce de long en large.

— Oubliez tout ce que vous avez pu voir à la télévision, ou au cinéma, fit-il à Kate. Une comparution devant le conseil de l'ordre ne ressemble pas à un procès. Des avocats ? Oui. Des témoins ? Oui. Mais à la place du juge, c'est un représentant de l'administration qui dirige les débats. Et bien sûr, à la place du jury, c'est un bureau constitué de trois membres qui statuera sur votre cas.

— Je préfère cela !

— Vous avez tort. Les règles ne sont pas les mêmes. Ce qui veut dire qu'un témoignage défavorable, que je pourrais refuser devant un tribunal, peut être admis au cours de l'audience. Vous ne serez pas jugée par des jurés choisis parmi les citoyens, mais par vos pairs. Or, actuellement, votre profession est attaquée de toutes parts. Partout on entend dire que les médecins sont surchargés, âpres au gain, qu'ils pensent moins à la santé de leurs patients qu'à leurs voitures de luxe, à leurs prétendus congrès « tous frais payés », qui sont en réalité des vacances.

— Ce n'est pas vrai de tous les médecins ! protesta Kate.

— Non, mais c'est ce que les gens croient. Si bien que les médecins ont le sentiment d'être l'objet de critiques constantes. Ils ont à se défendre contre le public, contre les médias, et contre leurs confrères qui attirent les foudres sur eux. Malheureusement, désormais...

— J'en fais partie, conclut Kate.

— Exactement.

Kate hocha imperceptiblement la tête, tout en se demandant s'il lui brossait ce noir tableau pour la préparer à la défaite.

— Au fur et à mesure vous m'aiderez à me pénétrer des moindres détails du dossier de Claudia Stuyvesant. Mais auparavant, dites-moi si Rosie et vous avez découvert quelque chose d'intéressant sur les deux médecins qui siégeront au bureau.

— J'ai consulté le répertoire médical de l'État de New York, et...

— Le répertoire médical ?

— C'est la liste de tous les médecins et chirurgiens de l'État, avec leur curriculum vitae : les universités qu'ils ont fréquentées, leur spécialité, les hôpitaux dans lesquels ils ont travaillé, les livres qu'ils ont écrits, etc.

— Leur vie professionnelle tout entière, si je comprends bien. Qu'avez-vous lu à propos de Truscott ?

— City College, école de médecine Cornell, interne à l'hôpital Bellevue, puis à l'hôpital de Lenox Hill. Clientèle privée depuis 1963. Aucune spécialité. Aucune compétence particulière. Lorsque j'ai appelé son bureau, sa secrétaire m'a dit qu'il ne prenait plus de nouveaux clients. Il est en semi-retraite.

— Je n'aime pas cela, dit Scott. Vous savez comment sont les personnes âgées en général, toujours à regretter le temps passé, toujours à dénigrer leurs successeurs, à leur rabâcher combien la vie était plus difficile de leur temps et combien elle est facile aujourd'hui.

— D'un autre côté, remarqua Kate, s'il a fréquenté City College, il doit être d'origine modeste. Il peut éprouver de la sympathie pour les jeunes médecins qui ont à se battre pour arriver.

— Admettons. Considérons-le donc comme neutre. Passons au Dr Ward, maintenant. Que savez-vous d'elle ?

— Harvard College, études de médecine à Yale, spécialisée en obstétrique et en gynécologie, et aussi en cancérologie. Elle exerce à l'hôpital pour femmes de Saint-Luc, ainsi qu'à Long Island, à l'hôpital du Nord. Elle est l'auteur de deux livres et d'un certain nombre d'articles. D'après ce que j'ai entendu dire, elle milite dans des mouvements qui défendent les droits de la femme.

— C'est bon, cela, très bon ! s'exclama Scott.

— Je n'en jurerais pas, répliqua Kate.

— Avec son passé, son expérience et la lutte qu'elle mène pour faire respecter les droits des femmes, elle ne va tout de même pas supporter de voir une confrère conspuée au nom d'un crime qu'elle n'a pas commis ! — Kate secoua lentement la tête. — Kate ?

— Comme Rosie envisage de se spécialiser en obstétrique, elle a assisté une fois à une conférence de Gladys Ward. S'adressant à un public d'étudiantes et d'internes, elle n'a pas caché sa sympathie pour la cause des femmes.

Mais elle a aussi affirmé son exigence envers les femmes. Elle exige davantage d'elles qu'elle ne le ferait d'un homme dans des circonstances similaires. « Quand un Noir commet une erreur, a-t-elle dit, quand un Juif commet une erreur, c'est le groupe tout entier qui en pâtit. A mes yeux, il en va de même pour les femmes. »

— C'était un discours de choc, remarqua Scott.

— Et une femme de choc, répondit Kate.

Scott traça un énorme point d'interrogation en face du nom de Gladys Ward.

Puis il commença à donner à Kate des instructions sur la façon dont elle devait se comporter durant l'audience. Plus tard, il la mit dans un taxi et remonta chez lui.

Une tasse de café à la main, il se mit à parcourir les documents du dossier, dans l'ordre où vraisemblablement Hoskins les produirait : photocopies des notes que Kate avait reportées dans le dossier de Claudia, comprenant chaque décision, chaque remède prescrit ; résultats des diverses analyses de sang qu'elle avait demandées ; notes de Mme Cronin à propos des derniers signes vitaux de la patiente ; et enfin, les ultimes tentatives pour sauver Claudia quand s'était déclarée l'hémorragie interne qui devait l'emporter ; et pour finir, le rapport d'autopsie révélant la cause du décès de la jeune fille.

Il y avait aussi une lettre du Dr Troy où il faisait l'éloge de Kate. Bien que flatteuse, elle n'était guère plus qu'une tape amicale sur l'épaule de la jeune femme, une expression de la confiance du vieux médecin et ses encouragements sincères.

Si seulement les confrères de Kate avaient bien voulu lui apporter leur soutien ! Scott ne pensait pas aux internes et aux jeunes médecins, dont l'appui lui était acquis, ni à Mmes Cronin et Beathard, dont le témoignage corroborerait celui de Kate. Non, il aurait fallu que des médecins plus âgés et plus prestigieux acceptent de témoigner en faveur de Kate. Mais jusqu'à maintenant aucun n'avait consenti à comparaître devant le conseil de l'ordre.

Tout en réfléchissant, Scott se rappela une réflexion du président John F. Kennedy, après l'invasion ratée de Cuba : « Le succès a des milliers de pères, mais l'échec est orphelin. » Jamais, Scott n'avait davantage mesuré la justesse de ce propos.

Comme il survolait de nouveau les documents, il se rendit compte que le dossier médical de Claudia Stuyvesant constituait à la fois la pièce maîtresse de sa défense et sa fragilité.

Kate ne serait pas autorisée à lire simplement ce dossier devant le bureau. On lui permettrait de s'y référer de temps à autre pour se rafraîchir la mémoire, mais elle devrait témoigner avec ses propres mots. En revanche, durant son interrogatoire, Hoskins serait libre de lire des passages du dossier afin de la mettre en difficulté. Il contesterait ses décisions et les moyens médicaux mis en œuvre cette nuit-là. Un habile procureur n'avait aucun mal à mettre un témoin inexpérimenté en contradiction avec lui-même. Et Hoskins était un procureur habile puisqu'il exerçait cette profession depuis dix-sept ans. Stimulé par le bénéfice qu'il espérait tirer si Claude Stuyvesant obtenait satisfaction, il montrerait deux fois plus de zèle à détruire Kate Forrester.

Le rapport d'autopsie constituait pour Kate la pièce la plus accablante. Même au cas où Scott serait parvenu à convaincre plusieurs médecins de témoigner en sa faveur, ceux-ci n'auraient pu expliquer de façon satisfaisante les conclusions du médecin légiste. Un fait était certain : si la grossesse extra-utérine avait été diagnostiquée, une intervention chirurgicale aurait certainement sauvé la vie de Claudia.

Scott détenait pourtant un atout précieux : Rick Thomas. Son apparition à elle seule produirait un véritable choc sur Hoskins, les membres du bureau et Stuyvesant lui-même. De plus, le jeune homme révélerait que Claudia Stuyvesant était toxicomane.

Scott se rappela qu'il devait téléphoner à Rick le lendemain matin, ainsi qu'il le faisait chaque jour depuis leur rencontre. Il lui repréciserait la date de l'audience, mais surtout il s'assurerait que le jeune homme n'avait pas disparu et qu'il était toujours prêt à témoigner.

Scott continuait à être tourmenté par l'idée de dénicher quelque éminent praticien qui accepterait de confirmer la justesse des décisions de Kate la nuit où Claudia Stuyvesant était morte.

Le seul qui lui parut susceptible de soutenir Kate fut le Dr Salomon Freund. Kate avait appris que Freund avait tenté de la défendre auprès des autres chefs de service, quelques semaines auparavant. Ayant pris récemment sa retraite, le Dr Freund était désormais libéré de toute obligation morale envers l'hôpital de la Cité ou le Dr Cummins.

Le lendemain, quand Scott trouva Sol Freund dans son bureau de l'hôpital, le vieil homme était occupé à décrocher ses diplômes. Vingt-six rectangles foncés ornaient désormais les murs, là où les cadres avaient été suspendus pendant des années.

— Émérite, émérite, grommelait-il en s'affairant. Un joli titre qui signifie : « Vieillard, il est temps pour toi de t'en aller ! » Peuh ! Je n'avais pas besoin qu'on me le dise ! — Se retournant, il aperçut Scott. — Bonjour, jeune homme, que puis-je pour vous ?

— Je suis avocat, commença Scott.

— Aaah ! L'Ange de la Mort. Que suis-je censé avoir fait de mal ? Un patient traité par mes soins il y a une quarantaine d'années souffrirait-il de migraine et aurait-il l'intention de me poursuivre en justice ?

— Je suis venu solliciter votre aide dans l'affaire Kate Forrester.

— Mon aide ? J'ai beaucoup de sympathie pour cette jeune dame, mais que puis-je faire ?

— Je n'ai pas réussi à trouver un seul médecin dans cet hôpital qui accepte de témoigner en faveur du Dr Forrester.

— Bien entendu. C'est la faute de Cummins. Il a fait savoir que celui ou celle qui apporterait son appui à votre cliente ne ferait pas long feu dans ces murs. Et après tout, comment le blâmer ? Il doit protéger son établissement. C'est l'une des raisons qui m'ont décidé à prendre ma retraite. La médecine n'est plus ce qu'elle était. De mon temps, on commençait par s'occuper des patients, les affaires venaient en second. Évidemment, à cette époque, on pouvait se retirer et vivre le reste de sa vie avec ce qu'un chirurgien dépense aujourd'hui pour son assurance annuelle. Entre l'assurance, la cotisation vieillesse et le gouvernement qui fixe les honoraires, la médecine est devenue une entreprise à fabriquer de l'argent. C'est insupportable, je vous le dis. Insupportable!

Scott avait respectueusement écouté la tirade du vieil homme.

— Docteur, j'ai besoin de médecins qui acceptent de témoigner que Kate Forrester n'a pas fait preuve de négligence envers Claudia Stuyvesant.

— Vous savez sans doute que je suis neurologue?

— Aucun gynécologue ne pense pouvoir apporter son appui à ma cliente, avoua Scott.

— Cela ne m'étonne pas. Témoigner en faveur du Dr Forrester, c'est admettre qu'à sa place on aurait agi exactement de la même façon, et donc que la fille de Stuyvesant aurait subi le même sort. Aucun médecin n'est prêt à reconnaître cela.

— Pour cette raison, je cherche un praticien de renom qui accepterait de soutenir Kate Forrester.

Ignorant la supplique de Scott, Sol Freund se mit à sortir ses livres de médecine de la bibliothèque et à les classer en deux piles. Une partie de ces livres serait envoyée en Floride, il ferait don de l'autre à l'hôpital.

Comprenant qu'il avait échoué dans sa mission, Scott se dirigea vers la porte.

— Jeune homme! le rappela Freund. Cette... cette audience, à quelle date est-elle fixée?

— Les débats commencent lundi, répondit Scott avec espoir.

— Lundi... Quel dommage!

— Oui?

— Lundi, je serai en route pour m'ébattre... N'est-ce pas le mot que les journalistes utilisent lorsqu'ils montrent des gens sur les plages de Floride? Ils... « s'ébattent au soleil », dit-on. Donc, lundi, Nettie et moi ferons partie de ces heureux mortels. Nous quittons New York lundi matin. Les billets d'avion, les bagages... tout est arrangé. — Freund prit un nouveau livre, cligna des yeux pour déchiffrer son titre et le posa sur la plus petite des piles. — Ce n'est pas drôle d'être une femme de médecin, vous savez? reprit-il.

Troublé par cette apparente fin de non-recevoir, Scott

écouta néanmoins ce que le vieil homme avait à lui dire. Visiblement, le Dr Freund luttait avec sa conscience. La moindre des courtoisies exigeait qu'on entendît son autojustification.

— Au début, lorsque j'étais interne, ma Nettie a dû s'habituer à attendre, à être déçue. Les horaires élastiques, les Urgences qui n'en finissent pas... Et je lui promettais sans cesse : « Nettie chérie, dès que j'aurai ma clientèle privée, les choses seront différentes. » Elles l'ont été, en effet. Elles ont empiré! Pour créer son propre cabinet, un jeune médecin doit être disponible à toute heure du jour et de la nuit. Et de nouveau, ce furent les promesses non tenues, les déceptions.

» Vous pensez peut-être qu'avec la notoriété, la situation s'améliore? Eh bien, pas du tout! Quand vous êtes professeur en médecine, les confrères vous appellent pour vous demander un avis, vous devez leur prêter attention chaque fois qu'ils vous sollicitent. Alors, j'ai promis à Nettie : « Crois-moi, chérie, quand je serai à la retraite... » Elle riait et me répondait : « J'y croirai quand je serai dans l'avion et que l'hôtesse de l'air me proposera une boisson, mais pas avant. » C'est Nettie qui a pris les billets et tout organisé. Nous partons lundi matin. D'ailleurs, un camion est déjà en route avec nos meubles et nos affaires. Il faut que nous soyons là pour le réceptionner.

— Je comprends, dit Scott avec sympathie.

— Vous ne comprenez rien du tout! explosa Freund. Vous croyez que cela me fait plaisir de vous dire non, à vous et au Dr Forrester? Mais je n'ai pas le choix. J'ai donné ma parole d'honneur et cette fois, Nettie ne sera pas déçue. D'ailleurs, vous savez comment se déroulent ces procédures légales. J'ai témoigné dans plus d'un procès pour incurie. Vous vous présentez, on remet votre témoignage à une date ultérieure. Vous revenez, on vous renvoie encore. Je suis désolé, jeune homme.

Scott comprit que l'entretien était terminé. Bien qu'il ait malgré tout laissé son numéro de téléphone à Freund, dès qu'il fut sorti, il barra le dernier nom de sa liste de témoins potentiels.

Après cet échec, Scott ne pouvait plus compter que sur la fermeté de Kate en tant que témoin, sur sa propre habileté d'avocat... et sur Rick Thomas.

Pour l'instant, il devait préparer Kate à soutenir le feu auquel elle serait soumise dans quelques jours.

Dès que Kate fut confortablement assise, Scott commença :

— En tant que témoin, on vous demande d'attester des faits. Rapportez ce qui est arrivé, ce que vous avez observé, ce que vous avez fait. Rien de moins, rien de plus. Surtout, n'anticipez pas.

— J'ai compris. Je me contente de répondre aux questions, sans en rajouter.

— Mieux que cela. Même si Hoskins déforme vos réponses, ne discutez pas. Sinon vous aurez l'air d'une jeune femme émotive et tendue, non d'un médecin intelligent, calme et compétent. — Kate hocha la tête. — Bien, dit Scott. Nous allons jouer une petite scène, si vous le voulez bien. Imaginez que je suis Hoskins et que nous en sommes au moment où vous avez appelé Briscoe. Docteur, qu'est-ce qui vous a poussée à faire appel à un confrère ?

Entrant dans son rôle de témoin, Kate répondit :

— Les symptômes de la patiente étaient vagues et ses douleurs abdominales pouvaient provenir d'une infection interne. J'ai pensé qu'un chirurgien saurait si une intervention était nécessaire.

— Qu'attendiez-vous du Dr Briscoe ?

— Quand je lui aurais transmis les informations en ma possession, j'espérais qu'il l'examinerait lui-même.

— Pourquoi ?

Cette question troubla Kate, pour qui la réponse était évidente.

— Pourquoi ? Pour avoir son opinion.

— Si je comprends bien, vous doutiez de votre propre jugement ? insista Scott à la façon d'un véritable procureur.

— Je ne « doutais » pas de mon propre jugement ! protesta Kate. Mais mes observations et les résultats des analyses ne permettaient pas d'établir un diagnostic. Je voulais m'assurer que j'avais bien envisagé toutes les possibilités.

Scott saisit au vol ces mots malheureux.

— Vous admettez donc que vous auriez pu ne pas avoir envisagé toutes les possibilités?

— Je n'admets rien de tel! s'écria Kate d'une voix plus forte. Confrontée à un cas troublant, je voulais l'avis d'un autre médecin. C'est ce qui se fait habituellement dans ce genre de situations. — Scott ne répondit pas. Kate laissa passer quelques secondes avant de reprendre, sur un ton plus doux : — J'en ai trop dit, c'est cela?

— Oui. La bonne réponse est : « pour avoir un second avis », c'est tout. Un second avis, c'est une pratique admise en médecine. N'allez pas parler de « possibilités non envisagées ».

Kate hocha la tête, résolue à ne pas se laisser reprendre au piège.

— Continuons, dit Scott. Docteur, que s'est-il passé quand le Dr Briscoe est arrivé?

— Je lui ai fait part de mes observations, je lui ai montré les résultats des analyses. Il a ensuite procédé à un examen et il est parvenu à la même conclusion que moi.

— A savoir?

— Jusqu'à ce que les symptômes se précisent, il n'y avait rien d'autre à faire que de laisser la patiente sous perfusion, de répéter les analyses et de surveiller les signes vitaux.

— Et après cela?

— Ensuite, j'ai envoyé un nouvel échantillon sanguin au laboratoire, pour une numération globulaire, avec vitesse de sédimentation et électrolytémie. Puis je suis allée soigner d'autres patients. D'ailleurs... — Elle s'interrompit brusquement. — J'allais anticiper, n'est-ce pas?

— Oui, dit Scott. C'est une tendance naturelle. Elle est fondée sur l'idée naïve que plus on dit la vérité, plus l'on vous croit. Vous devez apprendre à vous maîtriser. Reprenons. Briscoe, un nouvel échantillon sanguin pour le laboratoire, vous avez d'autres patients... C'est alors que Hoskins peut vous demander : « Docteur, combien de temps s'est-il écoulé entre le moment où vous avez envoyé cet échantillon sanguin au laboratoire et celui où les résultats vous sont parvenus? »

— Deux heures, environ. Peut-être un peu plus.

— Si bien que pendant deux heures, vous n'avez rien fait de plus pour votre patiente?

— J'avais d'autres malades à traiter! protesta Kate avant de s'excuser : Voilà que je discute encore!

— Exact. La question était : Donc, pendant deux heures, vous n'avez rien fait de plus pour votre patiente?

— L'infirmière, Mme Cronin, continuait de surveiller les signes vitaux. Sans un nouveau rapport du laboratoire ou une évolution des signes vitaux, tout traitement aurait pu se révéler dangereux. — Scott secoua négativement la tête. — Je sais, dit Kate, j'aurais dû dire : Nous avons fait ce qui était indiqué pour la patiente dans cette situation, à savoir la maintenir sous perfusion et surveiller ses signes vitaux.

— Très bien. Précis, correct. Surtout, ne fournissez pas à Hoskins l'occasion de fondre sur vous comme un rapace.

Kate hocha la tête en souriant.

— Au moins, j'apprends.

— C'est vrai. Et pardonnez-moi de me montrer aussi rude. Vous l'apprécierez sans doute plus tard.

Le téléphone sonna. Irrité par cette interruption, Scott décrocha.

— Allô! Ici Van Cleve! aboya-t-il.

— Bonjour, jeune homme, fit la voix du Dr Freund. Pas besoin de hurler. Dites bonjour gentiment.

— Bonjour docteur, dit Scott, un peu embarrassé.

— Écoutez, j'ai parlé à Nettie. Il semble qu'elle ait suivi cette affaire Stuyvesant à la télévision. Elle m'a dit très exactement : « Au bout de cinquante et un ans, nous pouvons bien perdre quelques jours de plus pour une si jolie jeune femme. »

— Et vos déménageurs?

— Le frère de Nettie est plus malin que moi. Il s'est retiré en Floride depuis plusieurs années déjà. C'est lui qui les recevra. Alors si vous pouvez vous engager à me faire témoigner dès lundi, vous avez mon accord.

— Fantastique, docteur! Je ne sais pas comment vous remercier.

— Ne me remerciez pas, remerciez plutôt Nettie. Elle vous répondra certainement d'envoyer un don à une fondation qui se consacre à la paralysie cérébrale. C'est son dada! Maintenant, dites-moi quand vous désirez me voir. Il faudrait que je jette un coup d'œil au dossier, il me semble.

— Je vous rappelle dès demain, docteur.

Après avoir raccroché, Scott tourna vers Kate un visage radieux.

— Freund accepte de témoigner en votre faveur.

— C'est vraiment gentil de sa part, d'autant que je suis une parfaite étrangère pour lui.

— Je crois qu'à ses yeux aucun jeune médecin n'est un parfait étranger, dit Scott. Bien, continuons. Il ne nous reste pas beaucoup de temps jusqu'à lundi.

26

Pour accéder aux bureaux du conseil de l'ordre, Scott et Kate empruntèrent le vieil ascenseur poussif que Scott avait déjà pris une fois, mais qui était nouveau pour Kate. Au moment où la porte de la cabine s'ouvrit, ils aperçurent Albert Hoskins, qui se rendait dans la salle d'audience.

Il accueillit Scott avec une chaleur exagérée.

— Ah, Van Cleve! Et voici le Dr Forrester, je suppose?

Il sourit à Kate, tout en tentant d'évaluer le type de témoin qu'elle serait. « Très jolie », pensa-t-il, ce qui n'avait aucun rapport avec sa qualité de témoin. Il perçut immédiatement qu'elle était vulnérable. Les beaux yeux bleus levés vers lui le lui disaient.

— Eh bien, puisque le bureau est rassemblé, nous allons pouvoir commencer, dit-il.

Avec galanterie, il s'écarta pour faire entrer Kate dans la salle d'audience.

Celle-ci était différente de ce que Kate avait imaginé. Elle s'était représenté une sorte de tribunal, plus modeste sans doute mais offrant au regard la même configuration. Non seulement cette pièce était relativement petite, mais la disposition des tables et des chaises créait une atmosphère pesante et confinée. Trois longues tables étaient disposées en U. Derrière celle qui formait la base se trouvaient quatre chaises, trois rapprochées les unes des autres. Au centre du U, il y avait un siège destiné aux témoins. Sur le côté, contre un mur, Kate aperçut un sténotype sur lequel, sans doute, une secrétaire allait consigner les débats.

Dès que Kate fut assise, elle s'aperçut qu'elle n'était qu'à trois mètres de ses juges, et à un peu moins de quatre mètres de Hoskins, le procureur.

Devinant sa tension, Scott lui prit la main sous la table. Elle était glacée. Il la serra pour lui insuffler un peu de réconfort.

Bien que mal à l'aise, Kate profita du moment de répit qui lui restait pour observer les membres du bureau. Clarence Mott, qui avait été désigné pour présider les débats, se trouvait entre les deux autres, le Dr Maurice Truscott à sa gauche et le Dr Gladys Ward à sa droite. Celle-ci paraissait plus jeune que ses quarante-deux ans. Elle était brune, d'apparence soignée et élégamment vêtue d'un tailleur noir, simplement égayé par le col rouge de son chemisier en soie. Son visage aux traits fins et nets était à peine maquillé. Quant à ses yeux noirs, ils possédaient une acuité remarquable. Kate imagina ces pupilles brillantes au-dessus du masque chirurgical. Dans une salle d'opération, elle devait subjuguer son équipe sans avoir à prononcer un mot. Comme Mott se penchait pour lui chuchoter quelque chose à l'oreille, elle sourit brusquement, révélant en un éclair un aspect d'elle-même plus amène. La seconde suivante, elle incarnait de nouveau la praticienne sûre d'elle et efficace qu'elle était.

Les yeux de Kate se posèrent alors sur le Dr Maurice Truscott. Il devait avoir dans les soixante ans. Sa tête, étonnamment grosse, était auréolée de cheveux d'un gris argenté et surmontait un corps replet. S'il avait consulté un confrère, nul doute que celui-ci l'aurait immédiatement mis au régime. D'un geste machinal, il ne cessait de remonter ses lunettes, qui glissaient le long de son large nez. Bien que l'audience n'eût pas encore commencé, il griffonnait déjà sur un calepin. Que pouvait-il noter? Kate n'osa l'imaginer. Il devait être du genre consciencieux et sans doute avait-il des observations à formuler avant même le début de la séance.

Clarence Mott tapotait la table d'un doigt impatient, car le représentant de l'administration, Kevin Cahill, n'était pas encore arrivé. Avec ostentation, il consulta la montre en or qu'il avait posée devant lui, comme pour rappeler à ses acolytes que le temps était une denrée trop précieuse pour qu'on le gaspillât.

Quelques minutes plus tard, Kevin entra en courant dans la salle, une mallette à la main.

— Excusez-moi, mais l'avion qui m'a amené d'Albany a pris du retard. Et à cette heure-ci, la circulation entre La Guardia et New York est extrêmement dense.

— Pour aller d'Albany à New York, je prends toujours le train, remarqua sèchement le président. — Il attendit que Cahill se fût installé pour reprendre : — Nous connaissons tous la raison de notre présence ici, aussi est-il inutile que je vous la rappelle. Vous êtes prêt, monsieur Hoskins ?

Ce dernier hocha gravement la tête.

— Monsieur le Président, avant mon exposé d'introduction, je voudrais présenter plusieurs documents indispensables à la bonne compréhension de cette affaire. — Tout en tendant les documents un à un, il les nomma : — Une copie intégrale du dossier médical, ainsi que des extraits du registre des Urgences, précisant l'entrée et le décès d'une patiente, Claudia Stuyvesant. Voici le rapport d'autopsie et le certificat de décès, signé par le Dr Kate Forrester. — Se tournant à demi vers Scott et Kate, il observa avec une ingénuité feinte : — Je suppose que maître Van Cleve n'y voit pas d'objection ?

— Maître Van Cleve ? demanda Clarence Mott.

— Pas d'objection, maître.

— Fort bien. Et maintenant, monsieur Hoskins, c'est à vous d'ouvrir la séance.

— Monsieur le Président, docteur Ward, docteur Truscott, monsieur Cahill, la défenderesse ici présente vit aujourd'hui l'un des moments les plus importants de son existence, et croyez bien que j'éprouve à son endroit énormément de sympathie. Cependant, les membres de ce bureau garderont à l'esprit que notre but n'est pas de protéger les médecins mais la population de cet État. Nous devons la protéger contre des praticiens qui, par manque d'entraînement, par manque de compétence ou par faiblesse, ne sont pas qualifiés pour dispenser des soins. En un mot, ils constituent un danger public.

« Par faiblesse, pensa Kate. A quoi fait-il donc allusion ?

Compte-t-il incriminer ma personnalité, ma santé mentale? Est-ce l'une des tactiques contre lesquelles Scott m'a mise en garde? »

Mais Hoskins continuait :

— Les témoignages que nous produirons prouveront que cette femme, Kate Forrester, fait malheureusement partie de ces mauvais médecins. A l'issue des débats, nous demanderons aux membres de ce bureau de proposer au conseil de l'ordre une radiation pure et simple du Dr Forrester.

Malgré elle, Kate ne put s'empêcher d'adresser à Scott un coup d'œil inquiet. Délibérément, ce dernier évita de la regarder et s'adressa au président.

— Monsieur Mott, ma cliente ne désire faire aucune déclaration pour l'instant.

— Je ne suis pas incompétente ou dangereuse, lui chuchota Kate plus fort qu'elle ne l'avait voulu.

Le visage empreint d'une indulgence paternelle, Mott hocha la tête.

— Maître Van Cleve, pouvez-vous informer votre cliente de la façon dont elle doit se comporter durant les séances?

— Bien entendu, monsieur, je suis désolé.

Prenant Kate par la main, Scott entraîna la jeune femme vers la porte.

— Je vous l'ai dit et répété, Kate, gardez vos sentiments pour vous! Quand vous témoignez, et quand vous ne témoignez pas. Il suffit que Hoskins vous tende un piège pour que vous y fonciez tête baissée. Dès maintenant, vous avez fourni aux membres du bureau l'occasion de mal vous juger.

— A quoi sert ma présence ici si vous laissez Hoskins proférer des accusations aussi odieuses contre moi? Pourquoi ne pas admettre tout de suite ma culpabilité et en finir avec cette farce?

— Je n'ai pas l'intention de laisser le champ libre à Hoskins, mais vous devez me faire confiance, chuchota Van Cleve avec une certaine véhémence. Je n'ai jamais désiré gagner un procès comme aujourd'hui. Parce qu'il s'agit de vous.

Réalisant que cette déclaration était plus qu'un simple

engagement d'avocat à client, Kate plongea dans les yeux gris de Scott. Elle y trouva le réconfort qu'elle cherchait.

— Je suis désolée, murmura-t-elle. Agissez comme vous pensez devoir le faire.

Ils retournèrent s'asseoir.

— Monsieur le Président, déclara Scott à Clarence Mott, je puis vous assurer que l'audience se déroulera désormais sans incident, du moins de notre fait.

— Parfait, dit Mott en se tournant vers Hoskins. Quel est le nom de votre premier témoin, maître?

Au lieu de répondre, Hoskins se dirigea vers la porte et engagea une brève conversation avec un garde. Ce dernier disparut pour réapparaître un instant plus tard. Il échangea quelques mots avec Hoskins, qui s'écarta pour laisser passer le premier témoin, Mme Claude Stuyvesant. Son époux, Claude Stuyvesant, la suivait de près.

Scott pressa doucement la main de Kate.

— Mme Stuyvesant? chuchota-t-il. — Comme elle hochait affirmativement la tête, Scott se leva. — Monsieur le Président, puis-je savoir si maître Hoskins compte appeler cette dame à la barre des témoins?

— En effet, affirma le procureur en guidant Mme Stuyvesant jusqu'à la chaise destinée aux témoins.

— En ce cas, continua Scott, j'objecterai que Mme Stuyvesant ne peut en aucun cas fournir aux membres de ce bureau des renseignements solides et pertinents.

— Bien au contraire! s'écria Hoskins.

Mais Scott n'entendait pas se laisser réduire au silence.

— Cette dame n'est pas médecin. Elle n'est donc pas qualifiée pour porter un jugement sur les événements qui ont eu lieu pendant la nuit en question. Il est clair que le seul but du procureur est d'introduire un élément émotionnel dans des débats qui seraient mieux servis si l'on s'en tenait à des arguments purement médicaux.

Hoskins hocha tristement la tête.

— Mon jeune confrère n'est visiblement pas rompu à nos procédures. Un tribunal rejetterait peut-être le témoignage de Mme Stuyvesant, mais je suis certain que les membres de ce bureau souhaitent l'entendre, ne serait-ce que pour comprendre les circonstances qui ont entouré la mort tragique de sa fille. Je demande au représentant de l'administration de trancher en la matière.

Tous les yeux se tournèrent vers Kevin Cahill. Les instructions de son oncle à l'esprit, ce dernier toussota avant de prendre la parole avec emphase :

— Monsieur le Président, nous reconnaissons que le témoignage de cette dame risque de teinter les débats d'émotivité. — L'espace d'un instant, Scott et Kate crurent avoir marqué un point, mais leur optimisme était prématuré. — D'un autre côté, continua ce dernier, nous devons réfléchir sur ce point : si tous les témoins susceptibles de provoquer l'émotion étaient écartés, la moitié de ceux qui se présentent devant les tribunaux le seraient. On nous propose d'écouter un témoin qui a assisté aux événements en question. Tant mieux si elle est incapable de porter sur eux un jugement médical. Laissons ce soin aux spécialistes de ce bureau. S'il est clairement établi dès le départ que maître Hoskins ne posera au témoin aucune question de nature médicale, alors elle me semble parfaitement qualifiée pour nous faire part de ce qu'elle a vu et entendu.

— Il aurait pu dire tout cela en moins de mots, chuchota Scott à Kate.

Clarence Mott fit signe à Mme Stuyvesant de prendre place. Dès qu'elle fut assise, elle prêta serment et fournit à la sténotypiste ses noms et adresse :

— Nora Stuyvesant, 987 Park Avenue, New York.

Clarence Mott laissa s'écouler quelques secondes avant de commencer :

— Madame Stuyvesant, sachez que les membres de ce bureau sont conscients de votre douleur. Si à un moment ou à un autre vous éprouviez le besoin de prendre une pause, n'hésitez pas à la demander.

Mme Stuyvesant posa sur le président un regard vide, comme si elle ne reconnaissait pas en lui un habitué de sa maison.

— Merci, monsieur Mott, dit-elle cérémonieusement.

D'un signe, Mott indiqua à Hoskins qu'il lui passait la parole.

— Madame, dit ce dernier, laissez-moi tout d'abord vous assurer que personne ne vous plaint davantage que moi. Quel cauchemar pour une mère que d'accompagner à l'hôpital sa fille pour des symptômes mineurs, et de la voir mourir quelques heures plus tard!

Scott se leva à moitié pour intervenir :

— Monsieur Mott, c'est exactement le type de propos contre lequel je m'insurge. Ne pourrions-nous en finir avec ce ton larmoyant pour en venir aux faits?

— Maître Van Cleve, rétorqua sèchement Clarence Mott, je ne vois rien d'excessif dans la façon dont maître Hoskins vient d'exprimer sa sympathie à Mme Stuyvesant. Et à moins que M. Cahill ne me contredise, je conserverai dans le procès-verbal les paroles qu'il vient de prononcer.

— Étant donné les circonstances, confirma Cahill, les propos de maître Hoskins sont tout à fait naturels et appropriés.

Kate remarqua que Cahill lançait un bref coup d'œil en direction de Claude Stuyvesant, dont le visage impassible, comme pétrifié, n'exprimait rigoureusement rien. Incontestablement, sa présence était imposante. Sans avoir à prononcer le moindre mot, il dominait les débats.

Ainsi encouragé, Hoskins posa sa première question :

— Madame Stuyvesant, racontez-nous le plus simplement possible les événements qui ont précédé votre arrivée à l'hôpital de la Cité, cette nuit fatale.

— Vers 20 heures, ce samedi soir, ma fille Claudia m'a téléphoné. Elle vivait seule depuis près d'un an, mais ce soir-là, elle m'a demandé de passer la voir. Elle ne se sentait pas bien. Elle souffrait de nausées, de vomissements et d'une légère diarrhée. Elle s'était d'abord soignée elle-même, mais en vain, aussi ai-je commencé par appeler notre médecin de famille, le Dr Eaves. Malheureusement, il n'était pas en ville. J'ai donc décidé de l'emmener dans un établissement de soins que je croyais excellent, l'hôpital de la Cité. J'avais tort sur ce point, malheureusement.

— Quand vous êtes arrivées, que s'est-il passé?

— Nous nous sommes présentées aux Urgences, où nous avons dû répondre à toutes sortes de questions. Sans doute sont-elles nécessaires. Ensuite, on nous a emmenées dans une salle d'examen.

— Et alors?

— Naturellement, j'ai demandé à voir un médecin. Mais au lieu de cela, on m'a envoyé une infirmière. Une certaine Mme Cronin, si je me souviens bien. De nouveau, j'ai réclamé un médecin. Elle m'a assuré qu'il arriverait bientôt. Quand elle a voulu prendre la température et le pouls de ma fille, j'ai protesté. « Ne perdez pas de temps, lui ai-je dit, allez chercher un médecin ! » Mais cette infirmière a poursuivi son manège, tout en me promettant que le docteur n'allait pas tarder à arriver. Or personne n'est venu.

— Vraiment ?

— Du moins, pas avant que je proteste vigoureusement.

— Et quand le médecin est arrivé...

— C'était... — Mme Stuyvesant jeta un regard furieux à Kate. — C'était cette femme.

— Et qu'a-t-elle fait ?

— Rien de plus que l'infirmière. Elle a pris le pouls de Claudia et lui a posé quelques questions. Ensuite, elle a quitté ma fille pour aller voir d'autres patients.

— Vous voulez dire qu'elle n'a fait que cela ? feignit de s'étonner Hoskins.

— Et lorsque je l'ai suppliée de rester, elle m'a agressée.

Le visage de Hoskins s'empreignit d'incrédulité.

— Elle vous a agressée !

— Elle m'a rudement repoussée sur le côté avant de se rendre auprès d'un autre patient.

— Elle a porté la main sur vous ?

— Elle m'a poussée, puis elle est partie, confirma Mme Stuyvesant.

Kate tira sur la manche de Scott pour démentir les accusations de Mme Stuyvesant, mais il continua de prendre des notes.

— Je suppose que cela ne s'est produit qu'une seule fois ? demanda Hoskins.

— Non. Elle a recommencé plusieurs heures après, affirma Mme Stuyvesant en foudroyant Kate du regard.

— Que s'est-il passé après que le Dr Forrester vous eut agressée ?

Scott se leva pour protester.

— Monsieur Mott, dites à maître Hoskins qu'il n'a pas à qualifier ainsi le comportement de ma cliente.

— Maître Van Cleve, rétorqua Mott, si porter la main sur autrui et le repousser avec violence ne constitue pas une agression, que vous faut-il de plus ? Il aurait fallu que votre cliente utilise une batte de base-ball, ou bien une arme à feu ?

— J'aimerais que le procès-verbal précise qu'aucune preuve de violence n'a été apportée. C'est pourquoi je m'insurge contre l'emploi de ce terme d'« agression ».

Avec une indulgence teintée d'impatience, Mott se tourna vers la sténotypiste.

— Enregistrez l'objection de maître Van Cleve, je vous prie. Je suis désolé de cette interruption, maître Hoskins, veuillez poursuivre.

— Madame Stuyvesant, reprit ce dernier, que s'est-il passé ensuite ?

— Ce... médecin a fini par revenir. Elle a encore posé des questions et elle a prélevé du sang qu'elle a envoyé au laboratoire. Puis elle a dit qu'il fallait attendre les résultats des analyses.

— C'est tout ?

— Elle a dit à l'infirmière de maintenir Claudia sous perfusion et de continuer à surveiller son pouls et sa tension. Je l'ai suppliée de donner au moins un antibiotique à ma fille. Elle a refusé.

— Vous avez demandé un antibiotique à ce médecin, qui a refusé ? répéta Hoskins sur un ton à la fois troublé et inquiet.

— Absolument !

— Est-ce tout ce qu'a fait le Dr Forrester ?

— Non. Elle est revenue plusieurs fois, sans jamais pouvoir prendre une décision. Elle a finalement appelé un autre médecin, ce par quoi elle aurait dû commencer.

Sans laisser à Scott le temps de protester, Hoskins se hâta de poser la question suivante :

— Madame Stuyvesant, à quel moment le Dr Forrester, ou le Dr Briscoe, ont-ils décidé pour votre fille d'un autre traitement que la perfusion ?

— Jamais ! Ils n'ont jamais rien fait pour elle ! La seule fois où ils sont enfin intervenus, le Dr Briscoe a demandé une sonde qu'il s'apprêtait à introduire pour voir s'il y avait une hémorragie... A cet instant, ma fille a cessé de respirer.

— Et alors?

— Ils l'ont emmenée dans une autre pièce. J'ai voulu les suivre, mais cette femme m'en a empêchée.

— Quand avez-vous revu le Dr Forrester, ou le Dr Briscoe?

Mme Stuyvesant pointa un doigt accusateur sur Kate.

— Elle est sortie de la salle. J'ai tout compris rien qu'à voir l'expression de son visage. Alors, je lui ai dit : « Vous l'avez tuée! » Et elle a répondu — ces mots se sont gravés à jamais dans ma mémoire : « Mme Stuyvesant, nous avons fait tout ce que nous avons pu, je vous le jure! » Tout ce qu'ils avaient pu, vraiment! Ils n'ont rien fait! Comme on l'a su plus tard, ils auraient pu la sauver s'ils avaient essayé! Si au moins ils m'avaient laissée entrer, j'aurais fait quelque chose, moi!

A bout de nerfs, elle éclata en sanglots.

— Je vous en prie, madame Stuyvesant, dit Hoskins avec douceur, j'ai encore quelques questions à vous poser. Vous sentez-vous capable de poursuivre, ou désirez-vous une pause?

Scott ne disait rien à Kate, bien qu'il bouillonnât intérieurement. Il avait déjà vu des avocats utiliser un témoin pour susciter un maximum d'émotion, mais rarement avec une telle absence de scrupules. Non seulement Hoskins chatouillait la sensibilité des trois membres du bureau, mais il lançait de temps à autre un coup d'œil à Stuyvesant, comme pour bien s'assurer que le grand homme ne l'oublierait pas après l'audience. Scott ne doutait plus désormais que Hoskins convoitait un emploi plus lucratif dans l'une des entreprises de Stuyvesant, ou dans l'un des cabinets juridiques qui travaillaient pour lui. Pour atteindre son but, il se montrait particulièrement bienveillant envers Mme Stuyvesant et n'hésiterait pas à détruire au passage la vie et la carrière de Kate.

Quand Mme Stuyvesant se fut suffisamment calmée pour émerger de son mouchoir trempé de larmes, Hoskins lui demanda gentiment :

— Madame, vous sentez-vous capable de poursuivre?

Elle hocha la tête.

— Très bien. Donc, ils vous ont tenue à l'écart quand votre fille mourait. Puis, cette femme est venue vous dire... Et ensuite, madame Stuyvesant ?

— Quelqu'un — je ne me rappelle plus qui — m'a conduite jusqu'à ma limousine, dans laquelle j'avais amené ma fille, légèrement malade et dans laquelle je repartais seule. Elle était morte.

De nouveau elle se mit à pleurer. Comprenant qu'il avait tiré d'elle tout l'effet affectif qu'il en espérait, Hoskins débita la phrase qu'il avait préparée.

— Madame, je suis certain que les membres du bureau comprennent ce que vous ressentez à cet instant, et compatissent. Je n'ai plus de questions.

Le président se tourna vers Scott.

— Maître Van Cleve, voulez-vous procéder à un contre-interrogatoire ?

Mais toute son attitude proclamait : « Oserez-vous vraiment questionner cette malheureuse ? »

Pendant que Scott réfléchissait, Kate examinait ses juges.

Le Dr Maurice Truscott prenait des notes abondantes, le visage crispé par une moue chagrine. On aurait dit que, troublé par ce qu'il venait d'entendre, il prenait soin d'inscrire ses sentiments de peur de les oublier.

Le Dr Ward, au contraire, donnait l'impression d'être parfaitement extérieure aux débats, comme si elle n'avait rien éprouvé. Bien qu'elle cherchât à éviter le regard de Kate, elle finit par lui lancer un coup d'œil lourd de réprobation.

Clarence Mott se pencha vers Kevin Cahill, qui quitta son siège pour venir discuter avec lui. Lorsque le représentant de l'administration eut regagné sa place, le président se tourna vers Scott.

— Maître Van Cleve, nous attendons votre décision.

27

Conscient du risque que prenait toujours un avocat qui choisissait d'interroger un témoin de la partie adverse en proie à une forte émotion, et particulièrement une mère éplorée, Scott Van Cleve déclara :

— Monsieur Mott, j'ai bien l'intention de poser quelques questions à Mme Stuyvesant, mais auparavant je suis prêt à lui accorder quelques instants de répit.

Nora Stuyvesant s'essuya les yeux en reniflant.

— Je suis prête à continuer. Je... je ferai de mon mieux.

Hoskins retourna s'asseoir, la mine satisfaite. Il savait parfaitement que plus le jeune avocat attaquerait Mme Stuyvesant, plus les membres du bureau éprouveraient de sympathie pour elle.

Également conscient du péril, Scott s'approcha du témoin.

— Je vous en prie, madame Stuyvesant, n'hésitez pas à prendre votre temps pour répondre à mes questions.

— Merci, répliqua-t-elle sèchement.

Après qu'elle eut, une fois de plus, tamponné ses yeux humides avec son mouchoir, Scott commença :

— Dites-moi, madame Stuyvesant, lorsque vous avez amené votre fille à l'hôpital, diriez-vous qu'elle se plaignait à peine, un peu ou beaucoup?

Mme Stuyvesant hésita, cherchant le terme le moins compromettant.

— Je dirai... un peu.

— Mais pas de façon alarmante? insista Scott.

— Un peu, répéta-t-elle.

— Pas suffisamment pour que vous puissiez soupçonner un problème grave?

— Je vous ai dit qu'elle se plaignait un peu, s'entêta Mme Stuyvesant.

— Mais pas de façon à suggérer que sa vie était menacée?

Hoskins se leva.

— Monsieur le Président, monsieur le représentant de l'administration, j'en appelle à votre raison. Comment une mère telle que Mme Stuyvesant, ignorant tout de la médecine, pourrait avoir une opinion sur l'état de santé d'un patient?

— Je partage votre avis, maître Hoskins! s'exclama Scott. Il y a à peine quelques minutes, poursuivit-il en consultant ses notes, Mme Stuyvesant disait qu'elle avait amené à l'hôpital sa fille « légèrement malade ». En réalité, l'état de cette jeune fille était critique lorsqu'elle s'est présentée aux Urgences mais, pour des raisons que j'exposerai plus tard, des informations cruciales ont été dissimulées au Dr Forrester.

Hoskins sourit avec condescendance.

— Maître Van Cleve, j'ai toujours pensé qu'un médecin est plus apte — ou du moins devrait-il l'être — à établir un diagnostic qu'un profane. Aussi admettrons-nous que ce que Mme Stuyvesant considérait comme des symptômes sans gravité aurait dû être identifié par un médecin compétent comme alarmant, grave ou menaçant.

Kevin Cahill choisit cet instant pour intervenir.

— La décision du représentant de l'administration est que, le témoin n'étant pas aussi qualifié qu'un expert, on n'a pas à lui demander un avis. Mme Stuyvesant ne peut témoigner que sur les faits.

Scott n'avait d'autre choix que de s'incliner.

— Madame Stuyvesant, j'ai cru comprendre, d'après ce que vous avez dit, que votre fille ne vivait plus sous votre toit?

— Que voulez-vous ? De nos jours, les jeunes ne parlent que de leur liberté. Ils veulent leur indépendance, vivre comme ils l'entendent. C'est d'autant plus facile quand papa verse chaque mois une coquette somme, répondit

Mme Stuyvesant en lançant un regard à son mari, assis à l'autre bout de la table.

— Depuis combien de temps Claudia avait-elle quitté le domicile familial? demanda Scott.

— Huit mois, peut-être un peu plus, dit Mme Stuyvesant. Davantage, ajouta-t-elle aussitôt. Je me rappelle une réflexion de Claude... Il disait que notre fille était partie depuis près d'un an, mais qu'elle ne nous avait jamais invités chez elle, au Village.

— Êtes-vous restés en contact avec elle, pendant ce laps de temps?

Hoskins s'adressa au représentant de l'administration :

— Monsieur Cahill, nous sommes ici pour décider si un médecin doit continuer d'exercer. En quoi ces questions concernant la famille de sa victime peuvent-elles nous y aider?

Cahill tourna vers Scott un visage réprobateur.

— Qu'en dites-vous, maître Van Cleve?

— Je conteste à maître Hoskins le droit de parler de victime! Mais je prouverai incessamment que ces questions sont en relation étroite avec ces débats. Pouvez-vous nous éclairer sur ce point, madame Stuyvesant?

— Claudia nous appelait de temps en temps.

— Fréquemment?

— J'ai dit de temps en temps.

— A l'occasion de l'un de ces appels, Claudia a-t-elle parlé d'un jeune homme du nom de Rick Thomas?

— Rick Thomas? répéta Mme Stuyvesant d'une voix troublée.

— Ce nom ne vous dit rien?

Nora Stuyvesant laissa passer quelques secondes avant de répondre :

— Non. Rien du tout.

— Cela vous surprendrait-il si je vous disais que votre fille et ce Rick Thomas vivaient ensemble au moment...

Scott ne put achever car Claude Stuyvesant s'était levé d'un bond et pointait sur lui un doigt accusateur.

— Je ne le supporterai pas! Je ne supporterai pas qu'on utilise de tels procédés d'avocassier pour salir le nom de ma fille défunte! J'exige que vous forciez cet homme à retirer ses propos infamants.

— Monsieur Stuyvesant, monsieur Stuyvesant..., s'interposa le président, croyez bien que nous sommes conscients de la tension à laquelle vous êtes soumis en tant que père de la victime. Mais dans l'intérêt de la population de cet État, tout comme dans le vôtre, nous devons mener ces débats méthodiquement.

Rouge de colère, les yeux noirs d'exaspération, Stuyvesant se rassit lentement.

Mott fit signe à Scott de reprendre.

— Madame Stuyvesant, je vous parlais d'un certain Rick Thomas.

Hoskins se leva à son tour.

— Monsieur Mott, puisque Mme Stuyvesant a déjà affirmé n'avoir jamais entendu parler de ce Rick Thomas, je ne vois pas l'utilité de la harceler ainsi, et je suis sûr que M. Cahill partagera mon point de vue. Je vous prie de bien vouloir demander à maître Van Cleve de ne pas insister. Et s'il n'a pas de questions susceptibles d'éclairer cette affaire, je suggère que nous mettions fin à une épreuve qui se révèle pénible pour le témoin et son époux.

Certain que Scott allait se soumettre, Hoskins resta debout, prêt à appeler son témoin suivant.

— J'ai encore quelques questions, maître Hoskins, répliqua le jeune avocat.

— En ce cas, posez-les, dit Clarence Mott avec une visible réprobation.

— Madame Stuyvesant, saviez-vous que votre fille avait l'habitude de consommer des drogues, prescrites légalement ou non?

De nouveau, Stuyvesant se dressa.

— Bon sang! J'exige que vous l'empêchiez de salir ma fille!

— Je vous en prie, monsieur Stuyvesant, intervint Mott, laissez-moi mener les débats à ma façon. Maître Van Cleve, avez-vous l'intention de produire un rapport médical ou des analyses de laboratoire pour appuyer vos dires?

— Monsieur le Président, j'ai de très bonnes raisons d'affirmer que mes assertions sont fondées.

— En ce cas, le rapport d'autopsie aurait dû en faire état, protesta Hoskins. Il n'y fait pourtant pas la moindre allusion. Comment expliquez-vous cela, maître Van Cleve?

— Ainsi que me l'a expliqué le médecin légiste, une fois la cause de la mort établie, il n'a pas jugé utile de poursuivre son enquête, répliqua Scott.

— Et les analyses qui ont été effectuées à l'hôpital? Si elles mentionnaient ce fait, nul doute que maître Van Cleve les aurait produites.

— Ma cliente a envoyé au laboratoire un échantillon sanguin et demandé une recherche de substances toxiques. Celle-ci a bien été effectuée, mais on n'en trouve nulle trace dans le dossier médical, rétorqua Scott.

— On n'en trouve nulle trace dans le dossier médical, répéta Hoskins d'une voix moqueuse. Pour commencer, maître Van Cleve évoque un mystérieux et mythique personnage du nom de Rick Thomas, maintenant il se réfère à un rapport de laboratoire manquant. Tout ceci étant bien sûr destiné à noircir la réputation d'une jeune fille défunte, incapable de se défendre. Je défie maître Van Cleve de citer ce Rick Thomas! Je le défie de nous apporter la preuve que cette analyse a jamais existé!

— Qu'en dites-vous, maître Van Cleve? demanda le président.

— Je ferai de mon mieux pour satisfaire maître Hoskins, répliqua Scott.

Sentant qu'il avait désormais parfaitement préparé le terrain pour introduire Rick Thomas devant le bureau, il décida de ne pas exploiter davantage la situation et se contenta de poursuivre son interrogatoire.

— Madame Stuyvesant, vous avez dit tout à l'heure que le Dr Forrester vous avait « agressée ».

— Oui, parce que c'est vrai!

— Savez-vous où le docteur allait quand cet incident a eu lieu?

— Je n'en ai aucune idée.

— Vous n'avez pas entendu une infirmière l'appeler pour une autre urgence?

— Oui, il s'agissait d'un autre patient, admit Nora Stuyvesant.

— En ce cas, on peut dire qu'elle n'« abandonnait » pas votre fille, mais qu'elle la quittait momentanément pour se porter au secours d'un autre malade.

— Seule la santé de ma fille m'intéressait.

— Est-ce pour cette raison que vous vous êtes interposée entre la porte et le Dr Forrester de façon à l'empêcher de sortir ?

— Je ne pouvais lui permettre de laisser ma fille, qui était encore plus malade que je ne le pensais, s'entêta Mme Stuyvesant.

— Madame Stuyvesant, persisteriez-vous dans cette opinion si je vous apprenais que le malade en question souffrait d'une grave attaque cardiaque qui aurait pu le tuer s'il n'avait été immédiatement soigné par un médecin ?

— Ma fille était la seule patiente qui m'intéressait.

— Je vous comprends tout à fait, madame Stuyvesant. Une mère est d'abord concernée par la santé de son enfant. Mais le Dr Forrester était responsable de nombreuses vies, cette nuit-là. Elle devait s'occuper de tous les malades qui se présentaient. Parce que vous vous trouviez sur son chemin, elle vous a écartée pour remplir son devoir. Pensez-vous toujours avoir été victime d'une « agression » ?

— Elle m'a repoussée sans ménagements, s'exclama Mme Stuyvesant. Je suis sûre qu'elle se serait montrée plus violente si j'avais résisté.

— Si je comprends bien, madame Stuyvesant, lorsque le Dr Forrester vous bouscule légèrement pour se rendre auprès d'un patient, vous appelez cela une agression. Vous pensez même qu'elle aurait pu faire preuve de violence si vous aviez résisté... Permettez-moi de suggérer que quelque chose vous tourmentait lorsque ces événements se sont produits. Qu'est-ce que c'était, madame Stuyvesant ?

Celle-ci fixa le jeune avocat sans répondre.

Hoskins s'était raidi. Claude Stuyvesant posa sur Scott des yeux rétrécis, tandis que le Dr Truscott levait un instant le nez de ses notes. Quant à Gladys Ward, qui n'en avait pris aucune, elle considérait la scène d'un air nettement plus intéressé.

Le président sembla sur le point d'intervenir. Il jeta un coup d'œil en direction de Kevin Cahill, mais ce dernier ne lui donna aucun signe d'encouragement, si bien que Scott fut autorisé à poursuivre.

— Madame Stuyvesant? insista-t-il. — Comme elle ne répondait toujours pas, il reprit : — Madame Stuyvesant, lorsque le Dr Briscoe vous a raccompagnée jusqu'à votre limousine, vous rappelez-vous ce que vous avez dit?

— Je ne me rappelle rien! nia-t-elle très vite.

— C'est curieux parce que plusieurs personnes vous ont entendue déclarer : « Il va m'en vouloir, il va m'en vouloir! » Vous vous souvenez de ces paroles?

— Je vous ai déjà dit que non!

Ayant tous deux remarqué la colère croissante de Claude Stuyvesant, Hoskins et Cahill se levèrent d'un même mouvement.

— Monsieur le Président, déclara Cahill à sa manière pontifiante, ces stratégies déloyales sont davantage destinées à troubler le témoin qu'à aider ce bureau à remplir ses fonctions. En fait, ces questions, totalement étrangères au débat, me semblent calculées pour masquer la raison essentielle de notre présence ici, qui est de statuer sur le cas du Dr Forrester.

— Mon but est au contraire de faire la lumière sur ce qui s'est réellement passé durant ces heures cruciales, rétorqua Scott. Et c'est ce que je prouverai au cours de ma plaidoirie.

Conscient que cet échange était scrupuleusement retranscrit par la sténotypiste et pourrait un jour être examiné en cas d'appel, Kevin Cahill concéda à regret :

— Admettons... Je vous autorise à poursuivre, maître, du moins pour le moment.

Scott se tourna vers le témoin.

— Madame Stuyvesant, avez-vous dit, oui ou non : « Il va m'en vouloir... Il va m'en vouloir! »?

— Je n'ai jamais prononcé ces mots, affirma Mme Stuyvesant.

— Je dois donc en conclure que le Dr Briscoe, le Dr Forrester et tous ceux qui prétendent le contraire sont des menteurs?

— Pourquoi pas? s'écria Nora Stuyvesant en se levant à demi. Ils sont tous plus ou moins responsables de la mort de ma fille, et maintenant ils mentent pour se protéger. Les médecins resserrent toujours les rangs quand il s'agit de défendre leurs petits privilèges. — Elle se leva et apostropha Kate Forrester : — Vous l'avez tuée ! Et maintenant, votre avocat n'hésite pas à fausser la réalité pour vous protéger. Mais vous ne l'emporterez pas au paradis ! Claude Stuyvesant ne le permettra pas !

Épuisée par ce brusque accès de colère, Nora Stuyvesant retomba lourdement sur son siège.

— Madame Stuyvesant, demanda doucement Scott, vous rappelez-vous que le Dr Forrester a interrogé votre fille à propos de sa vie sexuelle ? — Comme elle ne répondait pas, il insista : — Vous vous en souvenez, madame Stuyvesant ?

La voyant hocher imperceptiblement la tête, Scott se tourna vers le président.

— Monsieur Mott, veuillez demander à votre sténotypiste de préciser que Mme Stuyvesant a acquiescé.

— Bien entendu. Poursuivez, maître Van Cleve.

— Madame Stuyvesant, vous rappelez-vous la réponse de votre fille à cette question ? — Scott attendit quelques secondes, puis : — Si votre mémoire vous trahit, permettez-moi de la rafraîchir. Votre fille a nié avoir eu des relations sexuelles ces derniers temps. Est-ce vrai ?

Une fois encore, Mme Stuyvesant hocha imperceptiblement la tête. Scott se tut un instant, avant de demander :

— Madame Stuyvesant, puisque nous connaissons maintenant les conclusions du médecin légiste, nous savons que votre fille mentait. Voyez-vous une raison pour qu'elle ait dissimulé la vérité au médecin qui s'efforçait de la soigner ?

— Non... non... J'ignore pourquoi elle a fait cela, prononça Mme Stuyvesant d'une voix à peine audible.

— Merci, madame Stuyvesant, ce sera tout. — Scott allait s'éloigner quand, feignant de combler un oubli, il revint vers le témoin. — Juste une question, madame Stuyvesant. Quand vous avez dit : « Il va m'en vouloir... Il va m'en vouloir », à qui pensiez-vous, exactement ?

— Je vous ai dit que je ne me rappelle pas avoir prononcé ces mots !

— Verriez-vous une relation possible entre la crainte que vous inspire cette personne et le fait que votre fille a menti au médecin ?

Mme Stuyvesant le foudroya du regard sans mot dire. Hoskins se porta à son secours.

— Monsieur le Président, est-il bien utile de poser au témoin des questions qui ne reposent que sur des conjectures?

— Vous avez raison, dit Scott, pardonnez-moi. Je n'ai plus de questions.

— Moi non plus, dit Hoskins.

S'approchant de Mme Stuyvesant, il l'aida à se lever et la conduisit jusqu'à son mari tout en lui prodiguant des encouragements :

— Je sais combien cette épreuve a dû être pénible pour vous, madame Stuyvesant. C'est dans l'intérêt de la justice et de la vérité que je vous ai demandé de la supporter. Je vous en remercie, au nom de tous les habitants de cet État. — Après avoir confié la mère éplorée aux mains de son mari, il se tourna vers ce dernier. — Vous êtes libres de vous en aller, monsieur.

Stuyvesant hocha la tête et embrassa son épouse, comme pour lui signifier qu'elle pouvait partir mais qu'il avait lui-même l'intention d'assister aux débats jusqu'au bout.

— Je préférerais rester, protesta-t-elle doucement.

— Tu en as assez supporté pour la journée, ma chérie, dit Stuyvesant.

— Mais nous devons défendre la mémoire de Claudia et...

— J'y veillerai, ma chérie. Rentre à la maison et tâche de te remettre, après ce que t'a fait subir ce petit avocat. — Elle résista encore un instant, jusqu'à ce qu'il ordonnât : — Va, Nora!

Docilement, elle obtempéra. Dès qu'elle eut quitté la salle, Hoskins se dirigea vers la table où siégeaient les membres du bureau, faisant signe à Cahill de se joindre à eux. Afin de parer à toute manœuvre déloyale, Scott se hâta d'approcher à son tour.

— Monsieur Mott, disait le procureur, je désirerais modifier le cours de cette procédure.

— Nous étions convenus qu'après la déposition de Mme Stuyvesant je serais autorisé à appeler le Dr Freund à la barre, protesta Scott. Vous savez qu'il a remis son départ pour la Floride afin de se présenter aujourd'hui devant ce bureau!

— Je ne l'ai pas oublié. Je voudrais seulement appeler avant lui un autre témoin, répliqua Hoskins. Ce ne sera pas long, rassurez-vous. En fait, cela dépend de vous, Van Cleve.

— De moi ? Qui est votre témoin ?

— Vous !

— Moi ? Vous avez perdu l'esprit, je suppose !

Ignorant cette remarque, Hoskins se tourna vers le représentant de l'administration.

— Monsieur Cahill, à en juger par les questions que maître Van Cleve a posées à Mme Stuyvesant, il détient des informations que nous ne possédons pas. C'est pourquoi je suggère qu'il nous révèle ce qu'il sait.

Kevin Cahill réfléchit un instant avant de décider :

— Votre point de vue me semble justifié, maître Hoskins. La réflexion de ce bureau ne doit pas être troublée par ce qui s'avérerait n'être que le produit de l'imagination de maître Van Cleve. Maître Van Cleve, veuillez prêter serment, je vous prie.

Quand Scott fut assis sur la chaise des témoins, Hoskins commença :

— Maître Van Cleve, vous êtes membre du barreau de cet État ?

— Oui.

— En ce cas, vous êtes conscient qu'un avocat répond des témoins qu'il cite devant un tribunal comme devant n'importe quel type de cour ?

— Bien entendu.

— Quand Mme Stuyvesant a témoigné, vous avez bien parlé d'un individu nommé Rick Thomas ?

— En effet.

— Et vous avez prétendu que ce Rick Thomas vivait avec la fille de Mme Stuyvesant juste avant la mort de celle-ci ?

— C'est vrai.

— De qui teniez-vous ces informations ?

— De Rick Thomas.

— Ignorez-vous que ce bureau a le pouvoir d'assigner les témoins ? Et que, s'il existe vraiment, ce M. Thomas peut être convoqué en ce lieu ?

— Je le sais, évidemment.

— Lui avez-vous remis cette convocation?

— Non. Je dois admettre que non.

— Ah ah! Si je comprends bien, cette conversation avec l'hypothétique M. Thomas pourrait aussi bien n'être qu'une supercherie.

— Ce n'est pas une supercherie, affirma Scott d'une voix forte.

— Est-ce Rick Thomas qui vous a dit que Claudia Stuyvesant se droguait?

— Qui le saurait mieux que lui? Il a vécu avec elle, ne l'oubliez pas.

— Quant à cela, maître Van Cleve, libre à chacun de vous croire. Selon moi, ce Rick Thomas est un pur produit de votre imagination. Vous ne l'avez inventé que pour accomplir ce dont M. Stuyvesant vous a accusé : salir la mémoire de sa fille défunte dans le but d'innocenter votre cliente. Rien de plus!

Se détournant de Scott, il quêta du regard l'approbation de Stuyvesant. Son espoir fut récompensé, car ce dernier hocha imperceptiblement la tête.

Scott Van Cleve quitta son siège pour rejoindre Kate, visiblement secouée par ce dernier affrontement.

— Pourquoi n'avez-vous rien dit? Nous avons vu Rick, nous lui avons parlé, je pourrais le confirmer.

— Sûrement pas! Tout a marché à la perfection. Je lui ai tendu un piège et il est tombé dedans. Plus il développera cette idée que je fabule, plus l'apparition de Rick Thomas produira d'effet.

Avant d'appeler le Dr Freund à témoigner, le président proposa une pause. Scott Van Cleve en profita pour se ruer dans le corridor, où se trouvait un téléphone public. Après avoir composé le numéro, il attendit deux sonneries avant que son correspondant décrochât.

— Rick? Ici Van Cleve. Tout va bien?

— Ça baigne, mec, ça baigne!

— Tenez-vous prêt à témoigner bientôt. Et n'oubliez pas de mettre la chemise et la cravate que je vous ai achetées.

— O.K., mec.

Après avoir raccroché, Scott regagna la salle d'audience, confiant en l'avenir.

28

Comme convenu avec le président Mott et le procureur Hoskins et par respect envers un homme qui avait servi l'hôpital de la Cité pendant tant d'années, la procédure fut modifiée pour permettre au Dr Sol Freund de témoigner avant son départ en Floride.

Le vieil homme était chauve, à l'exception d'une légère couronne de cheveux blancs entourant son crâne rose. Ses joues creuses étaient rasées de près et l'ossature de son visage était aussi apparente qu'elle l'aurait été aux rayons X. Il portait des lunettes cerclées d'or et une chaîne, en or également, qui brillait sur sa veste d'un bleu sombre et au bout de laquelle se trouvait une montre offerte près d'un demi-siècle auparavant.

Après qu'il eut prêté serment, le président Mott fit signe à Scott d'entamer l'interrogatoire.

— Votre nom, monsieur?

— Solomon Freund.

— Votre profession?

— Docteur en médecine.

— Docteur, pendant combien de temps avez-vous exercé votre métier?

— Cinquante-deux ans.

— Docteur Freund, êtes-vous familier avec le fonctionnement des grands hôpitaux, et en particulier avec celui de l'hôpital de la Cité?

— J'ai été interne, je me suis spécialisé, puis j'ai été intégré dans des équipes hospitalières pendant de nombreuses années. J'ai travaillé pour l'hôpital de la Cité durant trente-quatre ans.

— Connaissez-vous bien le service des Urgences de ce même établissement?

— Plutôt! Jusqu'à ma retraite, il y a quelques semaines, j'ai été appelé aux Urgences chaque fois que l'état d'un malade pouvait exiger l'intervention d'un neurochirurgien.

Scott se tourna vers le représentant de l'administration.

— Avons-nous établi que le Dr Freund est habilité à nous donner son opinion en tant qu'expert? — Cahill hocha gravement la tête. — Docteur Freund, reprit Scott, il y a quelques jours, je vous ai envoyé une copie du dossier médical de Claudia Stuyvesant. Avez-vous eu le temps de l'étudier?

— Je l'ai examiné avec le plus grand intérêt.

— Avez-vous estimé que ce rapport avait été convenablement rédigé?

— Plus que convenablement! Je l'ai trouvé extrêmement détaillé et scrupuleux.

— Ceci étant établi, docteur Freund, et prenant en compte les signes, les symptômes et les analyses de laboratoire, auriez-vous agi différemment si vous aviez été le médecin responsable du service, cette nuit-là?

— Non. Il n'y avait tout simplement pas assez d'éléments pour établir un diagnostic sûr. Fièvre, nausées, diarrhée... qui d'entre nous n'a eu affaire à ces symptômes et les a vus disparaître une fois que le malade a évacué l'aliment qui est à l'origine du désordre?

— Dans quelle catégorie auriez-vous classé ces symptômes?

— Je les aurais surveillés, afin de noter d'éventuels modifications. Rien de plus.

— Vous auraient-ils alarmé?

— Certainement pas.

— Significatifs d'une hémorragie interne sévère?

— S'ils avaient été plus prononcés, et si les analyses de laboratoire avaient donné des résultats plus frappants.

— Nous savons maintenant qu'il y a eu effectivement hémorragie interne. Comment expliquez-vous que ni les symptômes ni les résultats des analyses ne l'aient annoncée?

— Ainsi que mes distingués collègues ici présents le

savent, de nombreux facteurs peuvent fausser les données. La déshydratation, pour commencer. Il y a aussi la possibilité que l'état du patient soit affecté par la consommation de drogues.

Claude Stuyvesant se leva d'un bond et protesta :

— Nom de Dieu, Clarence! — Se maîtrisant à grand-peine, il reprit avec un peu moins de passion : — Monsieur le Président, allez-vous laisser le témoin proférer ces accusations infondées? Je ne supporterai pas qu'on salisse davantage la réputation de ma fille et j'exige que vous le fassiez clairement comprendre à maître Van Cleve et à son témoin.

Freund se tourna vers le père outragé.

— Monsieur Stuyvesant — car je suppose que c'est vous — je n'ai pas le moins du monde attaqué votre fille et je n'en ai pas l'intention.

— Vous l'avez accusée de prendre de la drogue!

— Mon cher monsieur, répliqua Freund, ne vous êtes-vous jamais réveillé en pleine nuit avec des douleurs abdominales, des brûlures intestinales ou un léger mal au cœur? Je suppose que vous avez pris un remède quelconque et que vous êtes retourné vous coucher?

— Bien sûr, mais vous avez utilisé le mot drogue!

— Ah, je vois où le bât vous blesse! Je pensais à ce genre de drogues que nous avons tous dans notre pharmacie familiale. Certaines pétillent, d'autre pas, mais ce sont toutes des drogues. La plus simple d'entre elles pourrait provoquer les effets auxquels je fais allusion. Prenez la plus commune, l'Alka-Seltzer, nous l'utilisons parfois pour reconstituer les électrolytes perdues en cas de diarrhées sévères et de déshydratation. Pour soulager sa souffrance, votre fille a pu absorber de tels remèdes à plusieurs reprises durant les heures qui ont précédé son hospitalisation. Dans ce cas, ils ont pu affecter les analyses de laboratoire.

Encore méfiant, Stuyvesant se rassit lentement. Scott le sentait prêt à bondir à la moindre occasion pour défendre l'honneur de sa fille — pour ne pas dire le sien.

Freund se tourna de nouveau vers les membres du bureau.

— Je peux comprendre l'inquiétude de M. Stuyvesant.

Dans ma spécialité, j'ai trop souvent rencontré des parents dont les enfants toxicomanes présentaient des dommages neurologiques irréversibles. Mais venons-en à l'unique raison de ma présence en ce lieu : si je m'appuie sur le dossier de Claudia Stuyvesant, mon opinion est que le Dr Forrester a fait preuve d'une rigueur exemplaire. Elle a montré sa compétence et son efficacité. Si elle avait agi autrement, on aurait pu la taxer d'une hâte excessive.

Inconsciemment le Dr Freund jouait avec sa chaîne de montre.

— Je suggère que chacun des membres de ce bureau se pose la question suivante : si j'avais été à sa place, confronté à ces symptômes et à ces résultats d'analyse, qu'aurais-je fait ? Je pense que chacun admettra qu'il aurait agi de la même façon que le Dr Forrester. Mettons donc un point final à cette audience et renvoyons cette jeune femme à son poste. Laissons-la exercer ce métier qu'elle aime tant.

Pour tirer de ce discours un impact maximum sur l'auditoire, Scott laissa passer quelques secondes avant d'annoncer :

— Ce sera tout, docteur Freund.

Mott regarda Hoskins, qui fit signe qu'il désirait contre-interroger le témoin. Il commença par un préambule surprenant :

— Docteur Freund, je sais que vous désirez profiter le plus vite possible d'une retraite bien méritée, aussi ne vous retiendrai-je pas longtemps.

Le vieux médecin hocha la tête en signe d'approbation. Hoskins vint alors se placer entre Freund et Kate, de façon à lui masquer la vue de la jeune femme.

— Docteur, quels sont vos liens personnels avec la défenderesse ?

— La défenderesse ? Dois-je comprendre que vous faites allusion au Dr Forrester ? Je n'ai aucun lien personnel avec elle. J'ai eu deux ou trois fois l'occasion de la rencontrer lorsqu'elle m'a adressé des patients soignés dans les services où elle travaillait. — Comprenant soudain où Hoskins voulait en venir, il s'exclama : — Oh, je vois ce que vous voulez dire ! Vous pensez que je suis venu défendre une amie ? Ou bien une protégée, peut-être ? Eh bien non, mon cher maître, vous faites fausse route. Ma démarche n'a rien de personnel. Il se trouve tout simplement que je déteste voir de jeunes carrières brisées par des accusations sans fondement. Malheureusement, une jeune fille de dix-neuf ans est morte. Mais le décès d'un patient ne signifie pas obligatoirement qu'un médecin est en faute. Si c'était le cas, nous serions tous coupables. Les médecins ici présents le savent pertinemment ! — Sous l'effet de l'émotion, les joues pâles et creuses du témoin s'étaient légèrement colorées. — Et maintenant, maître, que voulez-vous savoir d'autre ? demanda-t-il avec une sorte d'irritation.

Hoskins adopta une posture respectueuse pour demander :

— Docteur, quand avez-vous travaillé aux Urgences pour la dernière fois ?

— Quand j'ai... commença Freund. Vous parlez sérieusement ?

— Tout à fait.

— Il y a... il y a quarante-cinq ans, environ.

— Pouvez-vous situer la dernière fois où vous avez eu affaire aux premiers symptômes d'un malade qui arrive à l'hôpital ?

— Cela fait longtemps, admit Freund.

— Pas depuis plusieurs années ?

— C'est exact.

— Combien de temps ?

Freund se tourna vers le président.

— Monsieur, veuillez dire à cet homme qu'il perd son temps et le mien, ainsi que celui de ces distingués praticiens, en me posant des questions aussi stupides. J'exerce en tant que neurochirurgien depuis trente et un ans. Lorsqu'un patient se présente à mon cabinet, il a déjà été examiné par plusieurs médecins, neurologues, parfois même psychiatres. Il arrive chez moi avec un dossier aussi épais qu'un volume de l'*Encyclopaedia Universalis* : analyses, électro-encéphalogrammes, radios et j'en passe. Maintenant, si c'est ce qu'il voulait savoir, pourquoi ne me l'a-t-il pas demandé ?

Pas démonté le moins du monde, Hoskins attendit que le vieux médecin eût fini de protester.

— Si je comprends bien, docteur, on peut déduire de votre dernière réponse que depuis de nombreuses années vous n'avez connu aucune expérience qui ressemble, de près ou de loin, à ce qui s'est passé cette nuit-là aux Urgences?

— Évidemment!

— Si vous ne connaissez pas assez le Dr Forrester pour être sûr de sa compétence professionnelle, et si l'accueil des patients aux Urgences vous est étranger, sur quoi se fonde votre opinion?

— Mon opinion est fondée sur ce qui est écrit dans ce dossier. Il y a les observations du médecin, les résultats des analyses, les décisions prises.

— Vous vous fiez entièrement à ce dossier?

— Si un dossier semble conforme à ce qu'on peut attendre d'un exercice honnête de la médecine, je n'ai aucune raison de le mettre en doute, déclara Freund.

— Et rien, dans ce dossier, ne vous amène à vous poser des questions sur les conclusions et les actes du Dr Forrester?

Freund prit le temps d'examiner intérieurement ce qu'il avait retenu du dossier avant d'affirmer :

— Non, maître, je n'ai aucune raison de douter de sa compétence ou de ses décisions.

Hoskins sourit avec indulgence.

— Docteur, en tant que neurochirurgien et praticien expérimenté, vous avez dû constater que l'absence de certains facteurs joue parfois un rôle dans l'établissement d'un diagnostic?

— Bien entendu. L'absence de certaines données, de certaines réactions, de certaines constatations est parfois aussi importante, sinon davantage, que ce qui est manifeste.

— Peut-on en dire autant à propos d'un dossier médical?

— Précisez votre question, je vous prie.

— Permettez-moi de vous montrer certains passages du dossier que j'ai entourés de rouge, dit Hoskins en présentant un exemplaire photocopié au vieux médecin.

Freund se pencha sur les feuillets.

— Ah, oui! Le test de grossesse! Eh bien?

— Qu'est-il précisé, ici?

— « Le Dr Forrester a prélevé un peu d'urine au moyen d'une sonde. Ensuite, elle a procédé à l'un de ces nombreux tests de grossesse dont les résultats sont immédiats. En général, ils sont fiables. »

— Et cette fois-ci?

— Le résultat a été négatif, rétorqua Freund. C'est clairement indiqué ici.

— Avez-vous lu les conclusions du médecin légiste?

— Bien sûr. Hémorragie massive due à une grossesse extra-utérine.

— Je vous le demande pour la seconde fois, docteur : avez-vous pleine confiance en ce dossier?

— Oui! répéta Freund. Il expose clairement ce qui est arrivé, ce que le médecin a fait, ce qu'il a observé. C'est-à-dire, tout ce que j'en attends!

— Pourtant, docteur Freund, nous sommes bel et bien amenés à nous demander comment le Dr Forrester s'y est prise pour obtenir, selon son propre aveu, un faux résultat?

— Rien n'indique qu'elle ait commis la moindre erreur! protesta Freund.

Hoskins sourit avec indulgence.

— Bien entendu, puisque elle a rédigé elle-même ce dossier. Mais les conclusions du médecin légiste prouvent le contraire, vous ne croyez pas?

— Ne soyez pas si prompt à attribuer cette défaillance au médecin, grommela Freund. C'est bien le problème, de nos jours : on commence par blâmer le médecin. Pourquoi le test n'aurait-il pas été défectueux? Aucun test n'est fiable à cent pour cent.

Visiblement, le vieil homme commençait à perdre patience, excédé par la procédure elle-même, ou par sa propre impuissance à déjouer les attaques du procureur.

— Encore quelques questions, docteur. En vous fondant sur votre examen du dossier, diriez-vous que les symptômes et les signes présentés par la patiente étaient ceux d'une grossesse extra-utérine?

— Aussi bien que ceux d'une cinquantaine d'autres diagnostics, répliqua Freund.

— Ce n'était pas ma question. Ces symptômes, ces

signes, ces analyses pouvaient-ils évoquer une grossesse extra-utérine ?

— Oui, mais j'ai dit...

— Je vous en prie, docteur, intervint Clarence Mott, tâchez de ne pas noyer vos réponses dans un flot d'explications.

— Encore une question, reprit Hoskins. Si le Dr Forrester était parvenue à établir un diagnostic correct, aurait-elle pu, elle ou un autre médecin, sauver Claudia Stuyvesant ?

— Personne ne peut répondre à une telle question.

— Admettez-vous du moins que si l'affection de la patiente avait été déterminée quelques heures plus tôt, et traitée par un chirurgien, elle aurait pu être sauvée ?

— Je ne peux rien affirmer de tel.

— Vous excluez cette possibilité ?

— Je n'admets ni n'exclus rien ! explosa Freund. Personne ne le pourrait. Tout ce que je sais, c'est que Kate Forrester s'est comportée en médecin intelligent et parfaitement formé. N'est-ce pas l'objet du débat ?

Sentant qu'il avait inversé l'effet favorable du témoignage du Dr Freund, Hoskins sourit avec satisfaction.

— Je vous remercie, docteur, ce sera tout.

— Tiens donc ? dit le vieux médecin d'un air de défi. En ce qui me concerne, ce n'est pas tout à fait terminé.

— Je vous en prie, docteur, s'interposa Hoskins, votre témoignage est clos.

Freund se leva et fixa l'un après l'autre ses deux confrères du bureau.

— Nous devons nous montrer plus attentifs envers nos jeunes médecins, dit-il.

Hoskins tenta de l'interrompre :

— Monsieur Mott, monsieur Mott, veuillez le faire taire, s'il vous plaît !

Freund se tourna vers Hoskins et pointa sur lui un doigt accusateur.

— Vous, taisez-vous ! Vous êtes avocat et vous n'avez pas la moindre idée de ce dont je parle, alors restez en dehors de tout cela. C'est un problème de médecins. — Pivotant sur lui-même, il s'adressa alors aux Drs Ward et Truscott. — Mes chers confrères, en tant que membre du comité des admissions de notre faculté de médecine, j'ai toujours examiné avec beaucoup d'attention les dossiers qui arrivaient sur mon bureau. Jusque récemment, leur nombre n'a cessé de décroître, de façon alarmante, dirai-je. Ces deux dernières années, il a de nouveau augmenté, mais nous aurions tort de nous réjouir. En examinant ces dossiers attentivement, j'ai réalisé que la qualité des candidats n'est plus la même. Les plus brillants de nos jeunes étudiants ne choisissent plus de devenir médecins ou chirurgiens. Pourquoi ? Parce que d'autres professions les attirent davantage. Nous croulons sous les procès pour incurie, notre métier est l'un des plus exigeants qui soit. Le temps où nous formions les médecins en les malmenant ou en les surchargeant de travail pour mesurer leur résistance est révolu. Les meilleurs de nos étudiants ne désirent plus affronter ce genre d'épreuves... excepté le petit nombre d'entre eux qui se sentent appelés, au sens quasi religieux du terme, à servir l'humanité. Et qu'advient-il d'eux ? Prenez cette jeune femme. C'est un médecin compétent et consciencieux. Et comment la nomme-t-on, sur ce document officiel ? La défenderesse ! De quoi doit-elle se justifier ? D'avoir agi conformément à l'éthique de sa profession. Pourtant, elle est assise au banc des accusés, attaquée et humiliée. Quelqu'un est même allé jusqu'à la traiter de meurtrière à la télévision. — Freund pivota sur lui-même. — Vous, monsieur Stuyvesant !

S'adressant de nouveau à ses collègues, il poursuivit :

— Cette persécution, ces humiliations, cette inquisition doivent cesser. Sinon tous les jeunes gens de grande intelligence et extrêmement motivés, tels que le Dr Forrester, mettront leur potentiel au service d'autres carrières. La médecine accuserait des pertes qu'elle ne peut plus se permettre. Je vous le dis solennellement, mes chers confrères, il faut mette un terme à ce massacre !

Le vieux médecin foudroya alors Hoskins d'un regard méprisant.

— Et maintenant, s'il n'y a plus de questions, mon témoignage est terminé.

Comme personne ne disait mot, Freund se dirigea vers la porte. Il s'arrêta cependant devant Kate.

— Ma chère enfant, lui dit-il, j'ai voulu vous apporter mon soutien, mais je ne supporte plus ces parodies de justice, je n'en ai plus la patience. J'ai confiance en vous et je veux croire que cette affaire se terminera bien. Je vous ferai connaître ma nouvelle adresse, donnez-moi de vos nouvelles, je vous prie.

Kate le suivit des yeux tandis qu'il marchait lentement vers la porte, le dos bien droit. Au dernier moment, elle le vit se courber brusquement et songea qu'il ne profiterait peut-être pas longtemps de sa retraite.

Dès que Freund eut quitté la salle, le président prit la parole :

— Si vous n'y voyez pas d'inconvénient, mesdames et messieurs, nous pourrions lever la séance pour déjeuner.

Tout le monde acquiesça, sauf le Dr Ward, qui demanda :

— Puis-je poser une question, auparavant? J'aimerais éclaircir un point.

— Bien entendu, répliqua Clarence Mott. Maître Hoskins?

— Non, dit le Dr Ward, c'est à maître Van Cleve que je désirerais poser une question.

Aussitôt, Scott se leva.

— Je vous en prie, docteur Ward.

— Je ne comprends pas très bien pourquoi vous avez fait appel au Dr Freund. Il n'est expert ni en obstétrique ni en gynécologie et il n'a pas exercé aux Urgences depuis bien longtemps. Aussi, je vous le demande, maître Van Cleve, pourquoi?

Plusieurs réponses possibles traversèrent l'esprit de Scott. Une seule, cependant, correspondait à la vérité.

— C'est tout simple, docteur Ward, aucun autre médecin n'a accepté de venir témoigner ici. On a fermement déconseillé au personnel de l'hôpital de soutenir le Dr Forrester.

— Si bien que vous n'avez trouvé personne pour se porter garant que le Dr Forrester n'avait commis aucune faute?

— Aujourd'hui, tous les médecins se méfient du système juridique, quand ils ne lui sont pas carrément hostiles. Aucun spécialiste en gynécologie n'a accepté de s'impliquer, c'est-à-dire de prendre des risques. Et je n'ai pas jugé que les membres de ce bureau seraient favorablement impressionnés par les habituels « experts » rémunérés qui témoignent moyennant finance.

Kate crut détecter un semblant de sympathie et de compréhension dans le hochement de tête du Dr Truscott. Mais le Dr Ward resta parfaitement impassible.

29

La procédure normale avait été aménagée pour permettre au Dr Freund de témoigner avant son départ pour la Floride. Elle reprit ensuite son cours habituel. En tant que procureur, Hoskins continuait de rassembler les preuves de la culpabilité de Kate. Son témoin suivant fut le médecin légiste, le Dr Schwartzman. En réalité, le rapport d'autopsie aurait suffi, mais Hoskins comptait sur la présence de Schwartzman pour donner à ses conclusions une intensité dramatique.

Avec sa brusquerie coutumière, Schwartzman répondit brièvement aux questions de Hoskins.

Habitué de longue date à témoigner devant les tribunaux, il débita sèchement ses titres et ses références professionnelles, après quoi il rappela les faits dans leurs moindres détails. Le cadavre de Claudia Stuyvesant était arrivé dans ses locaux avec la demande expresse qu'il pratiquât lui-même l'autopsie. Comme la police et le procureur d'État passaient en priorité, il avait dû retarder cette autopsie de plusieurs jours. Mais ses conclusions étaient irréfutables. Claudia Stuyvesant était morte d'une hémorragie interne, due à une grossesse extra-utérine.

— Docteur Schwartzman, demanda Hoskins, n'avez-vous fait aucune autre observation au cours de votre examen ?

Schwartzman se détendit, abandonnant sa sécheresse antérieure pour adopter le ton de la conversation.

— Étant donné l'évidence de mes constatations, j'ai surtout été surpris que l'état de la patiente n'ait pas été diagnostiqué.

— Vous pensez donc qu'un médecin compétent aurait dû être capable d'établir un diagnostic correct lorsque cette jeune fille était encore en vie?

— C'est exactement ce que je dis, confirma Schwartzman. L'hémorragie était massive. Vraiment massive.

— Admettons qu'un médecin, supposé qualifié, n'ait pas reconnu ces signes au bout de neuf heures d'observation... suggéra Hoskins.

— Je douterais que cette personne soit apte à exercer la médecine, déclara Schwartzman.

— Avez-vous autre chose à dire pour conclure votre témoignage?

— Une seule. Hormis cette grossesse extra-utérine, Claudia Stuyvesant paraissait en bonne santé, dit Schwartzman en lançant à Kate un regard accusateur.

S'il s'était agi d'un procès, strictement soumis à la nécessité de prouver la moindre affirmation, Scott aurait souligné l'irrecevabilité de cette déclaration. Mais il ne voulait pas donner aux membres du bureau l'impression qu'il tentait, par des arguments légaux, de minimiser la culpabilité de sa cliente. Pourtant il ne pouvait pas non plus permettre au médecin légiste de s'en tirer à si bon compte.

Quittant son siège, Scott vint se placer à égale distance du témoin et de Claude Stuyvesant, assis au bout de la table occupée par le procureur.

— Docteur Schwartzman, vos références sont tout à fait remarquables. D'après ce qu'on m'a dit, vous seriez même le médecin légiste le plus compétent que la ville ait connu depuis des années.

Feignant une modestie qu'il n'éprouvait pas, Schwartzman eut un faible sourire.

— C'est pourquoi il ne me viendrait pas à l'idée de mettre vos conclusions en doute, reprit Scott. Deux choses me troublent, cependant.

— Je ferai mon possible pour vous éclairer, maître. Je suis là pour cela.

— Pendant que vous témoigniez, docteur, je n'ai pu m'empêcher de me demander depuis combien de temps vous n'aviez pas eu l'occasion de soigner un patient? Et plus particulièrement une jeune fille de dix-neuf ans?

Schwartzman le foudroya du regard.

— Il est clair que dès l'instant où j'ai débuté ma carrière dans la médecine légale, je n'ai plus reçu de malades.

— A quand cela remonte-t-il, docteur?

— A... à vingt-deux ou vingt-trois ans.

Schwartzman implora Hoskins du regard. Celui-ci vint à son aide en affectant un amusement indulgent.

— Monsieur Mott, les questions de maître Van Cleve sont ridicules si l'on considère qu'il les pose à un expert éminent comme le Dr Schwartzman.

Scott se tourna vers lui.

— Ce n'est pas plus ridicule, maître Hoskins, que de lui demander si un médecin aux prises avec un patient vivant aurait dû détecter la gravité de son état alors qu'il était loin d'être évident à ce moment-là. La nature de l'examen auquel il a procédé ne l'autorise pas à proférer de telles opinions.

— Maître Van Cleve, maître Van Cleve, intervint Cahill. Il s'agit d'une audience, pas d'un procès.

— C'est pourtant bien le procès de ma cliente! protesta Scott.

— C'est moi qui en décide, maître Van Cleve. En l'occurrence, avocats et témoins sont autorisés à élargir le champ des questions et des réponses. Maître Hoskins a posé une question destinée à éclairer les membres de ce bureau et le Dr Schwartzman a répondu. Maintenant, à moins que vous ne puissiez contredire ses propos, j'estime qu'ils sont recevables. En fait, je vous demande de rendre sa liberté au Dr Schwartzman. C'est un homme très occupé à en juger par le nombre de morts violentes recensées dans cette ville.

— Monsieur Cahill, je désire moi aussi éclairer les membres du bureau. C'est pourquoi je veux entendre de la bouche du Dr Schwartzman qu'il n'est pas qualifié pour exprimer son opinion sur la façon dont un médecin aurait dû établir un diagnostic. N'oublions pas que le médecin en question exerçait ses fonctions aux Urgences, dans des conditions particulièrement démentes, et que la patiente, vraisemblablement droguée, lui a fourni de fausses informations.

De nouveau, Stuyvesant bondit.

— Monsieur Mott, je pensais que nous étions convenus...

Il s'interrompit brusquement. Les yeux de Scott allèrent de Mott à Stuyvesant. Il était clair qu'ils s'étaient entendus pour qu'on ne fît plus allusion à la drogue durant l'audience.

Mott rougit légèrement.

— Maître Van Cleve, dit-il à Scott, jusqu'à ce que vous puissiez prouver que des drogues, prescrites légalement ou non, ont joué un rôle dans cette affaire, je vous demanderai d'éviter toute allusion à ce sujet. Me suis-je bien fait comprendre?

— Oui, monsieur.

— Parfait! commenta Hoskins. L'espace d'une seconde, j'ai craint de le voir ressusciter son témoin imaginaire, Rick Thomas! Grâce à Dieu, cette scène nous sera épargnée.

Ignorant l'ironie du propos, Scott demanda à Mott :

— Monsieur le Président, puis-je poursuivre le contre-interrogatoire?

— Je pensais que vous aviez épuisé votre stock de questions, remarqua Clarence Mott d'une voix acerbe.

— Il ne m'en reste qu'une, dit Scott. Docteur Schwartzman, comment expliquez-vous que votre rapport ne comporte aucune conclusion relative aux drogues?

Mott abattit son marteau sur la table.

— Maître Van Cleve, je croyais m'être clairement exprimé à ce sujet!

— Monsieur Mott, vous m'avez interdit de faire allusion au rôle que pouvaient avoir joué les drogues dans cette affaire. Je parle maintenant de leur absence, et en particulier de leur absence dans le rapport d'autopsie. Je désire savoir si le Dr Schwartzman, lui aussi, n'aurait pas conclu à ce sujet un petit accord privé avec M. Stuyvesant.

— C'est une honte! s'exclama Schwartzman. Jamais, depuis plus de vingt ans que je pratique la médecine légale, mon intégrité n'a été ainsi mise en doute. J'exige des excuses!

— Dès que vous aurez répondu à ma question, docteur, rétorqua Scott.

Schwartzman soupira avec ostentation.

— Comme le démontre mon rapport, une fois la cause du décès établie, je n'avais pas besoin de poursuivre l'autopsie.

— Docteur Schwartzman, vous souvenez-vous de la visite que je vous ai rendue, à votre bureau? demanda Scott.

— Très bien, et je me rappelle vous avoir dit la même chose qu'aujourd'hui. A partir du moment où la cause de la mort était déterminée, il était inutile d'enquêter davantage.

— Ne m'avez-vous pas dit aussi que, d'ordinaire, on recherchait systématiquement d'éventuelles traces de drogues?

— Il est possible que je l'aie dit, admit Schwartzman. Je parle avec tant d'hommes de loi au cours d'une journée que je suis incapable de me rappeler ces conversations dans le détail.

— Il ne s'agit pas de détails mais de procédure légale, docteur!

— Monsieur Cahill, intervint Hoskins, maître Van Cleve est en train de discuter avec le témoin. Dites-lui de s'en tenir au contre-interrogatoire, je vous prie.

Le représentant de l'administration toussota avant d'admonester le jeune avocat :

— Maître Van Cleve, l'objection de maître Hoskins me semble tout à fait justifiée. Contentez-vous d'interroger le témoin et épargnez-nous arguments et diatribes.

— Oui, monsieur, dit Scott en se tournant de nouveau vers Schwartzman. Docteur, y a-t-il d'autres investigations dans cette autopsie particulière que vous auriez jugé inutile de faire par rapport aux autopsies habituelles ?

— Pas que je sache, rétorqua le médecin légiste.

— Docteur, quel est le pourcentage d'autopsies que vous effectuez vous-même parmi toutes celles qui sont pratiquées chez vous?

— Quel pourcentage? Cela dépend.

— Cela dépend de quoi?

— De mes autres tâches, jeune homme. A cet instant précis, par exemple, je témoigne devant ce bureau au lieu de procéder à une autopsie. Pourtant, cinq cadavres m'attendent... Trois morts par homicides, un suicidé et un noyé repêché hier soir dans la rivière. La plupart du temps, ce sont mes assistants qui s'en chargent. Mais nous ne parlons pas en termes de pourcentage, pas plus que nous ne cherchons à savoir qui fait quoi. Nous nous y mettons tous de façon à nous acquitter de l'énorme tâche qui nous incombe.

— Dois-je comprendre qu'il vous est impossible de répondre à ma question ?

— Comprenez plutôt que j'ai répondu à votre question, jeune homme, répliqua Schwartzman du tac au tac. J'ignore le nombre d'autopsies que j'effectue moi-même. Point à la ligne !

— Docteur, vous réservez-vous les cas... délicats ?

— Je ne comprends pas.

— Je pense aux affaires de mœurs, par exemple, ou bien aux faits divers scandaleux qui attisent l'intérêt des médias, ce qui implique des interviews télévisées, entre autres. Vous réservez-vous le privilège de vous occuper personnellement de ces cas délicats ? demanda Scott.

Schwartzman fixa Scott un instant avant de secouer lentement la tête, un sourire indulgent aux lèvres.

— Écoutez, mon garçon, si vous pensez me prendre au piège en me poussant à nier une telle évidence, vous êtes encore plus stupide que je ne le pensais. Je me réserve ces cas, bien entendu ! Et pour la raison précise que vous avez mentionnée : ils intéressent les médias. Je n'exposerai certainement pas l'un de mes jeunes assistants à ces rapaces de la presse. J'aurais bien trop peur qu'il ne commette un impair qui affecterait plus tard les conclusions du tribunal ou les décisions d'un jury. C'est pourquoi je m'en charge moi-même. Je sais ce qu'il faut dire et, plus important, ce qu'il ne faut pas dire. Nous évitons ainsi les erreurs judiciaires ou les revirements ultérieurs.

— Du même coup, vous vous faites un peu de publicité, je suppose ?

— Je pense bien ! Le travail que nous effectuons est fort peu apprécié du public. Aussi, lorsque l'occasion se présente, pourquoi ne pas redorer un peu notre blason ? C'est bon pour le moral de mon équipe.

Se sentant sur un terrain moins dangereux, Schwartzman consulta sa montre avec ostentation pour montrer qu'il avait largement dépassé le temps qu'il comptait consacrer à ce témoignage devant les membres du conseil de l'ordre.

— Encore quelques questions, docteur. Avez-vous procédé vous-même à l'autopsie de Claudia Stuyvesant parce que sa mort allait soulever un énorme intérêt dans la presse ?

— Il est certain qu'elle a soulevé un énorme intérêt dans la presse, admit le médecin.

— Ce n'était pas ma question, docteur. Je vous ai demandé si vous vous en étiez occupé vous-même pour cette raison ?

— Oui.

— C'est la seule raison ?

— Oui.

— Monsieur, dans l'intimité de votre bureau, vous avez reconnu que le maire en personne vous avait demandé de ne révéler vos conclusions qu'après l'enterrement de Claudia Stuyvesant.

— Simple courtoisie envers la famille. Cela n'a en rien affecté mon rapport.

— En ne cherchant pas à savoir si cette jeune femme avait absorbé des drogues, avez-vous aussi fait preuve de « courtoisie » ? demanda Scott.

— Je vous ai dit que je cherchais la cause du décès. Ceci fait, il était inutile de poursuivre mon investigation.

— Docteur Schwartzman, étant donné votre longue pratique en tant que médecin légiste, dites-nous s'il est possible de découvrir, au cours d'une autopsie, des lésions causées par l'absorption de drogues, même sans avoir procédé à cette recherche spécifique ? Des lésions au cœur, aux reins ou au foie, par exemple ?

— Dans l'hypothèse où l'on chercherait de telles preuves, oui, répondit Scwartzman.

— Ces preuves sont-elles évidentes à l'œil nu, ou bien faudrait-il les rechercher ?

— Cela dépend des cas, répondit prudemment le médecin.

— Et dans celui de Claudia Stuyvesant ?

— Je n'ai rien constaté de tel, répondit sans hésiter Schwartzman.

— De telles preuves pourraient-elles être découvertes maintenant, si le corps était exhumé?

— Jeune homme, je vous ai dit ce même jour que le corps avait été incinéré aussitôt après l'autopsie.

— En effet, admit Scott, vous me l'avez dit. Était-ce une autre... courtoisie, docteur? Je veux dire, de rendre si vite le corps à la famille? Les liens téléphoniques entre vous et le maire me semblent bien étroits.

— Vous m'offensez! s'exclama Schwartzman.

— Vous êtes offensé parce que le maire vous a appelé? Ou parce que j'attire votre attention sur le fait qu'il vous a appelé? D'abord, vous procédez à l'autopsie vous-même. Ensuite, vous ne divulguez pas vos conclusions sur-le-champ. Pour finir, vous rendez le corps à la famille pour l'incinération de sorte que personne — je dis bien, personne — ne puisse plus prouver l'absorption de drogue.

Rouge d'embarras, Schwartzman se tourna vers le président.

— Monsieur Mott, dois-je répondre à de telles insinuations?

Hoskins avait bondi.

— Non, docteur, bien sûr que non! Van Cleve n'attend qu'une occasion pour nous ressortir son fantôme favori, Rick Thomas.

Feignant d'être vaincu, Scott s'inclina.

— Ce sera tout.

De sa place, Kate Forrester observait les visages des deux médecins du bureau. Elle se demandait si Scott avait réussi à les convaincre qu'il y avait eu une conspiration pour dissimuler le fait que Claudia Stuyvesant se droguait. Truscott n'avait cessé de prendre des notes tout au long du contre-interrogatoire. Gladys Ward, qui avait suivi l'échange avec un apparent détachement, retint pourtant d'un geste le témoin au moment où il s'apprêtait à quitter son siège.

— Docteur, demanda-t-elle si sèchement que le médecin légiste retomba littéralement sur sa chaise, pensez-vous que si Claudia Stuyvesant avait été toxicomane, cela aurait modifié le dénouement de cette affaire?

— Vous savez, docteur Ward, je me suis moi-même posé cette question. Mais, que je sache, les drogues n'ont jamais causé de grossesses extra-utérines... du moins n'en ai-je jamais entendu parler.

— Moi non plus, admit le Dr Ward.

— Non diagnostiquée, une grossesse extra-utérine provoque une hémorragie, que la patiente se drogue ou non, conclut fermement Schwartzman. Maintenant, je dois partir !

Agissant à l'encontre des recommandations de son avocat, Kate Forrester se leva.

— Docteur ! Pensez-vous qu'une patiente, sous l'effet de la drogue, puisse tromper un médecin en lui fournissant des réponses fausses ?

— Qu'espériez-vous donc, jeune dame ? Que la patiente que vous questionniez vous dise : « Docteur, je suis là parce que je fais une grossesse extra-utérine ? » C'était à vous de le découvrir, il me semble !

— Affirmez-vous que l'absorption d'une drogue n'aurait pas modifié les symptômes et n'aurait pas affecté les analyses — et par là même trompé le médecin ? insista Kate d'une voix plus forte.

— Docteur Forrester, docteur Forrester ! voulut intervenir Clarence Mott.

Mais Kate ne se laissa pas réduire au silence.

— Docteur, la souffrance, ainsi que les autres symptômes, peuvent-ils être atténués par la consommation de drogues ? Je vous demande de répondre !

Très rouge, le Dr Schwartzman la foudroya du regard avant de rétorquer :

— Vous voulez connaître mon intime conviction ? Votre avocat et vous-même utilisez l'absence de preuve que cette jeune fille se droguait pour dissimuler votre faute professionnelle sous un nuage de fumée.

Sur ce, le médecin légiste quitta la salle, non sans avoir échangé au passage un regard avec Claude Stuyvesant.

Après son départ, le président posa sur Kate un regard sévère.

— Docteur Forrester, nous ne tolérerons pas une seconde entorse à la procédure ! Maintenant, maître Hoskins, veuillez introduire votre témoin suivant.

— A dire vrai, monsieur le Président, je suis tellement outré par le comportement incongru du Dr Forrester que je demande une interruption de séance.

— Maître Hoskins, je pense pouvoir vous accorder une pause d'un quart d'heure, déclara Mott en abattant son marteau sur la table.

Très vite, Scott prit Kate par la main et l'entraîna hors de la salle.

— Je sais, dit-elle avant qu'il pût parler, je suis allée à l'encontre de vos instructions. Je suis intervenue quand j'aurais dû me taire et si je continue comme ça, je serai responsable de notre défaite. Vous voyez, je vous épargne un désagrément en le disant moi-même.

— Merci, dit simplement Scott.

— Vous n'êtes pas fâché? Vous ne me couvrez pas d'injures? Vous ne menacez pas de m'abandonner à mon triste sort?

— Je le ferais si vous n'aviez pas énervé Schwartman au point qu'il en a presque ruiné son propre témoignage. Je pense aussi que vous avez favorablement impressionné les deux médecins du bureau. Je n'aurais sans doute pas pu faire mieux.

— Vous le pensez vraiment?

— Oui... Je ne vous demande qu'une chose, dorénavant.

— Laquelle?

— Ne recommencez jamais cela, ordonna Scott. Cela pourrait devenir dangereux.

Depuis qu'il rassemblait les éléments de son dossier, Hoskins n'avait jamais envisagé de se fonder uniquement sur le témoignage du médecin légiste pour établir la culpabilité de Kate Forrester. Parmi les nombreux spécialistes en gynécologie et en obstétrique, il avait soigneusement sélectionné trois médecins qui n'avaient aucun lien avec l'hôpital de la Cité et ne connaissaient ni le Dr Ward ni le Dr Truscott. Leur témoignage ne devait être entaché d'aucune suspicion.

Aussitôt après la pause, il introduisit son témoin, le Dr Vinmont, praticien à l'hôpital presbytérien de Columbia. Grâce à ses références professionnelles remarquables, Hoskins n'eut aucun mal à le présenter comme un expert tout à fait qualifié pour donner son avis. Sans se presser, Hoskins le laissa exposer ce qu'il savait du cas de Claudia Stuyvessant. Oui, il avait étudié le dossier médical rédigé par le Dr Forrester, il avait passé en revue ses décisions, reportées dans le registre tenu par les infirmières, et soigneusement étudié le rapport du médecin légiste.

Après ce prologue nécessaire, Hoskins en arriva enfin là où il voulait en venir :

— Docteur Vinmont, en admettant qu'un médecin ait bien relevé les observations qui se trouvent dans ce dossier, qu'il ait bien pris les décisions qui y sont notées et que la patiente soit pourtant morte pour la raison indiquée par le médecin légiste, diriez-vous que ce décès, qui aurait pu être évité, est dû à une négligence professionnelle du praticien de garde cette nuit-là ?

La question paraissait inutilement longue et détaillée, mais conforme à ce que la loi exigeait.

La réponse de Vinmont fut aussi brève que la question était longue.

— Oui, monsieur.

— Cette mort aurait-elle pu être évitée ?

— Oui, monsieur.

— Peut-on l'imputer à une faute professionnelle du médecin de garde ?

— Oui, monsieur.

— En tant qu'expert, docteur Vinmont, dites-nous ce qui se serait produit si un diagnostic correct avait été établi dans les heures qui ont suivi l'admission de la patiente ?

— Une intervention chirurgicale de routine aurait très probablement eu un résultat positif.

— Vous voulez dire que la patience serait encore en vie ?

— Selon moi, une telle intervention n'aurait pas présenté de difficultés et elle aurait été couronnée de succès.

— Je vous remercie, docteur.

Scott Van Cleve se leva pour interroger à son tour le témoin, mais celui-ci se révéla inébranlable. Il écarta, comme totalement dénués d'intérêt, les mensonges de Claudia Stuyvesant concernant sa vie sexuelle et la périodicité de ses règles. Lorsque Scott évoqua une éventuelle toxicomanie, Hoskins objecta aussitôt que nul n'en avait encore apporté la preuve.

— Très bien, dit Scott. En ce cas, docteur, laissez-moi vous poser cette question sous forme d'hypothèse : si la patiente avait absorbé des drogues...

Hoskins avait bondi d'indignation avant même que Scott n'ait terminé de poser sa question. De nouveau, Cahill lui apporta son soutien.

Frustré, Scott retourna s'asseoir.

Il ne réussit pas mieux avec les deux témoins suivants, le Dr Florence Neary et le Dr Harold Bruno. Ils répétèrent presque mot pour mot les propos du Dr Vinmont.

Certes, admit le jeune avocat avec amertume, Hoskins avait admirablement préparé son dossier contre Kate et il le présentait fort habilement. Si l'on s'en tenait à ces trois témoignages, la mort d'une jeune fille de dix-neuf ans aurait pu être évitée sans défaillance du médecin qui l'avait prise en charge.

— Maître Hoskins, demanda Scott, je suppose que vous en avez terminé ?

— Non, maître, il me reste encore un témoin. Mais en raison de l'heure tardive, je propose que son audition soit remise à demain matin.

— Qu'en pensez-vous, maître Van Cleve ? demanda Mott.

— Je n'y vois pas d'inconvénient, répliqua Scott, que cette journée avait épuisé.

— En ce cas, la séance ouvrira demain matin à 10 heures, déclara Mott avant d'abattre son marteau sur la table.

30

Kate avait à peine introduit sa clef dans la serrure lorsque la porte s'ouvrit à la volée devant Rosie Chung.

— Alors? demanda-t-elle d'une voix anxieuse. Comment cela s'est-il passé?

— Pas trop bien, malheureusement, avoua Kate.

Scott s'empressa de la contredire :

— Je ne dirais pas cela!

Rosie les entraîna vers la salle de séjour.

— Racontez-moi, insista-t-elle. Je veux tout savoir!

— Le témoignage de Mme Stuyvesant était déjà assez accablant, commença Kate, mais ces trois médecins...

— De quels médecins parles-tu? s'étonna Rosie.

En quelques mots, Scott lui expliqua que Hoskins avait obtenu le témoignage de trois experts pour prouver l'incompétence de Kate.

— Et vous l'avez laissé faire! s'exclama Rosie.

— Assez! ordonna Scott. Cessez de vous énerver, toutes les deux, et tâchez de considérer les choses d'un point de vue purement juridique.

— C'est ce que j'essaie de faire, rétorqua Rosie.

— C'est Hoskins qui présente le dossier au conseil de l'ordre et, naturellement, il expose les faits à sa façon. Mais ensuite ce sera notre tour.

— Tout de même, remarqua Kate, vous n'avez pas réussi à ébranler la conviction de ces trois médecins. Et nous n'avons pas non plus pu faire grand-chose contre Schwartzman.

— Le médecin légiste? demanda Rosie.

— Oui, dit Kate. Et lorsque le Dr Ward s'en est mêlée, c'était encore pire.

— Elle a la réputation d'être une vraie terreur en salle d'opération, fit Rosie.

— Je peux te dire que ce n'est pas non plus un ange en salle d'audience, soupira Kate.

Scott fronça les sourcils, ce qui le fit ressembler à un maître d'école grondeur.

— Kate! Prenez un peu de recul, s'il vous plaît. Imaginez que je suis le médecin et que vous êtes la patiente. Quand vous êtes personnellement impliquée, il est tout naturel que vous réagissiez affectivement à ce que vous voyez et entendez. En tant que médecin, mon rôle consiste à rester froid. Je dois évaluer avec impartialité les événements qui se sont déroulés aujourd'hui et prévoir ceux qui se produiront demain et après-demain. Maintenant, Hoskins a-t-il marqué des points aujourd'hui? Oui, sans aucun doute. Mme Stuyvesant inspirait la pitié. Elle a perdu une fille de dix-neuf ans. Mais je suis certain que le bureau est conscient que la douleur influence sa version des faits.

— Pas Clarence Mott, en tout cas!

— Entendu! Stuyvesant l'a mis dans sa poche, mais il reste deux membres du bureau à convaincre. En ce qui concerne Schwartzman...

— Il a fourni une réponse très convaincante à chacune de vos questions, lui rappela Kate. En fait, plus vous l'interrogiez, plus il était sûr de lui.

Rosie paraissait de plus en plus troublée.

— C'est vrai? demanda-t-elle.

— Oui, c'est vrai.

— C'est ce qui m'a poussée à le questionner à mon tour, dit Kate.

— Toi? s'exclama Rosie avec étonnement. Tu as interrogé un témoin? C'est permis?

— Elle s'est passée d'autorisation pour cette fois, expliqua Scott. Mais elle n'a pas compris que je poussais Schwartzman à commettre un faux-pas en lui fournissant toutes les occasions de répéter qu'il n'y avait aucune preuve de la toxicomanie de Claudia. Bien mieux, j'espérais que Hoskins interviendrait pour souligner ce point encore davantage. Lorsqu'il a prétendu que Rick Thomas n'était qu'un produit de mon imagination, je l'aurais embrassé. Parce qu'au moment où j'introduirai devant le bureau ce « produit de mon imagination », le bureau ne comprendra pas seulement que nous avons dit la vérité mais aussi qu'il y a eu une véritable conspiration pour étouffer un scandale qui aurait sali le nom de Stuyvesant, et qu'on n'a pas hésité à charger Kate dans ce but. Ensuite, je demanderai à Hoskins de rappeler ses trois experts et je leur poserai les questions que je n'ai pas pu leur poser aujourd'hui.

— A ce moment-là, la partie sera gagnée, conclut Rosie.

— En tout cas, je l'espère. Maintenant, Kate, je boirais volontiers quelque chose de fort pour me détendre. J'en ai bien besoin.

Dès que Kate fut sortie, Rosie baissa la voix pour s'adresser à Scott :

— Écoutez, Van Cleve, je comprends que vous peigniez la situation sous son meilleur jour pour remonter le moral de Kate, mais je vous demande d'être franc envers moi.

— Qu'est-ce qui vous fait croire que je lui cache quoi que ce soit?

— Ne faites pas l'innocent, insista Rosie. Comment cela va-t-il finir? Il faut que je le sache pour bien réagir le moment venu. Si les choses tournent mal, Kate aura besoin de quelqu'un sur qui s'appuyer. Et ce quelqu'un, c'est moi. Aussi, je dois me préparer. Allez-y franchement, Van Cleve.

— Très bien. Au point où en sont les choses et avec le témoignage de Rick Thomas dans ma manche, je pense avoir une petite chance de l'innocenter totalement.

— Une petite chance? C'est tout?

— Si Kate supporte le contre-interrogatoire, disons que j'ai une bonne chance de la blanchir. Mais n'oubliez pas que nous avons deux médecins parmi les membres du bureau. Les professionnels se montrent parfois plus sévères envers leurs confrères que ne le seraient des profanes. Les avocats sont redoutables lorsqu'il s'agit de radier des membres du barreau. Ils sont prompts à la condamnation, surtout quand ils espèrent en tirer un bénéfice personnel. Si Truscott ou Ward appartiennent à cette race-là, nous ne sommes pas sortis de l'auberge!

— Ward est du genre à s'acharner, remarqua sombrement Rosie.

— Et n'oubliez pas les émissions de Ramon Gallante. Elles ont inquiété un grand nombre de médecins dans cette ville. Je ne fais pas allusion à la prestation de Kate devant les caméras, mais aux accusations lancées par Stuyvesant. Il a mis la médecine tout entière en question, si bien que Ward et Truscott peuvent très bien estimer qu'ils défendent leur profession en condamnant Kate. Il est clair que Hoskins et Schwartzman sont du côté de Stuyvesant, ainsi que Mott. Je serais stupide, ou lâche, si je vous promettais quoi que ce soit, à vous ou à Kate.

— Vous ne pouvez pas perdre, Van Cleve! Vous n'en avez tout simplement pas le droit! Je connais Kate. Si vous échouez elle sera totalement détruite. Sa raison de vivre, c'est de prendre soin des gens, de les guérir.

— Je le sais. Je l'ai compris la première fois que je l'ai rencontrée. Je vous promets de faire de mon mieux.

— Vous n'avez jamais pensé... commença Rosie avant de s'interrompre brusquement.

— Pensé quoi?

— Je sais combien Kate est forte et indépendante. Elle ne veut pas peser sur sa famille, aussi leur a-t-elle caché à quel point la situation est critique. Alors... euh... il y a deux jours, j'ai téléphoné à mes parents. J'ai parlé à mon père et je lui ai raconté ce qui arrive à Kate. Il est d'accord pour me prêter de l'argent. Suffisamment d'argent pour que vous puissiez engager un autre avocat.

— Cela coûtera très cher, vous savez.

— Je sais, mais mon père est d'accord.

— Si je comprends bien, vous voudriez m'adjoindre un homme de loi plus âgé et sans doute plus expérimenté?

Rosie hésita quelques secondes avant de hocher affirmativement la tête. Malgré son embarras, elle leva vers Scott ses yeux d'un noir intense.

— Je ferais n'importe quoi pour Kate.

— Croyez que j'apprécie votre amitié à sa juste valeur, Rosie, mais vous vous comportez envers moi exactement de la même façon que Nora Stuyvesant envers Kate durant cette nuit tragique. Elle doutait de sa compétence parce qu'elle la trouvait trop jeune. Elle exigeait un autre médecin, plus âgé.

— Pardonnez-moi, Van Cleve, je pense seulement à Kate. Je ne veux que son bien.

— Croyez-moi, aucun avocat ne s'acharnera davantage que moi, ou ne se montrera plus dévoué que moi à sa cause. Kate est devenue pour moi plus qu'une cliente. Mes sentiments pour elle sont... plus profonds.

C'était presque une déclaration d'amour. Jamais, même à lui-même, Scott n'avait encore avoué ce qu'il ressentait pour Kate Forrester.

Pas un instant, Rosie ne douta de sa sincérité. Elle se lisait dans ses yeux.

— Je suis désolée d'avoir formulé une telle suggestion, dit-elle. Pardonnez-la-moi, si vous le pouvez.

— A condition que vous oubliiez cette conversation. Si nous perdons, je ne veux pas que Kate connaisse mes sentiments pour elle.

— Entendu. Van Cleve, je réfléchissais à une chose... si je parlais à Briscoe ? Nous avons été très proches et je sais qu'il m'aime bien. Ou bien, je pourrais demander à Mel de discuter avec lui. Ils sont très amis. Peut-être convaincrait-il Briscoe de témoigner en faveur de Kate ?

Scott secoua lentement la tête.

— Comment pouvez-vous être si sûr qu'il refuserait ? demanda Rosie.

— Parce que je suis allé le voir, Rosie. Je l'ai supplié d'intervenir, mais il ne prendra pas ce risque. Sa seule ambition est de s'installer dans le Colorado. Il rêve de sa future grande maison, nichée dans la montagne, et de sa future Mercedes de luxe. Le vendredi, il ira jouer au golf. Il passera ses week-ends à skier. Non. Ni vous ni personne n'ébranlerez sa détermination.

— Il a dit cela ? fit Rosie d'une voix sceptique.

— Il n'a pas eu à le faire, c'était écrit dans ses yeux. Il y a médecin et médecin, vous le savez. Briscoe n'est pas de la même race que vous et Kate.

— Dommage, dit tristement Rosie. C'est un excellent chirurgien, qui possède une technique remarquable.

Ils avaient déposé Rosie devant l'hôpital, où elle devait prendre son service de nuit. Après avoir acheté des sandwiches, ils se rendirent chez Scott afin de poursuivre l'entraînement de Kate à son rôle de témoin.

Avant même d'avoir commencé, Kate déclara :

— Je suis désolée.

Surpris, Scott leva les yeux de la feuille sur laquelle il avait rédigé ses questions.

— Désolée? Pourquoi, grand Dieu?

— Pour ce que j'ai dit devant Rosie sur la façon dont vous avez interrogé Schwartzman.

— Je n'y ai même pas prêté attention.

— Pourtant, je vous ai trouvé très percutant lorsque vous lui avez demandé depuis combien de temps il ne s'était pas occupé d'un patient vivant.

— Juste une petite manœuvre pour amoindrir la portée de son témoignage et détourner l'attention du bureau. Cette ruse ne s'est pas révélée très efficace, malheureusement. Demain, Hoskins citera son dernier témoin. Qui cela peut-il bien être? Je n'en ai pas la moindre idée, mais cela n'a pas grande importance. Ensuite, ce sera notre tour. Je commencerai avec Cronin et Beathard. Leur témoignage n'apportera rien de plus que ce que vous direz vous-même, mais j'en profiterai pour voir comment Hoskins mène ses contre-interrogatoires. Parce que pour conclure l'audience, il se peut que je vous appelle à la barre des témoins. Ensuite il vous faudra affronter Hoskins.

— Vous pensez que je ne tiendrai pas, n'est-ce pas?

— En toute honnêteté, je l'ignore.

— J'y arriverai, pourtant!

Il scruta le visage de la jeune femme, toujours aussi ravissant en dépit de la tension et de cette longue et accablante journée. « Si seulement nous nous étions rencontrés dans d'autres circonstances! pensa-t-il avec regret. Mais, bientôt, elle m'échappera. Si elle craque, je ne pourrai pas la soutenir et elle ne me le pardonnera jamais. »

— Kate, commença-t-il, nous avons déjà travaillé sur la nécessité de fournir des réponses précises.

— Je sais. Je ne dois offrir à Hoskins aucune occasion de me coincer, récita docilement Kate.

— Deux choses, encore. Témoigner peut parfois ressembler à une séance d'hypnose. J'ai vu des hommes importants, investis de responsabilités dans leur entreprise ou même au sein du gouvernement, craquer lorsqu'ils étaient soumis au contre-interrogatoire d'un avocat habile. Ils perdaient la mémoire, oubliaient les faits les plus patents, quand ils ne les reniaient pas totalement. — Tout en poursuivant sa démonstration, Scott se mit à arpenter la pièce de long en large. — Mais le pire de tout, c'est quand le témoin veut jouer au plus fin avec l'avocat, qu'il s'imagine pouvoir le battre sur son propre terrain. Par exemple, si Hoskins vous pose une question précise, au lieu de lui répondre simplement, vous commencez à vous demander : Que veut-il savoir exactement ? Quelle est la meilleure réponse à lui fournir pour qu'il rate son but ? Dès cet instant, vous n'êtes plus témoin, vos devenez votre propre avocat. Vous entrez dans un rôle pour lequel vous n'êtes pas formée. Et vous ne pouvez pas gagner, parce que c'est lui qui contrôle la situation, pas vous. C'est lui qui pose les questions, lui qui décide du cours que prendra l'interrogatoire. N'essayez pas de jouer au chat et à la souris avec lui.

— Je sais. Je dois seulement répondre aux questions avec sincérité.

— Et me faire confiance, affirma Scott en plongeant ses yeux dans les yeux clairs de Kate. C'est à moi de déjouer les pièges que Hoskins cherche à nous tendre.

Kate hocha la tête.

— Je suivrai vos conseils.

— Ici, assise dans ma salle de séjour, vous pensez pouvoir lui résister. Mais à la barre des témoins, on voit les choses sous un autre jour.

— Mettez-moi à l'épreuve ! le défia Kate. Vous verrez bien comment je me comporte.

Il lui fit signe de s'asseoir sur la chaise qu'ils avaient utilisée pour figurer le siège des témoins durant leurs précédentes séances de travail. Une fois en place, Kate se raidit légèrement, prête à subir l'assaut.

— Docteur, commença Scott d'une voix sévère, vous avez écouté le témoignage de Mme Stuyvesant, la mère de la jeune défunte. Elle dit vous avoir sollicitée plusieurs fois avant d'obtenir que vous vous occupiez de sa fille.

— Oui, mais des cas plus urgents réclamaient mes soins.

— Kate! la reprit aussitôt Scott. Attendez qu'on vous pose la question.

— Mais c'est ce que j'ai fait! commença-t-elle par protester. — Elle se tut quelques secondes et ajouta doucement : — Vous ne m'avez rien demandé, c'est cela?

— Je me suis contenté de poser les bases de la question. Vous avez pris cela pour une accusation, aussi vous êtes-vous défendue. Ne jouez pas les avocats! Écoutez la question avant d'y répondre. Ensuite, sans essayer de vous justifier ou d'expliquer, répondez. Maintenant, si vous le voulez bien, reprenons.

— Très bien. Excusez-moi.

— Docteur, est-il vrai que Mme Stuyvesant a dû vous forcer à examiner sa fille?

Kate réfléchit un instant avant de répondre, le plus fermement possible :

— Oui, c'est vrai. Mais il est aussi vrai que... — Cette fois, elle s'arrêta d'elle-même. — J'ai répondu à la question posée. Maintenant, je dois me taire.

— Je ne formulerais pas exactement les choses ainsi, mais plutôt : ne cherchez pas à deviner où Hoskins veut vous entraîner.

— J'ai compris, dit Kate.

— Très bien, continuons.

Pendant trois heures, il la harcela de questions portant sur le témoignage de Mme Stuyvesant, sur celui de Schwartzman et sur le rapport d'autopsie. Parfois, ces questions se succédaient de façon logique. A d'autres moments, Scott passait d'un événement à l'autre, sans souci apparent de la chronologie.

Il revenait sans cesse en arrière, labourant inlassablement le même terrain, jusqu'à ce qu'elle protestât :

— J'ai déjà répondu à cela!

Elle avait presque crié. La fatigue commençait à se faire sentir.

Patiemment, Scott expliqua :

— Les avocats utilisent délibérément la répétition. C'est une arme efficace pour amener le témoin à se contredire, ou pour voir s'il emploie chaque fois les mêmes termes, ce qui prouverait qu'il a appris ses réponses par cœur. Attendez-vous à ce que Hoskins vous pose plusieurs fois les mêmes questions. S'il abuse du stratagème, j'interviendrai.

Il était minuit passé. Scott voyait bien que Kate était épuisée, mais il était décidé à ne pas lâcher prise pour voir si elle tenait la distance. Sur la chaise des témoins, elle devrait supporter cette épreuve une journée entière. Et si Hoskins le décidait, il pouvait prolonger le supplice un deuxième jour, ou même un troisième.

Pour la préparer à une telle éventualité, Scott résolut de la pousser jusqu'à l'extrême limite de ses forces.

— Docteur, reprit-il, à plusieurs reprises on a évoqué devant les membres de ce bureau un test de grossesse que vous auriez pratiqué.

— Mais c'est vrai ! protesta Kate.

Prenant cette vivacité du ton pour un signe de fatigue, Scott remarqua :

— Vous êtes encore en train de discuter. Attendez la question. Je continue : Docteur, il a été dit que vous auriez pratiqué un test de grossesse. C'est du moins ce que vous avez écrit dans le dossier de la patiente. Résultat du test : négatif. Pouvez-vous expliquer au bureau comment vous avez pu obtenir un tel résultat ?

— Non. Il m'arrive de penser... Non ! En dehors du fait que ces tests ne sont pas absolument fiables, je ne peux pas l'expliquer.

— Docteur, vous avez dit : « Il m'arrive de penser... » Qu'alliez-vous nous dire ? demanda Scott, pour montrer à Kate le danger de se montrer trop bavarde.

— Je préférerais ne pas le dire.

— J'ignorais que le témoin avait le privilège de ne répondre qu'aux questions auxquelles il « préfère » répondre. Je vous demande pour la seconde fois : docteur, que vous arrive-t-il de penser ? dit Scott d'une voix plus forte. Monsieur Cahill, j'insiste pour que vous ordonniez au témoin de répondre à ma question. — Imitant alors le représentant de l'administration, Scott dit avec réprobation : — Docteur, si vous refusez de répondre à maître Hoskins, je serai tenu de remettre en cause votre témoignage dans son ensemble.

— Il m'arrive de penser... Je me demande parfois... si je n'ai pas fait une fausse manipulation.

— Que voulez-vous dire?

— J'étais tellement épuisée que j'ai pu commettre une erreur.

— Quel genre d'erreur? demanda très vite Scott.

— Les trois réactifs... Les ai-je utilisés correctement?

— Exprimez-vous plus clairement, je vous prie.

— Les ai-je employés au bon moment? J'étais si fatiguée, je fournissais quand même le travail de deux médecins depuis des heures — que n'importe quoi aurait pu se produire.

— N'importe quoi? répéta Scott. Pourtant, vous avez reporté ce résultat dans le dossier.

— Ce n'était pas au même moment.

— Docteur, êtes-vous en train de dire que vous avez attendu d'être au calme pour écrire de faux renseignements dans ce dossier?

— Vous déformez mes propos, protesta Kate. Je veux seulement dire que lorsque j'ai procédé à ce test, j'étais certaine d'avoir tout fait correctement. C'est seulement quand j'ai eu connaissance du rapport d'autopsie que j'ai commencé à me poser des questions.

Scott refusa de se satisfaire de cette réponse.

— Si je comprends bien, vos notes étaient fausses... Peut-être même les avez-vous délibérément faussées?

— Je n'ai jamais falsifié un renseignement sur une feuille de soins! cria Kate en se levant d'un bond. Jamais, vous entendez?

Comme elle fondait en larmes, Scott l'attira dans ses bras et serra contre lui le corps élancé, secoué par les sanglots. Lorsqu'elle se fut calmée, il la mena jusqu'au canapé et l'aida à s'étendre.

Après avoir tiré sur elle une couverture de laine, il murmura :

— Vous avez traversé de durs moments, détendez-vous.

Quelques minutes plus tard, il comprit à sa respiration qu'elle dormait. Pourquoi pas? Elle subissait une pression intense depuis plusieurs semaines, sans compter dix-neuf heures d'une audience qui allait décider de sa vie. Qu'elle profite de ces quelques instants de sommeil.

31

Tôt, le lendemain matin, Kate Forrester s'éveilla lentement. Tout d'abord, elle se sentit exactement comme quand elle sortait d'un profond sommeil, après un tour de garde particulièrement épuisant. Puis, elle s'aperçut brusquement qu'elle n'était pas dans son lit mais sur un canapé. Et ce n'était même pas son propre canapé! Elle entendit quelqu'un s'affairer, et sentit l'odeur forte du café frais mêlée à celle des tranches de bacon frites. Rejetant la couverture, elle vit que quelqu'un lui avait retiré sa robe. Assise sur le canapé, elle la chercha des yeux et la vit, sagement pliée sur ce qui avait été sa chaise de témoin.

Très vite, la jeune femme se leva et s'habilla, avant de passer les doigts dans ses cheveux blonds pour y remettre un semblant d'ordre.

Scott devait l'avoir entendue, car il appela :

— Kate? Vous êtes debout?

— Oui.

— Vous trouverez une brosse à dents neuve et du dentifrice dans la salle de bains, dit-il.

Tentant de ne pas se faire remarquer, elle passa devant l'étroite cuisine, mais il l'aperçut et sourit.

— Le café est prêt, annonça-t-il. Ainsi que les crêpes et le bacon.

Une fois dans la salle de bains, Kate se rafraîchit le visage, puis elle peigna ses longs cheveux, regrettant d'avoir oublié sa trousse de maquillage dans son sac. Tant pis! Elle s'en passerait, pensa-t-elle en examinant ses traits tirés dans le miroir. Certes, les épreuves de ces dernières semaines n'avaient pas précisément l'effet d'une cure de beauté.

Lorsqu'elle entra dans la cuisine, Scott avait dressé la petite table pliante, ordinairement collée au mur. Il lui avait déjà versé une tasse de café, d'où s'élevait une fumée odorante. Elle remarqua qu'il avait aussi pensé à lui presser un jus d'orange. Dès qu'elle eut vidé son verre, le jeune avocat le lui retira des mains avant de poser devant elle une assiette de crêpes dorées, auprès desquelles il avait disposé des tranches de bacon frites.

Il s'assit en face d'elle.

— Bonjour! dit-il avec bonne humeur. Vous étiez si fatiguée, hier soir, que je n'ai pas eu le cœur de vous réveiller.

Elle lui sourit et se mit à manger.

— Je devais être épuisée. Je n'ai jamais dormi aussi profondément.

— Comment trouvez-vous les crêpes?

— Délicieuses, déclara-t-elle en attaquant le bacon. Vous êtes un bon cuisinier.

— Les célibataires ont l'occasion de s'exercer.

— Vous vous y connaissez aussi en dîners et en déjeuners, ou seulement en petits déjeuners? se moqua-t-elle.

La portée de la question lui apparut presque aussitôt.

— Maintenant, vous allez me demander d'où me vient mon habileté à déshabiller les femmes, dit-il.

— C'est en effet une question que je me suis posée.

— C'est ma mère qui m'a appris la technique.

Kate lui décocha un regard sceptique, comme pour le défier de s'expliquer.

— Je vous ai dit que mon père est mort lorsque j'étais encore un enfant. Comme vous, ma mère était une femme fière et indépendante. Comme elle était habile de ses mains, elle a décidé de travailler à la maison. D'abord, elle a fait des reprises et des retouches, puis elle a commencé à confectionner des robes. Plus tard, elle s'est établie dans une petite boutique. Petite, ai-je dit? C'est devenu le magasin de confection le plus important de Shenandoah, après la chaîne de grandes surfaces. Très tôt, j'ai pris l'habitude de l'aider. J'arrangeais les vitrines et c'est moi qui passais les robes aux mannequins, ou qui les leur retirais. Très soigneusement, car elle m'avait appris à respecter la marchandise. Elle disait toujours : « Van, une femme s'apprête à payer cette robe très cher, aussi malmène-la le moins possible. »

— Vous étiez aussi censé épargner le mannequin? demanda Kate.

Scott sourit.

— Encore un peu de café?

— Volontiers.

Ils finirent de déjeuner en silence.

— Je ferais mieux de rentrer prendre une douche et me changer avant l'audience, dit enfin Kate.

— Je vais vous accompagner.

— Vous êtes gentil, mais c'est inutile. Il fait grand jour, à cette heure-ci, et les rues sont sûres. Enfin... à peu près sûres.

— Nous avons encore des choses à mettre au point, pour aujourd'hui. Cela nous donnera davantage de temps. Laissez-moi débarrasser la table et je suis à vous.

— Je peux vous aider.

— Pour la vaisselle, je suis imbattable. Surtout pour celle du petit déjeuner.

— J'ai comme l'impression que vous avez fréquenté de drôles de femmes, ironisa Kate. Je ne doute pas, d'ailleurs, qu'elles ont dû vous apprécier à votre juste valeur. Mais je parle de celles qui, aujourd'hui, agissent à la façon des hommes : elles font l'amour, puis elles s'en vont en courant.

Il la regarda sans sourire.

— Si vous m'en donniez l'occasion, je ne m'en irais pas en courant.

— Nous devrions partir, fit doucement Kate.

Chez Kate, ils trouvèrent des petites notes collées un peu partout, sur le téléphone, sur le placard de la cuisine, sur la porte de la salle de bains. Toutes portaient l'écriture de Rosie et signalaient à Kate que sa mère avait appelé. Son père s'inquiétait.

Kate se précipita sous la douche, se lava les cheveux et passa une robe fraîche avant de rejoindre Scott dans la salle de séjour.

— Vous semblez en meilleure forme, remarqua ce dernier.

— Plus propre, sans doute, mais pas en meilleure forme. J'ai un miroir, vous savez.

Elle appela ses parents.

— Maman?

— Kate! s'exclama sa mère avec un soulagement sensible. Papa était si inquiet... et moi aussi. Comment cela s'est-il passé, hier?

— Euh... plutôt bien, en fait. Bien sûr, ce n'était que le premier jour, mais tout s'est bien passé. Très bien, même, affirma la jeune femme avec une conviction qu'elle était loin de ressentir.

Sa mère devait se douter de quelque chose, car elle dit :

— Papa envisage de venir dans l'Est. Peut-être même qu'il emmènera George Keepworth avec lui. George est d'accord.

— C'est inutile, maman. J'ai un bon avocat, un très bon avocat. Il est originaire d'une petite ville de Pennsylvanie, tu sais, il ressemble un peu aux gens de chez nous.

— Ah, tant mieux! fit sa mère d'une voix un peu rassurée. C'est de ces avocats de New York qu'il faut se méfier.

— Tu diras à papa que tout se passe pour le mieux, dit Kate. Maintenant, je dois te quitter. Je t'aime, maman.

En raccrochant, elle se sentit obligée d'expliquer :

— Je ne veux pas les inquiéter, du moins tant que ce ne sera pas nécessaire.

— Ne désespérons pas, nous avons encore une bonne chance de l'emporter.

— Même après ma mauvaise prestation d'hier soir? demanda Kate.

— Vous n'avez pas été mauvaise, vous manquez seulement d'expérience. Mais vous vous en sortirez, vous verrez.

•

Quand Kate et Scott pénétrèrent dans la salle d'audience, tous les autres participants, y compris Claude Stuyvesant, s'y trouvaient déjà.

Le président leur adressa un petit signe de tête, puis il consulta sa montre en or, posée devant lui, comme pour leur rappeler qu'ils avaient six minutes de retard.

— Pouvons-nous commencer? demanda-t-il, les yeux fixés sur Hoskins.

Ce dernier se leva et déclara gravement :

— Monsieur le Président, j'hésite à citer mon témoin sans y avoir été auparavant autorisé.

— Quelle est la cause de votre hésitation, maître Hoskins?

— Je sais que cette procédure est plus informelle que celle d'un procès. Nous disposons d'une plus grande liberté d'action, cependant, je voudrais savoir si une personne qui n'a pas assisté aux faits peut témoigner.

Mott se tourna vers Kevin Cahill, l'invitant tacitement à trancher. Le représentant de l'administration fit mine de réfléchir, comme s'il pesait longuement le pour et le contre.

— Maître Hoskins, déclara-t-il finalement, l'affaire qui nous réunit est lourde de conséquences. Non seulement pour la défenderesse, mais pour la profession médicale tout entière et pour la sauvegarde de la santé publique. Nous admettrons donc le témoignage de tous ceux qui sont susceptibles de nous éclairer. Appelez votre témoin, maître.

Scott et Kate échangèrent un regard entendu. Il était clair que la petite scène qui venait d'être jouée devant eux entrait dans une stratégie préétablie. Leurs soupçons furent confirmés lorsqu'ils virent Hoskins se tourner vers Claude Stuyvesant.

— Monsieur Stuyvesant? Veuillez vous présenter à la barre des témoins, je vous prie.

Kate tira sur la manche de Scott, qui lui tapota la main, comme pour lui dire : « Attendons de voir. »

Après que Stuyvesant eut prêté serment, Hoskins lui posa les questions d'usage destinées à établir son identité, ainsi que sa parenté avec la jeune défunte et son souci que justice soit rendue.

Enfin, Hoskins en vint à l'un des deux points sur lesquels il comptait interroger Stuyvesant et pour lesquels il l'avait cité comme témoin.

— Monsieur Stuyvesant, si j'ai bien compris, il y a quelques mois votre fille a décidé de quitter le toit paternel pour s'installer dans son propre appartement?

— Oui, admit Stuyvesant. Sans doute tous les jeunes gens éprouvent-ils ce désir un jour ou l'autre. Ils veulent vivre seuls, quitter le nid familial pour voler de leurs propres ailes. Pour Claudia, ce temps est venu lorsqu'elle a atteint ses dix-huit ans. — Il eut un sourire amer et poursuivit : — Que voulez-vous? De nos jours, on vote à dix-huit ans, on est majeur à dix-huit ans. De mon temps, il fallait en avoir vingt et un. A cet âge, on est plus raisonnable. Mais Claudia voulait partir, alors j'ai fait ce que tout père aimant aurait fait. Je me suis assuré qu'elle ne manquerait de rien et je l'ai laissée s'en aller. Ce fut la pire décision de toute ma vie.

— Après avoir quitté la maison, votre fille a-t-elle continué de se faire soigner par votre médecin de famille, qui la suivait depuis l'enfance?

— Bien entendu. C'est le Dr Wilfred Eaves. Je voulais être sûr qu'elle reste en bonne santé.

— Pour autant que vous le sachiez, votre fille l'a-t-elle consulté régulièrement?

— Certainement, répliqua Stuyvesant. Je le sais grâce aux honoraires que j'ai payés. Eaves est compétent, mais cher.

— Avez-vous parfois discuté de l'état de santé de votre fille avec le Dr Eaves?

— Plusieurs fois.

— Et alors, monsieur?

— Il m'a toujours dit qu'elle se portait bien, parfaitement bien.

— Si bien que, jusqu'à sa mort brutale, vous n'aviez pas eu le moindre souci à ce sujet?

— Pas le moindre! affirma Stuyvesant en jetant à Kate un regard vindicatif.

— Au cours de la soirée en question, monsieur Stuyvesant, votre fille a appelé votre femme en se plaignant d'être malade. Votre épouse a alors téléphoné au Dr Eaves, qui n'était pas en ville. Elle a donc décidé d'emmener Claudia aux Urgences de l'hôpital de la Cité.

— C'est ce que j'ai su par la suite.

Prévoyant que Scott lui poserait immanquablement cette question, Hoskins demanda :

— Monsieur Stuyvesant, pourquoi votre fille ne vous a-t-elle pas appelé, vous?

— C'est ce qu'elle a fait. Malheureusement, je me trouvais avec des clients japonais, que j'avais invités à dîner au Club de l'Union. Quand je suis rentré chez moi, j'ai trouvé le message de Nora, ma femme. Elle me disait être partie voir Claudia. J'en ai été heureux pour elles deux, sans plus. Et je suis allé me coucher.

— Donc, vous n'avez appris l'horrible nouvelle de la mort de votre fille que lorsque votre femme est revenue de l'hôpital ?

— Oui.

— Maintenant, monsieur Stuyvesant, je vais attirer votre attention sur un autre point. Hier, vous assistiez aux débats qui se sont déroulés en ce lieu. Vous avez entendu les tentatives de maître Van Cleve pour accuser votre fille d'avoir d'une part vécu maritalement avec un jeune homme, et d'autre part de s'être adonnée à la drogue. En fait, il s'est même efforcé de donner l'impression qu'elle était une vraie toxicomane.

Sans laisser à Hoskins le temps de poser sa question, Stuyvesant s'écria :

— Oui, oui, j'ai entendu tous ces mensonges.

— Certainement, ce tissu d'insanités constituerait une épreuve pour n'importe quel père. Mais un homme de votre importance a dû en souffrir tout particulièrement.

— Souffrir est un mot un peu faible pour qualifier ce que mon épouse et moi avons enduré, non seulement au cours de cette audience, mais depuis que nous avons perdu notre fille.

— En ce cas, puis-je vous demander pourquoi vous persistez à mener vous-même cette affaire jusqu'à sa conclusion ?

— Pour la même raison que j'ai décidé de doter l'hôpital de la Cité d'un nouveau service des Urgences : le bien public, monsieur. Si notre douleur sert à nettoyer de la profession médicale les docteurs incompétents tels que Kate Forrester, alors elle aura valu la peine d'être vécue. En un mot, je suis là parce que je veux épargner aux pères et aux mères la tragédie qui nous a frappés.

Scott et Kate avaient écouté les propos de Claude Stuyvesant. Lorsqu'il eut terminé, ils échangèrent un regard qui signifiait : « Qui a écrit ce beau discours pour Stuyvesant, son conseiller en relations publiques ? »

Une autre pensée, plus cynique, vint à Scott : « C'est mon idée... il utilise mon idée d'un don aux Urgences pour justifier son action contre Kate. Il me laisse peu de marge pour mon contre-interrogatoire. »

— Merci, monsieur, dit Hoskins. Ce sera tout en ce qui me concerne.

Sous la table, Scott tapota la cuisse de Kate pour la rassurer. Se levant, il s'approcha de Stuyvesant, qui s'était raidi sur sa chaise, visiblement prêt à la bataille.

— Monsieur, vous savez sans doute que j'ai rencontré le Dr Eaves pour m'entretenir avec lui de votre fille, mais il a refusé.

— Évidemment ! répondit Stuyvesant. Les médecins sont tenus au secret professionnel.

— A-t-il refusé avant de vous en avoir parlé, ou seulement après ? demanda Scott.

— Il est vrai qu'il m'a téléphoné. Je ne m'en cache pas. Je lui ai dit de ne rien révéler au sujet de Claudia. Le corps de ma fille gisait à la morgue, nu, accessible au regard de n'importe quel employé vicieux. Je ne pouvais rien faire contre cela, mais que je sois damné si je permettais à un vampire comme vous de fouiller dans son dossier médical pour utiliser des bribes d'information dans le but de la salir davantage !

Pour ne pas encourir la réprobation du bureau, Scott avait laissé parler Stuyvesant sans l'interrompre. Mais dès qu'il eut terminé, il demanda d'une voix douce qui contrastait avec l'éclat du témoin :

— Monsieur, le Dr Eaves vous a-t-il jamais informé que votre fille était enceinte ?

— Voilà que vous salissez de nouveau la réputation de mon enfant !

— Je ne fais que reprendre les conclusions du médecin légiste, remarqua Scott d'une voix respectueuse.

Momentanément réduit au silence, Stuyvesant finit par grommeler :

— N'importe quelle jeune fille peut commettre une erreur. Cela ne fait pas d'elle une prostituée, comme vous essayez de l'insinuer !

— Monsieur Stuyvesant, avant le départ de votre fille, vous étiez-vous disputé avec elle au sujet d'un petit ami que vous n'auriez pas apprécié ?

— Je n'ai jamais beaucoup aimé ses fréquentations, je ne le nie pas.

— Puis-je vous demander pourquoi, monsieur?

— La jeunesse, de nos jours — cette musique de sauvages, ces oripeaux...

— La drogue... suggéra Scott. La promiscuité sexuelle...

L'attitude dédaigneuse de Stuyvesant montrait combien il trouvait cette allusion vulgaire et indigne.

Scott décida de frapper plus fort :

— Monsieur, vous avez entendu mentionner le nom d'un certain Rick Thomas, durant cette...

Stuyvesant l'interrompit :

— Ma femme vous a déjà répondu à ce sujet, jeune homme! Nous ne connaissons aucun Rick Thomas!

— Me tromperais-je si je supposais que votre fille a quitté le domicile familial parce que vous désapprouviez sa relation avec Rick Thomas? demanda Scott.

— C'est faux! déclara Stuyvesant avec une certaine véhémence. Monsieur Mott, ajouta-t-il à l'adresse du président, combien de temps devrai-je supporter ces questions dénuées de fondements?

— Monsieur Stuyvesant, si vous désirez une pause... proposa Mott.

— Je n'ai pas besoin d'une pause! hurla Stuyvesant. Mais je ne vois pas non plus pourquoi je devrais supporter plus longtemps un tel amas d'insanités! Je ne connais aucun Rick Thomas. Ma femme ne connaît aucun Rick Thomas! Maintenant, passons à autre chose ou finissons-en une bonne fois pour toutes.

Refusant d'affronter le courroux de Stuyvesant, Mott se tourna vers Scott.

— Qu'avez-vous à répondre à cela, maître Van Cleve?

— Il y a encore un point sur lequel M. Stuyvesant n'a pas témoigné.

— En ce cas, vous pouvez continuer, concéda Mott à regret.

— Monsieur Stuyvesant, lorsque votre femme a témoigné, je lui ai rappelé les mots qu'elle avait prononcés, en quittant l'hôpital : « Il va m'en vouloir... Il va m'en vouloir! »

— Elle a nié avoir dit ça, rétorqua Stuyvesant.

— Puisque deux personnes au moins en témoignent, puis-je supposer qu'elle a vraiment tenu ces propos?

— Vous pouvez supposer tout ce qu'il vous plaira, jeune homme!

— Si votre femme a vraiment prononcé ces mots, qui peut être ce mystérieux « il » qui semblait la terrifier à ce point?

— Puisqu'elle ne les a jamais dits, comment le saurait-je?

— Se pourrait-il que ce « il » vous désigne? Se pourrait-il qu'elle vive dans la terreur de vos colères légendaires?

— Monsieur Mott! tonna Stuyvesant. Combien de temps allez-vous tolérer que ce type viole ainsi ma vie privée par ses questions ridicules?

Kevin Cahill saisit l'occasion de se porter au secours de Stuyvesant.

— Maître Van Cleve, cette procédure a beau être souple, il y a un moment où certaines questions deviennent non seulement déplacées, mais vaines et inutiles. A moins que vous ne puissiez prouver que vous poursuivez un but bien précis, je vous ordonne de cesser!

— Il existe un lien étroit entre les points que je viens de soulever et un témoignage que j'utiliserai ultérieurement.

— Quel lien étroit? le défia Hoskins.

— Je citerai un témoin qui vous dira que Claudia Stuyvesant vivait dans une telle crainte de son père qu'elle a fourni de fausses informations au Dr Forrester, l'empêchant ainsi d'établir un diagnostic correct, répondit Scott.

— S'agit-il d'un fantôme du même genre que le fictif Rick Thomas? le défia Hoskins. Monsieur le Président, je demande que vous éliminiez du procès-verbal tout ce qui vient d'être dit. Ce ne sont qu'élucubrations d'un jeune avocat poussé dans ses derniers retranchements.

— Je serais assez enclin à vous suivre, monsieur Hoskins, rétorqua Clarence Mott. Maître Van Cleve, avez-vous d'autres questions à poser au témoin?

— Pas pour l'instant, reconnut Scott.

— Et vous, maître Hoskins?

— Moi non plus, monsieur le Président. J'estime maintenant avoir établi les faits et prouvé sans contestation possible la négligence du Dr Forrester et la façon désastreuse dont elle a traité Claudia Stuyvesant, causant la mort de cette jeune fille. Maintenant, je gage que maître Van Cleve a des faits à nous soumettre et pas seulement des réfutations. Je suppose qu'il citera des témoins crédibles, au lieu de fonder son argumentation sur des allusions et des insinuations. J'avoue brûler de curiosité quant à ce mystérieux témoin évoqué à plusieurs reprises par mon jeune confrère.

Clarence Mott se tourna vers Scott.

— Maître Van Cleve?

— J'ai besoin d'un petit délai pour réunir mes témoins. Je demande que nous ne reprenions les débats qu'après-demain.

Le président abattit son marteau sur la table.

— Conformément au désir de maître Van Cleve, l'audience est suspendue jusqu'à après-demain.

En sortant de la salle d'audience, Scott Van Cleve se rendit directement au téléphone public, situé au bout du couloir. Il introduisit une pièce, composa le numéro inscrit sur son carnet jaune. La sonnerie retentit trois, quatre, cinq fois. Il commençait à s'inquiéter lorsqu'on décrocha.

— Ouais? fit la voix de Rick Thomas.

— Rick? Ici Scott Van Cleve.

— Ah ouais? Salut, mec!

Scott s'efforça de percevoir l'état de son interlocuteur. Il ne semblait pas « défoncé ». Il paraissait même plus vif que lorsqu'ils s'étaient rencontrés.

— Rick, vous serez probablement appelé à témoigner après-demain. Il faudrait que nous passions la journée de demain ensemble pour préparer vos réponses. Mieux vaut que vous sachiez à quoi vous attendre.

— Ça vaut mieux, ouais, reconnut Rick Thomas.

— Je passerai vous prendre vers 10 heures, demain matin.

— Pas de problème, mec! fit Rick Thomas avec enthousiasme.

— Oh, je voudrais que vous réfléchissiez à une chose

avant notre rendez-vous. Claudia vous a-t-elle dit qu'elle craignait tellement son père qu'elle préférerait mentir plutôt qu'il ne découvre la vérité ?

— Si elle me l'a dit ? Mais elle n'arrêtait pas ! Elle vivait dans la terreur de ce vieux salaud !

— C'est ce que je pensais. Au fait, quand vous serez à la barre, évitez de vous exprimer ainsi.

— Compris, mec !

— A demain 10 heures, donc.

— Pas de problème, mec. Oh, pendant que j'y pense, je n'aime pas avoir à demander, mais je suis de nouveau fauché.

— Je comprends, répondit Scott. Je ne viendrai pas les mains vides.

32

Il était 1 heure du matin. Scott et Kate avaient longuement préparé le témoignage de la jeune femme, puis il l'avait mise dans un taxi. De retour chez lui, il avait passé quelques heures à réfléchir à la meilleure façon d'utiliser ses deux principaux témoins, formulant ses questions et élaborant sa stratégie de manière à obtenir un maximum d'impact sur son auditoire. « Un avocat présente un dossier comme un metteur en scène monte une pièce de théâtre, pensa-t-il, en ménageant ses effets à peu près de la même façon. »

Qu'est-ce qui s'avérerait le plus efficace? se demandait-il. Fallait-il d'abord appeler Kate à la barre et garder pour la fin l'apparition de Rick Thomas? Ou bien devait-il citer d'abord Rick Thomas, pour prendre Hoskins et Mott par surprise tout en convainquant le bureau qu'il avait dit la vérité, ce qui les prédisposerait à accueillir favorablement le témoignage de Kate?

Il était impossible de prévoir la réaction de Claude Stuyvesant lorsqu'il serait confronté au jeune homme qui avait vécu avec sa fille, avait été son amant et le père de l'enfant qu'elle portait, causant ainsi indirectement sa mort. Une altercation pouvait même éclater entre les deux hommes. Scott devait se préparer à n'importe quelle éventualité.

Tout en descendant Charles Street, il réfléchissait toujours à la manière la plus percutante de présenter les choses. Il décida d'adapter sa stratégie à l'état dans lequel il trouverait Rick Thomas.

Parvenu au numéro 97, il pénétra dans une petite entrée et consulta le tableau des interphones jusqu'à ce qu'il trouvât le nom qu'il cherchait : Lengel. Comme convenu avec Rick, il sonna trois coups brefs, puis un plus long. Il attendit qu'on lui ouvrît la porte. En vain.

Rick dormait probablement. Scott répéta le signal : trois coups brefs, puis un long. Toujours pas de réponse. Scott commença à s'inquiéter. Il sonna une troisième fois, en vain. Le front de Scott Van Cleve se couvrit d'une sueur légère.

Il sonna de nouveau, cette fois frénétiquement. Toujours rien. Maintenant, il ruisselait littéralement. Il sonna encore, trois coups brefs, puis un long. Si long que son doigt était encore sur le bouton lorsque le bourdonnement de la porte retentit finalement. Scott se précipita dans un étroit escalier, assez sombre.

Il sentit soudain la présence de quelqu'un, penché sur la rampe, au niveau du quatrième étage. Levant les yeux, il aperçut une jeune femme enveloppée dans un kimono crasseux. Elle semblait avoir été brusquement arrachée à un profond sommeil. Ses cheveux étaient emmêlés, ses yeux gonflés. Elle lui décocha pourtant un regard curieux, empreint d'une méfiance évidente.

— C'est pour quoi ? demanda-t-elle.

— Je cherche l'appartement 4C. Lengel.

— C'est à quel sujet ?

Maintenant Scott était assez près d'elle pour l'observer. Elle devait avoir une vingtaine d'années, son visage était légèrement bouffi par la boisson ou la drogue. Autrement, elle aurait été plutôt jolie. Il parvint au quatrième étage, si bien qu'ils se retrouvèrent face à face. Elle se tenait devant sa porte entrouverte, l'air sur ses gardes.

— Je cherche Marty Lengel, dit Scott.

— A quel sujet ?

— Il héberge Rick Thomas depuis quelques jours.

— Il n'y a pas de « il », dit la jeune femme. Je suis Marty Lengel.

Scott fut pris au dépourvu. Il avait supposé que Marty Lengel était un nom d'homme.

— Si je comprends bien, dit-il, c'est chez vous que Rick s'est installé. Nous avons rendez-vous à 10 heures. Je suis un peu en avance.

— Dites plutôt que vous aviez rendez-vous avec lui, dit Marty Lengel.

— Je lui ai parlé hier après-midi. Nous sommes convenus de nous rencontrer aujourd'hui. Il doit témoigner demain, insista Scott.

— Il n'est pas là, répondit Marty Lengel.

— Mais ce n'est pas possible! Il s'agit d'une affaire très importante, dont dépend la carrière d'un médecin!

— Désolée, mais il n'est pas là, répéta-t-elle en s'arrangeant pour rester entre Scott et la porte.

— Écoutez, mademoiselle Lengel, je sais ce que ressentent certains témoins à l'approche de leur comparution. Mais il n'a pas à avoir peur et je veux le lui dire.

Voyant qu'elle ne cédait pas, Scott feignit de passer sur sa droite et profita qu'elle faisait un pas de côté pour filer sur la gauche.

Elle le rejoignit devant la porte et protesta :

— Puisque je vous dis qu'il n'est pas là!

Déjà, il pénétrait dans une petite pièce sombre, aux volets fermés. Il vit un lit défait dans un coin, et une minuscule cuisine dont l'évier débordait de vaisselle sale. Trois chaises disparates entouraient une petite table de bois. Une odeur de marijuana flottait dans la pièce.

Les yeux de Scott fouillèrent chaque recoin de la chambre, mais en vain. Rick Thomas n'était pas là.

— Je vous l'avais dit! triompha la jeune femme.

— Vous rendez-vous compte de ce que cela signifie pour le jeune médecin que je défends?

— Écoutez, monsieur, je n'y suis pour rien. En fait, il est parti sans me rendre les cinquante-cinq dollars que je lui avais prêtés, comme une idiote que je suis! Je n'aurais jamais dû accepter de le prendre chez moi. Mais j'avais de la peine pour lui après ce qui était arrivé à Claudia.

— Vous ne savez pas où il est parti?

Elle secoua la tête, tout en peignant ses cheveux avec ses doigts, pour leur redonner un semblant d'ordre.

— Il ne vous a rien dit, rien expliqué?

— Je n'étais même pas là quand il a fichu le camp. Écoutez, je n'ai pas l'intention de perdre mon temps à discuter avec vous. Je veux dormir.

— Donnez-moi juste une minute, s'il vous plaît. C'est important.

Elle eut un geste résigné.
— D'accord, asseyez-vous.
Il préféra rester debout.
— La dernière fois qu'il vous a parlé, Rick ne vous a rien confié de particulier?
— Sur le fait qu'il se tirait, non.
— Il n'a laissé aucun message? Rien qui vous laisse soupçonner qu'il allait disparaître?
— Non. Tout ce que je sais...
Elle se tut brusquement.
— Tout ce que vous savez? insista Scott. C'est tout ce que je veux savoir aussi.
— C'est vous qui avez appelé, hier après-midi? C'est vous, n'est-ce pas?
— Oui.
— Je l'ai entendu dire qu'il avait rendez-vous avec vous.
— C'est exact.
— Un peu plus tard, vers 19 heures environ, il a reçu un autre appel. Apparemment, il connaissait le type... Dites, je ne vais pas avoir d'ennuis en vous racontant tout ça? Avec les flics, je veux dire?
— Je suis avocat. Tout ce que vous me direz restera entre nous.
Elle réfléchit un instant avant de se décider à coopérer.
— Il m'a dit que ce type lui avait promis de la bonne marchandise.
— De la marchandise?
— De la cocaïne. Mais de première qualité. Moi, je touche pas à ça. Mon truc, c'est plutôt l'herbe. Mais pour Rick, la cocaïne, c'est à peu près comme la crème pour les chats. Pour en avoir, il aurait fait n'importe quoi. Donc, ce type lui en a promis de la bonne.
— Et il y est allé, conclut Scott.
— Évidemment. La dernière fois que je l'ai vu, c'est quand je suis partie au boulot. Je travaille dans un petit restaurant italien de la 4e Rue.
— Il n'a rien dit qui vous permette de deviner où il se rendait?
— Non, il est parti, c'est tout.
— Vous avez une idée de qui l'a appelé?

— Il a prononcé un nom, mais je n'ai pas fait attention. J'ai mes propres soucis.

Scott hocha la tête, l'air accablé. La moitié de sa défense, la plus importante, s'effondrait. Il n'avait pas seulement perdu un témoin, mais sa propre crédibilité professionnelle était en jeu. Ils seraient tous persuadés qu'il avait bel et bien inventé ce témoin. Il regrettait maintenant d'avoir mentionné Rick Thomas, et même d'avoir laissé entendre que Claudia Stuyvesant se droguait.

— Et il n'a rien dit d'autre, fit-il pour conclure cette conversation désastreuse.

— Rien.

Il comprit que Marty Lengel avait hâte de le voir partir pour retourner se coucher. Quelques secondes plus tard, il s'apprêtait à descendre l'escalier quand la porte de Marty Lengel se rouvrit dans son dos.

— Il a quand même dit une chose, fit-elle.

— Ah ? Quoi donc ?

— Oh, un truc à propos de ses affaires. Il pensait les récupérer bientôt, mais j'ai pas trop fait attention à ce qu'il racontait.

— Récupérer ses affaires, répéta lentement Scott. Celles qui se trouvaient chez Claudia quand ils ont tout emporté ?

— A ma connaissance, il n'en avait pas d'autres.

— Connaissiez-vous Claudia ? demanda Scott.

— Un peu.

— Juste un peu ?

— Peut-être un peu plus. Pourquoi ? Qu'est-ce que vous cherchez à savoir.

De nouveau, elle était sur la défensive.

— Est-ce qu'elle se droguait ? demanda Scott.

— Ça dépend.

— Cela dépend de quoi ?

— De ce que vous entendez par là. Il y a drogué et drogué. Les vrais drogués sont tout le temps défoncés, comme Rick.

— Et Claudia ?

— Vous devez pas y connaître grand-chose, remarqua Marty Lengel. Autrement vous sauriez que dans les couples, s'il y en a un qui se drogue vraiment, l'autre aussi.

— Dites-moi, mademoiselle Lengel, accepteriez-vous d'aider une jeune femme médecin à se défendre contre Claude Stuyvesant, à sauver sa carrière? Seriez-vous d'accord pour répéter ce que vous venez de me dire?

Elle secoua énergiquement la tête.

— J'ai pas envie d'avoir affaire à la justice!

— Ça n'a rien à voir avec la justice. Il s'agit de témoigner devant les membres d'un bureau, dans le cadre d'une audience privée.

— Excusez-moi, mais je retourne me coucher, dit la jeune femme.

— Je comprends... Si par hasard vous changiez d'avis, voici ma carte. Mais il faut que je le sache dans les vingt-quatre heures.

— Je peux vous le dire tout de suite, c'est non. Je suis désolée, mais je veux pas avoir affaire à ces gens-là. J'ai pas besoin d'un type comme Claude Stuyvesant sur le dos.

— Si Rick revient... commença Scott.

— Y a peu de chances! l'interrompit-elle.

— Comment pouvez-vous en être si sûre?

— Je me suis tout de suite méfiée de cet appel. Si quelqu'un voulait se débarrasser de Rick, la meilleure façon était de...

— De lui promettre de la cocaïne pure, termina Scott.

— Pire encore, expliqua Marty. De lui donner toute la cocaïne qu'il voulait. Il aurait fait n'importe quoi pour en avoir. Un jour ou l'autre, on le retrouvera aux Urgences d'un hôpital quelconque. Dans le coma... ou mort d'une overdose.

— Mademoiselle Lengel, pensez-vous que Claude Stuyvesant puisse être lié d'une façon ou d'une autre à cette disparition?

— Pourquoi me demandez-vous ça?

— C'est un homme de Stuyvesant qui s'est présenté chez Claudia avec un document officiel et qui a vidé l'appartement.

— Mais pourquoi Stuyvesant aurait fait une chose parcillc?

— Pour dissimuler aux médias tout ce qui aurait pu

être compromettant. C'est comme ça qu'il a emporté du même coup les affaires de Rick. Si l'homme qui a appelé a promis à Rick de les lui rendre... il y a un lien évident.

Désormais, Scott savait exactement ce qui s'était passé. Il savait aussi qu'il ne lui restait plus qu'un seul témoin capital : Kate.

Mais comment allait-il le lui annoncer?

La première question de la jeune femme lorsqu'il arriva fut :

— Comment cela s'est-il passé avec Rick?

Très simplement et de la façon la moins dramatique possible, il lui rapporta les événements.

— Qu'est-ce que... Je veux dire, comment allons-nous faire ? fit-elle d'une voix brisée. Oh, Scott!

Voyant qu'elle se mettait à trembler, il l'entoura de ses bras pour lui insuffler le courage dont elle avait besoin.

— Quand je pense qu'il voulait tellement se venger de Stuyvesant! dit-il.

— Si vous connaissiez les drogués aussi bien que moi, dit Kate, vous sauriez que l'état de manque leur fait tout oublier : revanche, métier, famille. Tout.

— Apparemment, Stuyvesant en a profité.

— Rick était le point fort de votre défense!

— Il ne l'est plus, en tout cas, répliqua Scott.

Intérieurement, il s'efforçait de ne pas céder au désespoir.

33

A l'ouverture de la séance, le lendemain matin, Scott appela Mme Cronin à la barre, ainsi qu'il l'avait prévu. Après lui avoir fait prêter serment, il lui posa les questions d'usage concernant son passé professionnel et ses fonctions à l'hôpital de la Cité. En onze ans de service, elle avait eu maintes fois l'occasion de travailler aux Urgences. Cette fameuse nuit, elle était de garde. Scott entreprit alors de lui faire raconter les événements à l'issue desquels Claudia Stuyvesant avait trouvé la mort. Il l'amena adroitement à préciser combien la présence de Mme Stuyvesant dans le box s'était révélée plus gênante que favorable. Puis Mme Cronin se fonda sur sa propre expérience pour affirmer que les décisions de Kate avaient été parfaitement conformes à ce qui se pratiquait d'ordinaire aux Urgences. Elle précisa que lorsque Claudia avait eu ce collapsus, Kate et Briscoe avaient réagi de la façon qui convenait et administré le traitement de rigueur dans ces cas-là — du moins était-ce ainsi qu'elle avait toujours vu les autres médecins procéder.

Quand Scott eut terminé, il abandonna Mme Cronin au contre-interrogatoire de Hoskins. Au lieu de saisir l'occasion, ce dernier secoua négativement la tête.

— Je n'ai pas de questions à poser au témoin.

Scott comprit que le procureur réservait la primeur de ses attaques à Kate. Il en eut la preuve lorsque Hoskins refusa de contre-interroger Mme Beathard, la deuxième infirmière. Scott se résigna alors à citer son dernier témoin.

Se tournant vers la secrétaire, il annonça :

— J'appelle le Dr Kate Forrester.

— Qu'est-ce que j'entends? s'étonna Hoskins. Pas de témoin surprise? Moi qui espérais que notre curiosité allait enfin être satisfaite.

Bien qu'il eût feint de parler pour lui-même, tout le monde avait pu entendre.

Après avoir fait prêter serment à Kate, Scott l'interrogea d'abord sur les premières années de sa vie à la ferme, sur son éducation, ses études de médecine, son expérience d'interne. Il s'efforça de la présenter comme un médecin intelligent, solide et bien formé, digne d'obtenir la confiance et le soutien du bureau. Ensuite, il entreprit de lui faire décrire certains des cas qu'elle avait eu à traiter pendant la nuit en question.

Il en vint enfin à Claudia Stuyvesant. Scott aida Kate à raconter sa première rencontre avec la patiente. Les observations de Mme Cronin, confirmées ensuite par Kate. L'impossibilité de réunir ces symptômes diffus en un tout suffisamment cohérent pour établir un diagnostic précis, puisque ces symptômes pouvaient provenir d'une douzaine de causes différentes.

Puis, Scott l'interrogea plus directement sur ses rapports avec Claudia Stuyvesant.

— Docteur Forrester, avez-vous interrogé la patiente sur sa vie privée? Et si oui, pour quelle raison?

— Une jeune femme de cet âge peut avoir une vie sexuelle active. C'était important de savoir si elle avait eu ses dernières règles, par exemple. Les réponses à ces questions peuvent considérablement aider à établir un diagnostic. Encore faut-il qu'elles soient vraies.

— Et qu'a répondu la patiente?

— Comme je l'ai précisé dans son dossier, ses réponses ont chaque fois été mensongères. Si les membres du bureau disposent de photocopies du dossier, ils peuvent vérifier mes dires.

Les Drs Ward et Truscott hochèrent la tête, indiquant que le dossier leur était familier.

— Maintenant, docteur, y a-t-il des faits, ou des observations, qui ne se trouvent pas dans ce dossier?

Hoskins leva la main et objecta :

— Monsieur Cahill, il oriente le témoin.

— Le témoin peut répondre, décida Cahill.

— Je n'ai pas pensé qu'il fallait y consigner mes soupçons, expliqua Kate.

— Des soupçons? A quel propos, docteur?

— J'ai cru deviner que la patiente avait peur de sa mère, qui était tendue et avait les nerfs à fleur de peau. C'est une raison compréhensible pour taire certaines vérités.

— Si sa mère n'avait pas été là, ou si sa présence avait été moins contraignante et si vous aviez obtenu des informations exactes, auriez-vous été capable d'établir un diagnostic correct suffisamment tôt pour intervenir?

Hoskins bondit sur ses pieds avec une souplesse étonnante pour un homme de sa corpulence.

— Monsieur Cahill, il ne se contente plus d'orienter le témoin, il témoigne à sa place!

— Monsieur Van Cleve, intervint le représentant de l'administration, contentez-vous de poser des questions, sans souffler les réponses à votre témoin.

Scott s'inclina.

— Pardonnez-moi, monsieur. Eh bien, docteur? ajouta-t-il à l'adresse de Kate.

— Activité sexuelle, absence de règles... Ces renseignements fondamentaux m'auraient permis d'établir un diagnostic correct. C'est pourquoi je pense que la présence de la mère a eu un effet néfaste sur...

Claude Stuyvesant se dressa de toute sa taille pour intervenir :

— Monsieur le Président, je m'insurge contre le fait que cette femme, qui a causé la mort de ma fille, en rejette maintenant la faute sur mon épouse. Je ne le supporterai pas!

Étant donné la nature de ses relations avec Stuyvesant, Mott choisit soigneusement ses termes :

— Monsieur Stuyvesant, le Dr Forrester est en droit de présenter sa défense comme elle l'entend. Il appartiendra ensuite à ce bureau de déterminer si son témoignage est digne de foi.

Mott ayant ainsi prédisposé le bureau à rejeter le témoignage de Kate, Stuyvesant parut s'apaiser, bien qu'il continuât de foudroyer la jeune femme du regard.

Rapidement, Scott questionna Kate sur les événements de la nuit. Elle raconta comment elle avait fait à Claudia une prise de sang et envoyé cet échantillon au laboratoire. Ensuite, elle avait dû s'occuper d'autres patients. Quand les résultats des analyses lui étaient parvenus, elle ne les avait pas trouvés concluants. Elle avait alors procédé à une seconde prise de sang.

Scott en arriva à un point crucial du témoignage, lorsqu'il demanda :

— Docteur Forrester, avez-vous songé à un moment ou à un autre à demander l'avis d'un confrère?

— Je soupçonnais que la patiente pouvait être enceinte, aussi ai-je effectué un examen gynécologique. Mais une grossesse extra-utérine ne se présente pas de la même façon qu'une grossesse normale, aussi mes observations n'étaient-elles pas concluantes. J'ai donc fait appel au Dr Briscoe.

— Qu'a-t-il fait?

— Il a procédé au même examen. Et fait les mêmes observations que moi.

— Qu'a-t-il suggéré?

— De poursuivre les analyses et d'attendre les résultats. Ces derniers se sont révélés légèrement différents, mais pas plus décisifs.

— Docteur, y a-t-il eu un moment où, en dépit des dénégations de la patiente, vous avez décidé d'utiliser un test de grossesse?

— Oui. Je doutais de la sincérité de ses réponses, si bien que j'ai décidé de vérifier leur exactitude. Pour aller plus vite, j'ai employé une sonde vésicale pour prélever un peu d'urine.

— Personne n'a protesté?

— Sa mère. Lorsqu'elle a compris où je voulais en venir, elle s'est montrée très offusquée.

— Ensuite, docteur, qu'avez-vous fait ?

— J'ai eu recours au test biologique utilisé à l'hôpital.

— Quel en a été le résultat?

— Négatif.

— A quoi avez-vous attribué cela, quand vous avez eu connaissance du rapport d'autopsie?

— Aucun test n'est fiable à cent pour cent.

— Docteur, à quel moment le Dr Briscoe et vous avez saisi la gravité de la situation?

— Briscoe s'apprêtait à introduire une sonde dans le vagin de la patiente pour voir s'il trouvait une hémorragie interne, quand Mme Cronin nous a prévenus qu'il n'y avait plus de pouls. Nous avons immédiatement commencé la réanimation cardiaque, tout en la transportant aux Soins intensifs. Ensuite, nous avons fait tout ce qu'il était possible de faire : solution hypertonique, épinéphrine, réanimation, ventilation, intervention chirurgicale. C'était trop tard. Son cœur conservait une activité réflexe, mais l'hémorragie interne avait vidé le sang du système cardio-vasculaire dans l'abdomen, si bien que le cœur n'avait plus rien à pomper. Elle est morte...

— Docteur, en présence de deux de vos pairs, je vous demande si durant les jours et les semaines qui ont suivi ce drame vous avez eu des regrets. Auriez-vous pu procéder différemment? demanda Scott, ainsi qu'il avait prévenu Kate qu'il le ferait.

Il fut étonné de l'entendre répondre :

— Des regrets? Non. Mais de la culpabilité... oui.

Non seulement Stuyvesant, mais Hoskins et les trois membres du bureau eurent une réaction de surprise. Truscott cessa un instant de prendre des notes et Gladys Ward fixa Kate un long moment avant de griffonner à son tour quelques mots sur un calepin.

— Pourquoi cette culpabilité, docteur? fut forcé de demander Scott.

— J'espère ne jamais perdre une patiente de dix-neuf ans sans avoir le cœur serré par la culpabilité. Un tel drame nous oblige forcément à nous poser des questions, sur nous-mêmes et sur le métier que nous exerçons.

Scott laissa échapper un soupir de soulagement. Mais c'est avec regret qu'il céda la place à Hoskins pour son contre-interrogatoire.

Le procureur réunit une liasse de feuilles et s'approcha du témoin, un sourire paternel aux lèvres.

— Docteur, je veux que vous sachiez que je tiens tous les jeunes médecins en grande estime. Je n'ignore pas combien vos études sont longues et difficiles, combien sont épuisantes les heures que vous passez à soigner des patients et douloureux les sacrifices que vous consentez.

« Le salaud ! pensa Scott. Il essaie de la prendre par les sentiments. J'espère qu'elle ne tombera pas dans le piège. »

— Maintenant, continuait Hoskins, voyons si nous pouvons vous aider à résoudre le mystère des événements survenus pendant cette fameuse nuit, dans le box C des Urgences.

Il jeta un coup d'œil à ses notes, comme pour se rafraîchir la mémoire.

— Si j'ai bien compris, vous étiez le seul médecin de garde, cette nuit-là ?

— Oui, monsieur, répondit Kate. Le Dr Diaz devait travailler avec moi mais il a dû s'aliter en raison d'une mauvaise grippe. Il n'a pas été remplacé.

— Vous étiez donc responsable du service ?

— En effet.

— Très intéressant...

Cela ne l'était pas, mais il espérait que Kate s'interrogerait sur l'éventuelle signification de ces derniers mots, si bien qu'elle serait moins attentive aux réponses qu'elle ferait ensuite.

— Vous avez décrit les symptômes présentés par les patients que vous avez accueillis et l'atmosphère... disons d'effervescence qui régnait dans le service. Voulez-vous dire que cette nuit était plus agitée qu'une nuit habituelle aux Urgences ?

— Elle n'était pas inhabituelle dans un lieu où toutes les nuits sont inhabituelles.

Hoskins sourit.

— C'est une bonne repartie, docteur. Cela explique sans doute que vous ayez tant tardé à examiner Claudia Stuyvesant.

— Pas du tout ! répliqua-t-elle sèchement. Je n'ai pas « tardé » à l'examiner, comme vous dites !

Scott tenta de la mettre en garde des yeux. « Restez calme. Ne le laissez pas vous prendre au piège ! »

— Pardonnez-moi, dit onctueusement Hoskins. En ce cas, pouvez-vous nous dire ce qui vous a retenue si longtemps ?

— D'autres cas plus urgents.

— Docteur, est-il vrai que lorsque vous avez enfin

trouvé le temps de vous occuper de Claudia Stuyvesant, vous ne l'avez pas réellement examinée?

— C'est faux! protesta Kate.

— Permettez-moi de vous rafraîchir la mémoire, docteur. Si l'on se fonde sur les affirmations d'un précédent témoin, vous commenciez à peine à l'interroger lorsque vous l'avez quittée pour voir un nouveau patient. Est-ce vrai?

— Cet homme présentait des symptômes alarmants, expliqua Kate.

— Des symptômes alarmants? répéta Hoskins.

— Il souffrait d'une douleur atroce, juste en dessous du sternum, transpirait abondamment et était en proie à la terreur. Ces symptômes sont typiques de l'infarctus et l'infirmière pensait qu'il courait un risque immédiat. De tels cas sont prioritaires.

— Donc, vous avez quitté Claudia Stuyvesant pour traiter ce « cas urgent »? Quelles ont été vos conclusions, si je puis me permettre?

— Il s'agissait d'un calcul biliaire. C'est extrêmement douloureux.

— Et comment avez-vous traité ce patient, docteur?

— Je l'ai envoyé en Chirurgie, où mes confrères se sont chargés de déterminer si une intervention était nécessaire.

— Savez-vous ce qu'il est devenu, docteur?

— Une fois que le malade est parti en Chirurgie, je n'ai plus eu de contact avec lui. C'est l'un des aspects désagréables de notre travail aux Urgences. On accueille le patient, on le soigne, on l'expédie dans un autre service ou encore on le renvoie chez lui et on ne le revoit jamais. On sait rarement ce qui lui arrive par la suite.

— Eh bien, je me ferai un plaisir de vous éclairer. Ce patient a été examiné en Chirurgie où l'on a décidé de ne pas l'opérer jusqu'à plus ample information. Il a passé une bonne nuit grâce aux 100 milligrammes de Démérol que vous lui avez prescrits, et on l'a renvoyé chez lui le lendemain matin, dit Hoskins en agitant une feuille sous le nez de Kate.

Le geste était insultant, mais Scott fut surtout préoccupé par les propos qui l'accompagnaient. Ils prouvaient en effet que Hoskins avait mené une enquête méticuleuse et s'était renseigné, non seulement sur l'état de Claudia Stuyvesant, mais sur celui de tous les patients qui étaient passés entre les mains de Kate.

— Résumons-nous, docteur, dit Hoskins. Ce malade, qui selon vous courait un danger plus grand que Claudia Stuyvesant, est rentré chez lui le lendemain matin. Pendant ce temps, Claudia Stuyvesant, attendait votre bon vouloir en se mourant.

— Objection, monsieur Mott! s'exclama Scott avec vigueur. Je m'insurge contre une telle présentation des faits! Et je désire qu'on demande aux deux médecins du bureau ce qu'ils auraient fait dans les mêmes circonstances.

Incertain quant à la réponse des Drs Ward et Truscott, Clarence Mott hésita. Mais Kevin Cahill se porta à son secours.

— Monsieur le Président, il est inutile de poser une telle question aux membres du bureau. Je suis sûr que leur opinion se reflétera dans leur décision finale. La requête de maître Van Cleve doit être rejetée.

— Très bien, dit Mott avec soulagement. Continuez, maître Hoskins.

— Docteur, je vais vous montrer une photocopie de la feuille de soins concernant le patient qui souffrait d'un calcul biliaire. Je voudrais que vous identifiiez cette écriture.

Kate parcourut rapidement le feuillet.

— C'est mon écriture.

— Nous pouvons donc en conclure qu'avant de retourner auprès de Claudia Stuyvesant vous avez pris le temps de compléter ce dossier?

— Non, monsieur. Les différents symptômes du patient étaient déjà notés sur le formulaire d'admission, aussi ai-je attendu d'en avoir le temps pour faire mon propre rapport.

— Ah! s'exclama Hoskins comme s'il venait de faire une découverte. Un certain laps de temps peut donc s'écouler entre le moment où vous traitez un patient et celui où vous remplissez la feuille de soins?

— Cela dépend des fois. Tout est fonction du nombre de cas à traiter.

— Docteur, vous est-il arrivé d'oublier de compléter un dossier?

— Non, répondit Kate sans hésitation.

— Tiens, alors il y a contradiction entre votre témoignage et ce qui s'est réellement passé cette nuit-là.

Scott se leva à demi, mais il se força à se rasseoir. Observant le visage de Kate, il chercha à deviner l'effet que produisait sur elle cette troublante affirmation.

Kate Forrester réfléchissait à ce que venait de dire Hoskins. Était-il possible qu'elle eût oublié de reporter des observations sur la feuille de soins d'un malade, cette nuit-là? Non, décida-t-elle, elle avait tout écrit. Tout.

— Je ne vois pas à quoi vous faites allusion, dit-elle.

— Peut-être recouvrerez-vous la mémoire un peu plus tard, rétorqua Hoskins, satisfait d'avoir semé le doute dans l'esprit du témoin et de son avocat. Dites-nous maintenant ce que vous avez découvert lorsque vous avez bien voulu examiner Claudia Stuyvesant.

Mécontente que Hoskins ait dit qu'il avait dépendu de son bon vouloir qu'elle retournât auprès de Claudia, Kate décida cependant de ne pas mordre à l'hameçon.

— Je vous le répète, dit-elle froidement, Mme Cronin avait déjà relevé ses symptômes... nausées, vomissements, diarrhée. Elle avait pris le pouls et la tension de la patiente, ainsi que sa température, et elle en avait déduit que cette jeune fille souffrait de déshydratation. Elle avait donc réuni le matériel nécessaire à une perfusion.

— Avez-vous approuvé cette initiative?

— Bien entendu.

— Ensuite, qu'avez-vous fait, docteur?

— Pour avoir une impression globale sur cette jeune fille, j'ai repris son pouls tout en l'interrogeant. Ce premier contact nous en apprend souvent plus qu'une longue liste de symptômes.

— La patiente a-t-elle répondu à vos questions? demanda Hoskins.

— Oui, mais elle m'a malheureusement menti. Elle a nié avoir eu des rapports sexuels et a affirmé avoir des règles régulières.

Hoskins hocha la tête, comme s'il s'était attendu à ce que Kate s'exprimât de cette façon.

— Oui, oui, docteur, je sais. Vous allez maintenant tenter de vous décharger de votre responsabilité sur la mère de la patiente.

Scott se dressa d'un bond.

— Objection, monsieur le Président!

Sans attendre d'être repris, Hoskins s'inclina.

— Je retire cette dernière remarque, monsieur le Président. Mais avant de passer à un autre sujet, puis-je encore poser une question au Dr Forrester? Docteur, Mme Stuyvesant a-t-elle quitté le box C à un moment ou à un autre?

— Elle est sortie un instant pour téléphoner depuis sa limousine, répondit Kate.

— Vous étiez donc seule avec la patiente, dont la mère ne vous gênait plus. Avez-vous saisi cette occasion de lui reposer ces questions éminemment personnelles?

— Oui, c'est ce que j'ai fait.

— Et qu'a-t-elle répondu?

— Elle... a maintenu qu'elle n'avait pas eu de relations sexuelles récentes et que ses règles étaient régulières, reconnut Kate. Je ne crois pas qu'elle ait réalisé le risque qu'elle courait en mentant.

— Si je comprends bien, la présence de Mme Stuyvesant n'avait pas l'importance que vous lui avez attribuée?

— Je pense que Claudia préférait ne pas dire la vérité tant elle craignait que sa mère ne la découvre. Sur le coup, je me suis dit que pour une jeune fille de dix-neuf ans qui tentait d'échapper à l'autorité parentale, elle était encore très immature et timorée.

— Docteur Forrester, avez-vous élargi le champ de vos compétences jusqu'à la psychiatrie? ironisa Hoskins.

— C'était l'observation d'un médecin, répliqua tranquillement Kate.

— Docteur, un homme tel que moi n'entreprend pas de réclamer la radiation d'un médecin sans être convaincu du bien-fondé de sa démarche. J'ai donc longuement réfléchi aux effets possibles des mensonges de Claudia Stuyvesant sur l'issue fatale que nous connaissons. Finalement, je me suis posé une question que je vous pose maintenant. A supposer que Claudia Stuyvesant vous ait dit : « Oui, docteur, j'ai eu récemment des rapports sexuels et j'attends toujours mes dernières règles », auriez-vous agi différemment ?

— J'aurais procédé plus tôt à un test de grossesse.

— Et alors ?

Kate comprit que Hoskins l'avait attirée dans un piège d'où aucun argument logique ne pourrait la tirer.

— Docteur, qu'est-ce qui vous fait croire que, si vous aviez effectué plus tôt ce test de grossesse, vous auriez obtenu un résultat différent ? martela Hoskins.

— Je... je ne sais pas, fut forcée d'admettre Kate.

— Êtes-vous en train de nous dire que si vous l'aviez fait une ou deux heures plus tôt, vous auriez été moins fatiguée, et vous vous y seriez peut-être prise correctement ? demanda Hoskins.

— J'étais parfaitement maîtresse de moi quand j'ai procédé à ce test ! protesta Kate.

— En ce cas, comment les résultats auraient-ils pu être différents ?

— Je vous l'ai dit, je n'en sais rien.

« Il la provoque et elle mord à l'hameçon », pensa Scott. Il était temps d'intervenir.

— Monsieur Mott, ma cliente commence à être fatiguée. Je demande une pause.

Hoskins comprit que son adversaire avait mesuré l'habileté de sa manœuvre. Il gratifia Scott d'un mince sourire et, satisfait de lui-même, décida de se montrer grand seigneur.

— Je n'y vois pas d'inconvénient, monsieur le Président. Il est évident que le témoin a besoin de quelques instants de repos, ou plutôt... de répit !

Comme il se tournait vers Claude Stuyvesant, ce dernier le récompensa d'un imperceptible hochement de tête.

Clarence Mott saisissait son marteau pour clore momentanément la séance quand le Dr Ward leva la main.

— Oui, docteur ?

— Pourrais-je contre-interroger le témoin avant la pause ?

Scott bondit.

— Objection, monsieur le Président ! Un membre du

bureau, dont le rôle est de statuer sur le sort de ma cliente, ne devrait pas être autorisé à se comporter en procureur.

Mott se tourna vers le représentant de l'administration, l'invitant du regard à repousser l'objection de Scott.

Kevin Cahill fit mine de réfléchir.

— Maître Van Cleve soulève ici ce qui, au premier abord, pourrait apparaître comme un intéressant point de procédure. Je crois malheureusement qu'il se fonde sur l'emploi erroné d'un seul terme. Je suis certain qu'en parlant de « contre-interroger » le témoin, le Dr Ward n'a pas voulu se substituer au procureur. Elle entendait sans doute par là qu'elle désirait poser quelques questions au Dr Forrester, dans une quête bien légitime de la vérité. Après tout, nous sommes tous ici pour cela. Est-ce que je me trompe, docteur Ward?

Gladys Ward fit signe que non.

— Monsieur Mott, vous pouvez autoriser le Dr Ward à poursuivre.

— Docteur Forrester, commença Gladys Ward, supposons que la patiente vous ait répondu avec franchise. Supposons encore que vous ayez procédé au test de grossesse et que le résultat ait été négatif. Connaissant le pourcentage d'erreurs inhérent à ce type de test, pourquoi vous êtes-vous contentée de ce résultat?

— Je ne m'en suis pas contentée. J'ai demandé une échographie.

— Alors pourquoi ne figure-t-elle pas dans le dossier de la patiente?

— Parce qu'il n'y a pas eu d'échographie.

— Au nom du ciel, pourquoi?

— Le service de radiologie m'a dit qu'en cas de grossesse extra-utérine, l'échographie non plus n'était pas toujours fiable. C'est pourquoi seule une spécialiste, le Dr Gladwin, est habilitée à les faire. Malheureusement, celle-ci ne reprenait son service que le lendemain après-midi. C'est pour cette raison qu'il n'en est pas fait mention dans le dossier.

Le Dr Ward parut satisfaite de l'explication donnée par Kate, pourtant elle n'en avait pas encore terminé avec la jeune femme.

— Docteur Forrester, dans la mesure où vous avez

soupçonné dès le début que les réponses de la patiente étaient mensongères, ce qui vous a amenée à faire ce test de grossesse, il me semble que la présence de Mme Stuyvesant n'a en rien modifié la façon dont vous avez traité ce cas.

Kate voulut répondre, mais les mots sortirent avec difficulté de sa gorge sèche.

— Si... si je n'avais pas eu à lutter avec elle, les choses auraient pu se passer différemment.

— Dites-moi, docteur, au cours de vos années de pratique, d'abord comme interne puis en tant que médecin, étiez-vous déjà tombée sur un cas de grossesse extra-utérine ?

— Elles sont encore rares, je le reconnais, bien que plus fréquentes qu'autrefois, et...

— Je vous ai posé une question, docteur. Avez-vous, oui ou non, déjà rencontré un tel cas ?

— Non, fut forcée d'admettre Kate.

— Je vois. Vos connaissances en la matière sont purement livresques, conclut Gladys Ward.

— Oui, mais la même nuit, j'ai diagnostiqué et soigné une patiente atteinte de la maladie d'Addison, or c'était la première fois que je rencontrais concrètement le cas, rétorqua Kate.

Le Dr Ward ne répondit pas, mais griffonna quelques notes dans son carnet. A son froncement de sourcils, Kate et Scott supposèrent que le commentaire n'était pas favorable et pèserait lourdement dans la décision finale du médecin.

Mott abattit son marteau sur la table.

— Cinq minutes de pause, annonça-t-il.

Comme Kate quittait le siège du témoin, elle vit que Claude Stuyvesant la fixait avec une expression de triomphe au fond de ses yeux gris acier.

34

Scott et Kate se hâtèrent de quitter la salle d'audience afin de se concerter un instant.

— Rappelez-vous ce que je vous ai dit..., commença-t-il.

— Je sais! l'interrompit Kate. Je sais! Je ne dois pas argumenter! Mais je ne peux laisser Ward ou Hoskins proférer mensonges et insinuations sans réagir! Personne ne m'en empêchera!

— Cela suffit comme ça, Kate! Je suis de votre côté. Je suis votre avocat, dit-il pour la calmer. — Comme il lui prenait la main, elle s'écarta vivement de lui. — Vous avez peur? demanda-t-il doucement.

— Je suis terrifiée, vous voulez dire! admit-elle dans un souffle, des larmes perlant au bout des cils. Surtout après l'attaque de Gladys Ward.

— Cela ne va pas s'arranger. Ce pourri de Hoskins veut se faire bien voir de Stuyvesant. Il va taper de plus en plus dur, aussi tenez-vous-en à la vérité. C'est notre seule chance.

Elle hocha la tête. Passant un doigt léger sous le menton de la jeune femme, Scott la força à le regarder, puis il essuya doucement ses larmes avant d'embrasser ses paupières humides. Kate recula et plongea dans les yeux du jeune homme, comme pour demander : « Ai-je bien compris ce que cela signifie? » « Oui, c'est ce que j'ai voulu vous faire comprendre », répondit-il silencieusement.

— Allons-y, dit-il, il est temps de les affronter.

Se référant constamment au dossier, Hoskins fit redire à Kate chacune des décisions qu'elle avait prises, depuis le moment où Claudia était arrivée aux Urgences jusqu'à sa mort.

En dépit de tous ses efforts, il ne parvint pas à lui faire commettre la moindre erreur qui l'aurait mise en contradiction avec elle-même.

Hoskins changea alors de méthode.

— Docteur, combien de temps s'est-il écoulé entre le moment où les événements ont eu lieu et celui où vous avez reporté vos observations sur les feuilles de soins?

— J'ai noté toutes mes décisions au moment où je les prenais. Lorsqu'il s'agissait de mes observations sur son état, ou de projets de traitement, j'ai attendu d'en avoir le temps.

— Docteur, le règlement de l'hôpital n'exige-t-il pas que les médecins s'acquittent sur-le-champ de cette obligation?

— En effet.

— Pourtant, vous nous dites que vous attendiez d'« en avoir le temps », ironisa Hoskins.

— Aux Urgences, on fait tout quand on en a le temps. Il semble d'ailleurs qu'on n'en ait jamais assez, pourtant on parvient à tout faire.

— Il est donc envisageable que durant ce... « temps d'attente », un médecin reconsidère ses décisions et... comment dirais-je? — rédige ses notes de façon à les faire coïncider avec la réalité.

— S'il s'agit d'une affirmation, je la réfute! rétorqua Kate. Si c'est une question, je vais y répondre.

Hoskins sourit finement.

— Disons qu'il y a un peu des deux.

— Vous insinuez que j'ai rédigé mes notes de façon à justifier ma conduite? C'est un mensonge! — Les membres du bureau fixèrent Kate avec réprobation. Mott allait la reprendre, mais elle continua : — Tout ce que j'ai écrit dans le dossier de Claudia Stuyvesant est conforme à ce que j'ai réellement observé et à ce que j'ai réellement fait.

— Donc ce que je tiens entre mes mains retrace fidèlement l'hospitalisation de Claudia Stuyvesant, depuis l'instant où vous l'avez vue pour la première fois jusqu'à sa mort?

— Oui.

— Je trouve ici une note rapportant que la patiente était tellement agitée, à un moment, qu'elle a arraché sa perfusion de son bras, remarqua Hoskins. Est-ce vrai?

— Oui, reconnut Kate. Cela arrive parfois avec les patients hyperagités. Surtout lorsqu'ils sont sous l'effet de drogues.

Hoskins ne laissa pas à Stuyvesant le temps d'interrompre un interrogatoire qu'il avait minutieusement préparé.

— Je vois que vous avez de nouveau recours aux accusations sans preuve, docteur! dit-il très vite. Finissons-en plutôt avec cette question. Qu'est-il arrivé après que la patiente a arraché ce cathéter?

— Je me suis aussitôt rendue auprès d'elle pour le lui remettre.

— L'épisode tout entier se réduit à cela? demanda Hoskins.

— Oui.

Hoskins fit mine de consulter de nouveau son dossier. Sans regarder Kate, il poursuivit :

— Dites-moi, docteur, comment avez-vous appris que la patiente avait arraché la perfusion de son bras?

— Sa mère me l'a dit.

— Et où étiez-vous, à ce moment-là?

— Où j'étais?

Kate tenta de rassembler ses souvenirs. Lorsque la mémoire lui revint, elle comprit que les précisions qu'elle allait fournir au bureau allaient sans doute être mal prises.

— Je me trouvais dans le bureau des infirmières, répondit-elle néanmoins.

— Qu'y faisiez-vous, si je puis me permettre cette question?

— J'avais été appelée au téléphone.

— Par le laboratoire? Par le service de radiologie? Ou bien cherchait-on à vous joindre pour vous donner des nouvelles de ce patient cardiaque que vous aviez envoyé en Chirurgie?

— Il s'agissait d'un appel personnel.

— Au milieu de cette tourmente, alors que vous accomplissiez le travail de deux médecins, que vous étiez occupée au point de ne pouvoir accorder quelques minutes de votre précieux temps à cette pauvre Claudia Stuyvesant, vous vous êtes permis de recevoir un appel personnel ? demanda Hoskins, dont les joues tremblèrent d'une indignation feinte.

Prenant sur elle-même pour rester calme, Kate répliqua :

— J'ai été appelée au téléphone par une infirmière. Elle m'a dit qu'il s'agissait d'un appel urgent. Quand j'ai découvert qu'il était personnel, j'y ai mis fin aussitôt.

— Et à qui parliez-vous, si je peux le demander?

— A un ami.

— Ce doit être un ami intime pour vous appeler à l'hôpital à 1 heure du matin.

Aussitôt, Scott bondit sur ses pieds.

— Monsieur le Président, ces insinuations sont déplacées dans un contre-interrogatoire. Surtout si elles n'ont aucun rapport avec l'affaire qui nous intéresse.

— Je suis désolé, maître, mais ces précisions sont au contraire tout à fait significatives, répliqua Hoskins. Cependant, j'accepte retirer ma dernière remarque. Docteur, vous rappelez-vous avoir dit à cet homme quelque chose du genre : « J'espère tenir jusqu'à 6 heures du matin sans craquer? »

Ces mots retentirent douloureusement aux oreilles de Kate. D'abord incapable de répondre, elle finit par admettre :

— Oui, oui, je me rappelle avoir dit quelque chose de ce genre.

Avant que Hoskins pût poursuivre, le Dr Ward leva le doigt.

— Docteur Forrester, pensez-vous maintenant que vous risquiez vraiment de craquer?

— C'était seulement une façon de parler, tenta d'expliquer Kate. Au moment où j'ai prononcé cette phrase, j'étais très fatiguée. J'avais pris mon service depuis plusieurs heures déjà.

— Tous les internes, tous les médecins ont subi ce genre

d'épreuves. Mais si vous craigniez d'être débordée, pourquoi avez-vous continué de dispenser des soins aux patients ?

— J'ai déjà dit qu'il ne s'agissait que d'une façon de parler. Une expression malheureuse, apparemment. Mais pour répondre à votre question, si je m'étais sentie incapable de remplir correctement mon rôle, j'aurais demandé à être remplacée.

Profitant que le Dr Ward prenait quelques notes sur son carnet, Hoskins demanda :

— Selon vous, docteur Forrester, est-ce qu'un coup sur la tête peut réduire les capacités d'un médecin ?

— Cela dépend de la force du coup, rétorqua Kate, un peu surprise par la question.

— Admettons qu'il ait été rude. Le médecin pourrait-il s'avérer incapable de s'occuper correctement de ses malades ?

— Monsieur le Président, intervint Scott, une question aussi hypothétique n'a pas sa place dans ces débats.

— Que répondez-vous à cela, maître Hoskins ? demanda Mott.

— Je suis certain que le Dr Forrester nous prouvera bientôt combien cette question est au contraire pertinente. Docteur, est-il vrai que vous avez eu une altercation avec le père outragé d'une jeune patiente ? Au cours de cet... échange d'amabilités, vous auriez reçu un violent coup sur la tête.

— L'explication est toute simple, dit Kate.

— Vraiment, docteur ? En ce cas, nous l'écoutons volontiers !

— Une mère avait amené son enfant au bord du coma. J'ai soupçonné que la fillette était victime de sévices et j'ai décidé de la garder à l'hôpital. J'ai donc refusé de la rendre au père, qui l'a très mal pris. Au cours de l'affrontement, il m'a projetée contre un mur, sur lequel, en effet, ma tête a porté.

— Le choc a été dur, docteur.

— Douloureux, sans plus.

— Assez violent pour causer une commotion cérébrale ?

— Non.

— Assez pour provoquer un étourdissement?

— Un moment de vertige, peut-être, concéda Kate.

— Mais vous n'y avez pas vu une raison suffisante pour demander à être relevée de vos fonctions?

— J'ai seulement pensé à protéger l'enfant.

— Et vous êtes retournée auprès de vos patients comme si de rien n'était, commenta Hoskins.

— Oui!

— Des patients tels que Claudia Stuyvesant.

— Si vous insinuez que j'étais incapable de m'occuper d'elle correctement, vous vous trompez, monsieur!

Hoskins changea brusquement le cours de son interrogatoire.

— Revenons au dossier médical de Claudia Stuyvesant, si vous le voulez bien. Que répondriez-vous si je disais que vos notes ne sont destinées qu'à vous protéger vous-même?

— C'est faux! Ce dossier est le rapport fidèle de ce qui s'est passé. Tout ce que je dis avoir observé ou fait, je l'ai observé et fait!

— Si l'on en croit ce dossier, vous avez tout accompli dans les règles, vous avez donné à cette pauvre fille toute l'attention que requérait son état, au moment voulu et avec une compétence professionnelle hors pair.

— C'est vrai!

— Pourtant, rien n'indique que vous ayez quitté Claudia pour vous rendre au chevet d'un autre patient, remarqua Hoskins.

— J'ai déjà témoigné à propos du calcul biliaire, répondit Kate.

— Je faisais allusion à un autre cas. Un malade qui est arrivé après que vous vous soyez enfin décidée à vous occuper de Claudia Stuyvesant.

— Il y en a eu beaucoup!

— Il s'agit d'un vieil homme qui ne présentait pas — comment dites-vous déjà? — des « symptômes alarmants », réclamant des soins immédiats. En fait, cet homme n'en présentait aucun. Pourtant, vous lui avez accordé un temps considérable, bien que l'infirmière vous ait avertie qu'il s'agissait d'un sans-abri simplement désireux d'échapper à la pluie.

— C'était un être humain dans le besoin.

— Un médecin débordé au point qu'il craint de craquer, selon vos propres termes, délaisse ses malades pour se consacrer à un bien-portant !

— Il pleuvait, en effet. Très dru. Il n'avait nulle part où aller, il avait faim. Dès que je l'ai vu, j'ai compris à ses faux symptômes combien il était désespéré.

— Aussi, n'écoutant que votre bon cœur, vous avez non seulement pris le temps de le voir...

— Je devais m'assurer qu'il n'était pas réellement souffrant.

— Vous avez même pris le temps de vous assurer qu'il serait nourri, ironisa Hoskins.

— Je suis moi-même issue d'un milieu simple et je ne m'habitue pas à la façon dont les gens sont traités dans cette ville. Ils sont tout juste bons à recevoir des coups, on ne fait rien pour les aider à sortir de leur existence solitaire et dépourvue d'espoir. Ce sont des ermites qui vivent au milieu de millions d'autres individus. J'en suis venue à penser que le rôle d'un médecin ne consiste pas seulement à prescrire des médicaments ou à opérer des appendicites !

Hoskins hocha la tête d'un air sceptique.

— Je rends hommage à cette noblesse de sentiments. Mais n'est-ce pas plutôt, docteur, que ces questions annexes vous occupent au point que vous négligez vos malades ? Dans le cas de Claudia Stuyvesant, cette... distraction a eu des conséquences fatales.

— C'est un mensonge !

— N'est-ce pas pour cette raison que vous teniez tant à vous débarrasser de Mme Stuyvesant ? Pour qu'elle ne soit pas témoin de votre négligence vis-à-vis de sa fille ?

— Elle aurait dû être dans la salle d'attente, comme les parents des autres patients. Sa présence a constitué un véritable obstacle.

— Oui, oui, nous savons. Je pense que le Dr Ward a démontré la nullité de cet argument à la satisfaction du bureau. En fait, j'estime que nous en avons maintenant suffisamment entendu.

— Eh bien pas moi ! protesta Kate en se levant. — Elle ignora Scott, qui lui adressait des gestes désespérés, et se tourna vers les membres du bureau. — Il vous est facile, maître Hoskins, ainsi qu'à vous, docteur Ward, de juger, dans le calme de cette salle d'audience, de mes actions au cours d'une nuit où les patients se sont succédé à un rythme infernal. Le problème est bien différent lorsqu'il s'agit de gérer une telle situation dans la réalité. J'ai beaucoup réfléchi et j'ai passé en revue tous les patients qui se sont présentés à l'hôpital, cette nuit-là. Les cardiologues et les chirurgiens qui les ont pris en charge après moi ont confirmé mes diagnostics. Je plaide non coupable! Claudia Stuyvesant a-t-elle bénéficié des soins et de l'attention exigés par sa mère? Non. A-t-elle bénéficié des soins et de l'attention que semblait requérir son état? Oui!

Kate se tourna de façon que Claude Stuyvesant fût dans son champ de vision.

— J'aurais dû comprendre, quand j'ai entendu Mme Stuyvesant gémir : « Il va m'en vouloir! Il va m'en vouloir! », que c'était de lui qu'elle avait peur!

Claude Stuyvesant rougit de colère et d'indignation.

Mott abattit son marteau sur la table.

— Docteur! Docteur Forrester! Maître Van Cleve, veuillez ramener votre cliente à la raison, je vous prie!

Mais Scott n'intervint pas.

— C'est lui qui terrorisait Claudia, continua Kate. En fait, elle ne craignait pas sa mère, mais uniquement ce que celle-ci pourrait lui rapporter. Et c'est pour cette raison qu'elle m'a menti. Si vous voulez blâmer quelqu'un de la mort de Claudia, blâmez M. Claude Stuyvesant!

— Docteur Forrester! s'écria Mott. Vos remarques sont tout à fait déplacées. Veuillez cesser, je vous prie. Vous entendez? Cessez sur-le-champ!

Ayant dit ce qu'elle avait à dire, Kate Forrester se rassit, encore tremblante de colère.

Le Dr Truscott hocha gravement la tête.

— L'ayant vue à la télévision, remarqua le Dr Ward, je ne suis pas surprise. Monsieur Cahill, quelle est la procédure habituelle, à ce point de l'audience?

Nous avons entendu tous les témoins. Il est donc d'usage d'accorder quelques jours au procureur et à l'avocat afin qu'ils préparent leurs plaidoirie. Après les avoir écoutés, les membres du bureau seront invités à voter.

— Pourrai-je reprendre mes activités de chirurgien dès lundi matin ?

— J'en suis certain, docteur, répondit Kevin Cahill.

— Franchement, dit le Dr Ward, j'apprécierais que nous puissions passer au vote dès maintenant. Nous nous épargnerions une grosse perte de temps.

Mott hocha la tête avant de se tourner vers Scott.

— Maître, votre cliente est-elle prête à reprendre ?

— Dans un instant, monsieur.

— Monsieur Hoskins ? Pas d'autres questions ?

— Je pense que la défenderesse nous a dit tout ce que nous avions besoin de savoir. Je regrette seulement qu'elle ait jugé utile de proférer de telles accusations pour se justifier. Je n'ai plus de questions à lui poser.

Quittant sa chaise, Hoskins s'approcha de Claude Stuyvesant pour lui glisser à l'oreille.

— Je regrette que vous ayez dû subir cet affront, monsieur.

— Je ne me soucie que d'une seule chose : qu'on ôte définitivement à cette personne le droit d'exercer la médecine.

— Si j'en crois les propos du Dr Ward, cela ne devrait poser aucun problème.

Kate Forrester et son avocat ne s'adressèrent la parole ni dans la salle d'audience, ni devant l'ascenseur, un peu plus tard. Kate attendit d'avoir fait quelques pas dans la rue pour ouvrir la bouche.

— Je suis navrée, dit-elle seulement.

— Ce n'est rien, murmura-t-il pour ne pas l'alarmer inutilement.

— J'ai saccagé tout ce que vous aviez eu tant de mal à construire, mais je devais le dire.

— Vous auriez dû me parler de cette altercation avec le bourreau d'enfant. Cette histoire m'a complètement pris au dépourvu.

— Du moment que l'enfant se porte bien, qu'elle est entre de bonnes mains, cette histoire n'a plus eu aucune importance pour moi.

— Tout a de l'importance, même ce vieil homme qui voulait échapper à la pluie.

— Que vouliez-vous que je fasse ? Que je jette dehors un pauvre clochard affamé et trempé ?

— Vous avez vu comment Hoskins transforme en faute les meilleurs mouvements du cœur... A propos, vous ne m'aviez pas non plus parlé de cet appel téléphonique, nota Scott avec réprobation.

Kate haussa les épaules.

— C'était Walter. J'ai raccroché le plus vite possible.

— C'est un ami très intime ?

— Il s'est fait beaucoup d'illusions à mon sujet, je le crains.

Scott renonça à approfondir une question que Kate ne tenait visiblement pas à discuter avec lui.

— Hoskins aussi, apparemment, dit-il. Maintenant, nous devons écarter toutes ces diversions pour examiner ce qui s'est passé aujourd'hui, et évaluer nos chances et nos atouts.

— Ou le peu qu'il en reste, rectifia Kate.

— C'est justement ce qu'on enseigne aux jeunes avocats. Quand la loi vous est contraire, pilonnez les faits. Quand les faits vous sont contraires, pilonnez la loi.

— Et quand la loi et les faits vous sont tous les deux contraires ?

— Tapez sur la table, répliqua Scott. Mais pour cela, j'ai besoin de munitions.

35

Rosie Chung venait de faire du café lorsque Kate et Scott poussèrent la porte de l'appartement.

— Alors ? demanda-t-elle. Comment cela s'est-il passé ?

— Pas trop bien, malheureusement, répondit Kate.

— Pas mal non plus, affirma Scott pour la réconforter. — Les yeux bleus de Kate le défièrent si clairement qu'il fut forcé d'admettre : — Pas trop bien, c'est vrai. Pendant le trajet, je me suis efforcé de construire ma plaidoirie en me basant sur l'ensemble des témoignages. J'ai essayé d'être aussi critique que le seront les membres du bureau, et en particulier les deux médecins. Mott est déjà acquis à la partie adverse, aussi inutile d'espérer quoi que ce soit de lui. Je mise donc sur Truscott et Ward. Mais Ward nous a montré dans quelle direction soufflait le vent aujourd'hui. Elle n'est visiblement pas de notre côté, ce qui élimine automatiquement Truscott. Si Mott et Ward sont contre nous, Truscott ne compte même pas. Si bien que nos chances, les chances de Kate, dépendent de ce que je pourrai dire pour convaincre Ward. Toutes les deux, vous êtes à la fois femmes et médecins. Mettez-vous à la place de Ward. Quel argument serait susceptible d'emporter votre conviction ?

Rosie fut la première à répondre :

— Le test de grossesse.

— Ward a dit que Kate n'aurait pas dû tenir le résultat pour acquis.

— Mais elle ne l'a pas tenu pour acquis puisqu'elle a demandé une échographie ! protesta Rosie. Le spécialiste était absent.

— Dans un cas comme celui-là, un médecin s'incline-t-il devant la fatalité?

— Je ne me suis pas inclinée! s'écria Kate. J'ai demandé un test de grossesse à partir d'un échantillon sanguin. Mais le laboratoire ne pouvait pas s'en occuper tout de suite.

— Existait-il un autre moyen d'établir ce diagnostic?

— Les grossesses extra-utérines ne se décèlent pas facilement, remarqua Rosie. Et quand une patiente nie avoir eu des relations sexuelles et une interruption de règles, quand en plus le test de grossesse est négatif, comment un médecin pourrait-il persister dans une voie que tout semble exclure ?

— Si je comprends bien, la plupart des médecins n'auraient pas fait mieux.

— La plupart, sinon tous! insista Rosie. Souvent, même un toucher vaginal ne permet pas de détecter une grossesse extra-utérine.

Frustré, Scott se mit à penser à haute voix :

— On ne sent pas la grossesse à l'examen, le test est négatif, de surcroît la patiente vous ment. J'ai le sentiment que ce n'est pas la patiente qui est la victime du médecin, mais le médecin qui est la victime de la patiente. Pourtant...

Scott cessa de marcher de long en large pour fixer les deux jeunes femmes.

— Une chose me tourmente depuis que je sais que les drogues pouvaient atténuer la souffrance de Claudia — si ce n'est la supprimer. Elle a pu saigner à mort sans que le moindre signe vous alerte sur son état.

— Qu'est-ce qui vous chagrine? demanda Kate. C'est vrai.

— Elle a été hospitalisée pendant neuf heures. L'effet de la drogue n'aurait-il pas dû se dissiper?

— Vous supposez qu'elle l'avait absorbée avant de venir à l'hôpital, nota Kate.

— Si elle se droguait, je ne vois pas quand elle aurait pu avaler ces cochonneries sinon avant d'arriver à l'hôpital.

— Pas nécessairement, dit Kate. — Comme Scott tournait vers elle un visage étonné, elle expliqua : — Parfois, ils en apportent avec eux.

— A l'hôpital ?

— Oh oui, répondit Rosie. J'en ai surpris. Kate aussi. Ils cachent la drogue dans leurs poches, dans leurs sacs, leur soutien-gorge, leurs chaussures. Il n'y a pas de limite à l'inventivité d'un toxicomane.

— Mettez-vous à la place de Claudia, suggéra Kate. Elle est suffisamment terrifiée pour appeler sa mère alors qu'elle l'évite depuis des mois. Parce qu'elle se sait réellement malade. Peut-être devine-t-elle la gravité de son état, mais cela ne fait que renforcer son besoin de drogue. D'ailleurs, elle ignore si, à l'hôpital, on lui donnera de quoi se calmer. Aussi, pour se donner du courage, elle absorbe une dose plus importante que d'habitude avant de partir. Pour plus de sûreté, elle en emporte avec elle. Et chaque fois qu'elle en a l'occasion, elle en prend. A aucun moment, elle ne réalise le risque qu'elle court en trompant le médecin.

— Les médecins devraient avoir le droit de poursuivre leurs patients pour négligence, remarqua Scott. Attendez une minute...

— Je sais ce que vous allez objecter, dit Kate. Comment s'y est-elle prise, puisque sa mère ne l'a pas quittée ? De toute façon, sa mère n'aurait jamais avoué qu'elle l'avait vue avaler quelque chose. En outre, Claudia s'est retrouvée seule au moins une fois : quand Mme Cronin, sa mère et moi nous sommes absentées au même moment.

— Au moment où Mme Stuyvesant vous a surprise au téléphone dans le bureau des infirmières, fit Scott avec une pointe de jalousie. Oui, Claudia peut en avoir profité sans que personne s'en soit aperçu.

— Eh bien, nous y sommes ! s'exclama Rosie d'une voix soulagée.

— Hélas, non ! rétorqua Scott. Ce serait une hypothèse intéressante si nous pouvions prouver que Claudia se droguait. J'attachais déjà une grande importance au témoignage de Rick, mais il serait encore plus crucial maintenant. Sans lui, nous ne parviendrons pas à retourner Ward.

A la mention de Rick Thomas, Kate se rappela :

— Claudia avait toujours sur elle une douzaine d'ordonnances provenant de différents médecins. Valium, Darvon, Robaxen, barbituriques...

— C'est du moins ce que Rick nous a dit, confirma Scott.

— Il a dit aussi : « C'est pour cette raison qu'elle ne tenait pas à ce que je l'emmène à l'hôpital », poursuivit Kate.

— Et quand je lui ai demandé pourquoi, il a dit : « S'ils découvraient... »

— ... qu'elle était camée, elle ne voulait pas qu'ils s'en prennent à lui, termina Kate. Ce sont bien les termes qu'il a employés ! Nous tenons la preuve que non seulement Claudia se droguait, mais qu'elle a dû avaler quelques gélules pendant les heures qu'elle a passées à l'hôpital.

— Pour quelle autre raison aurait-elle craint que Rick ait des ennuis ? Cela me semble évident ! dit Rosie. Tu as raison, Kate, vous tenez votre preuve.

— Vous oubliez un petit détail, remarqua Scott. Kate et moi ne pouvons témoigner.

— Pourquoi ? demanda Kate. Nous avons tous les deux entendu Rick le dire.

— Ce ne sont que de simples ouï-dire. Jamais Cahill ne les acceptera. Et même s'il les acceptait, les membres du bureau penseront que nous nous sommes mis d'accord, vous et moi. Tout comme ils sont certains que Rick Thomas n'existe pas.

Scott se remit à marcher le long en large.

— Est-ce à cela que les avocats passent leur temps, s'écria Rosie avec exaspération, à exclure d'importants témoignages ?

— Peut-être... peut-être n'aurons-nous pas besoin de témoigner, dit Kate.

Scott posa sur elle un regard perplexe, mais Rosie comprit aussitôt à quoi son amie faisait allusion.

— Les ordonnances !

— Eh bien ? demanda Scott.

— Antalgiques, sédatifs, barbituriques... Les médecins sont obligés de prescrire de tels médicaments sur les ordonnances en trois exemplaires.

— Des ordonnances en trois exemplaires ? répéta Scott. Et alors ?

— L'un des trois est envoyé au département de la Santé, à Albany. Ça permet de repérer les médecins qui délivrent trop facilement de telles ordonnances, ou bien les pharmaciens qui satisfont un peu trop vite les demandes répétées des clients. Le plus important, c'est qu'on peut contrôler les patients qui vont de médecin en médecin pour obtenir leurs drogues. Bien entendu, un praticien ne soupçonne pas que sa prescription s'ajoute à de nombreuses autres.

— Les toxicomanes savent très bien imiter les symptômes qui convaincront les médecins de leur prescrire un antalgique ou un sédatif, précisa Rosie.

Scott commençait à assembler les pièces du puzzle.

— Donc, si Claudia faisait cela, et c'est ce que Rick prétend, il doit y avoir un dossier sur elle à Albany. Puis-je utiliser votre téléphone?

Scott passa la demi-heure suivante à tenter de joindre un responsable du département de la Santé susceptible de lui fournir une réponse. On lui passa d'abord le service informatique, puis le service juridique, et enfin un autre bureau. Chaque fois, il expliquait la situation, se présentant comme l'avocat du Dr Katherine Forrester, défenderesse devant le conseil de l'ordre. Chaque fois, il obtenait la même réponse : « Je suis navré, maître, mais je ne suis pas autorisé à divulguer des dossiers aussi confidentiels. »

Et chaque fois, on lui conseillait de s'adresser au fonctionnaire placé immédiatement au-dessus dans la hiérarchie, ce qu'il faisait, toujours en vain. L'information était si confidentielle qu'elle ne pouvait être révélée à aucun profane. Même pas à un avocat? Même pas à un avocat.

A force de monter un à un les échelons de la hiérarchie, Scott eut finalement au bout du fil le directeur du département de la Santé en personne.

Pour la première fois, Scott entrevit une lueur d'espoir lorsque ce dernier l'interrompit :

— Épargnez-moi les détails, maître. Je suis au courant de l'affaire Forrester.

— En ce cas, monsieur le directeur, vous devez savoir combien cette information est cruciale pour ma défense.

— Oh, je ne doute pas qu'elle vous serait fort utile. Malheureusement, les renseignements que vous réclamez sont d'une nature si confidentielle qu'ils ne peuvent en aucun cas être divulgués.

— Il y a sûrement un moyen...

Mais le directeur l'interrompit sèchement :

— Il est 17 heures, maître. Les bureaux sont fermés!

Sans laisser à Scott le temps de répondre, il raccrocha. Scott n'eut pas besoin de rapporter à Kate et Rosie le résultat de ses négociations.

— On ne peut rien faire? demanda Rosie.

— Si. Réfléchir! rétorqua Scott. J'ai besoin de temps pour réfléchir.

Sur ce, il dit au revoir aux deux jeunes femmes et s'en alla.

A 4 heures du matin, Scott Van Cleve avait mis au point une stratégie. Pour sauver la carrière de Kate, il fallait que son plan fonctionnât avant le jour de sa plaidoirie.

Clarence Mott était de fort méchante humeur lorsqu'il parvint devant l'immeuble du conseil de l'ordre. Dès qu'il pénétra dans le bureau de Hoskins, il demanda :

— Pourquoi diable ce rendez-vous? Nous nous étions pourtant mis d'accord, hier : deux jours de pause avant les plaidoiries. J'avais des projets, si vous voulez tout savoir. J'ai pris des billets d'avion pour la Floride.

— Van Cleve, dit seulement Hoskins.

— Eh bien?

— Il a demandé, ou plutôt exigé, une réunion ce matin.

— Claude a-t-il été mis au courant de ce rebondissement?

— Je ne pense pas que ce soit souhaitable, du moins tant que nous ignorons ce que veut Van Cleve.

— Et Cahill?

— Il va arriver d'Albany d'un instant à l'autre.

— Qu'est-ce que Van Cleve a derrière la tête, à votre avis?

— Aucune idée. Mais il avait l'air très agressif, au téléphone.

— Eh bien, nous n'allons pas tarder à en connaître la raison, soupira Mott.

Dans l'heure qui suivit, Cahill arriva, essoufflé et en sueur. Il avait couru tout le long du chemin depuis la gare, et n'était pas plus heureux que Clarence Mott de devoir assister à cette réunion. Les trois hommes s'installèrent autour de la table et attendirent que Scott Van Cleve daignât les rejoindre à son tour.

— Messieurs, commença Scott, j'ai une importante requête à vous présenter. Si vous refusez de la satisfaire, il m'est impossible de défendre les intérêts de ma cliente.

— Je comprends, fit Mott. Vous voulez un peu plus de temps pour trouver votre témoin imaginaire.

— Je n'ai pas besoin de temps, mais de la coopération du bureau.

— Sa coopération ? répéta Hoskins. De quoi s'agit-il, exactement ?

— J'ai besoin d'avoir accès à certains dossiers.

— Non ! s'exclama Hoskins. Si vous croyez que nous allons vous ouvrir les dossiers de notre comité d'enquête, vous vous faites des illusions.

— Je veux plus que cela, dit Scott.

Mott regarda Hoskins, qui jeta un coup d'œil à Cahill. Ce dernier fixait Scott, apparemment incapable de parler.

Ce fut donc Hoskins qui demanda finalement :

— Qu'est-ce que c'est, Van Cleve ?

— Je veux que le département de la Santé m'ouvre ses fichiers pour savoir combien d'ordonnances Claudia Stuyvesant a obtenu des médecins de cet État.

— Ah ah ! s'écria Mott, qui avait saisi le sens de la requête. Je le savais ! Il n'y a jamais eu de Rick Thomas, ce n'était qu'un nuage de fumée. Et c'est pour ça que vous nous avez dérangés ! Eh bien, la réponse est non !

Hoskins, qui maîtrisait mieux ses émotions que Mott, intervint :

— Van Cleve, demanda-t-il calmement, savez-vous que de tels dossiers sont hautement confidentiels ? Le département de la Santé n'est en aucun cas autorisé à les divulguer.

— C'est bien pour cela que je vous demande votre aide, répondit Scott.

— Ne comptez pas sur moi ! s'écria Mott.

— Ni sur moi, ajouta Hoskins. Étant bien entendu incapable de produire votre Rick Thomas, vous nous demandez de faire cette démarche auprès du département de la Santé. Avez-vous perdu l'esprit ?

Un tel refus n'était pas pour étonner Scott. Il se tourna vers le représentant de la loi, qui n'avait pas encore donné son avis sur la question.

— Cahill, en tant que représentant de l'administration, il vous appartient de statuer.

— Oui, répondit Cahill en évitant le regard de Scott.

— Dans les affaires criminelles, le procureur n'est-il pas tenu de transmettre à l'avocat de la défense toutes les preuves susceptibles d'innocenter l'accusé ?

— En effet, répliqua Cahill, mais les pièces que vous demandez ne sont pas en la possession du conseil de l'ordre. C'est pourquoi le bureau se trouve dans l'impossibilité de satisfaire votre requête.

Souriants, Mott et Hoskins hochèrent la tête pour encourager Cahill.

— Oh, mais elles sont en votre possession, dit Scott à l'adresse de Hoskins. Le conseil de l'ordre appartient au département de la Santé, et le département de la Santé détient le dossier que je veux. Je vous demande donc, à vous, monsieur Hoskins, ainsi qu'à vous, monsieur Cahill, de vous rendre à Albany et de le consulter. Si vous y trouvez ce que je crois, je vous remercie d'en faire une photocopie que je présenterai au bureau au cours de ma plaidoirie.

— Écoutez-moi une seconde, Van Cleve, commença Mott.

Mais Kevin Cahill l'interrompit.

— Je demande le silence ! Nous sommes confrontés ici à un point de droit d'une importance cruciale. Il est vrai que, dans une affaire criminelle, le procureur se doit de communiquer à l'avocat de la défense toutes les preuves qu'il détient de la culpabilité de l'accusé. Ou de son innocence, bien entendu.

— Exactement ! confirma Scott.

— Cependant, précisa Cahill, cette audience n'est pas un procès.

— Lorsque la vie professionnelle d'un médecin est en jeu, il me semble que les mêmes règles doivent s'appliquer, protesta Scott. Les conséquences de cette audience ne sont pas moins graves pour ma cliente que ne le seraient celles d'un procès.

— Pas de procès, pas d'obligation de divulgation, tra cha Cahill. Et je doute que vous trouviez un cas similaire où un juge aurait statué que nous sommes obligés de vous communiquer des dossiers aussi confidentiels.

— Il doit bien y avoir..., commença Scott.

— Si vous dénichez un cas de ce genre, j'en prendrai connaissance avec le plus grand intérêt. Mais jusque-là, je maintiendrai ma décision. — Voulant paraître moins partial qu'il ne l'était, Cahill conclut : — Bien entendu, si de votre côté vous obtenez ce dossier, nous l'admettrons parmi les pièces à conviction. C'est tout ce que nous pouvons faire pour vous, maître Van Cleve.

Ayant échoué dans sa démarche, Scott quitta très vite la pièce.

Dès qu'il fut parti, Clarence Mott demanda :

— Est-ce vrai ?

— Quoi ? demanda Hoskins.

— S'il met la main sur un tel dossier, serons-nous obligés de l'admettre ?

— Vous n'avez pas à vous inquiéter à ce sujet, affirma Cahill, il ne l'aura jamais. Il serait bon, cependant, que M. Stuyvesant soit informé qu'il lui appartient de défendre ses intérêts.

Scott Van Cleve retourna à son bureau pour commencer la rédaction de sa plaidoirie. L'après-midi tirait à sa fin. N'étant pas autorisé à utiliser les services du secrétariat, il se mit à taper sur le petit ordinateur qui n'avait pas encore été retiré de son bureau. Il ne s'était jamais senti tout à fait à l'aise face à cette merveille de l'électronique, dont il aurait été bien incapable d'utiliser toutes les fonctions. Il lui serait cependant utile pour apporter des corrections à ses notes, toujours jetées à la va-vite sur le papier.

Il commença à taper les phrases qu'il se proposait de prononcer, au cours de sa plaidoirie : « Cette audience n'aurait jamais dû avoir lieu... Il est injuste de blâmer le médecin pour des fautes dont le système tout entier est coupable... Le médecin a agi au mieux, dans des circonstances impossibles... On blâme le médecin d'avoir éprouvé un épuisement naturel, imputable aux heures

…ables passées dans le service… On attribue au …cin la défaillance d'un test dont nous connaissons …us le taux d'échec… »

Chaque fois que le mot *médecin* apparaissait sur son écran vert, il ressentait une impression étrange. *Médecin. Médecin.*

« Non, pensa-t-il, pas *médecin. Katherine Forrester. Kate!* » Et il comprit pourquoi il lui était si difficile de formuler ses pensées. Parce que ces pensées et ces phrases ne suffiraient pas à lever les accusations qui pesaient sur elle. Il était en train de fonctionner à vide, d'aligner de vaines formules. Des formules qui ne convaincraient certainement pas une femme aussi exigeante que le Dr Gladys Ward. Elle avait balayé l'argument de la défense selon lequel ces tests présentaient un certain pourcentage d'erreurs. Les longues heures de travail et les conditions difficiles dans lesquelles Kate avait dû s'occuper de Claudia ne l'impressionnaient pas. Et elle semblait se moquer éperdument que Kate eût été trompée par les mensonges de Claudia.

Restait qu'un médecin n'avait pu diagnostiquer une grossesse extra-utérine. D'abord parce que les mensonges de la patiente l'avait égarée, ensuite parce que le seul symptôme qui aurait pu l'alerter était absent : la douleur.

Plus Scott relisait sa plaidoirie, plus il lui paraissait évident qu'elle laisserait parfaitement indifférents les deux médecins du bureau s'il ne leur apportait pas la preuve que Claudia se droguait.

Il effaça toutes ses notes de l'écran.

36

Après s'être acharné toute la nuit sur une plaidoirie que n'importe quelle secrétaire aurait mis dix fois moins de temps à taper, Scott s'estima satisfait de ses efforts. Il regarda les pages sortir de l'imprimante. Lorsqu'il les eut toutes en main, il les plaça dans l'habituelle couverture bleue avant de les relier, puis il consulta sa montre. Il n'était pas encore 8 heures du matin. Kate devait se préparer à partir pour l'hôpital. Elle avait insisté pour reprendre son poste auprès du Dr Troy pendant les quelques jours accordés aux avocats pour la rédaction de leur plaidoirie.

Scott composa son numéro. La sonnerie retentit quatre fois. Il craignait de l'avoir manquée lorsqu'elle décrocha.

— Allô ? fit-elle d'une voix légèrement essoufflée.

— Kate ?

— Le téléphone s'est mis à sonner au moment où je sortais de la douche, dit-elle. Que se passe-t-il ? Encore de mauvaises nouvelles ?

— Il faut que je vous voie.

— Ce matin ? Où cela ?

— Rendez-vous devant la Cour suprême. Prenez le métro, descendez à la station de Chambers-Street. Ensuite, vous demanderez qu'on vous indique la Cour suprême. Vous ne pouvez pas vous tromper, c'est le monument que vous avez vu si souvent à la télévision, avec de larges marches de pierre menant jusqu'à une rangée de hautes colonnes. Et cette phrase superbe : « Une honnête administration de la justice est le plus sûr

… d'un bon gouvernement. » Eh bien, nous verrons …matin même si ces mots signifient bien ce qu'ils disent. …e vous y attends avant 9 h 30.

Debout en haut des marches, Scott Van Cleve scrutait la rue. Quand il aperçut Kate, il agita la main pour attirer son attention, mais elle ne le vit pas. Il admira la façon dont elle grimpait les marches, d'un pas résolu. Il aimait cette noblesse, en elle. Elle pouvait sembler fragile et désarmante dans sa féminité, mais c'était une femme de détermination reflétant les principes et les habitudes de sa famille et de son milieu.

Comme elle levait les yeux pour déchiffrer la phrase gravée dans la pierre grise du portique, Kate aperçut Scott. Tout en le rejoignant, elle admira son grand corps mince. Il lui faisait penser aux portraits de son père, que sa mère conservait soigneusement dans l'album de photos familial. Le papier avait jauni, pourtant la ressemblance était frappante. Bien sûr, en vieillissant, son père s'était un peu épaissi. Il n'était ni gros, ni négligé, seulement plus mûr. Elle se demanda si Scott évoluerait de la même façon. Avant de parvenir à une conclusion, elle était en haut des marches.

— Que faisons-nous ici ? demanda-t-elle.

— Nous allons rendre visite à un juge.

— Pour quelle raison ?

— Vous verrez bien, répondit Scott en l'entraînant à l'intérieur du palais de justice.

— Le juge Wasserman est occupé, dit fermement la grosse secrétaire.

— Eh bien, nous l'attendrons, répliqua Scott.

— Il doit se rendre incessamment au tribunal, précisa la femme en voulant dire que le juge ne recevrait certainement aucun jeune avocat ce matin, et surtout pas sans rendez-vous.

— Nous attendrons, répéta Scott. C'est très important.

Cet entêtement surprit la secrétaire, dont les yeux allèrent de Scott à la très jolie jeune femme qui se trouvait à ses côtés, puis revinrent à Scott.

Le regard empreint de consternation, elle s'écria :

— C'est tout de même un peu fort ! Si vous avez l'intention de demander au juge de vous marier, vous perdez votre temps ! Le juge ne marie que les enfants de ses plus proches amis, ou les célébrités de Broadway. Mais jamais les étrangers !

— Chère madame, nous ne sommes pas ici pour demander au juge de nous marier. Je veux lui présenter une requête unilatérale afin qu'il m'accorde une ordonnance me permettant de consulter certains dossiers.

— Laissez-la-moi, je la lui remettrai lorsqu'il reviendra du tribunal.

— Trop long ! trancha Scott.

La secrétaire remonta ses lunettes d'une main impatiente.

— Il faudra bien que vous acceptiez d'attendre, pourtant, fit-elle d'une voix exaspérée.

A cet instant, la porte qui donnait sur le bureau du juge s'ouvrit. Deux hommes et deux femmes, visiblement deux avocats et leurs clients, en sortirent l'air furieux. Les deux femmes, une avocate et sa cliente, franchirent les premières le seuil du bureau. Les deux hommes, un avocat et son client, suivaient. Avant que la porte ne se refermât, la voix irritée du juge Emile Wasserman parvint jusqu'à Scott et Kate.

— Freda ! Combien de fois faudra-t-il que je vous le dise ! Pas de conciliations en début de matinée ! Cela fiche en l'air toute ma journée.

Freda Baumgartner adressa à Scott et Kate une moue expressive. « Vous voyez ? semblait-elle leur dire, je ne vous trompais pas. Il n'est pas d'humeur à vous recevoir sans rendez-vous. »

Pour être bien sûr qu'ils l'entendraient, elle annonça d'une voix forte :

— Monsieur le juge, il y a deux personnes qui aimeraient vous voir pour une requête unilatérale. Mais ils n'ont pas de rendez-vous.

Sans laisser au juge le temps de répondre, Scott bondit vers la porte ouverte.

— Votre Honneur, la carrière d'un médecin est en jeu. Et le temps nous est cruellement compté. Vous le constaterez vous-même si vous nous laissez vous expliquer la situation.

— Nous ? répéta le juge. Une requête unilatérale, pas d'avocat de la partie adverse et vous venez à plusieurs pour la présenter ? Voilà qui est pour le moins surprenant.

Scott fit signe à Kate de le rejoindre. Malgré la moue désapprobatrice de Freda Baumgartner, ils pénétrèrent dans le bureau du juge.

Emile Wasserman était vêtu d'une chemise à manches courtes et d'un gilet déboutonné, sa tenue habituelle quand il ne portait pas la robe noire de sa fonction.

— Eh bien ? fit-il avec impatience. Je n'ai pas de temps à perdre. On m'attend au tribunal.

— Votre Honneur, je représente un médecin contraint de réfuter des accusations devant le conseil de l'ordre.

— Maître, l'interrompit le juge Wasserman, quand vous avez dit nous, j'ai pensé que vous étiez venu avec un assistant. Mais deviez-vous vraiment vous faire accompagner d'une secrétaire ?

— Non, Votre Honneur. Il s'agit du médecin en question.

— Elle... — Le juge ouvrit la bouche et la referma pour fixer Kate. — Depuis quelque temps, dit-il enfin, je vois un enfant tout frais émoulu du lycée en chaque policier, en chaque médecin... Je dois vieillir. Donc, voici le médecin.

— Et bardée de diplômes, intervint Kate avec vivacité. Université de l'Illinois. Reçue parmi les premiers ! École de médecine à l'Iowa. Reçue seconde de ma promotion !

— Oh oh ! s'exclama Wasserman. Et en plus, un sacré caractère !

Embarrassé, Scott rougit légèrement. Il aurait voulu que Kate se montrât plus modeste face à un homme dont ils dépendaient entièrement.

— Pardonnez-moi, Votre Honneur, s'excusa Kate pour rattraper sa hardiesse.

Le juge ne montra aucun signe d'adoucissement, mais tourna vers Scott un visage attentif.

— Je vous écoute, maître, mais faites vite.

Aussi brièvement qu'il le pouvait, Scott exposa les événements qui motivaient la comparution de Kate devant le conseil de l'ordre. Il en vint enfin au refus de Hoskins et de Cahill d'appuyer sa requête auprès du département de la Santé. Puis il présenta au juge le texte d'ordonnance qui accompagnait sa requête, afin que ce dernier y apposât sa signature.

Tout en parcourant les documents, le juge jeta un coup d'œil à Kate, puis à Scott.

— Une chose me trouble, maître. Parmi tous les juges qui siègent dans ce tribunal, pourquoi m'avez-vous choisi ?

Scott chercha un instant une raison qui séduirait le juge puis il se décida à suivre le conseil qu'il avait toujours donné à Kate : dire la vérité.

— Parce que vous êtes un marginal, Votre Honneur.

Wasserman posa un regard incisif sur Scott, réclamant visiblement une explication.

— A ma connaissance, il n'existe pas de précédent où quelqu'un aurait demandé et réussi à consulter ces dossiers. J'ai alors compris que j'avais besoin d'un juge qui ne se contente pas d'appliquer la loi. Un juge qui prend des risques parce qu'il place la justice avant la loi.

— Un peu trop flatteur, jeune homme.

— Mais vrai, dit Scott.

— Vous avez raison, grommela Wasserman. Mais vous voyez où cela m'amène, à recevoir des requêtes comme celle-ci. Donc, nous devons sauver la carrière de cette jeune femme... — Il se tourna vers Kate. — Honnêtement, docteur Forrester, en votre âme et conscience, pensez-vous avoir prodigué à cette jeune fille les soins et l'attention qu'elle était en droit d'attendre ?

— Étant donné les circonstances et les informations dont je disposais, j'ai fait ce que n'importe quel médecin compétent aurait fait.

— Vous avez autre chose à dire avant que je prenne ma décision ?

— Oui, Votre Honneur. Ce n'est pas seulement une ordonnance, que nous vous demandons de signer, c'est ma vie. Ce pour quoi je suis faite : pratiquer la médecine, guérir les malades.

Wasserman hocha songeusement la tête, puis il prit son stylo. Avant de signer, il déclara :

— Vous ne devinerez jamais ce qui a emporté ma décision, maître... Votre exposition du rôle joué par Claude Stuyvesant dans toute cette affaire. Je connais les ordures de son acabit. Il est temps que quelqu'un le force à regarder en face certaines vérités déplaisantes qui le touchent de près. — Après avoir signé au bas du document, Wasserman le tendit à Scott. — Voici. Et maintenant, filez à Albany, consultez ces dossiers et mettez-lui le nez dedans.

Ils dévalaient les marches du palais de justice quand Scott dit :

— Vous avez entendu ce qu'elle a dit?

— Qui? demanda Kate.

— La secrétaire. Elle pensait que nous venions demander au juge de nous marier.

Kate ne répondit pas. Quelques secondes plus tard, ils s'engouffraient dans un taxi.

— A la gare centrale! ordonna Scott.

Les deux hautes tours jumelles de l'avenue Rockefeller dominaient la ville et ses environs. Kate et Scott les virent en sortant de la gare. Les immeubles qui bordaient l'avenue contenaient plus de bureaux que l'État de New York tout entier.

Lorsqu'ils eurent trouvé le bâtiment qui abritait le département de la Santé, Scott présenta l'ordonnance du juge Wasserman à l'employée chargée de classer les dossiers médicaux. Les yeux de la femme allèrent du document aux deux jeunes gens, empreints de méfiance.

— Il faut que j'en réfère à mes supérieurs, dit-elle en s'éloignant.

Scott et Kate attendirent, brûlants d'impatience.

— Ils ne peuvent pas refuser d'obéir à une ordonnance, n'est-ce pas? demanda Kate.

— Personne ne peut prévoir les réactions d'un bureaucrate, dit Scott.

La femme revint, flanquée d'un homme qui semblait irrité d'avoir été dérangé pendant sa pause café.

— C'est vous qui avez apporté ceci? demanda-t-il à Scott en agitant le document signé par le juge.

— En effet. Nous voudrions examiner le dossier mentionné sur cette ordonnance.

— Je n'ai jamais vu d'autorisation de ce genre.

— Eh bien, désormais vous en aurez vu une.
— J'aimerais consulter nos services juridiques.
— Écoutez, monsieur, cette ordonnance a été signée par un juge de la Cour suprême. Il est urgent que nous ayons accès à ces dossiers. Le temps nous est compté, nous devons nous présenter à une audience dès demain matin.
— Pourtant, je pense que je devrais en référer...
— A vos supérieurs, je sais. Très bien. Quel est votre nom, monsieur? demanda Scott en sortant son carnet de sa poche.
— En quoi mon nom vous importe-t-il?
— Le juge Wasserman m'a autorisé à avertir quiconque refuserait d'exécuter ses ordres qu'il le citerait devant son tribunal.
L'homme pesa un instant le pour et le contre, puis :
— Très bien, suivez-moi.

Une demi-heure plus tard, la liste de toutes les prescriptions émises au nom de Claudia Stuyvesant se trouvait entre les mains anxieuses de Scott Van Cleve.
Il la remit à Kate, qui la parcourut rapidement.
— Le nom du Dr Eaves apparaît plusieurs fois, dit-elle. Il y a aussi d'autres médecins : Tompkins, Henderson, Goldenson, Fletcher, Davidoff, Crane, Grady, Fusco, Alberts...
— Pauvre Claudia, elle passait son temps à courir de l'un à l'autre, on dirait! remarqua Scott.
— En effet, quand on voit le nombre et le genre de drogues prescrites! dit Kate. Dalmane, pentobarbital...
— Les capsules de Nembutal dont nous parlait Rick.
— Amobarbital.
— Celles-ci, ce sont celles d'Amytal, non?
— C'est cela. Et l'amobarbital-sécobarbital, le Tuinal. Tout est là, tout ce que Rick disait l'avoir vue prendre. Mais les plus remarquables sont celles-ci, dit Kate en attirant l'attention de Scott sur les deux dernières lignes.
— Qu'est-ce qu'elles ont de particulier?
— Ces prescriptions ont toutes été émises durant les deux dernières semaines de sa vie. Percodan, codéine,

benzodiazépine. C'est du Valium. Elle a dû en absorber pas mal juste avant d'arriver à l'hôpital.

— Et sans doute en avait-elle aussi apporté avec elle. Était-ce suffisant pour masquer la douleur?

— Si vous considérez l'effet de synergie de ces drogues prises ensemble en plus de la cocaïne, elles pouvaient anesthésier la souffrance la plus vive.

— Bon sang! Cette pauvre fille était complètement dépendante! fit Scott avec une sorte de compassion.

— Ce genre de cas me hérisse, surtout quand j'entends parler de la cocaïne comme d'une drogue récréative. Autant dire que le suicide est une activité récréative.

Dans le train qui les ramenait à Manhattan, Scott étudia le dossier toxicomaniaque de Claudia. Il échafauda une stratégie destinée à faire accepter ces prescriptions comme une preuve. Puis il réfléchit à la plus efficace manière d'utiliser cette preuve pour convaincre les deux médecins du bureau que c'était le patient, et non le médecin, qui était en faute. Il savait que malgré les éléments nouveaux qu'il apportait il ne serait pas facile d'adoucir le Dr Gladys Ward.

Le train n'allait pas tarder à arriver quand Scott leva les yeux de son dossier pour demander :

— Kate, médicalement parlant, peut-on douter que l'une de ces drogues, ou leur combinaison, ait masqué la douleur de Claudia au point que vous n'avez pas pu évaluer la gravité de son état?

— Absolument pas! Je peux en jurer.

— Cela ne suffirait pas, dit Scott en secouant la tête. Un tel avis doit provenir d'un expert.

— Il y a le Dr Troy. Je suis certaine qu'il accepterait de m'aider.

— Il me faut quelqu'un d'inattaquable sur le terrain même où vous êtes attaquée. La lettre de Troy montre son amitié pour vous, mais ça ne suffit pas. Non, il nous faut quelqu'un d'autre. Et quelqu'un que je n'aurai pas besoin de préparer.

Plongé dans ses pensées, il ne desserra plus les dents pendant le reste du trajet. Comme le train s'enfonçait dans le tunnel au bout duquel se trouvait la gare centrale. Kate comprit à son air déterminé qu'il avait pris une décision.

Lorsqu'ils franchirent la sortie qui donnait sur la 52e Avenue, Scott déclara :

— Kate, j'ai besoin d'en apprendre le plus possible sur les grossesses extra-utérines. Je dois savoir dans quelle mesure le médecin se fonde sur la souffrance de sa patiente pour établir son diagnostic. Je veux aussi connaître les effets des médicaments sur la douleur, les symptômes et les résultats des analyses. Et tout cela d'ici à demain matin.

Pendant toute la soirée et une partie de la nuit, Kate et Rosie instruirent Scott comme s'il avait été un étudiant de première année de médecine. Pendant que Rosie décrivait les grossesses normales et extra-utérines, Kate prépara du café. Pendant que Kate cherchait des articles sur la question dans leurs manuels, Rosie fit des sandwiches. Tout en mangeant et en buvant, elles transmirent à Scott tout ce qu'elles se rappelaient de leurs cours d'obstétrique et tout ce qu'elles avaient appris à l'hôpital. Le « cours » dura plus de six heures. Scott prenait des notes sous la dictée des deux jeunes femmes, les interrompant de temps à autre pour leur poser une question.

Épuisé, il finit par se rejeter en arrière.

— Je n'avais pas passé une telle nuit depuis mes propres examens ! Maintenant, je vais rentrer chez moi pour transformer tout cela en arguments juridiques.

— Si vous avez un problème, n'hésitez pas à m'appeler, quelle que soit l'heure, dit Kate.

— J'en ai bien l'intention, ne vous inquiétez pas.

Il prit ses notes, ainsi que les quatre livres que Kate et Rosie avaient utilisés, puis il les quitta.

Lorsqu'il fut parti, Rosie déclara :

— J'ignore où tu en es, Kate, mais ce type me plaît. Il m'inspire une grande confiance.

— A moi aussi.

— Tu veux dire qu'il te plaît ? Ou que tu as confiance en lui ? demanda Rosie.

— Un peu des deux, sans doute. Je ne sais pas ce qu'il a

derrière la tête, mais j'espère que cela va marcher. Presque autant pour lui que pour moi, d'ailleurs. Je crois qu'il éprouve à peu près la même passion pour le droit que moi pour la médecine.

37

Lorsque Scott et Kate pénétrèrent dans la salle d'audience, la première personne qu'ils aperçurent fut Claude Stuyvesant. Assis au bout de la table de Hoskins, il dominait sa femme de toute son imposante stature. Il était clair que Nora Stuyvesant avait insisté pour être présente le dernier jour de l'audience.

Tout en rangeant ses notes et les livres qu'il comptait utiliser, Scott balaya du regard les membres du bureau. Le Dr Truscott était assis à sa place habituelle, trois carnets neufs et une douzaine de crayons bien taillés posés devant lui. Mott et Cahill discutaient avec Hoskins dans un coin de la pièce. En revanche, le Dr Gladys Ward n'était pas encore arrivée. Mott hochait distraitement la tête aux propos de Hoskins, tout en consultant sa montre, visiblement contrarié par le retard du Dr Ward.

Une secrétaire entra dans la salle d'un pas pressé et lui remit un papier. Clarence Mott y jeta un coup d'œil avant d'annoncer :

— C'est un mot du Dr Ward. Elle quitte son cabinet à l'instant.

Neuf minutes plus tard, Gladys Ward entra dans la pièce en coup de vent.

— Une patiente qui présentait des complications post-opératoires, expliqua-t-elle sèchement pour excuser son retard.

Elle alla s'asseoir à sa place, accrocha son sac au dossier de sa chaise et posa sur son nez d'élégantes lunettes. Elle était prête.

Mott ouvrit la séance.

— Puisque tous les témoins ont été entendus, le bureau est prêt à écouter les plaidoiries des avocats. Maître Van Cleve, c'est à vous de commencer.

Scott se leva lentement, conscient que ce qu'il allait dire allait soulever une tempête de protestations.

— Monsieur le Président, au lieu de prononcer ma plaidoirie, je demande la réouverture des débats.

— Quoi ? s'exclamèrent Hoskins et Cahill d'une seule voix.

— Objection, monsieur le Président ! poursuivit Hoskins. L'avocat de la défenderesse a eu largement le temps de citer tous les témoins qu'il voulait. Un retour en arrière constituerait une irrégularité. Monsieur Cahill, la décision vous revient.

Mott et Scott se tournèrent vers le représentant de l'administration, qui fronçait les sourcils.

— Maître Van Cleve, un seul motif peut légitimer la réouverture des débats : de nouvelles preuves.

— Il se trouve que je détiens une nouvelle preuve, assura Scott, sans pour autant fournir davantage de précisions. De plus, j'ai l'intention de citer un nouveau témoin.

— Une nouvelle preuve ? répéta Cahill. Et un nouveau témoin ? J'espère pour vous qu'il ne s'agit pas d'un nouveau fantôme, tel que Rick Thomas.

— Cette fois-ci, le témoin est disponible.

— En quoi consiste cette nouvelle preuve ? demanda Mott.

— J'ai l'intention de la produire au cours de l'interrogatoire, répliqua Scott.

Perplexe, Mott grommela :

— Un instant, maître Van Cleve.

D'un mouvement irrité de la main, il fit signe à Cahill de le rejoindre dans un coin de la pièce.

— Bon sang, Cahill, qu'est-ce que Van Cleve nous réserve, selon vous ?

— Je l'ignore.

— Encore une de ces pirouettes que tous les avocats nous infligent. — Se rappelant brusquement qu'il s'adressait à un homme de loi, il s'excusa : — Ne le prenez pas comme une attaque personnelle. Maintenant, rejetez sa requête et finissons-en.

— Pas si vite ! rétorqua Cahill. Dans un procès, si une nouvelle preuve était présentée avant les plaidoiries, aucun juge de cet État ne refuserait de l'examiner.

— Mais l'autre jour, quand il nous a demandé de faire cette démarche, vous avez justement dit qu'il ne s'agissait pas d'un procès.

— C'était différent. Il nous demandait de lui fournir cette preuve. Maintenant, il dit qu'il l'a. A moins que vous souhaitiez que cette affaire soit portée devant un tribunal, vous feriez mieux de lui donner l'autorisation qu'il demande.

De retour à sa place, Mott déclara :

— Conformément à notre politique d'impartialité vis-à-vis de la défenderesse, le bureau décide de rouvrir l'audience. Maître Van Cleve peut ainsi nous présenter cette nouvelle preuve qu'il prétend détenir. Maître Van Cleve ?

Scott se leva pour annoncer :

— Monsieur Mott, la défense souhaite appeler à la barre le Dr Gladys Ward.

Cette dernière foudroya Scott d'un regard furieux. Le Dr Truscott posa brusquement son crayon et Clarence Mott jeta un coup d'œil anxieux à Kevin Cahill, puis au procureur Hoskins. Ce dernier ne put résister à l'envie d'échanger un regard furtif avec Claude Stuyvesant, avant de bondir sur ses pieds pour protester.

— Monsieur le Président, depuis des années que je pratique, je n'ai jamais vu un membre du bureau appelé à témoigner. Seul un jeune avocat sans expérience et réduit au désespoir peut recourir à de tels procédés. Je m'insurge contre le fait qu'une procédure aussi grave se transforme en cirque.

Pour appuyer la protestation de Hoskins, Cahill renchérit :

— Maître Van Cleve, puis-je vous rappeler qu'il y a à peine quelques jours vous refusiez au Dr Ward le droit de poser des questions à votre cliente ? Or maintenant, vous l'appelez à témoigner. De la cohérence, maître Van Cleve, nous vous demandons un peu de cohérence.

— Parfaitement, monsieur Cahill, rétorqua Scott. Je me rappelle qu'il y a seulement quelques jours, vous accordiez au Dr Ward les privilèges d'un procureur. Vous justifiiez cette décision, si je me souviens bien, en disant que le Dr Ward désirait poser quelques questions au Dr Forrester « dans une quête bien légitime de la vérité » et qu'après tout nous étions là pour cela. C'est tout ce que je vous demande aujourd'hui. De la cohérence! — Scott se tourna vers Hoskins pour lui demander : — Maître, pour quelle raison le Dr Ward a-t-elle été choisie pour figurer parmi les membres de ce bureau?

— Il est d'usage que l'un, au moins, des membres du bureau soit un spécialiste de la question qui est examinée. Le Dr Ward, dont la compétence en matière de gynécologie et d'obstétrique est reconnue de tous, a été sélectionnée parce que la jeune Claudia Stuyvesant est morte des suites d'une grossesse extra-utérine.

— Je vous remercie, maître Hoskins. C'est donc en tant qu'expert que je demande au Dr Ward de bien vouloir témoigner dans « une quête bien légitime de la vérité », ainsi que le disait si justement M. Cahill. Dr Ward, veuillez venir à la barre, je vous prie.

Gladys Ward consulta du regard Mott, qui se tourna à son tour vers Cahill. Rouge d'embarras, ce dernier hocha la tête en signe d'accord.

A contrecœur, le Dr Ward vint s'asseoir sur le siège réservé aux témoins et prêta serment.

Scott s'approcha d'elle pour commencer l'interrogatoire dont dépendait la carrière du Dr Forrester.

— Docteur Ward, puisque le bureau vous reçoit en tant qu'expert, il est inutile que vous nous donniez la liste de vos titres professionnels. Si vous le voulez bien, nous allons tenter d'instruire les membres de ce bureau de la complexité médicale de cette affaire. Docteur, pourriez-vous nous fournir la liste des symptômes classiques qui caractérisent une grossesse extra-utérine?

— Je crains, maître, que vous ne soyez mal informé.

— Vraiment?

— Pour votre gouverne, sachez qu'il n'existe pas de symptômes classiques d'une grossesse extra-utérine.

— Pourtant, les autres maladies et affections présentent bien des symptômes classiques et repérables! feignit de protester Scott.

— Sans doute, mais pas les grossesses extra-utérines. Il n'existe pas de signes pathognomoniques.

Scott fit un effort pour paraître désorienté.

— Pardon, docteur, mais vous venez d'utiliser un terme qui m'est inconnu.

— Pathognomoniques, répéta Gladys Ward. Cela se dit des signes propres à une maladie déterminée et qui permettent d'établir un diagnostic certain.

— Ah, je vois, dit Scott comme s'il venait de découvrir quelque chose. Très bien... Puisque les grossesses extra-utérines ne présentent aucun symptôme particulier, comment peut-on les déceler ?

Le Dr Ward eut une moue ennuyée.

— Vraiment, maître, si vous désiriez un cours d'obstétrique, vous auriez dû assister à l'une de mes conférences à la faculté de médecine.

— Docteur Ward, je répète ma question : s'il n'existe aucun signe ou symptôme pathognomonique, comment un médecin peut-il diagnostiquer une grossesse extra-utérine ?

— Une combinaison d'observations et de constatations peut être suggestive.

— Suggestive, répéta Scott. Ce mot m'intrigue. Quelle combinaison d'observations et de constatations serait « suggestive » ?

— Elles sont nombreuses.

— Pouvez-vous les citer ?

Comprenant qu'il ne lâcherait pas prise, le Dr Ward les énuméra d'une voix impatiente :

— Nausées, vomissements, crampes, douleur abdominale, en particulier au moment des selles, interruption des règles. Quoique, dans ma carrière, j'ai eu deux cas de grossesses extra-utérines sans interruption de règles.

— Peut-on en conclure que très peu de grossesses extra-utérines se manifestent de la même façon ?

— Je dirais que dans dix pour cent des cas — peut-être quinze — le tableau sera classique, comme vous disiez.

— Donc dans la majorité des cas, le tableau n'est pas classique.

— Exact, répliqua le Dr Ward, comme si elle avait marqué un point.

— Docteur, la fièvre constitue-t-elle un symptôme? Claudia Stuyvesant avait de la fièvre.

— Certaines grossesses extra-utérines sont accompagnées de fièvre, d'autres pas.

— Donc, on ne peut pas non plus se fonder sur la fièvre. Mais vous avez mentionné les diarrhées, les vomissements et les crampes. Ce sont des symptômes ordinaires des grossesses extra-utérines?

— Oui.

— Docteur, pouvez-vous citer d'autres affections qui se manifestent par les mêmes symptômes?

— Bien entendu. L'ulcère, la gastrite, l'infection intestinale, l'appendicite, les calculs rénaux, la menace d'avortement, l'infection gynécologique...

Scott l'interrompit.

— Pour gagner du temps, docteur, puis-je vous lire quelques lignes d'un ouvrage reconnu en obstétrique : « Les manifestations d'au moins cinquante pathologies peuvent être confondues avec celles d'une grossesse extra-utérine. » Êtes-vous d'accord avec cette affirmation?

— Absolument.

— Maintenant, docteur, si un médecin est confronté avec des signes et des symptômes « suggérant » une grossesse extra-utérine, que doit-il faire?

— Il doit sur-le-champ procéder à un examen gynécologique.

— L'examen sera-t-il suffisant pour diagnostiquer une grossesse extra-utérine?

— Pas nécessairement, fut forcée d'admettre le Dr Ward.

— Pourquoi?

— Pour une raison bien simple : en cas de grossesse normale, on constate un changement de pigmentation du col, ce qui n'est pas forcément le cas s'il s'agit d'une grossesse extra-utérine.

— Au cours de l'examen, le toucher vaginal permet-il au médecin de la détecter?

— Parfois, mais pas toujours.

— Parfois, docteur? Laissez-moi vous lire un autre passage tiré d'un autre ouvrage connu et traitant ce même sujet : « Le toucher vaginal ne permet pas, le plus souvent, de conclure avec certitude et... — Scott enfla la voix pour continuer : — ... dans cinquante à soixante-quinze pour cent des cas, aucune masse ovarienne circonscrite ne sera détectée. » Êtes-vous d'accord, docteur?

— Oui.

— On peut en conclure qu'il est injuste d'accuser le Dr Forrester de négligence parce qu'elle n'a senti aucune masse ovarienne lorsqu'elle a examiné Claudia Stuyvesant?

— C'est vrai.

— Devant ces symptômes « suggestifs », que pouvait faire le Dr Forrester?

— Un test de grossesse à partir de l'urine.

— Ce qu'elle a fait, mais il s'est avéré négatif.

Prenant cette remarque pour un reproche, le Dr Ward se raidit et adopta un ton professoral.

— Maître Van Cleve, sachant que ces tests présentent une certaine marge d'erreurs, le Dr Forrester aurait dû réclamer une échographie. — Devançant la réponse de Scott, Gladys Ward s'empressa de reconnaître : — Ce qu'elle a fait, nous le savons maintenant. Malheureusement, le radiologue chargé de ce type d'examen n'était pas de garde.

— Exactement, docteur.

— Cependant, il reste encore le test de grossesse effectué sur échantillon sanguin.

— Vous savez sans doute que le Dr Forrester l'a demandé au laboratoire?

Gladys Ward parut surprise.

— Non. Je l'ignorais. Quel en a été le résultat?

— Nous ne le saurons jamais. Le résultat de ce test, qui était attendu pour le lendemain matin, a été inexplicablement égaré et n'apparaît pas non plus dans le dossier de la patiente. D'autres pièces sont manquantes, d'ailleurs. Mais continuons. Docteur, je voudrais maintenant vous lire un passage d'un autre ouvrage reconnu dans le domaine de la gynécologie et de l'obstétrique. Je lis : « Ces signes et ces symptômes vagues, pouvant renvoyer à bien d'autres affections, induisent en erreur le médecin, qui éprouve le plus grand mal à diagnostiquer la grossesse extra-utérine. »

L'espace d'un instant, le Dr Ward parut visiblement offusquée. Se contenant, elle écouta Scott poursuivre :

— « En fait, nous pourrions qualifier la grossesse extra-utérine de gestation-surprise. Beaucoup de cliniciens l'ont aussi surnommée la "grande imposture". » Docteur, êtes-vous d'accord avec ces affirmations ?

Gladys Ward fixa un instant Scott sans répondre. Un sourire supérieur erra sur ses lèvres, sans pour autant adoucir son expression sévère.

— Docteur ? la pressa Scott.

— Si vous cherchez à me prendre au piège, maître Van Cleve, je crains que vous ne perdiez votre temps. Non seulement je suis d'accord avec ces affirmations, mais je les ai écrites moi-même. Vous venez de citer l'un de mes propres articles sur le sujet.

— C'est vrai, docteur, reconnut Scott. Maintenant que nous avons établi l'extrême difficulté de diagnostiquer une grossesse extra-utérine, puis-je vous demander si vous vous rappelez le témoignage de Mme Stuyvesant ?

— Bien entendu.

— Elle disait avoir demandé au Dr Forrester d'administrer des antibiotiques à sa fille.

— En effet.

— Avez-vous attaché à cette remarque une signification particulière, docteur ?

— Non.

— Pourquoi ? demanda Scott.

— Parce que c'est la première chose à laquelle les profanes pensent. Ils s'imaginent que les antibiotiques sont des potions magiques qui guérissent n'importe quelle affection.

— Revenons-en à la difficulté de diagnostiquer une grossesse extra-utérine, docteur. Y a-t-il d'autres facteurs susceptibles de compliquer la situation davantage encore ?

— Il peut y en avoir.

— Pouvez-vous en citer quelques-uns ?

Gênée par le tour que prenait l'interrogatoire, le Dr Ward éluda la question.

— Soyez plus précis, s'il vous plaît.

— Je vais essayer. Est-il vrai que vous avez été interne dans un grand hôpital ?

— En effet, admit Gladys Ward d'une voix troublée.

— Avez-vous eu l'occasion, à cette époque, de traiter des patients toxicomanes?

Une vague d'inquiétude passa de Mott à Hoskins, puis de Hoskins à Cahill, et enfin de Cahill à Stuyvesant.

Le procureur se leva pour protester :

— Monsieur Mott, un tel témoignage n'est pas pertinent devant ce bureau. Il nous entraîne sur un terrain spéculatif sans rapport avec cette procédure.

Scott se tourna vers lui.

— Maître Hoskins, je ne tarderai pas à prouver le contraire, donnant ainsi toute satisfaction au bureau.

Hoskins fit signe à Cahill de statuer. Le jeune administrateur était en train d'examiner les diverses possibilités qui s'offraient à lui. Ou bien Van Cleve bluffait, auquel cas il finirait par se désavouer lui-même. Ou bien l'avocat avait réussi à se procurer la preuve manifeste de ce qu'il avançait. Dans cette éventualité, Cahill ne pouvait prendre le risque de paraître trop arbitraire.

— Maître Van Cleve est autorisé à poursuivre, à condition que les questions abordées soient bien en relation avec l'affaire qui nous intéresse, dit-il.

Malgré sa rage, Hoskins n'eut d'autre choix que de se rasseoir, prêt à protester de nouveau si l'occasion lui en était fournie.

— Docteur Ward, reprit Scott, avez-vous eu affaire à des patients toxicomanes lorsque vous étiez de garde aux Urgences?

— Évidemment! répliqua Gladys Ward. J'ai mis au monde des bébés dont les mères se droguaient. Certains mouraient à la naissance, d'autres vivaient quand j'aurais préféré qu'ils meurent.

— Si je comprends bien, l'absorption de drogues peut entraîner de sérieuses complications chez une patiente?

— Évidemment.

— Docteur, avez-vous vu des patients se droguer pendant leur séjour à l'hôpital?

— J'en ai vu.

— Docteur, un toxicomane privé de ses drogues pendant sept, huit ou neuf heures, présente-t-il des signes de manque?

— Pour quelqu'un de très dépendant, c'est un laps de temps très long, en effet.

— Maintenant considérons le cas d'une patiente souffrant d'une importante hémorragie interne qui ne présente que les signes d'une douleur légère. Quelle conclusion en tireriez-vous ?

— Pas de manque apparent et une douleur diffuse quand elle devrait être intense, au bout de huit ou neuf heures d'hospitalisation ? demanda Gladys Ward.

— Oui, docteur. Qu'en concluerieriez-vous ?

— Que la patiente s'est droguée pendant ces neuf heures, dit le Dr Ward.

— Maintenant, docteur, revenons à une question évoquée antérieurement. Attribuez-vous une signification particulière à la demande d'antibiotiques formulée par Mme Nora Stuyvesant ?

— Non, je n'y vois toujours rien de... commença le Dr Ward, qui s'interrompit presque aussitôt pour réfléchir un instant. Oui, maître Van Cleve, reprit-elle un peu sèchement. Quand une patiente manifeste une souffrance, même modérée, n'importe quelle mère inquiète demande : « Je vous en prie, docteur, donnez-lui quelque chose pour calmer la douleur. »

— Ce qui tendrait à prouver soit que la douleur était trop légère pour qu'un antalgique soit nécessaire, soit que la mère de la patiente savait que sa fille avait déjà absorbé un analgésique quelconque. Qu'en pensez-vous, docteur Ward ?

— Monsieur le Président ! cria Hoskins. Rien dans le dossier n'autorise de telles hypothèses. Le fait que la patiente s'était droguée n'a pas été prouvé !

— Il semble que maître Van Cleve soit bien déterminé à nous imposer ses élucubrations, intervint Clarence Mott.

— Je crois avoir déjà entendu cela quelque part, ironisa Cahill. Les précédentes tentatives de maître Van Cleve ayant échoué, il incombe au bureau de ne pas récompenser un tel entêtement. S'il ne nous fournit pas une preuve substantielle de ce qu'il avance, nous mettrons un terme à ces calomnies.

Cahill songea avec satisfaction que Claude Stuyvesant lui saurait gré de cette intervention énergique.

Mais avant que Mott abattît son marteau sur la table pour clore la discussion, Scott protesta :

— Monsieur le Président, puisque la qualité d'expert du Dr Ward a été reconnue, elle est en droit de répondre à d'hypothétiques questions. Et je suis en droit de les lui poser.

— A condition que la défense soit en mesure de fonder ces questions sur des faits, intervint très vite Hoskins. Dans le cas contraire, la déposition du Dr Ward serait nulle et non avenue.

— Bien entendu, dit Scott.

Après avoir consulté Cahill du regard, Mott trancha :

— Vous pouvez continuer, maître Van Cleve.

— Docteur Ward, reprit Scott, supposons qu'une patiente ait absorbé de fortes doses de percodan, de codéine, de benzodiazépine et peut-être de cocaïne...

— Vous voulez dire qu'elle les aurait absorbées simultanément ? demanda le Dr Ward avec une visible inquiétude.

— Oui.

Malgré lui, Hoskins explosa :

— Maintenant, maître Van Cleve empile hypothèse sur hypothèse !

— Docteur Ward, s'entêta Scott, l'effet de synergie produit par la combinaison de ces drogues, auxquelles il faut ajouter les doses absorbées pendant l'hospitalisation, aurait-il été suffisant pour masquer la souffrance provoquée par une grossesse extra-utérine ?

Le Dr Ward réfléchit un instant.

— Percodan, codéine, benzodiazépine, cocaïne... répéta-t-elle à mi-voix. Il n'y a pas de doute que, prises ensemble et chacune accentuant les effets de l'autre, elles pouvaient facilement masquer la souffrance de la patiente... et tromper le médecin.

— Merci, docteur, dit Scott.

Affichant une expression profondément ennuyée, Hoskins se leva une fois de plus.

— Monsieur le Président, maintenant que cet éminent avocat nous a présenté sa version fantaisiste des faits sans jamais produire la moindre preuve, je demande que ce témoignage soit considéré comme nul et non avenu.

— Eh bien, maître Van Cleve? demanda Mott.

Sans répondre, Scott retourna à sa table, où Kate l'attendait, une liasse de feuillets à la main. Il se retourna vers le Dr Ward pour demander :

— Docteur, seriez-vous assez aimable pour examiner ces documents? Veuillez prêter une attention particulière aux dernières lignes, qui concernent les dernières prescriptions.

Comme Scott remettait un exemplaire au Dr Ward, Hoskins protesta :

— J'ai le droit de voir ce document, il me semble!

— Dès que le Dr Ward aura terminé, acquiesça Scott.

Gladys Ward n'eut besoin que de quelques secondes pour parcourir le document. Elle le tendit à Scott.

— Dieu du ciel! murmura-t-elle d'une voix défaite. Qui aurait pu imaginer...

— Monsieur le Président, déclara Scott, je vous propose d'accepter ce rapport du département de la Santé parmi les pièces à conviction.

— J'insiste pour l'examiner auparavant! s'écria Hoskins.

— Bien entendu, maître Hoskins, dit Scott en lui tendant les feuillets.

Hoskins s'en empara et se mit à les étudier. Au bout d'un long moment, il leva les yeux pour regarder Mott, puis Cahill. Les deux hommes se levèrent et le rejoignirent. Tous trois se penchèrent sur les lignes qui retraçaient, noir sur blanc, la malheureuse histoire de Claudia Stuyvesant.

Claude Stuyvesant se dressa dans l'intention visible de se joindre à eux. Sa femme le retint.

— Non, Claude!

Il foudroya son épouse d'un regard furieux et empreint de reproche, puis il s'approcha du groupe formé par Mott, Cahill et Hoskins, la main tendue.

Comme Hoskins hésitait à lui remettre le document, il insista :

— Montrez-moi cela!

— Mme Stuyvesant a raison, répondit Hoskins le plus gentiment possible. Il vaut mieux ne pas...

La main tendue, Stuyvesant exigeait qu'on lui remît les

feuillets et Hoskins ne put les lui refuser. Stuyvesant les examina suffisamment longtemps pour graver dans son esprit les noms de plus d'une douzaine de médecins, les drogues prescrites, dont il ignorait, pour la plupart, l'existence. Les yeux perdus dans le vague, il rendit les feuillets à qui voulut bien les prendre et retourna auprès de son épouse, qui se leva pour le réconforter.

La repoussant brutalement, il lui lança d'un ton accusateur :

— Cette nuit-là aussi? Tu l'as vue faire cette nuit-là?

— Oui. Même cette nuit-là. Maintenant tu peux cesser de feindre.

D'ordinaire, le regard farouche de son mari aurait suffi à la réduire au silence. Mais pour la première fois de sa vie, Nora Stuyvesant trouva la force de le défier.

— Tu savais la vérité. Tu l'as toujours connue. Mais au lieu de l'aider, tu l'as chassée de chez toi.

— C'est elle qui nous a quittés!

— C'est ce que tu voudrais que l'on croie. Autrement, cela signifierait que tu as manqué à ton devoir de père. Or Claude Stuyvesant ne connaît pas l'échec. En vérité, tu étais heureux de te débarrasser d'elle. Parce qu'elle n'a jamais été l'enfant parfait dont tu rêvais. Le fils parfait.

— Tais-toi, Nora! ordonna-t-il.

Cette fois encore, il ne réussit pas à l'intimider.

— Tu n'as jamais voulu de Claudia, tu voulais un Claude. C'est pourquoi tu l'as écartée. C'est toi qui as fait d'elle ce qu'elle est devenue. Mais dès que tu t'en es rendu compte, tu as voulu te dissimuler l'atroce vérité. Alors tu m'as blâmée, tu as blâmé le Dr Forrester, tu t'es arrangé pour détruire les documents compromettants, empêcher les témoignages — sauf, évidemment le mien, si soigneusement répété!

— Bon sang, Nora, tais-toi!

— Pour que le monde ne sache jamais ce que Claude Stuyvesant a fait de sa seule enfant? Tu oublies une chose : Claudia était aussi mon enfant. Ma fille. Et je l'aimais. Combien de nuits ai-je sangloté parce que j'étais trop faible pour la protéger contre toi? Claudie... ma Claudie... Je t'aimais tant!

Le visage coloré de Stuyvesant, ce visage qui avait

toujours exhalé une telle force, semblait soudain gris et âgé. Point de mire de tous les regards, il se tenait debout au centre de la salle, comme mis à nu, son hostilité vis-à-vis de Kate réduite à ce qu'elle était : un bouclier derrière lequel il dissimulait sa propre culpabilité.

Le voyant muet et impuissant face aux accusations de sa femme, Kate ne ressentait pour lui que de la pitié. Mais elle éprouvait surtout une grande compassion pour Nora Stuyvesant qui, bien malgré elle, s'était faite la complice de son mari.

Sans un mot, Claude Stuyvesant se dirigea vers la porte. Sa femme se lança derrière lui, l'appelant :

— Claude! Claude! Attends-moi! — Il ne s'arrêta pas. Comme pour excuser ce départ précipité, Nora Stuyvesant se retourna juste avant de franchir le seuil. — Il va avoir besoin de moi... Surtout maintenant.

Et elle disparut.

Lorsque la porte fut refermée, le président Mott parut manquer de mots. D'un geste, il fit signe à Scott Van Cleve de poursuivre.

— Docteur Ward, fit ce dernier d'une voix plus douce, nous avons vu combien une grossesse extra-utérine est difficile à diagnostiquer. Dans le cas qui nous intéresse, cette difficulté a encore été renforcée par les mensonges de la patiente et un test déficient. Nous savons maintenant que la souffrance de cette jeune femme était masquée par l'abus de drogue. Compte tenu de ces éléments, diriez-vous que le Dr Forrester s'est rendue coupable de négligence envers Claudia Stuyvesant?

— Au vu des pièces qui viennent de nous être présentées, j'affirme au contraire qu'elle est professionnellement inattaquable.

— Et pour ce qui est des charges qui pèsent sur elle?

— Je vote pour qu'elles soient immédiatement levées.

— Un membre du bureau ne peut annoncer son vote avant les plaidoiries! protesta Hoskins.

Maurice Truscott, qui s'était jusque-là distingué par son silence et sa réserve, intervint à son tour :

— Après avoir entendu le témoignage du Dr Ward, qui est un expert reconnu dans le domaine de l'obstétrique, je n'ai nul besoin d'écouter les plaidoiries pour me faire une opinion. J'estime que nous avons déjà supporté suffisamment de manœuvres juridiques comme cela. En revanche la médecine à été la grande absente des débats. Quant à moi, je vote aussi pour le non-lieu.

Dégagés de l'encombrante présence de Claude Stuyvesant, Hoskins et Cahill admirent que les plaidoiries étaient désormais inutiles. Les votes des Drs Ward et Truscott figurant déjà sur le procès-verbal tapé par la sténotypiste, le président Mott pouvait aussi bien donner oralement son opinion. Il hésita un instant avant d'affirmer à son tour l'innocence de Kate.

Abattant pour la dernière fois son marteau sur la table, il déclara alors que les débats concernant l'affaire Forrester étaient clos.

Kate poussa un long soupir de soulagement. Jusqu'à cet instant, elle n'avait pas réalisé à quel point son estomac avait été noué par la peur et l'appréhension durant ces journées interminables. Peu à peu, la souffrance s'atténua. Elle restait assise, la tête posée sur la table, gagnée par un épuisement qu'elle avait combattu jusqu'alors. Elle ne vit pas le Dr Ward approcher.

— Docteur Forrester, dit cette dernière d'une voix tranchante, vous me jugez sans doute partiale et sévère. Mais à mes yeux, lorsqu'une consœur manque à sa tâche, elle jette le discrédit sur toutes les autres. Nous devons nous montrer meilleures que les hommes pour qu'ils reconnaissent notre compétence. Maintenant que vous avez essuyé le feu de l'ennemi vous êtes désormais son égale. C'est pourquoi, si vous désirez un jour vous spécialiser dans la cancérologie féminine, venez me voir.

De sa démarche vive et élégante, le Dr Ward quitta la salle d'audience.

Hoskins vint à son tour vers Kate.

— Le vote du bureau représentant le conseil de l'ordre sera envoyé au directeur du département de la Santé, qui le transmettra à son tour au conseil d'administration. C'est ce dernier qui prendra la décision finale, mais au vu du procès-verbal de cette dernière séance, je pense que vous n'avez rien à craindre.

— Au sujet de l'hôpital de la Cité... commença Kate.

— J'appelle immédiatement le Dr Cummins. Votre réintégration sera automatique.

Scott rassemblait ses documents lorsque Kate remarqua :

— Au moins, nous savons ce qui est arrivé aux résultats des analyses concernant la recherche de drogue dans le sang.

— Et pourquoi le médecin légiste s'est bien gardé de s'y intéresser. Vous devinez ce que tout cela implique, sans doute ?

— Je ne vois pas...

— Étant donné les accusations que Stuyvesant a proférées publiquement contre vous et ce que nous savons désormais, nous aurions largement de quoi lui intenter un procès pour diffamation.

— Non merci ! J'ai eu mon compte de procédure. Tout ce que je désire maintenant, c'est m'occuper de ma carrière et de ma vie.

Lorsque Scott Van Cleve et Kate Forrester sortirent de l'immeuble, ils furent assaillis par les odeurs et les bruits de la 52e Avenue. Pare-chocs contre pare-chocs, les voitures encombraient la chaussée jusqu'à Madison Avenue. Kate leva les yeux pour apercevoir des lambeaux de ciel bleu entre les gratte-ciel.

— Malgré le vacarme et les odeurs de pots d'échappement, je n'ai jamais vécu un si beau jour ! C'est à la fois Thanksgiving, Noël et la remise des diplômes. C'est comme si je naissais une seconde fois. Je ne sais pas comment vous remercier, Scott.

— Pour commencer, en cessant de m'appeler Scott.

— Après les épreuves que nous venons de traverser côte à côte, vous voulez que nous revenions à M. Van Cleve et Dr Forrester ?

— Les personnes qui comptent le plus dans ma vie m'appellent Van.

— Van... Van..., répéta lentement Kate. Ce n'est pas laid.

— Plus vous l'utiliserez, mieux il sonnera.

Comprenant parfaitement le message, elle lui sourit.

— Je dois annoncer la bonne nouvelle ! Il faut que je téléphone.

— A Walter? demanda-t-il.
— A mes parents.
— Bien sûr. Pour Walter...
— Oui, Van?
— Je me demandais... si vous aviez des projets. Je veux dire...
— Je sais ce que vous voulez dire. Cette nuit-là, quand Walter a appelé, cela faisait déjà plusieurs semaines que je refusais de le voir. Donc, non, je n'ai pas de projets. — Elle avait parfaitement compris le sens de sa question, tout comme il avait compris le sens de la réponse. — Maintenant, dit-elle, il faut vraiment que je rentre pour appeler mes parents.
Elle fit signe à un taxi qui déchargeait des passagers.
— On dîne ensemble? cria-t-il dans son dos.
— D'accord.
— Ce soir?
Juste avant de refermer la portière, elle lança :
— D'accord!

Kate fit irruption dans l'appartement en appelant :
— Rosie! Rosie!
Ne recevant pas de réponse, elle se rappela que Rosie était de service au dispensaire cette semaine. La jeune femme prit le téléphone et composa le numéro de ses parents. Elle attendit avec impatience que quelqu'un décrochât.
— Allô? fit la voix de sa mère.
— Maman, tout va bien! Tout va bien! cria Kate dans le récepteur. Tout s'est arrangé! Tu entends?
— Oh, mon bébé, je suis si contente!
Sa mère se mit à pleurer de bonheur et de soulagement.
— Papa est là?
— Je te le passe tout de suite. Ben! appela sa mère à travers ses larmes. Ben, c'est Kate! Elle a une merveilleuse nouvelle à t'annoncer!
Elle entendit son père s'éclaircir la voix avant de prendre le récepteur.
— Katie, c'est vrai ce que m'a dit ta mère?
— C'est vrai! Je suis acquittée à l'unanimité.
— Tant mieux, ma chérie, tant mieux. Ce jeune avocat a fait du bon travail, alors?

— C'est le moins qu'on puisse dire, papa.

— Eh bien, tu le remercieras de notre part.

— Je pense que tu pourras bientôt le remercier toi-même. Maintenant, je dois appeler l'hôpital pour connaître ma nouvelle affectation.

— Très bien, ma chérie. De mon côté, j'ai quelques coups de fil à donner. Tous nos amis attendent de tes nouvelles avec impatience.

Après avoir raccroché, Kate appela l'hôpital. Avant de parler au Dr Cummins, elle demanda le service pédiatrie. Par chance, Harve Golding était de service.

— Harve? demanda Kate.

— Kate! s'exclama-t-il avec chaleur. Tout le monde est fou de joie. Toutes mes félicitations!

— Comment va ma petite Maria?

— Nous nous sommes réunis aujourd'hui pour examiner ses radios et les résultats des examens neurologiques. Il lui faudra du temps, mais elle va s'en sortir.

— Elle ne gardera aucune séquelle?

— Aucune. Sauf, peut-être, une seule.

— Laquelle? demanda Kate d'une voix inquiète.

— Depuis le début de cette sacrée audience, elle ne cesse de te demander. Elle craint que tu l'aies abandonnée.

— Je vais venir, Harve, dis-le-lui tout de suite. Je passerai la voir avant d'aller dîner.

OUVRAGES DE LA COLLECTION « ROMAN »

WARREN ADLER
L'enfant crépuscule

SHELLEY V. ASHLEY
L'enfant de l'autre rive
L'enfant en héritage
Le vrai du faux

LOÏS BATTLE
La saison des orages

SALLY BEAUMAN
Destinée

JULIETTE BENZONI
Fiora et le Magnifique
Fiora et le Téméraire
Fiora et le Pape
Fiora et le Roi de France
Les Loups de Lauzargues : (Jean de la nuit ; Hortense au point du jour ; Félicia au soleil couchant)
Les dames du Méditerranée-Express : La jeune mariée ; La fière Américaine)

MAEVE BINCHY
Noces irlandaises
Retour en Irlande

BARBARA TAYLOR BRADFORD
Les femmes de sa vie

GILLIAN BRADSCHAW
Le phare d'Alexandrie

FREDA BRIGHT
La bague au doigt

JACKIE COLLINS
Les amants de Beverly Hills
Le grand boss
Lady Boss
Lucky
Rock Star

JOAN COLLINS
Saga

JANET DAILEY
L'héritière
Mascarade
Rivaux

HENRY DENCKER
Le choix du Docteur Duncan
La clinique de l'espoir
L'enfant qui voulait mourir

JUDE DEVERAUX
La princesse de feu

ELIZABETH GAGE
Un parfum de scandale

LINDAY GRAY SEXTON
Le chant d'une mère

PHILIPPA GREGORY
Sous le signe du feu

HANS HERLIN
Maria Toumanova

MARIE-REINE DE JAHAM
La grande Béké
Le maître-savane

ALEXANDRA JONES
La dame de Mandalay
La princesse de Siam

CHARLES LANCAR
Adélaïde
Adrien

CORAL LANSBURY
La mariée de l'exil

HEINZ G. KONSALIK
Les amants de Sotchi
Amour et sable chaud
Amours d'été
L'ange des oubliés
Le bateau de l'espoir
Le bonheur volé
La clinique des cœurs perdus
Cœur de glace

Le cœur triomphant
Enfer vert
Les frontières de l'amour
Médecin du désert
Natacha
Nuits sur le Nil
Le retour tragique
Sous le ciel de Madère

Judith Krantz
Scrupules

Rosalind Laker
Aux marches du palais
Les tisseurs d'or

T.N. Murari
Taj

Susan Elisabeth Phillips
La belle de Dallas
La fille lumière

Neil Ravin
Demain est déjà si loin

Anne Rivers Siddons
La Géorgienne
La jeune fille du Sud
Pouvoir de femme
Vent du sud

Rebecca Ryman
Le trident de Shiva

Philip Shelby
L'indomptable

Sidney Sheldon
Quand reviendra le jour

Frank G. Slaughter
Afin que nul ne meure
Bois d'ébène
Le cœur a ses raisons
Le cœur d'un autre
Divines maîtresses
La femme aux deux visages
La fin du voyage
Lorena
Un médecin pas comme les autres
Mirage doré
Non pas la mort mais l'amour
Sangaree

Kathy Cash Spellmann
La fille du vent

Danielle Steel
Un si grand amour
Coup de cœur

Alexandre Torquet
Ombre de soie

Barbara Victor
Chassé-Croisé

Jeane Westin
Amour et gloire

Jennifer Wilde
Secrets de femmes

Barbara Wood
African Lady
Australian Lady
Séléné
Les vierges du paradis

Achevé d'imprimer en décembre 1994
sur les presses de l'Imprimerie Bussière
à Saint-Amand (Cher)

POCKET - 12, avenue d'Italie - 75627 Paris Cedex 13
Tél. : 44-16-05-00

— N° d'imp. 3153. —
Dépôt légal : janvier 1995.

Imprimé en France